EL CÍRCULO

DE

ALMA

Pepa Fraile

ISBN-13: 978-84-617-5565-3

A Pepe, porque los besos nunca se acaban

CAPÍTULO 1

Barcelona 2014

Observó su reloj pausadamente, sin urgencia, esbozando una sonrisa mientras, con una mano, recorría despacio el contorno de la otra, como si la estuviera viendo por primera vez pegada a su muñeca. Las esbeltas agujas marcaban las dos y veinticinco, igual que siempre y, al fijarse en ellas, de nuevo volvió a sonreír. En aquel pequeño reloj de plata, el que tanto le gustaba lucir como pulsera, era la misma hora desde hacía varios años, tantos como los que había decidido que el tiempo no volvería a ser lo más importante en su vida y que éste pasaría de igual manera aunque ella no estuviera pendiente. Aquel parón, el de las agujas de su reloj favorito, podía considerarse una señal: un paso adelante para volver atrás y recuperar, si es que todavía estaba a tiempo, la que había dejado de ser su vida hacía demasiado tiempo.

Habían pasado ya unas horas desde que uno de los agentes, muy amablemente, la había invitado a sentarse en la pequeña sala que la comisaría destinaba a los testigos y también a los acusados. Un espacio desprovisto de personalidad, pintado de blanco, sin cuadros ni adornos, amueblado con tres sillas alrededor de una mesa rectangular sobre la que se proyectaba la luz fría de un fluorescente que empezaba a dar los primeros signos de desgaste. Era tan típico —pensó antes de llevarse a la boca la pajita con la que se estaba tomando el segundo zumo que le habían ofrecido—, que parecía como en las películas. Recostó la espalda sobre el asiento y empezó a sentir frío.

La crisis había llegado también allí y, si sus cálculos no le fallaban, la sala no debía estar a más de diecisiete grados de temperatura. Tenía una habilidad especial para acertar aquel tipo de cosas. Una cualidad que, comparada con el resto de las que poseía, no tenía la menor importancia. De pronto, presa de un escalofrío repentino, se abrazó y se frotó los brazos en un intento inútil de entrar en calor. No estaba nerviosa, no lo había estado desde que tenía uso de razón, pero se sentía inquieta. Inquieta y triste; muy triste, aunque no tenía la menor intención de demostrarlo en aquel lugar. Sus lágrimas resbalarían libremente en la soledad de su habitación, donde nadie pudiera verla.

Levantó la vista al frente resoplando y aburrida de esperar. No tenía ganas de volver al hotel ni tampoco de continuar allí y su estómago había empezado a dar señales de vida. Los zumos habían despertado su apetito y no recordaba la última vez que había comido alguna cosa decente. Nadie se había acercado hasta la sala desde hacía por lo menos veinte minutos, algo que empezaba a ser, cuanto menos, extraño. Ella ya había dicho lo que tenía que decir. Imaginando las diferentes posibilidades a las que podría estar enfrentándose tuvo el impulso de levantarse y salir de allí para preguntar. Que ella supiera, nadie la había retenido, simplemente estaban comprobando datos después de la declaración, como bien había dicho el agente, aunque haberla descubierto en el lugar de los hechos podía situarla en una posición incómoda.

Al llegar había encontrado la puerta medio abierta, había empujado lentamente y, sin ni siquiera atreverse a llamarla, con la vista había recorrido la estancia buscándola. Estaba en el lavabo, tirada entre el váter y la bañera, con las rodillas flexionadas como un penitente, como si hubiera caído al suelo mientras intentaba vomitar. El impacto fue tan grande que en lugar de gritar, de su garganta, paralizada como todo su cuerpo, solo logró escapar un rugido que parecía haber nacido del propio estómago. Tapándose la boca y presa del pánico, se abalanzó hacia ella e intentó incorporarla sin éxito. Le sujetó la cabeza y palpó su muñeca con los dedos comprobando si Esther tenía pulso. No notó nada. Echó hacia atrás su cabeza, logró girarla e intentó reanimarla dándole un pequeño masaje cardíaco. Había reaccionado frente a una situación límite, como les habían enseñado, pero enseguida supo, al observarla de nuevo, que ella no respondería. Temblando, casi sin poder controlar sus dedos, salió al pasillo con la esperanza de ver a alguien, marcó el teléfono de emergencias y, en un nuevo arranque de valentía, volvió a la habitación. Presa del desconcierto y muerta de miedo sin saber qué más debía hacer, los vio entrar. Era la policía y era imposible que hubieran llegado con motivo de su llamada. Apenas habían transcurrido unos minutos desde que había dado el aviso y todavía debían devolverle la llamada previa que confirmaba que sus datos eran ciertos. Sin embargo allí estaban, ordenándole que pusiera las manos en la cabeza y a punto de leerle sus derechos. Nadie escapa completamente ileso en esas circunstancias.

Antes de llevar a cabo su propósito, el de salir de allí si nadie le decía nada en breve, examinó fijamente el espejo situado a su izquierda y lo miró sin pestañear, desafiando a quien quisiera que fuera el que la observaba desde el otro lado. Sabía que había alguien, estaba segura de ello. Tras unos segundos en los que valoró las alternativas, bajo de nuevo la vista, cerró los ojos e intentó recordar los buenos y escasos momentos que habían pasado solas, algo que le resultaba difícil después de haberla visto muerta. ¿Qué sería de ella? ¿Por qué muerta? ¿Acaso no habían planeado empezar una vida nueva juntas, un trabajo, compartir el alquiler de un piso y pensar en nuevos horizontes? Todas las preguntas flotaban en el aire sin respuesta y Alma sintió ganas de vomitar. En el instante en que había dispuesto sus brazos para hacer palanca y levantarse oyó unos pasos que se aproximaban hasta la puerta y volvió a sentarse. A los pocos segundos, ésta se abrió:

—¿Señorita… Alma? Buenas tardes, soy el comisario de esta dependencia. Vengo a comunicarle que ya puede usted marcharse. Todo está en orden de momento. Le ruego que esté localizable durante las próximas semanas. Forma parte del protocolo, no sé si sabe usted…

Lo miró de nuevo y se dispuso, sin mediar palabra, a recoger su bolso. Aquellas frases habían sido un verdadero alivio para ella, aunque no del todo. No tenía nada de lo que temer, pero con la policía nunca se sabía, se dijo antes de dirigirse hasta la puerta donde el comisario la esperaba atento a sus movimientos. Lo único que le preocupaba era no poder pasar desapercibida para aquella gente. Lo de estar «localizable» no le apetecía en absoluto, aunque ya pensaría alguna cosa al respecto.

—No se preocupe por nada. Ha sido una simple comprobación de datos. Lo que ocurre es que justo en el momento más inoportuno nos ha fallado la conexión con la central. Estas cosas suelen pasar —añadió encogiéndose de hombros—. Recuerde lo que le he dicho hace un momento.

—Que soy sospechosa, ¿se refiere a eso? —preguntó muy despacio frenando las ganas de montar en cólera.

Los deseos de desatar el autocontrol con el que estaba más que acostumbrada a convivir, estaban a punto de traicionarla. Viéndolo venir, respiró hondo, cerró unos instantes los ojos y todo volvió a la normalidad, mientras las palabras del comisario volvían a sus oídos:

—Digamos que técnicamente sí, aunque no creo que deba preocuparse de nada…quiero decir…no se ofenda.

—No sufra, no me ofende. Gracias de todos modos señor…

—Comisario Osma, Guillem Osma.

—Gracias —repitió Alma a pocos centímetros de su cara temiendo que de un momento a otro el hombre fuera a decirle aquello de…«*para servirle a Dios y a usted*», aunque por suerte no fue así.

—Sólo nos falta una firma en su declaración. Tómese el tiempo necesario para revisarla. Gracias.

—No hay de qué —contestó ella dirigiéndose hacia él.

Durante unos instantes, sus miradas se retaron. Él había abierto la puerta y la tenía sujeta para darle paso, como hacían los caballeros, esos que ya pensaba que no existían. Ella inclinó la cabeza agradeciendo la gentileza y salió escondiendo su sonrisa. Ambos habían sentido lo mismo, estaba segura de ello, una especie de corriente eléctrica, casi agradable, que había recorrido las terminaciones nerviosas de sus cabezas a través del cuero cabelludo. Había reparado en sus ojos desde el primer momento en que había entrado en la sala. Oscuros, casi negros, grandes y expresivos. También se había fijado en sus manos. Unas manos nervudas que se habían entrelazado con fuerza mientras hablaba con ella. No debía tener más de treinta y un años. Era algo en lo que también acertaba casi siempre, la edad de las personas. Otra de esas habilidades que solo usaba cuando la ocasión requería un ligero cambio de tercio hacia la intrascendencia y la superficialidad. No quería parecer un bicho raro, aunque en realidad así era como se había sentido la mayor parte de su vida.

Desde la adolescencia se movía en ambientes sobrios, faltos del sentido del humor y aquellos pequeños detalles le aportaban el toque de frescura que tanta falta hacía en algunos momentos. No alardeaba de ello, pero siempre ganaba las apuestas, y eso la había situado en ventaja entre el corrillo de personas con las que habitualmente se había estado relacionando en los últimos años. Personas llenas de fe a las que les faltaba algo tan sencillo como divertirse.

El comisario se adelantó por el pasillo, después de dejarla pasar, hacia la salida de la comisaría. Ella frenó sus pasos en el mostrador en el que le esperaba la dichosa declaración que debía firmar antes de poder irse, y así lo hizo. Tomó el bolígrafo, leyó y firmó. Él, que había salido de su despacho cuando Alma había aparecido por primera vez, la observaba a una distancia desde la que ella podía alcanzar un olor agradable: el suyo. Olía bien, muy bien para ser exactos. Se giró, afirmó levemente con la cabeza y se dispuso a salir de una vez por todas de allí.

—¿Ha leído con detalle todo el documento? —comentó el hombre.

—Por supuesto, ¿acaso lo pone en duda? Disculpe, leo muy rápido, aunque usted no tiene por qué saberlo, claro. Además, aunque no fuera así, imagino que han transcrito al pie de la letra todo lo que he dicho, ¿verdad? —añadió con un punto de acidez—. Si me disculpa, tengo algo de prisa. Buenas noches.

Sin esperar más respuesta, bordeó al comisario y se dirigió a la salida. No volvió la vista atrás. Abrió la puerta y por fin pudo respirar aire fresco. Como si de pronto aparecieran toda la pena y toda la rabia juntas sintió una profunda presión en el pecho y las lágrimas brotaron de golpe liberando la ansiedad que había mantenido presa en su interior durante toda la tarde.

Había caído la noche, empezaba a hacer frío y no disponía del coche que había alquilado al llegar a la ciudad. Lo había dejado allí, en el hotel de mala muerte al que había ido a visitar a su amiga, a Esther, y al que debía volver si quería dormir en la habitación que había reservado. Su amiga, recordó de pronto sin querer ni siguiera pronunciar aquellas palabras que aparecieron en su cabeza, estaba muerta. Pensó en ello sin hacerse todavía a la idea de que no la volvería a ver. Y después de llorar de nuevo, suspiró profundamente y en su cerebro, transformó lo sucedido en una especie de realidad paralela que podía observar desde el otro lado, poniendo distancia. Era algo a lo que creía haberse acostumbrado. A la frialdad, a la distancia, a la falta de humanidad. Hasta ese momento. La muerte de Esther suponía un quiebro, una terrible circunstancia que, dentro de la comunidad y de su jerarquía, representaría una gran pérdida social, nunca personal. Ella, igual que los demás, se había entrenado durante mucho tiempo para aprender a controlar esas sensaciones, pero nunca más volvería a ser así, se prometió elevando la vista hacia el cielo.

Esther había sido una de las pocas personas a las que había confiado sus pequeños secretos; su historia de vida; la toma de conciencia al sentirse engañada; sus dudas vitales; su decisión de dejarlo todo y empezar de nuevo, algo que su amiga había logrado aunque por poco tiempo. Estaba segura de que su muerte no había sido fruto del azar, nadie acaba con su vida justo en el momento que decide que es suya y que piensa vivirla en plena libertad —pensó apretando los dientes mientras miraba a ambos lados de la calle con la esperanza de ver una boca de metro o un taxi que la llevara hasta lo que hacía unas horas se había convertido en «el lugar de los hechos». Recordó el interrogatorio y sonrió entre lágrimas. Nadie le había preguntado cómo había llegado hasta allí, ya lo averiguarían, de la misma forma que sabrían, cuando comprobaran el móvil, que hacía menos de veinticuatro horas había recibido una llamada suya. Un interrogatorio cogido con pinzas, masculló entre dientes. A su parecer, y ella no era policía pero podría serlo por muchas razones, aquello había sido una chapuza. Durante todo el tiempo que permaneció en comisaría echó de menos esa habilidad que caracteriza al auténtico sabueso cuando interroga a conciencia, esas preguntas formuladas con doble intención de las que siempre se espera un tropiezo al que agarrarse y seguir tirando del hilo. No, aquello no había estado a su altura, y aunque de nada servía porque su amiga ya no podría recuperar la vida, no podía evitar analizar cada minuto de todo lo que había pasado.

Como si hubiera estado esperando su turno, de repente apareció el recuerdo de algo de lo que habían estado hablando la noche anterior a su viaje: el diario. Y un estremecimiento recorrió todo su cuerpo. ¿Dónde había ido a parar? Y lo más irritante para ella: ¿Cómo había podido olvidar algo así? Recordaba perfectamente la insistencia con la que Esther le había comentado que ella era quien debía quedárselo sin añadir más información.

Desde la retrospectiva de lo sucedido, el repaso de cada una de las frases que intercambiaron en aquella conversación con la que se habían despedido se cernía sobre su cabeza en una sola conclusión: el diario debía contener información comprometida y deseaba que Alma lo custodiase. Nerviosa ante una evidencia que ahora se mostraba tan clara en su cabeza intentó imaginar que, efectivamente, la policía se había hecho con él y simplemente no le habían comunicado nada. No tenían por qué.

De nuevo, sus pensamientos volvieron al coche. Necesitaba salir de allí y poner orden en su cabeza, volver al lugar donde había encontrado a su amiga y comprobar si con un poco de suerte, si es que podía decirse de aquella manera, los efectivos de la policía no habrían encontrado el diario.

¿Dónde encontrar un taxi? Fue en lo que se concentró y, en ese momento, volvió a aparecer el comisario en su cabeza. Entonces consideró que sería lo más práctico; regresar para preguntar si podían solicitar uno para ella. Conocía la ciudad y precisamente por eso, porque se encontraba en el otro extremo, supo que la tarea de volver a por su vehículo podía convertirse en una pesadilla. Sin pensárselo dos veces giró sobre sus pasos y se encaminó nuevamente en dirección a la dependencia policial. Entró y todos la miraron curiosos.

—Perdón, ¿podrían ayudarme? —preguntó ignorando sus caras de sorpresa.

Durante unos segundos nadie dijo nada. Alma esperó paciente la respuesta de alguno de aquellos policías que permanecían examinándola como si hubieran visto una aparición.

—Usted dirá —pronunció uno de ellos dando un paso en dirección a donde se encontraba Alma.

—Necesitaría un taxi. Mi coche está…bueno, si pueden indicarme un número de teléfono donde dar el aviso para que vengan a buscarme se lo agradeceré.

—Está bien, espere aquí un momento —señaló otro de ellos mientras el primero continuaba observándola.

A los pocos segundos, apareció Guillem junto al efectivo que había entrado en uno de los despachos del pasillo central. Alma sonrió disimuladamente mientras él se adelantaba hacia ella con paso firme.

—He comentado con sus subordinados…

—Sí, lo sé. ¿Hacia dónde se dirige usted? —preguntó cortando el resto de la frase.

Alma sintió el calor en sus mejillas. Solía tener bastante sangre fría y no se alteraba por cualquier cosa. Era una característica con la que había ingresado en el seminario, aunque allí la había desarrollado bastante más. La franja que separaban la cortesía distante, la racionalidad sensible y el sentimiento analítico estaban perfectamente dibujadas en el nuevo ADN que sus maestros le habían inculcado con exquisita destreza desde el ingreso en las filas de la Orden.

—¿Señorita Alma?

—Perdone, no sabía ahora mismo… —contestó para ganar tiempo—. Espere, no lo recuerdo y lo tengo anotado en mi móvil —dijo sacándose el dispositivo de uno de los bolsillos de su pantalón, disimulando su malestar al experimentar como aquel descuido representaba una nueva mengua de sus defensas. Jamás olvidaba una dirección, jamás lo había hecho hasta aquel momento.

El agente la contempló detenidamente mientras buscaba los datos en su teléfono. Lo primero que venía a su cabeza era una mujer mezcla de inocencia y pureza, algo que en muy pocos casos destilaban las personas en los tiempos que corrían, pensó mientras la observaba con discreción. Su aspecto no era el de alguien metido en un asunto tan feo como el que apuntaban algunos indicios aunque aquella forma de abordar las respuestas, con tanta seguridad y un punto de ironía que no le había pasado desapercibido, contrastaba con su apariencia. Su olfato le decía que aquella mujer no podía ser una amenaza, aunque prefería comprobar los pálpitos que la intuición le proporcionaba en estos casos. Por eso se había convertido en uno de los comisarios más jóvenes del país. Por eso y porque había obtenido las mejores notas de su promoción.

—Ya lo tengo, Plaça dels Angels número siete —pronunció satisfecha aunque sólo en apariencia.

—Pero…

—Sí, es la dirección del hotel donde se hospedaba mi

amiga. Tengo mi vehículo allí, bueno el que he alquilado al llegar a la ciudad. El mismo lugar en el que tengo reservada mi habitación. Ya he comentado a sus agentes que venía a ver a mi amiga, aunque nadie me ha preguntado de dónde venía ni a dónde me dirigía — añadió esbozando una leve sonrisa que el comisario encajó como pudo.

—Sí sí disculpe, lo acabo de recordar —afirmó clavando sus ojos en ella—. Eso queda cerca del Museo de Arte Contemporáneo, ¿verdad?

Durante unos instantes y ante la penetrante mirada del policía estuvo tentada de poner cualquier excusa y salir de nuevo a la calle en busca de alguien que la pudiera ayudar. A pesar de eso, permaneció quieta, esperando una respuesta que parecía no llegar nunca. El comisario Osma giró sobre sí mismo y se encaminó hacia su despacho mientras pronunciaba un «espere aquí un momento» que a todos los que se encontraban allí presentes pareció sorprender.

Al cabo de dos minutos que a Alma se le hicieron bastante largos, Guillem apareció de nuevo y antes de anunciar su propósito dijo a sus hombres:

—Si tienen algún nuevo dato y me necesitan, ya saben dónde encontrarme —afirmó mostrándoles el móvil.

—De acuerdo jefe, no se preocupe. En cualquier caso... ¿dónde...?

—Acompañaré a la señorita Domenech hasta el hotel donde dejó su vehículo —se adelantó a aclarar.

—Perfecto —pronunció uno de los agentes mientras controlaba la mueca de una sonrisa que había estado a punto de traicionarlo.

—Gracias, aunque no sé si es necesario —añadió Alma apurada—, no querría molestarles —indicó en plural.

—No se preocupe, no es ninguna molestia. Tenía que acercarme de todos modos a esa zona... ¿Vamos? —comentó sin terminar de dar la explicación que todos estaban disimuladamente esperando.

Sin saber por qué razón, saliendo de las instalaciones, Alma imaginó que el comisario se dirigiría al mismo coche con el que había llegado hasta la comisaría. Qué tontería, pensó esbozando una sonrisa que a él no le pasó desapercibida cuando se encendieron las luces de un vehículo que, sin duda, debía de ser la envidia de toda la comisaria.

—Póngase cómoda —acertó a decir viendo el disimulado requiebro que habían dado sus pies al encaminarse hacia el coche oficial.

—Gracias —contestó ella entrando en el vehículo.

A pesar de que nunca había subido a un coche tan caro, las cosas mundanas y materiales no despertaban en ella mucha expectación aunque sí sabía distinguirlas. Era algo a lo que la habían acostumbrado en casa y había reafirmado en la comunidad. La contradicción, frente al boato y la opulencia en la que se movían las altas esferas a las que ella estaba destinada y para la que la estaban preparando, era que al llegar había tenido que despojarse de todo lo que realmente le había importado, principalmente de su familia, de sus padres y de sus hermanos, a los que tanto había querido y seguía queriendo. El seminario era un pequeño ejército de preparación de cerebros y sus destinos estaban determinados. Poder y control, eso era lo que acabaría teniendo ella y lo que a su vez no dejaría de padecer nunca si continuaba perteneciendo a aquella organización. Pese a la rebeldía que la caracterizaba entre sus compañeros y sus maestros, negando constantemente aquellos valores que intentaban inculcarles, el gusto por las cosas buenas no había desaparecido y sabía distinguir perfectamente lo mejor de lo más exquisito. Pensando en el dinero que debía haberle costado al comisario aquel vehículo e imaginando que su sueldo no debía ser nada del otro mundo, estuvo a punto de hacer un comentario al respecto, aunque al final prefirió no decir nada.

—Siento mucho lo de su amiga —pronunció Osma tan

pronto se pusieron en ruta, atento a la reacción de su acompañante—. ¿Vive usted muy lejos? Me refiero cuando no está aquí, como creo que comentó…

—Gracias. Sí es cierto, era mi mejor amiga. Sí y no —respondió alertada por la curiosidad del policía—, he vivido aquí toda mi infancia, aunque desde hace unos años resido en Alemania, igual que Esther. Mis padres y mis hermanos siguen aquí. Vine a verla a ella —se le escapó decir—. Bueno, a mi familia también —añadió queriendo parecer convincente aunque sin demasiado éxito.

Estaba claro que, aunque no le habían preguntado muchos detalles que para ella habrían sido importantes durante el tiempo que había permanecido en la sala de declaraciones, el policía multiplicaba interrogantes en cada uno de sus comentarios. Al fin y al cabo era parte de su trabajo. Temía que detrás de aquellas cuestiones, Guillem querría saber algunas otras cosas. Mientras tanto eso sucedía, prefirió quedarse en silencio recostando la espalda cómodamente sobre el asiento del coche y dejar que el agradable olor que desprendía el comisario llegara hasta sus fosas nasales y la evadiera de los pensamientos que acudían a su cabeza. Pensamientos tristes que la asaltaban sin permiso, la conducían al precipicio sin fondo en el que se había convertido su vida desde hacía algunos años y a la espiral contra la que luchaba con todas sus fuerzas cuando, al fin, había empezado a ver las cosas claras y había empezado a tomar sus propias decisiones.

La muerte de Esther dejaba abiertos muchos interrogantes, pero no tenía miedo, al menos no en aquel momento. Ya había pasado. Nadie sabía por qué ni quien pero ella estaba segura de que habían sido «ellos», en cualquiera de las formas en las que podían actuar. Su boca permanecería cerrada a menos que se sintiera en peligro o considerara que alguien como el comisario podrían ayudarla, aunque en realidad no confiaba en nadie.

Él, sin perder de vista la carretera, ejercitaba sin parar el rabillo del ojo intentando captar cualquier reacción de Alma que pudiera interpretar como un permiso a seguir cuestionando su presencia en el lugar en el que había aparecido la finada. Ya no se encontraban en comisaría y seguir indagando fuera de la jefatura no le parecía correcto.

—¿No preferiría que la llevara hasta casa de sus familiares? Ya tendrá tiempo de recoger su coche en otro momento y debe de estar muy afectada —lanzó a modo de prueba—. No ha sido un buen día y quizás no le apetezca dormir sola.

—¿Cómo dice?

—Disculpe —añadió inmediatamente casi avergonzado—, no soy nadie para meterme donde nadie me ha llamado. Repito, discúlpeme.

—No se preocupe, no me importa pero prefiero que no. Debo llegar hasta el hotel y recoger mis cosas y esta noche prefiero estar sola. Mañana quizás sí me plantee quedarme en casa de mis padres, aunque dudo que mi habitación siga estando allí —añadió esbozando una triste sonrisa—, gracias de todos modos.

—De acuerdo. Ya estamos llegando.

—Le agradezco las molestias que se ha tomado.

Por indicación de ella, el vehículo del comisario paró justo al lado del coche que Alma había alquilado para su viaje. Había más preguntas que habría podido hacer, pensó, pero prefirió dejarlas para otro momento. Tendría más ocasiones, de eso estaba seguro. Había sido una tarde intensa, estaba frente a una mujer que ejercía sobre él una extraña atracción y no sólo por su físico, y estaba convencido que se volverían a encontrar. Le recordaba a alguien y, aunque no pensaba perderle la pista, debía marcar una mínima distancia para que no creyera que su interés no era exclusivamente por el caso que acababa de abrirse. Absorto en sus pensamientos, no fue consciente de los segundos que habían ido transcurriendo y de la mirada de ella clavada en él, esperando una frase de despedida.

—Perdone, es que se me va el santo al cielo —se excusó abriendo la puerta para salir y evitar que ella se percatara del sofoco que había elevado el color de su cara. Era increíble, hacía una eternidad que no había experimentado la sensación de ridículo que aquel lapsus le había provocado.

—Nos pasa a todos —añadió ella disculpando el despiste—. Gracias de nuevo.

—Hasta la vista —respondió él alargando su mano—. Ah, espere un momento, le dejo mi tarjeta por si cree que puede darnos más información, lo que sea que se le ocurra que puede ayudarnos a esclarecer lo ocurrido.

—Gracias —contestó ella disimulando la contrariedad de aquellas palabras—. Desde luego, así lo haré señor Osma. No se preocupe.

—De nada —reiteró él.

—¿Por casualidad no habrán…? —pronunció Alma arrepintiéndose en el mismo instante en el que había comenzado a formular la pregunta.

—¿Sí? —interrogó Osma esperando una continuación.

—No, nada, disculpe.

—¿Está usted segura? —insistió el comisario observando su reacción.

—Sí, sí, no era nada. Es que pensé…déjelo, no tiene nada que ver con lo sucedido —mintió ella adelantándose a esquivar el desliz que había tenido—, lo cierto es que no sabía qué hacer con su propuesta de acercarme hasta casa de mis padres—, volvió a mentir—. Disculpe pero estoy algo confusa. Ya está.

—Pues no veo relación en lo que estaba a punto de preguntar y lo que me explica ahora. Como prefiera. Mi propuesta sigue en pie.

—Muchas gracias, de verdad, no será necesario.

—Como le comentaba, también puede ponerse en contacto conmigo si considera que necesita algo o se encuentra en alguna situación comprometida en la que crea que podemos o puedo ayudarla. Referente al caso, quiero decir —aclaró agachando sutilmente la cabeza mientras se rascaba la coronilla.

—No le entiendo, ¿qué quiere decir? —interrogó Alma frunciendo el ceño mientras miraba atentamente al comisario.

—Perdone. No es mi intención alertarla, solo ha sido un comentario. Seguro que no tiene de qué preocuparse, quédese tranquila.

—¿Seguro? —preguntó repitiendo las palabras del policía—. Pues para querer tranquilizarme estará de acuerdo conmigo en que lo ha hecho usted fatal, si me permite el comentario. ¿Acaso cree que puedo estar...en peligro? —se atrevió a especular materializando una idea que había pasado por su cabeza y que necesitaba desterrar al instante.

Ambos, sin querer, estaban dándose, el uno al otro, demasiada información. Un error sin duda. Algo que solo ocurre con principiantes. Osma parecía no saber cómo despedirse de ella y Alma estaba demasiado desconcertada para calibrar su falta de discreción.

—No. No lo creo. Solo ha sido un comentario, y nada acertado por mi parte, lo reconozco y lo siento de veras. Me he dejado llevar por la deformación profesional, de manera que le ruego que me disculpe —añadió con intención de aclarar que la conversación acababa allí.

—Si no recuerdo mal, el suelo del lavabo estaba salpicado de pastillas tranquilizantes, ¿no? Pude darme cuenta incluso que había de varios tipos.

—Muy observadora por su parte, pero eso ya forma parte de la investigación, de manera que no creo que sea correcto hablarlo aquí. Aunque sí, no se puede negar esa evidencia. Había muchos tranquilizantes en el lavabo. Demasiados diría yo.

—En el aseo y en el estómago de Esther, imagino comisario. A pesar de eso... —la voz de Alma se quebró y tragó saliva de inmediato para mitigar el nudo que se le había hecho en la garganta—, dejémoslo. Quizás sea lo mejor y como dice usted su caso ya forma parte de una investigación que no debe entorpecerse.

Quería borrar la imagen de su cabeza, pero había quedado grabada en su retina y almacenada en su memoria. Había visto algo extraño en la postura de Esther, allí tirada en el suelo, con las rodillas dobladas hacia atrás, como si hubiera estado inclinada sobre el váter hasta que las fuerzas la habían abandonado. Su cerebro hacía las veces de escáner y también llegó hasta ella la imagen del teléfono móvil tirado en el suelo a los pies de la cama, algo en lo que no había reparado hasta ese instante. Había conocido algún caso de intento de suicidio y arrepentimiento inmediato. Eran casos en los que la necesidad de llamar la atención era imperiosa, infantil e inmadura al mismo tiempo, pero nunca había habido intención real de acabar con sus vidas. Incluso recordó una ocasión en la que tuvo que ir a buscar a una compañera del seminario, a la que le habían practicado un lavado de estómago. En aquella ocasión, ella apareció acompañada de un sanitario, en silla de ruedas y con la boca llena de una sustancia negra que al parecer era carbón. Nunca quiso suicidarse, aunque lo intentó varias veces. Esther tampoco tenía ninguna intención de acabar con sus días, y menos de aquella forma. No la imaginaba haciendo aquello que, a la vista del resultado, debió ser horrible. Aquello era otra cosa, algo que imaginaba que debía investigarse y que suponía que así sería por parte de los responsables del caso. Aquel «algo» en lo que se había convertido su amiga en las últimas horas quemaba en su corazón cada vez que recordaba la última conversación que habían mantenido.

Después de lo que había hablado Osma, ninguno de los dos pronunció la palabra homicidio pero ambos sabían a qué se estaban refiriendo. El hombre dio unos pasos hacia atrás, giró sobre sus pies y se dirigió de nuevo hacia el vehículo sin volver a mirarla. Sabía que aquella no sería la última vez que se verían. Lo sabía y también lo deseaba.

—Que vaya bien. Y descanse —alcanzó a decir Guillem tratando de zanjar un tema que resultaba demasiado espinoso en aquel momento.

—Gracias, igualmente —respondió ella sin perderlo de vista.

Por su parte, Alma esperó inmóvil viendo como el comisario desaparecía ante sus ojos. Volvía a estar sola, pensó mientras recorría con su mirada el trayecto del vehículo del policía hasta perderlo de vista. Ella también supo, y se equivocaba muy pocas veces, que aquella no sería la última vez que se encontrarían. Algo que al tiempo que le produjo un hondo suspiro también le provocó un escalofrío que recorrió todo su cuerpo. Había anochecido por completo, llevaba mucho tiempo sin visitar la ciudad que la había visto nacer y todo le pareció distinto a otras veces. Sus padres no sabían que estaba allí y ni siquiera había pensado decírselo, esa era la verdad. Era una pequeña y singular rebelión abanderando la que ya consideraba su libertad como ser humano, algo de lo que había carecido demasiado tiempo.

La que se había proyectado como una visita en la que Esther y ella darían la bienvenida a una nueva vida, de la que habían tenido conciencia y necesidad de experimentar libres al fin, se había truncado de repente. Suspiró agarrada al volante y arrancó el vehículo de forma espontánea. ¿Qué hacía allí?, se preguntó. Pensó en sus padres, en su pasado, en lo contentos que estaban por los logros para con ella, en su satisfacción de que por fin habían podido encontrar el mejor camino para uno de sus hijos y sobre todo pensó en sus hermanos: Ana, la mayor, la hermana guerrera y la hija díscola que nunca dio su brazo a torcer a pesar de la insistencia con la que sus padres habían tratado de convencerla; Samuel, el pequeño, el chico de la casa, un genio de la informática que finalmente se había decidido por estudiar arte dramático y que también había conseguido fabricar una tela invisible e imposible de penetrar cuando la religión intentaba interponerse entre él, sus padres y sus propósitos de futuro. Y también ellos: María, su madre, una mujer que vivía por y para la familia con el único propósito de mantener una rectitud y un proceder que no eran otra cosa que apariencias, aunque ni ella misma fuera del todo consciente. Y Roberto, el padre y cabeza de familia, aunque solo fuera de puertas afuera. Su padre había sido un referente para ella hasta el día en que, a pesar de no estar convencida de que su destino era el que habían tramado a sus espaldas, se mostró lejano y frío el día de su despedida. Pese al deterioro que los años habían causado en su relación, para todos ellos tenía siempre una sonrisa y un amor muy especial, aunque si era sincera, de todos había envidiado su situación y su libertad de elegir, a pesar de la abundancia y la riqueza de la que ella vivía rodeada.

Controlando el nudo que se le había formado en la garganta, todos, los vivos, los muertos y los recuerdos se agolparon en su cabeza desordenando su voluntad hasta aturdirla. Negó varias veces, apretando los labios para olvidar el duelo con el que todavía vivía sus recuerdos, los que sin darse cuenta le habían arrebatado al parecer con la mejor de las intenciones. Mañana será otro día y todo parecerá distinto, se dijo recobrando la serenidad y dispuesta a empezar desde el principio, una vez más.

CAPÍTULO 2

Bathurst — Nueva Gales del Sur (Australia 1895)

—Llegas con retraso. Hace más de una hora que te espero. Debemos llevar todo esto antes de que nos roben. Esto está cada vez peor. Aunque bien mirado, nuestro dinero no está seguro en ninguna parte, ni siquiera en el banco. He oído en la cafetería que los bushrangers[1] han vuelto a asaltar algunas oficinas en un par de ciudades cercanas. Uno no sabe ya que pensar.

—Pues no pienses tanto, porque a lo que no estoy dispuesta es a guardarlos debajo de estas baldosas movedizas, que te conozco —dijo Marta dando un pequeño golpe con el tacón del zapato—. ¡Qué calor hace por Dios! —exclamó secándose el sudor de la frente con el pañuelo que llevaba atado al cuello, atajando la conversación—, y qué exagerado que eres Antonio. Lo siento, me encontré con James otra vez. Ese hombre tiene el don de la oportunidad, ¿vamos? —preguntó con prisas, alzándose para darle un beso al gigante de su marido antes de que éste siguiera por aquellos derroteros—. Creo que sólo he estado fuera unos cincuenta minutos si mi memoria y este cacharro no fallan —añadió mirando el viejo reloj de pared que colgaba en una de las paredes de la sala que, tras no pocos esfuerzos, habían conseguido convertir en el comedor de la casa—. Además, este es el resultado —remató enseñándole a su marido una buena cantidad de billetes—. Nada despreciable, ¿no? —manifestó con una gran sonrisa—, ya solo nos deben dinero unas…veintisiete familias creo.

—Siempre ese maldito James. Tendrá que andarse con cuidado si no quiere encontrarse un puño aplastando su nariz

---

[1] Bandoleros, fugitivos convictos en los primeros años de la colonización británica en Australia

cualquier día de estos —añadió Antonio con una sonrisa apretada mordiendo con los dientes el labio inferior, y el puño en alto y cerrado—, bastante tiene ya con lo suyo. Sus ínfulas de buscador de oro me las paso yo por...

—Shhhhh —seseó Marta acercándole a su marido su dedo índice a la boca—, no seas bobo, que aquí ya apenas quedan buscadores de oro, ¿recuerdas? Además de eso y para que te quede muy claro piensa un poco: ¿Acaso crees que alguien pueda estar interesado en mí, con esta pinta? —añadió perfilando su figura todavía abultada por el parto ante un Antonio falto de palabras mientras la observaba con ojos de enamorado, sin quitarle ojo de encima.

—Tu pinta es estupenda; más que estupenda diría yo —susurró arrimándose cariñosamente hasta ella para estampar un beso en los labios.

—No seas zalamero. Mira que te gusta parecer celoso, ¿eh? —afirmó Marta observando aquellos ojos claros del Antonio que la había enamorado desde niña.

Un Antonio que nunca había perdido los rasgos de niño travieso pero que los años y las penurias a las que se habían visto sometidos, él y su familia, se habían encargado de hacer mella. El sentido de la posesión y aquellos celos infundados eran herencia de su padre, el señor Antonio, algo de lo que Marta renegaba en silencio casi a diario. Pero era su hombre, y seguiría siéndolo hasta el fin de sus días.

A pesar de los cambios a los que su cuerpo y su naturaleza de mujer había tenido que acostumbrarse en los últimos meses con el embarazo y el parto e, incluso teniendo algunos amagos de tristeza repentina que solía guardar para sí sola, Marta seguía siendo la cabeza de aquella familia; la que racionaba los impulsos y las ganas de Antonio de salir de allí cuanto antes.

—Recuerda que esta tarde, a primera hora, tengo una reunión —comentó apagando el cigarrillo.

—Ya me imaginaba por las prisas que te veo, con tus

amigos los republicanos ¿verdad? No me hace ni pizca de gracia que andes señalándote y más con la situación que tenemos ahora. Este país se convertirá en eso, en un país, aunque tú y yo no estemos aquí.

—Lo sé, y no te preocupes, que lo único que hago es apoyar a mis compañeros de la fábrica. Las cosas no tardarán en cambiar. La segregación de Gran Bretaña es un hecho, lo será en breve.

—Está bien, no se hable más, ya no me preocupo —se excusó ella ignorando los cambios de los que le hablaba su marido y que ella intuía desde la distancia—. Venga, vamos que al final llegaremos tarde y no estoy tranquila teniendo tanto dinero en casa.

En realidad no estaba preocupada por los encuentros que mantenía Antonio con algunos de sus compañeros, porque su tiempo en aquella tierra estaba llegando a su fin. Pero sí estaba algo inquieta ante un pensamiento que se había instalado en su cabeza desde hacía unos meses. Algo que se negaba a aceptar a pesar de algunas evidencias a las que hasta el momento no les había hecho ningún caso. Marta se sentía la mujer más afortunada de la tierra en aquel instante de su vida. Tenía todo lo que había deseado tener, todo lo que se posee por encima del dinero: salud y amor. Contaba con la capacidad de convertir lo difícil en fácil, a pesar de las estrecheces que estaban viviendo desde aquella maldita crisis, que para ellos no había hecho más que acentuar la delicada situación económica en la que habían quedado tras la muerte de sus progenitores. A pesar de todo, era una mujer con energía más que suficiente. Además, aquel embarazo parecía haberle aportado una dosis extra. Era feliz junto al amor de su vida, incluso por encima de las preocupaciones por salir adelante que habían tenido desde el primer día en que habían podido compartir, por fin, su proyecto en común.

Primero la depresión económica en la que se habían visto

inmersas la mayoría de las ciudades tras la década de auge dorado y prosperidad creciente; después las prolongadas etapas de sequía que ya habían empezado a provocar esterilidad en los campos de cultivo, la merma de cabezas de ganado y animales de granja, la escasez de higiene básica en las familias y, como resultado, la pérdida de personas que morían víctimas de disentería y fiebres tifoideas. Australia, un continente rodeado de agua, enfermaba y moría de sed en aquellos años. A pesar de eso, Marta se encontraba fuerte y era fuerte, ambas cosas. En casa disponían de un pozo, un bien tan preciado en aquellos días, incluso más que el oro de antaño.

Nadie se lo había dicho nunca, aunque había sentido en su interior una energía que la había acompañado desde niña a seguir adelante, a templar las bonanzas, a esquivar las vicisitudes y a enfrentarse al destino mirándolo abiertamente a los ojos. Sin embargo, en su cabeza rondaba el mal presagio, que mitigaba tan deprisa como podía, cada vez que veía como Antonio escondía inútilmente su tos detrás del árbol que había en la parte posterior de la casa, justo al lado del que había sido el cobertizo donde se habían aprovisionado años atrás los materiales para jornaleros, campesinos, exploradores y esquiladores.

Por eso, y sin querer darle demasiada importancia, pero sin bajar la guardia ni un solo instante, se aseguraba de que al hombre de su casa y a su hija, todavía en su vientre cuando empezaron las sospechas, no les faltara lo necesario. Hablaba con ella aún sin conocerla y sabía que era una niña. Lo sabía sin más, y no se equivocó. Se las ingeniaba para vender y revender algunos aperos, aunque desde el comienzo de los periodos sin lluvia, ésta también se había convertido en una tarea difícil. Cada día había más campesinos, más jornaleros y más ganaderos sin trabajo, sin comida que llevar a sus casas y sin las mínimas condiciones que una vida saludable exigía.

Mientras Marta se había alejado unos instantes de allí con

sus pensamientos, la pequeña Elisabeth seguía en su cuna, atenta a los sonidos que llegaban hasta sus recién estrenados oídos, en forma de palabras, que todavía no lograba entender. Para su estómago ya hacía unos minutos que había llegado la hora de comer y, sin embargo, los brazos de su madre todavía no la habían acompañado hasta la fuente de la que se saciaba siempre que lloraba. De forma natural, se arrancó en lo único que sabía hacer hasta ese momento y berreó con fuerza reclamando lo que sabía que le pertenecía por derecho: la teta de su madre.

—Mi pequeña —dijo en un suspiro.

—Pulmones no le faltan —añadió Antonio sonriendo—, hemos hecho lo mejor que puede hacer un hombre. Mírala, está completa, tiene sus dos piececitos, sus manitas, su nariz, unos ojos preciosos…me parece lo más hermoso que he visto jamás y sólo espero que se parezca más a ti que a mí. Y verla crecer, solo le pido eso a Dios.

—Qué bobadas tienes Antonio. ¿Por qué no la vas a ver crecer? En la tierra de nuestros padres se convertirá en una señorita a la que todos los mozos le irán detrás. Así que vete haciendo a la idea, no digo más que ya nos conocemos en estas lides —añadió arqueando las cejas mientras sonreía—. Ah, y se parecerá a ambos, tonto —zanjó.

Con una sonrisa que primero regaló a su marido y luego a su pequeña, Marta observó durante unos instantes su tesoro, aquel pequeño ser que la vida les había regalado y al que pensaba destinar todos sus esfuerzos en este mundo. Se acercó a su cuna, la tomó entre sus brazos, se acercó hasta la vieja mecedora que había heredado de su madre y la arrimó hasta uno de sus rebosantes pechos. Su hija no viviría allí mucho más tiempo, se dijo acariciando sus mejillas mientras la pequeña succionaba con la boca, lentamente, el manjar que su madre le proporcionaba.

Aquella era una tierra todavía salvaje, arrebatada a golpes de fuerza y misal durante varias décadas a los aborígenes que bajo el yugo de la religión habían visto cómo su cultura, su lengua y sus costumbres quedaban enterradas tras la capa evangelizadora de esa civilización que no entendían y en la que sus padres, los abuelos de Elisabeth, habían depositado las esperanzas de una vida mejor. Ella no estaba dispuesta a continuar viviendo de aquella forma, quería algo distinto para su retoño. A pesar de las dificultades, el sacrificio y el tiempo de espera que supondría hasta que pudieran reunir todo lo que necesitaban, ya habían tomado la decisión de volver hasta la tierra de sus orígenes: España. Sus padres, los de ambos, a pesar de no vivir en el país durante sus últimos años, se habían encargado de dejarles el legado de sus recuerdos y la lengua materna que en esa nueva tierra de conquistas nunca habían dejado de practicar en la intimidad de sus familias o en los escasos círculos de relación en los que habían tenido oportunidad de hacerlo. Para ellos, para la primera generación nacida ya en tierras australianas, la lengua habitual era el inglés, a pesar de la facilidad con la que habían incorporado el castellano en su vida cotidiana.

Desde niños habían estado enamorados y dadas las circunstancias, desde el día en que la ley se lo permitió, se habían casado en la intimidad de una capilla protestante, junto a los cuatro vecinos que formaron el séquito de testigos y acompañantes. Ambos eran huérfanos desde hacía ya algún tiempo, y habían aprendido a sobrevivir esquivando los peligros de usureros y ex—convictos que acechaban por las calles de una ciudad creciente, con las peores intenciones. Durante los primeros años de su juventud, habían logrado mantener el negocio familiar que los padres de Marta habían levantado no con pocos esfuerzos. Habían tenido vista y suerte, ambas cosas. Se dedicaban a la venta de enseres y material de todo tipo para los buscadores de oro que se aventuraron durante casi dos décadas a tal menester sin tener ni idea de nada.

Desde los últimos años de su infancia, Marta aprendió a tratar con proveedores, mayoristas, y tratantes que no hacían otra cosa que enriquecerse a causa de aquella oleada de hombres y familias enteras que llegaban hasta el Estado de Nueva Gales, que se instalaban apenas con lo puesto, en busca del futuro dorado. Todo iba bien, hasta que su padre cayó enfermo y en poco menos de un mes tuvieron que hacerse cargo de todo. Era una niña despierta y rápida en los cálculos, capaz de negociar ante la sorpresa de todos, de ver un poco más allá que el resto de la gente y reaccionar con diligencia cuando las circunstancias lo requerían, algo que le valió para hacerse respetar en aquel mundo de hombres. Ellas, las mujeres, incluso en un país que podía presumir de ser uno de los primeros lugares en el mundo que había aprobado el sufragio universal femenino, estaban relegadas a las cocinas, al cuidado de los hijos y a obedecer, algo a lo que Marta no estaba dispuesta porque sí.

Angelical, joven e implacable, tuvo que adoptar el papel de padre, de madre y de responsable de la casa sin proponérselo. Su madre había caído en una irremisible depresión poco tiempo después de enviudar y su hermano Guillermo, mayor que ella, no tenía dotes de mando ni espíritu empresarial, ni ganas de hacerse con ninguna responsabilidad que le mantuviera atado al que había sido un negocio próspero. Lo suyo era la política y las arengas en los bares, algo que le valió más de un moratón y alguna multa por alteración del orden público. De manera que fue ella quien tomó las riendas de las cuentas y de una familia que se desmoronaba poco a poco.

Antonio era el hermano menor de una de aquellas familias que había llegado hasta Bathurst, uno de los asentamientos más antiguos del interior de Australia y la primera localidad en la que se había encontrado oro comercializable, que había visto más que duplicada su población en poco menos de una década gracias al sucesivo desembarco de riadas de personas en la bahía de Sidney y la peregrinación desde diferentes continentes, sin contar a los verdaderos habitantes de aquellas ocupadas tierras, que realmente ya no importaban a nadie. En aquellos años la ciudad era un hervidero de almas en busca de un tesoro, «la gran pepa» con la que todos soñaban tras largas jornadas de sudor y barro y, a pesar de que la realidad era bien distinta y dado que solo podía comprobarse una vez instalados en los campamentos, las expectativas de hacerse ricos buscando riqueza y prosperidad seguía provocando uno de los éxodos de población más grandes hasta entonces conocidos.

La llegada de la familia de Antonio no tuvo su origen en la búsqueda del tan preciado metal. Sus padres, de origen vasco, poseían una larga experiencia en el campo y habían escuchado el reclamo que algunos gobiernos habían hecho a sus ciudadanos para la recolección de caña de azúcar y otras tareas emprendidas acerca de los nuevos proyectos agrícolas que querían poner en marcha en la también estrenada nación. De espíritu aventurero, habían viajado hasta tierras americanas. Luego se habían desplazado con no pocas penurias, hasta la tierra austral, aventurándose a una vida completamente desconocida en la que la vuelta atrás era poco menos que imposible.

Los primeros años lucharon contra la nostalgia, el idioma, la convivencia con ex convictos llegados desde Gran Bretaña que no se acababan de adaptar a una vida en libertad y los contratiempos que iban apareciendo a medida que echaban raíces en aquel país que, si bien los había acogido con buena predisposición, no era el suyo.

Los padres de Marta habían seguido el mismo camino, aunque procedían de otra ciudad distinta a los de Antonio. Antiguos comerciantes de telas, la posibilidad de abrirse mercado en un país en el que la lana era prácticamente el único tejido con el que confeccionar, se hacía un negocio atractivo. Algo que combinaron con el abastecimiento de materiales para la avalancha de buscadores de oro que empezaron a aparecer al poco tiempo de su llegada a tierras australianas.

—Yo creo que con lo que llevamos hoy y calculando el ritmo menguante de nuestros ahorros… —indicó Antonio sonriendo con ternura a su mujer mientras Elisabeth, atenta solo a lo que realmente le importaba, terminaba de mamar.

—No sigas, por favor. Necesito creer que lo lograremos. Es nuestra aventura, la de vuelta al que fue el hogar de nuestros padres y abuelos —pronunció Marta a punto de echarse a llorar.

—Lo sé mujer, y no te quepa la menor duda que así será, pero debemos ser realistas. A este paso lo menos que tardaremos para reunir el dinero suficiente serán…

—Tres años, si no cuatro, lo sé. Yo también se contar y llevo haciéndolo muchos meses. Vamos, no dejemos pasar ni un minuto más —se apresuró dejando en brazos de su padre a la pequeña, que ya había saciado su apetito y sonreía como si el mundo estuviera a sus pies.

Mientras Marta se aligeraba con las tareas de casa y se disponía a preparar la comida antes de que Elisabeth volviera a reclamar su dosis, Antonio durmió entre sus brazos a la pequeña, evitando acercarse demasiado a ella. La besó en la frente y contuvo sus ganas de toser como pudo durante los minutos que la tuvo contra su pecho. Pensar en aquel viaje, tan deseado por ambos, lo llenaba de alegría y de tristeza al mismo tiempo. No había ido al médico, no pensaba hacerlo porque algo le decía que las noticias que recibiría tras la visita no le iban a gustar. Miró de nuevo a su niña, que ya dormía plácidamente entre sus brazos, y suspiró imaginando la nueva vida en Barcelona que tantas veces habían planeado Marta y él. Ojalá fuera así, pensó dejando a la pequeña en su cuna junto a una lágrima furtiva que se había resbalado hasta su tierna mejilla.

CAPÍTULO 3
Barcelona 2014

Sin hacer ningún esfuerzo y dejando que los pies y las manos la llevaran despreocupada y falta de concentración, de repente se encontró en el que había sido su barrio durante la infancia y los primeros años de su juventud. Sin ser consciente del trayecto que la había llevado hasta aquellas calles que tan bien conocía, acababa de llegar donde vivían sus padres alcanzando, en uno de sus extremos, uno de los lugares más emblemáticos del barrio y que siempre le había causado curiosidad: se encontraba frente a la «Torre de la Miranda». El torreón, como también lo llamaban algunos, que tantos años había sido motivo de leyendas e historias llenas de fantasía contadas a los más pequeños. Construida a finales del siglo XIX por el segundo conde de Bell.lloc, Arnau de Mercader, la vieja torre, que había visto momentos mejores y peores, seguía allí como una atalaya vigilando sus dominios.

A pesar de que a aquellas horas parecía que iba a ser imposible encontrar un aparcamiento, tuvo suerte y pudo estacionar el coche a pocos metros del torreón. Bajó del vehículo y se acercó, casi emocionada, hasta la base, que ahora se encontraba iluminada y lucía más que nunca. Tocó sus paredes, miró al horizonte y respiró el aire de una ciudad que si bien parecía haber cambiado mucho en las últimas décadas, conservaba la esencia y algunos de los olores que recordaba de niña. Sin haber sido completamente consciente del paso del tiempo desde que ya no vivía en San Ildefonso, lo cierto es que llevaba fuera de allí más de diez años. Una eternidad, muchos días sumados, uno tras otro, en los que había tenido que deshacerse de su corta historia, de su entorno cotidiano, de su colegio, de sus tardes de comba y gomas con las niñas del vecindario, de sus amigos del barrio y del que había sido su primer amor, algo que ocultó siempre a todo el mundo. En el ambiente en el que se movía, un desliz de aquel tipo habría sido motivo de sanción segura y ni siquiera había confesado aquel amor imposible a su mejor amiga, la única que había tenido en el seminario. Ahora daba igual. Ella estaba muerta y de nuevo acudieron hasta sus ojos las lágrimas.

Aunque había hecho lo posible por pasar desapercibida, allí siempre había destacado entre sus amigos. Además de guapa, era la lista del grupo, la empollona, aunque la verdad es que no recordaba haber pasado más de media hora revisando sus apuntes de primaria para ningún examen. Por el contrario sus compañeros, los que se preocupaban por sus notas, se afanaban en estudiar para sacar buenos resultados y los que no, ni siquiera habían terminado sus estudios primarios. Para ellos Alma, además de tener un nombre que ellos tildaban de raro, era casi una extraterrestre ¿A quién se le podía ocurrir semejante nombre para una niña? Era algo que no había logrado comprender, y tampoco preguntar. Por eso y por la forma en que la veían crecer nadie se extrañó cuando María, su madre, orgullosa de la decisión tomada entre Roberto ella misma, tuvo a bien explicar al vecindario que su hija, la mediana, había sacado excelente puntuación en unas pruebas que le habían hecho en el último centro al que la habían llevado y estudiaría una carrera en el extranjero sin que tuvieran que pagar un céntimo.

Después de las primeras veces en las que Alma disfrutó de algunos permisos para volver a casa con su familia, en las que se convertía en el centro de atención de las reuniones y en la envidia de la mayoría de ellos que no habían salido nunca ni de la comarca, los que habían sido sus amigos de toda la vida dejaron de echarla de menos, o al menos esa fue la sensación cuando dejaron de interesarse por su presencia. Todos estaban cambiando y las preocupaciones para los chicos del barrio eran unas muy distintas a las de Alma. Mientras ella se debatía entre el latín y el hebreo, el resto andaba descubriendo y experimentando lo que a esa edad era de recibo: amores, sensaciones prohibidas y otras hierbas.

Ahora, a sus veintiséis años, pensó que debía seguir siendo un bicho raro; alguien que no encajaría muy bien entre los de su entorno si se volviera a encontrar con la pandilla, aunque era algo a lo que ya se había acostumbrado en su momento. Allí, en aquel barrio mezclado de viejos y nuevos inmigrantes que compartían cada día pedazos de sus vidas y de su historia había pasado los mejores años de su vida; los que recordaba como la niña inocente que había sido hasta una tarde en la que, volviendo del colegio, se encontró en casa con aquellos señores tan amables que la trataron como si fuera un adulto. Aquel encuentro lo cambió todo. En su vida y en la de sus padres que, fieles seguidores de la doctrina cristiana, católica y apostólica, habían mantenido varias reuniones con el párroco del barrio y representantes de la organización a la que iban a llevarla y de la que ella, por supuesto, era ajena. Allí habían decidido entre todos cual debía ser su futuro. Alma, inocente como no podía ser de otro modo, aceptó de buen grado una decisión que marcaría su vida y su trayectoria para siempre.

Apoyada en la barandilla, disfrutando de la suave brisa que corría refrescando su cara, permaneció unos instantes junto a la base de vieja torre que durante algunos años Arnau de Bell.lloc, tercer conde que ostentaba el título nobiliario, había utilizado como mirador de aves. En boca de algunos mayores, se habían escuchado historias de todo tipo. Corrían algunas voces que hablaban de la existencia de un pasadizo subterráneo que unían la torre al palacio de Can Mercader, residencia de verano de los condes en los comienzos del siglo XX y vivienda habitual más tarde, otros afirmaban convencidos acerca de los diferentes usos que aquella construcción neo mudéjar había tenido, muy diferente al propósito con el que parecía haber sido construida en los primeros años del siglo XX. Algunos incluso habían oído decir a sus mayores que allí se habían llegado a emparedar religiosas embarazadas. Para todos los gustos había.

La historia está llena de verdades y leyendas; de ficciones e imaginación y, desde luego, el torreón centenario, que llevaba allí muchos más años que la mayoría de aledaños, no iba a ser menos. Desde aquel punto, se podía divisar un horizonte nocturno plagado de lucecitas que relajaban la vista y así permaneció durante algunos minutos en los que los años viajaron con ella. Dejándose llevar por el pasado y la nostalgia que se había apoderado de sus recuerdos, de repente sintió una leve presión en los tobillos que la hizo mirar hacia abajo. Dio un respingo, e inmediatamente sonrió al ver de qué se trataba.

—Perdona, se me ha escapado —escuchó decir al tiempo que alzaba la vista.

—No importa —contestó sonriendo viendo como el bajo de sus pantalones seguía siendo inspeccionado por un cachorro al que parecía haberle caído bien—, están de moda ¿no? —preguntó divertida.

—No, no sé —dijo el chico que ya se había acercado hasta ella acortando la correa de su perro—.Tu cara me suena —se aventuró a comentar el desconocido.

—No sabría decirte —contestó ella mirándolo con más detalle sin atreverse a dar su veredicto—. Soy muy buena recordando caras y nombres aunque me pillas desentrenada. Espera, no me lo digas ¿Eres Javi? ¿Javi Jiménez? ¿Doble jota? —acabó de concretar satisfecha.

—Joder sí —afirmó mirándola extrañado—. Hasta el mote te has sabido, pero… ¿Y quién eres tú? Sí que tienes memoria. Yo soy malísimo con los nombres, te lo juro.

—Soy Alma, Alma Domenech. Creo recordar que venías a mi clase.

—Pues mira que tu cara me suena —repitió ayudándose con un gesto afirmativo—.Perdona el despiste porque lo que no se me suele olvidar es una cara, y más si es… bonita coño, que lo que es, es —se arrancó el muchacho en su atrevimiento.

Alma sonrió y volvió su vista al perrillo que estaba

empeñado en comerse el hilo que pendía de una de las perneras del pantalón. Se agachó para acariciarlo y el can le devolvió el detalle moviendo el rabito a compás del culo.

—Cachorro de Buldog francés. Muy delicados, según creo. ¿Cómo se llama?

—Lady.

—Ah, que eres una chica —comentó dirigiéndose al animal y acariciándole de nuevo la cabeza—. Me encantan los perros, pero en casa nunca nos dejaron tener uno. Mi hermano pequeño era alérgico.

—¡Ahora caigo, joder! Tú eres la hermana de Samuel. Es que hace mucho que no vienes por el barrio, ¿verdad? Me habían dicho que estabas por ahí, en el extranjero, estudiando y eso.

—Sí, vivo fuera la mayor parte del año. He venido alguna vez por navidad y eso, pero pocos días. Demasiadas obligaciones —añadió por decir algo.

—Bueno, muchos se han ido de aquí buscando un barrio mejor. Yo me quedé, me gusta esto, y a mi novia también aunque ella no es de aquí. En fin, creo que tendré que dejarte. Ésta todavía tiene que dar su paseo —dijo señalando al can mientras ella se dedicaba a morder la correa en señal de impaciencia—, y en casa aún no hemos cenado. Oye, que me alegra verte. Bienvenida a casa —añadió acercándose para darle dos besos antes de que ella pudiera reaccionar.

Alma correspondió sorprendida. No era consciente de los cambios que había experimentado su rutina diaria hasta que no se encontraba en situaciones como aquella. En la mayoría de países de Europa, sobre todo en el norte, el saludo habitual incluso entre niños era darse la mano. Sólo en casos especiales la gente se besaba, no como aquí, que reparten besos a cualquiera y casi en cualquier circunstancia. Ella había sido siempre una niña efusiva, la más cariñosa de los tres hermanos, dicho por todos, aunque solo el rastro quedaba de aquella Alma a la que un día le habían arrebatado la sonrisa verdadera. Le costaba mucho esconder su estado de ánimo, hasta que ingresó en el seminario. Allí comprendió que de nada valdría ser sincera, más bien al contrario; las apariencias, aunque no lo reconocieran de forma abierta, eran de curso habitual y casi obligatorio. Siempre había que guardar las formas, fuera cual fuera la circunstancia. Algunos de los compañeros parecían estar felices con aquella forma de actuar y ella, a fuerza de ensayar lo que no sentía, también se acostumbró. Lo peor era esconder la añoranza que su vida, la de antes, la que una vez le habían regalado sus padres y luego le arrebataron, la que cada vez parecía estar más lejos de su alcance, le producía.

De algún modo, aunque invisibles, se percibían los tentáculos que aquella organización elitista iba trazando sobre cada uno de los seminaristas, y luchaba sin tregua contra las sensaciones contradictorias que combatían dentro de ella. Había creído en la causa, lo había hecho durante unos años en los que necesitó el cariño y la comprensión que sus tutores le brindaban sin concesión aparente, aunque ahora sentía el vacío del engaño en su cuerpo y en su alma. Casi la habían convertido en uno de sus replicantes, una de aquellas personas cuyo precio, para llegar hasta la cima de su propio espejismo, acababa resultando demasiado alto: la libertad.

Por un lado, tenía presente que aquella ni era ni sería la vida que ella viviría en unos años; por otro sabía que su necesidad de saber, de aprender, de estudiar y de conocer sólo podría saciarse participando de aquel grupo que la había seleccionado justamente porque su capacidad de aprendizaje y sus habilidades la colocarían, igual que a otros compañeros como un peón de ajedrez al que irían desplazando según los intereses de la gran asamblea. Ésta se reunía dos veces al año de forma ordinaria para determinar el destino para el que prepararían a los peones más avanzados.

Viendo como Javi se alejaba de su vista y se adentraba en una de las calles perpendiculares a la avenida en la que se encontraba la torre, decidió volver al coche y dirigirse, como era su primer propósito, al hotel en el que iba a pasar la noche. Su recuerdo volvió a llevarla hasta Esther. Ella también debió haber sido una niña alegre, además de inteligente. Mucho más que ella. Era buenísima en ciencias y su destino era trabajar para una organización internacional de Investigación y Desarrollo cuando acabara la última carrera, aunque todo se truncó cuando decidió seguir adelante con la primera de las instancias negativas que se había cursado hacia la comunidad. Alta traición, así es como lo llamaban, aunque en la documentación que una vez le había enseñado, extraída a escondidas del expediente que cada uno de los alumnos tenía, se expresara con otro nombre. Alma lo supo más tarde, cuando la decisión de Esther de abandonar aquel barco ya era una realidad. No imaginaba las consecuencias que una deslealtad podía alcanzar. Ahora lo presentía, intuía la verdad, a pesar de dolerle en las entrañas recordar que ella misma había estado completamente de acuerdo con los preceptos de la organización durante muchos años. Pensaba una y otra vez en Esther y hasta ella llegaba cada vez la misma frase: el suicidio no entraba entre sus planes.

Arrancó el vehículo y pensó, durante unos segundos, qué debía hacer. Aparecer por casa de sus padres a aquellas horas no sería nada bueno; la coserían a preguntas y no tenía ganas de dar ninguna explicación. Además, no convenía hacerlo sin haber avisado. Desde el coche, miró hacia la ventana desde la que durante tantos años había observado el ritmo de un barrio lleno de vida de día y de noche; los bancos de la plaza; el mercado de abastos que tanta fama había tenido y todavía conservaba; el quiosco de toda la vida, tantas cosas que le resultaban familiares incluso después de los años que habían transcurrido desde su partida, y sonrió. No había luz, algo que le extrañó a priori. Tampoco era tan tarde, se dijo mientras abandonaba la calle y se disponía a salir de allí por la nueva ronda.

Fue pensando en los pasos que iba a dar para conseguirlo.

Su propósito era entrar en la habitación donde la habían encontrado y comprobar si su diario seguía allí o por el contrario los agentes lo habían localizado, algo que era posible si habían hecho bien su trabajo.

Por suerte, el hotel disponía de aparcamiento propio y, aunque no estaba contratado, prefirió no perder más tiempo en la tarea de buscar dónde dejar el coche aquella noche. Se encontraba en mitad de Barcelona, desconocía el ambiente nocturno de la zona y aunque no era miedosa prefirió ir a lo seguro. El hall se veía tranquilo, apenas dos personas sentadas alrededor de una mesa leyendo; otra, apartada de las primeras, hablando por teléfono y una tercera, un hombre que al verla la observó durante unos segundos hasta que Alma lo desafió. Ninguno parecía policía, aunque si lo fueran no iban a llevar el distintivo. Sonrió sin saber por qué, pensó que todavía podrían quedar restos del dispositivo policial que se había desplegado por la tarde aunque, a simple vista, todo parecía tranquilo. En el supuesto de que así fuera —consideró valorando una posibilidad con la que no había contado—, tendría que ir con cuidado. Suspiró y se acercó al mostrador de la recepción. Después de dar los datos de la reserva, y de que le asignaran una habitación, pensó que no había comido desde hacía más de doce horas y entonces, constatando el hecho, sus tripas empezaron a rugir.

Se alojaría en el segundo piso del hotel. Subió a dejar su bolsa de viaje y se dirigió de nuevo abajo. Tenía que tomar alguna cosa o se le acabaría haciendo un agujero en el estómago. Aprovechando la sonrisa de la recepcionista se acercó hasta ella para preguntarle:

—Disculpe, ¿algún sitio para cenar en los alrededores? No sé…algo fácil —añadió arrepintiéndose de su pregunta al instante.

—Uf —contestó la chica arrastrando las dos letras con cara de cansada —, la verdad es que aquí puede encontrar muchísima variedad, ¿qué querría en concreto?

—Busco algo rápido —apremió sin esperanzas de

conseguir que le diera una opción interesante.

—Saliendo de aquí —le indicó—, yo me dirigiría hacia la calle Pintor Fortuny. ¿Nos ha visitado en alguna otra ocasión? —interrogó girándose para tomar de las estantería un mapa de la zona en el que ya estaba marcada la ubicación del hotel.

—Sí, no hay problema —contestó Alma más animada—, no vivo en Barcelona pero soy de aquí y he venido a visitar el Macba[2] en varias ocasiones. ¿Queda detrás verdad? —preguntó señalando hacia su espalda.

—Exacto. Pues tiene que ir en sentido contrario. Tiene para elegir y aunque no es demasiado tarde yo me acercaría ya, por si decide algún sitio en el que vayan a cerrar cocina. Aquí le dejo el mapa, por si le puede ser de utilidad.

—Muchas gracias, muy amable, de verdad —contestó retrocediendo sin perder de vista a la muchacha a la que adivinaba una evidente falta de descanso.

Al girar hacia la salida, observó que el hombre que la contemplaba cuando subía ya no estaba, pero algo le decía que no andaba muy lejos. Para eso también tenía un sexto sentido.

Esther se había hospedado en la quinta planta y ella tendría que desplazarse tres pisos arriba para llegar hasta la habitación, lo que no la entusiasmaba especialmente. Desconocía si la habían precintado y solo podía descubrirlo si llegaba hasta allí, aunque no descartaba que hubiera algún tipo de vigilancia. Pensó que en ese caso, siempre que no estuviera en la misma puerta, no iba a dejar pasar la oportunidad de subir hasta allí e intentar entrar. Mientras empujaba la puerta giratoria del hotel, sonrió pensando que su imaginación era demasiado grande o que quizás había visto muchas películas y se dirigió a la calle dispuesta a saciar el apetito que ya parecía más grande que ella.

Volvió al cabo de una hora y media, más tarde de lo que había previsto, aunque había valido la pena. Se había encontrado con un pequeño restaurante tailandés que, a primera vista, no tenía

---

[2] Museo de Arte Contemporáneo de Barcelona

muy buen aspecto, pero se aventuró a entrar y probar suerte. Conocía la comida tailandesa desde hacía un tiempo, y le gustaba. Los sabores y los colores que ofrecían la mayoría de sus platos le parecían exquisitos. La cocinera era auténtica y había acertado de pleno. Con el estómago lleno las cosas se ven de forma distinta, pensó mientras caminaba por entre las calles que ya habían perdido todo su aspecto diurno. ¿Y si encontraba el diario? ¿Y si descubría entre sus páginas información que la comprometiera? ¿Y si, tal y como parecía Esther se había suicidado y ella no la conocía tan bien como pensaba? Los interrogantes se amontonaban en su cabeza cuando, dispuesta a resolverlos, entró nuevamente en el hotel, saludó al recepcionista que había sustituido a la muchacha de antes, hizo un barrido visual rápido de la situación del hall y, observando que estaba sola, se adentró en el ascensor pulsando el piso número cinco.

Se abrieron las puertas, respiró hondo y salió de allí palpando desde su bolsillo la horquilla con la que se disponía a allanar la que había sido por unas horas la habitación de alguien cuyos planes, según todos los indicios que ella había conocido en sus propias palabras, no pasaban de ningún modo por quitarse la vida.

Alma era licenciada en teología, en derecho y casi había acabado la carrera de historia del arte. Estaba en ello. Hablaba, además de catalán y castellano, excelente italiano, inglés y alemán casi perfecto, a lo que podía sumar el hebreo, algo que fuera de su ambiente habitual en el seminario casi ni se atrevía a decir por la reacción que causaba en sus congéneres. Era todo eso y más, si se añadían la lista de habilidades que la madre naturaleza había tenido a bien concederle sin indicarle las instrucciones del uso provechoso que podía darles en la vida. Inteligencia superior, destreza y aptitudes sobradamente demostradas, que no era poco, lo que no quitaba que no supiera también abrir puertas que para el común de los mortales estaban prohibidas. Nadie se lo había enseñado pero sabía hacerlo. Y aunque el sistema de cerradura no era el mismo, lo había hecho en alguna ocasión para entrar en la biblioteca, en el seminario, y acceder a algunos de los libros que para los estudiantes de su nivel todavía no estaban permitidos. Una puerta era una puerta, se iba diciendo a modo de auto convencimiento.

Eran más de las doce de la noche cuando sigilosa, avanzaba por el pasillo sopesando las posibilidades de encontrarse con otros huéspedes a los que tendría que esquivar. Nadie tenía por qué saber quién era ella ni dónde se hospedaba; bastaría con sonreír y ni siquiera eso. Muchas situaciones se salvan simplemente siendo natural, sin más, repetía mentalmente mientras se fijaba en los números de las habitaciones. Debía llegar hasta la 514. Dobló la esquina y allí estaba, a su derecha, justo en el cruce entre dos pasillos. Chascó la lengua fastidiada pensando que se exponía demasiado cuando, para complicar más las cosas, vio como una cinta adhesiva alcanzaba parte de la hoja y el marco de la puerta indicando de forma muy discreta un único mensaje: «Precintado». Abrir era, a las claras, un delito aunque estaba decidida a hacerlo. Se secó el sudor de las manos en las perneras del pantalón y se dispuso a retirar, sin pensárselo dos veces, la cinta. Procuró llevar a cabo la tarea con el máximo cuidado, dejándola pegada de uno de los lados mientras se disponía a introducir las puntas de la horquilla, que previamente había abierto, en la ranura de la puerta por la que los huéspedes metían la tarjeta magnética. No era fácil, pero podía hacerlo. No estaba nerviosa, aunque la tensión forzaba su mandíbula y sus pabellones auditivos estaban abiertos en fase de alarma, preparados para detectar el más mínimo ruido mientras sus manos trabajaban con precisión, ajenas al apremio con el que el resto de su cuerpo esperaba el resultado de aquella delicada operación. Cada segundo contaba para no ser descubierta y todos los ruidos provenientes del hotel parecían llegar hasta ella, que concentrada en el juego de su muñeca, estaba próxima a conseguir su objetivo. Movió el mango de la puerta varias veces y, para su tranquilidad, por fin se abrió. Suspiró aliviada, miró hacia los dos lados asegurándose de seguir sola en lo que le alcanzaba la vista, dio un tirón seco del precinto y se adentró en la habitación cerrándola a su espalda con el máximo cuidado, pegándolo de nuevo, con sumo esmero para no estropearlo, en el marco interior de la estancia.

En el silencio de unas paredes que tan solo unas horas antes habían sido testigos de una muerte traumática y esperando que sus ojos se aclimataran a la oscuridad se sintió angustiada, como si alguien la estuviera observando a través de las ventanas que daban a la calle y cuyas cortinas permanecían abiertas ondeando levemente. Tratando de mitigar aquella sensación que le había provocado un escalofrío, se concentró para mantenerse tranquila y miró a su alrededor pensando que probablemente el equipaje, que ya no se encontraba allí, debía formar parte de las pruebas que se habría llevado la policía. También imaginó que éste sería entregado a la familia, una vez revisado su interior. Abrió su bolso y aligerándose en sus movimientos para permanecer allí el menor tiempo posible, sacó el teléfono móvil para usarlo de linterna. No debía tocar nada, era lo que se iba repitiendo interiormente mientras escudriñaba con los ojos todos los rincones que quedaban a su alcance. Que hubiera huellas suyas no era una novedad, había estado allí antes de que llegara la policía, pero era posible que hubieran dejado constancia de los lugares en los que habían sido encontradas. La interrogación era constante, ¿dónde podía haber ocultado Esther su diario, si es que lo había llegado a esconder y los efectivos no habían logrado dar con él? ¿Qué quería desvelarle? ¿Cómo debía haber sido su muerte en realidad? Las preguntas y las opciones se abrían paso en su cabeza aunque sin resultado, provocándole una angustia que se hacía dueña de su estómago, recorriendo paso a paso cada centímetro de la habitación. No estaba en ninguno de los sitios a los que de pronto recurría su imaginación con la esperanza de verlo aparecer y durante unos instantes pensó que lo mejor era abandonar la estancia y esperar. Lo más probable era que la policía lo hubiera requisado para revisarlo, discurrió queriéndose dar por vencida. Mientras eso sucedía abrió la puerta del lavabo con su pañuelo, para no dejar más señales de su presencia, y la imagen vino clara hasta ella. Primero visualizó la libreta en la que Esther anotaba sus impresiones, su diario y luego recordó cómo cuando se habían conocido en el seminario, ella le había hecho llegar en alguna ocasión algunos mensajes. Salió del lugar en el que la había visto por última vez, ya sin vida, y llevó sus pasos hasta una de las mesillas de noche situada en uno de los lados de la cama. Retiró la primera y no hubo suerte. Se dirigió hasta la otra y separándola con sumo cuidado de la pared algo cayó de detrás. Presa de un nerviosismo creciente en su interior y con la prisa quieta que el descubrimiento le causaba para salir de allí cuanto antes, se sujetó el pecho con una mano mientras la otra se alargaba hasta el cuaderno y se hacía con él. Nadie lo había visto, era suyo; el diario de Esther era suyo y sabía que allí encontraría muchas de las respuestas a las preguntas que se había hecho en el último año, en el que había empezado a construir los muros de defensa con los que necesitaba protegerse de la que ya intuía que había sido la gran mentira de su vida.

Con sumo cuidado, salió de la habitación comprobando que en el pasillo no hubiera nadie que pudiera verla pegar de nuevo el adhesivo del precinto. Inmediatamente después se dirigió hacia las escaleras sin darse cuenta que alguien la observaba desde uno de los extremos de aquel tramo perpendicular al que se encontraba. Alguien que también buscaba lo mismo y ahora sabía quién lo tenía.

CAPÍTULO 4
Puerto de Barcelona, 1903

Sin salir del camarote que compartía con los que ya se habían convertido casi en una familia, supo que estaban llegando a su destino. Suspiró abrazándose a su vieja rebeca antes de echársela por encima, elevó la vista y cerró los ojos pensando en él, recordando cuánto habían soñado con ese momento en los últimos años.

Era el fin de una aventura que se había fraguado entre sábanas y susurros cómplices, hacía casi ocho años, sin que ninguno de los dos fuera consciente del paso que estaban dispuestos a dar con la esperanza de que su hija, su amada Elisabeth, tuviera la oportunidad de crecer en un lugar completamente distinto al que lo habían hecho ellos. Era el principio de una nueva vida que ya no podrían compartir los tres. Antonio había muerto apenas dos meses antes de embarcarse, víctima de una tuberculosis que había logrado frenar a tiempo pero que le había dejado secuelas irreversibles. Su corazón, cansado de funcionar, se había parado una mañana de septiembre rodeado de los suyos, su mujer y su hija, las personas que más había amado en el mundo. Sus últimas palabras, serenas y conformes con la inminencia de su partida fueron para ellas, obsequiándolas con una forzada sonrisa y regalándoles los ánimos que ninguna tenía para emprender aquella aventura en la que ya no participaría. Habían llegado solas hasta allí, y desde allí lo recordarían hasta el final de sus días.

A pesar del empeoramiento de Antonio en los últimos meses y el riesgo que esto supuso cuando imaginaron que a pesar de su enfermedad embarcaría sin comunicar su situación a nadie, habían logrado escapar a sus propios temores y habían seguido adelante con su propósito. Ambos eran conscientes de cual acabaría siendo el final. El fin de una historia de amor que no vería sus días en el que para ellos iba a ser su nuevo continente particular; el lugar en el que verían crecer a su hija y el origen de sus familias.

Atrás quedaban muchas, y sobre todo muy duras, las semanas en las que había transcurrido la larga travesía que, además de llevarlos hasta sus destinos, había ido agotando sus cuerpos y su ánimo. Desde Port Jackson, en la bahía de Sidney y después de haber recorrido en carro los casi doscientos kilómetros que las separaban de la localidad de Bathurst, habían zarpado en uno de los más modernos trasatlánticos de la época, la inglesa P&O Steam Navigation Company, aunque los de su clase no tendrían ocasión de disfrutar de los muchos lujos con que contaba el navío. Cuatro mástiles y una gran chimenea central que mirada desde la base del barco parecía interminable. Ni siquiera la cubierta a la que podían desplazarse los viajeros de tercera clase contaba con el mínimo confort para que su estancia allí fuera agradable de manera que, incluso por seguridad, pasaban la mayor parte del día deambulando por el interior del barco, pasando el tiempo como podían. Eran aspectos a los que no había dado demasiada importancia aunque, ver a Elisabeht privada del espacio y la higiene que siempre habían procurado para ella, la entristecía. Los camerinos eran demasiado pequeños para acoger, en condiciones adecuadas, a los muchos más pasajeros que habían destinado a cada uno de ellos. Las medidas de limpieza eran insuficientes y los pasajes que habían adquirido incluían dietas que resultaban escasas tanto para adultos y niños. Sólo los que contaban con algunos ahorros extra y algo de astucia con algunos miembros de la tripulación podían conseguir alimentos que casi siempre iban destinados a los más pequeños. A pesar de todas esas inconveniencias, podían considerarse afortunados. Tras el primer tramo de travesía, habían hecho escala en Puerto de la Plata. Allí habían permanecido más de una semana atracados, a la espera de zarpar rumbo a Barcelona, en uno de los navíos de la Compañía Trasatlántica Española, cuyo negocio en el transporte de inmigrantes se había ampliado notablemente en aquellos años. Para muchos, eran tiempos de volar hacia las Américas; para ella y para su hija era el momento de volver a sus orígenes.

Nerviosos por el movimiento que crecía entre pasaje y tripulación, todos tenían cerca y a punto sus parcos equipajes para cuando les dieran la orden de subir. Querían llegar a tierra firme cuanto antes; lo necesitaban, incluso aquellos que al poner el pie en suelo seco serían acechados por la incertidumbre y el riesgo de no encontrar una ocupación que aportara los ingresos necesarios para sobrevivir, como era el caso de Marta, aunque ella no tenía ningún miedo. Sabría cómo arreglárselas; siempre lo había hecho. Los más pequeños, percibiendo las ganas de los mayores y muy atentos a la algarabía que iba creciendo entre los viajeros, estaban más nerviosos que de costumbre y aprovechaban para dar rienda suelta a todos los saltos y peripecia de que eran capaces en aquel casi diminuto espacio. Elisabeth, que ya contaba con ocho años de edad y se había convertido en toda una señorita, trataba inútilmente de apaciguarlos aunque resultaba casi imposible. A pesar de su corta edad, las maneras con las que se dirigía a los demás y la exquisitez con la que sus padres la habían educado, destacaba sobremanera respecto de los demás niños. Sus únicos miedos, que no había explicado a nadie, eran no estar al lado de su padre cuando sintiera que lo necesitaba y no saber pronunciar bien el castellano.

Tras las últimas horas, en las que todo el mundo parecía haberse vuelto loco, por fin el sonido de las sirenas avisaba que se disponían a atracar en su destino: el puerto de Barcelona.

Marta llamó a su hija y la abrazó con fuerza justo antes de dirigirse a través del pasillo hasta el tramo de escaleras que les habían asignado para la evacuación de pasajeros. Sus miradas se cruzaron y sonrieron casi al mismo tiempo. No necesitaban las palabras para describir la emoción y los sentimientos encontrados que las embargaban en aquel instante. Llegar allí había sido su gran meta; su propósito durante mucho tiempo en el que habían hecho todos los planes del mundo noche tras noche en torno a la vieja mesa del comedor de casa. Ahora empezaban desde cero. Nadie los había ido a despedir; tampoco nadie los esperaba y, sin embargo, tenían el destino soñado delante de ellas. Un destino por escribir que daba a sus vidas un nuevo sentido. Marta se echó la mano al bolsillo del abrigo cerciorándose, una vez más, de que la nota que se sabía de memoria y había leído a diario varias veces, continuaba doblada en el fondo de éste. No podía permitirse perder aquellas letras que habían sido escritas de puño y letra de su marido. Sabía perfectamente lo que decía pero quería entregársela en mano a uno de los pocos parientes que, si la suerte les sonreía, todavía vivirían en la dirección que indicaba en el reverso de la hoja. Era la única carta de presentación con la que se personarían Elisabeth y ella con la esperanza de encontrar lo más parecido a una familia y un empleo que les permitiera vivir dignamente.

El ascenso desde las escaleras hasta la cubierta se hizo eterno; parecía no acabarse nunca. Por fin, después de una larga espera vieron la luz del día y ambas, paradas en la cubierta principal que apenas habían pisado en todo el trayecto, respiraron cerrando los ojos, ajenas al agitado escenario que se desarrollaba a su alrededor, frente al sol que de pronto acariciaba sus mejillas. Parecía que aquel cielo azul les devolvía el saludo deseándoles la mejor de las suertes, dejándoles respirar una vez más el salitre del mar, algo a lo que estaban acostumbradas. Después del sí que se dieron con la mirada, se dirigieron hacia el exterior.

—Elisabeth cariño, tú no te despegues de mí ni un instante, ¿de acuerdo?

—No, mamá, descuida —afirmó la chiquilla sujetándose de la falda de su madre.

—¿No estás nerviosa, mami? —cuestionó la pequeña, que no perdía ojo ni a su progenitora ni al incesante movimiento que había a su alrededor.

Las inmediaciones del puerto estaban en obras, en una de las ampliaciones que durante ese año se habían programado para un puerto que no hacía más que extenderse y ganar terreno al mar. Barcelona ya debía ser una gran ciudad enfocada al comercio, eso se veía a la legua, pensó Marta de inmediato. Estaba acostumbrada a detectar dónde estaban las oportunidades de negocio y allí había mucho de eso. El paso de viajeros se redireccionaba hacia la salida del tramo en el que se apilaban pequeñas montañas de adoquines, arena y otros materiales para la obra. Algunos de los trabajadores, los más veteranos por su aspecto, aprovechaban la llegada de pasajeros y descansaban apoyándose en sus palas observando atentos y casi descarados el espectáculo que ofrecía la llegada de nuevos ciudadanos a la ciudad; otros ni siquiera levantaban la vista del suelo. Trabajaban a destajo.

—Nunca lo he estado tanto, tengo que confesarlo —confirmó Marta con la cabeza, sabiendo que cualquier intento de disimular en aquel momento hubiera sido inútil—, pero la suerte estará de nuestro lado, ya lo verás. En cuanto estemos algo más alejadas del muelle y de todo este barullo preguntaremos cómo llegar hasta la Plaza del Ángel. Por lo visto, estos parientes de tu padre tenían un comercio de comida allí mismo, no creo que sea tan difícil encontrarlos.

—¿Pero llevas la dirección exacta? —insistió la niña apretando la mano de su madre y mirando, mientras formulaba la pregunta, hacia todos lados como buena observadora que era.

—Claro, mira —asintió enseñándole el papel entre sus dedos—, Plaza del Ángel número tres, recuérdalo por si… no creo que tenga pérdida y al parecer queda cerca de aquí. Sólo nos falta saber cómo llegar —añadió esquivando el miedo que le producía la sola idea de perderse o perder a su hija entre aquel caos de calles extrañas y alimentadas de un movimiento incesante.

—Por si qué, mamá.

—Por si por cualquier motivo tuviéramos… qué se yo…

nos descuidáramos y nos perdiéramos de vista. No me hagas caso, porque eso no va a suceder —señaló arrepintiéndose de sus palabras—, es que estoy muy nerviosa, eso es todo.

Marta se aferró con más fuerza a la mano de su hija y con un breve movimiento la acercó hasta ella para darle un beso. Lo cierto es que la ciudad era muy distinta a lo que estaban acostumbradas en Australia. Era la primera vez que tomaba consciencia de algo que hasta ese momento nunca se había parado a pensar. Sin haber percibido enteramente suya la tierra que los había acogido, a su familia y a ella durante los años que había vivido en el continente austral, de repente la empezaba a echar de menos y las lágrimas intentaron anegar sus ojos sin acabarlo de conseguir. Estaba en su derecho de sentirse como se sentía en aquellos primeros minutos en tierra, pero no debía dar tregua al inesperado retortijón que se había sentido en la boca del estómago. «Qué extraño», se dijo mitigando la tristeza que no tuvo tiempo de crecer en su interior, mientras respiraba todo el aire que sus pulmones podían alojar.

Dispuestas a dejar su pasado atrás y a darlo todo en aquella nueva ciudad, se dirigieron hacia una parte del recinto siguiendo a otros pasajeros que sí parecían saber hacia dónde iban. Unos metros más adelante del lugar donde se encontraban se alzaba la estatua de Colón y, a su izquierda, lo que más tarde supo que eran las reales atarazanas de Barcelona, un edificio de estilo gótico bajo las enormes montañas de Montjuic.

Aturdida por la sensación de pérdida, mirando hacia todos lados y acusando el cansancio de un viaje tan largo, de repente sintió cómo todos los músculos de su cuerpo se ponían de acuerdo para hacerla desfallecer. Quiso disimular delante de Elisabeth, aunque ésta observó que el aspecto de su madre había empeorado en el poco tiempo que llevaban fuera del barco.

—¿Te encuentras mal, mamá? —interrogó estirándole de la falda—. Podríamos buscar un sitio donde descansar, ¿no te parece?

—No es nada, no te preocupes, hija. Solo es un pequeño mareo. Creo que estoy echando en falta el vaivén del barco. Qué extraño ¿no te parece? —expresó con los labios apretados queriendo quitar hierro al asunto—. Creo que nos vendrá bien descansar unos minutos, como tú dices, antes de buscar cómo llegaremos hasta el que será nuestro nuevo hogar. Espero que nuestra aparición no sea un contratiempo —añadió sin atreverse a mirar a la cara a su hija.

—Yo creo que tendríamos que preguntar a alguien ¿no te parece mami?

—Tienes toda la razón —respondió reposando sobre una de las maletas que habían logrado arrastrar hasta un chaflán desde el que podían observar el ir y venir de la gente.

Vista, olfato y oído. Tres sentidos que dejaban claro que se encontraban en el otro extremo del planeta. De pronto, cabizbaja y esperando que el mareo diera a su fin algo llamó su atención. En el suelo, a pocos metros de donde se encontraba, unas guías de hierro embebidas en el pavimento de adoquín desplazaron sus ojos hasta el otro extremo de la calle obligándola a mirar, con no poco esfuerzo debido a la debilidad que todavía acusaba todo su cuerpo, lo que le pareció que era una parada de transporte. Esa podía ser una buena manera de llegar hasta su destino.

—¡Disculpe! —exclamó abordando a un hombre que en ese momento pasaba delante de ellas—. ¿Sería usted tan amable de indicarme cómo puedo llegar a esta dirección? Buenos días —añadió con una leve sonrisa viendo que la miraba esperando más información.

El individuo la examinó, primero a ella y luego a Elisabeth, quien también lo observaba a la espera de una contestación. Hizo un ademán de saludo sujetando su gorra con la mano derecha y agarró el papel que Marta le había alargado con cierta timidez. A pesar de saber de memoria la dirección, aquella nota había sido escrita por Antonio, de su puño y letra, y no tenía la intención de perderla. Prácticamente era lo único que había podido conservar de su marido. Aquellas letras, una cadena de oro, el anillo de casados que llevaba escondido en uno de los falsos bolsillos de su falda y unas pocas fotografías que tenían juntos, entre ellas la del día de su boda.

Volvió de sus recuerdos cuando su hija le estiró del brazo.

—Buenos días, le estaba comentando que lo mejor es que se acerquen hasta la parada del tranvía y allí pregunten a los conductores. No estoy muy seguro, por eso le digo, pero creo que tardarán su buen rato en llegar. Y le costará sus buenos céntimos.

—Muchas gracias —contestó Marta asintiendo con la cabeza.

—De nada. Vienen ustedes de lejos, ¿verdad? Lo digo por el acento —comentó el hombre observando a ambas con cierta curiosidad, sin dejar de mirarlas ni a ellas ni a sus dos maletas.

Por su aspecto no parecía tratarse de ningún maleante, a priori, aunque el comentario causó un ligero escalofrío que recorrió el cuerpo de Marta, despertando en ella una incomodidad que el extraño había percibido. No sabía qué decir; saltaba a la vista que eran extranjeras. Su acento ligeramente forzado y su forma de vestir eran claras evidencias.

—No se preocupe, solo era un comentario. Desde hace unos años no para de venir gente a esta ciudad, ya le digo. No sé si al final cabremos todos —añadió sonriendo—. Hace dos años que un hermano mío se fue a hacer las Américas. Que tengan buen viaje y bienvenidas a Barcelona.

—Gracias —respondió agradecida por la aclaración—, y muy amable por sus indicaciones.

Elisabeth se incorporó de nuevo y, junto a su madre, levantando de nuevo unas maletas que cada vez parecían ser más pesadas, se encaminaron hacia la parada del tranvía. Solo habían transcurrido unos segundos cuando, de repente, el extraño se situó junto a ellas y tomó la maleta de Elisabeth aligerando a la niña de un peso que a todas luces no era para ella.

—Perdonen el atrevimiento, voy en la misma dirección y

no me cuesta nada ayudarlas. Las veo un tanto apuradas.

—Yo…bueno, no sé…

Las palabras parecían no querer salir de la boca de Marta, que se repetía una y otra vez que aquel hombre solo quería ayudarlas. Dos maletas llenas de ropa y algunos libros eran todo el patrimonio del que disponían en ese momento de sus vidas. Si se los robaban estaban perdidas. Por suerte, y para su tranquilidad, los pequeños ahorros que restaban después de haber abonado los pasajes y algunos extras durante el trayecto eran poca cosa y con eso era con lo que podrían pagarse, en el peor de los casos, algunas semanas en una pensión. Esos iban a buen recaudo pegados a su cuerpo, igual que los recuerdos de Antonio.

El hombre ignoró el recelo que intuía en las mujeres su ofrecimiento y continuó avanzando junto a ellas, a paso lento, dando a entender que no tenían nada de qué temer. Sonreía sin mirarlas.

—Todos los días no tiene uno la posibilidad de ayudar a dos señoras tan distinguidas —afirmó mirando esta vez a la niña—. Bueno, señora y señorita. No se preocupen, ya les digo, me dirijo al centro. Vengo de la ciudad de Cornellá en busca de unas piezas de ropa, unas indianas que me han encargado los señores para los que trabajo.

—Muchas gracias —añadió Marta alejando sus miedos para con aquella alma caritativa que había tenido a bien echarles una mano.

Lo cierto es que estaba exhausta.

Tras el auxilio recibido se despidieron de aquel extraño que, en repetidas ocasiones y durante el corto trayecto que había hasta la parada del tranvía, no dejó de insistir dándoles la dirección del lugar en el que trabajaba insinuando que allí serían bien recibidas como cocinera, costurera, o incluso cuerpo del servicio de que disponían sus señores. Sin haberlo ni siquiera preguntado supieron que aquellos eran condes, aunque en aquel momento no llegó a retener el resto del nombre nobiliario que ostentaban.

A pesar de lo embarazoso de la situación que para ellas era completamente nueva, como tantas otras en los últimos meses, no salían de su asombro. No había resultado cómodo, por así decirlo, ya que el vagón en el que habían subido estaba lleno de personas, casi todos hombres y muchos de ellos colgados al tren desde el exterior del vehículo que, además de no destilar su mejor fragancia corporal, las miraban continuamente entre risitas y comentarios susurrados. La pequeña, que había logrado un asiento junto a la ventana del vehículo, no paraba de mirar fascinada por aquel invento que corría sobre unas ruedas, a través de la hilera de hierros surcados en el asfalto y sobre el que despegaba un hilo metálico que iba soltando chispas intermitentes.

—¡Te has fijado, mamá! Esto nunca lo habíamos visto en Bathurst. A papá seguro que le habría encantado —señaló Elisabeth abriendo los ojos.

La evidencia de que no era oriunda saltaba a la vista, no solamente por nombrar ciudades que los allí presentes no serían capaces de repetir, sino por el propio acento de la niña. Marta trató de amortiguar sin éxito la desazón que le producía ser el centro de tantas miradas. Al poco y, para su descanso, bajaron del vehículo en lo que pareció que era el final del trayecto y allí, al final de una amplia avenida que habían recorrido casi en su totalidad y que más tarde supieron que eran las Ramblas de la ciudad, llegaron a la plaza del Ángel con la ayuda de algunas otras almas caritativas que las guiaron en el siguiente tramo hacia su destino.

Marta, inmóvil junto a su hija en la glorieta construida en el centro de la plaza y arrimada a la única farola que le servía para dejar recostado el equipaje, miró a su alrededor localizando la referencia del portal que estaban buscando. Fijó su vista en el cartel «Hotel Suizo» situado en uno de los edificios más elegantes de lo que alcanzaba su vista. También pudo divisar el letrero de la consulta de un dentista y las ofertas de liquidación de unos almacenes textiles. Al fin, justo detrás de ella, pudo ver el anuncio de un pequeño colmado que exponía alguno de sus productos en la acera. Enfocó la mirada para comprobar que se trataba del lugar que llevaban soñando tantas semanas y sintió un nudo que crecía en su garganta. Se emocionó pensando que por fin alguien que, aún no conociéndolas, podría identificarlas como su familia recién llegada de aquel lugar tan lejano que habían dejado para siempre. Elisabeth, absorta en la observación de cada detalle de aquella plaza que le había gustado desde el primer momento, sonrió agarrándose a la mano de su madre y tirando de ella con fuerza.

Eran las once y media de la mañana, lucía un sol espléndido y la vida parecía asomarse de entre cada una de las calles que conformaban aquella plaza con nombre celestial.

—Buenos días —saludó Marta después de los interminables segundos que transcurrieron antes de que alguien apareciera por la trastienda acudiendo a su llamada.

—Nos de Dios. ¿Qué se les ofrece? —interrogó la mujer, con cara de malas pulgas, recostando sus manos entrecruzadas en un abultado abdomen y observándolas sin disimulo.

Por su aspecto, se podía adivinar que no eran indigentes —pensó— y, aunque algo extrañas en su forma de vestir, parecían de buena familia.

—Verá, esto es algo embarazoso para mí. Venimos de lejos y la única referencia que tenemos es la de esta casa, creo —añadió mirando la fachada—. ¿Es usted…familia de Manuel Arriaga? Quizás sea su hija. Bueno, no sé…mi nombre es Marta, y ella es Elisabeth. Somos la mujer y la hija de Antonio Arriaga, bueno del hijo, ya me entiende —afirmó con la esperanza de que aquellos fueran datos suficientes, aunque temía por su cara que no iba a ser tan fácil.

A medida que iba dando la explicación que la mujer parecía no entender, se iba poniendo nerviosa. Tenía la sensación de estar equivocándose y, de forma espontánea, llevaba su mirada una y otra vez hasta el desgastado número que la finca lucía justo encima del portal contiguo al comercio, asegurándose de no haberse equivocado. Hasta ese momento no había sido consciente de su falta de agilidad con un vocabulario que, aunque siempre había estado presente en su vida, nunca había tenido que utilizar con terceros, sin contar a Antonio, con el que siempre había practicado el español.

La mujer las miraba, atenta aunque esquiva, esperando la pista definitiva de una corazonada que iba perfilándose en su interior. Al fin, después de seguir observándolas durante unos segundos y frotándose la barriga con movimientos circulares se pronunció:

—¿Acaso son ustedes familia de los parientes que viajaron hasta el continente austral hace varias décadas? Recibimos la carta. Cuánto lo siento —añadió pareciendo condolida—. Su marido, mi primo vamos, nos mandó cuatro letras avanzando su visita…y su estado de salud —se atrevió a añadir con cara de circunstancias.

—Gracias. Desde luego que somos nosotras, quiero decir sí —contestó Marta al instante sintiendo una liberación en su pecho que en décimas de segundo se había convertido en una emoción incontenible—. Mire, aquí tiene una fotografía de Antonio, mi marido, el mismo día que nos casamos —añadió orgullosa—. No sabía que había anunciado nuestra llegada.

La mujer, de la que todavía no sabía su nombre, observó el retrato de la pareja, y se mantuvo en la misma postura, casi hipnotizada, durante unos instantes hasta que su cara dibujó una amplia sonrisa. Tenía los dientes muy blancos, y algo separados entre sí, como su marido. Dos características de los Arriaga de las que siempre había alardeado su difunto esposo. Y eran ciertas, lo acababa de comprobar. Sin duda eran los parientes que buscaban.

—Hay que ver cómo trabaja la genética. Clavadito a mi padre, más que al suyo incluso —señaló la mujer apuntando con su dedo índice el perfil de Antonio—. Mi padre siempre se preguntó qué demonios se les había perdido allí, tan lejos de los de su sangre, pero en fin, ya me lo contareis vosotras —¿verdad tesoro? —interrogó clavando los ojos en los de Elisabeth que hasta ese momento no había dicho ni una sola palabra—. Los añoró mucho, a su suegro y a su mujer, sobre todo cuando murió madre y ya no tenía con quien compartir la charla de sus orígenes y esas cosas. Y cartas, las justas. No eran personas de muchas palabras. ¡Ay! «la mare», como la necesitaría yo en tantos momentos. Así es como la llamábamos todos cariñosamente adoptando una lengua que ya habíamos hecho nuestra. Era nuestra madre, nuestra «aita». Pero bueno, ya nos iremos conociendo, todo a su tiempo —comentó tomando a Marta por el hombro invitándola a adentrarse por el pasillo central desde el que había aparecido hacia unos minutos—. Lo siento, no soy muy confiada; hoy en día y en una ciudad como esta, la gente desarrolla el ingenio a base de bien. No es vuestro caso, se ve de lejos, pero es mejor prevenir que curar. Por cierto, que no os he dicho ni siquiera como me llamo. Esperanza, esa soy yo.

A pesar de la desazón que le producían sus continuos cambios de registro y el extraño humor que parecía gastar, Marta sintió ganas de abrazarse a aquella extraña, pero se contuvo. Todavía no había visto lo adecuado de aquel gesto y necesitaba comprobar que la mujer finalmente lograba aceptarlas como su familia. Se sonrió al pronunciar en silencio su nombre. En realidad no habían podido tropezar con otro que no hubiera sido el de la esperanza, la que a fuerza de optimismo conservaban para labrarse un futuro junto a unas personas de las que apenas habían oído hablar.

—No se crea, que la historia me la sé —continuó hablando por el pasillo—, mi padre la contó más de un millón de veces. Antonio, el tío que se fue a hacer las Américas y terminó en la otra punta del globo. Pasad, pasad, imagino que vendréis cansadas de un viaje tan largo —señaló invitándolas a entrar sujetando la cortina que separaba la vivienda de la tienda—, ahora mismo vengo, que acaba de entrar Basilio y siempre lleva prisa. Esos condes serán lo que sean pero buenos clientes, vaya si lo son.

—Muchas gracias por todo Esperanza, y perdone mi

vocabulario. No es tan rico como había creído hasta la fecha.

—No hay de qué, mujer. Hablas estupendamente, o al menos yo te entiendo todo —añadió riéndose—. Lo único es que aquí no disponemos de mucho espacio libre. A ver cómo nos las apañamos, al menos unos días. Ahora estoy sola, pero en un rato llegarán mi marido, Adrián, y mis tres hijos: Elena, Rubén y Celina. Ya los conoceréis, tres diablillos encantadores. Y lo que llega, que espero que no se retrase más de la cuenta. Ya no estoy para estos trotes. La pequeña debe de tener más o menos la edad de ¿Elisabeth?

—Sí, ese es mi nombre, y tengo ocho años —pronunció la niña sonriendo ante la posibilidad de encontrar pronto alguna amiga con la que compartir su tiempo.

Las carcajadas de Esperanza no se hicieron esperar, sujetando su barriga que se movía de arriba hacia abajo con cada uno de sus arranques. El motivo era la pronunciación de la pequeña que, aunque muy buena, no sonaba todo lo natural que ella debía pensar.

—Por cierto, enhorabuena por su estado de esperanza, se dice así, ¿verdad? —preguntó Marta dirigiendo la mirada hacia la panza de la mujer, que parecía curvarse hacia adelante con los sucesivos movimientos que no dejaba de provocarse después del ataque de risa—, Marta estará muy contenta de conocer a sus…

—Primos, primos segundos pero primos al fin y al cabo. Además, esta niña es una Arriaga, de eso no cabe la menor duda. Vengo enseguida. ¡Basilio! Vengo ahora mismo, tengo tu pedido preparado desde primera hora —se apresuró la mujer con no pocas dificultades—. Hoy llegas más tarde que otras veces.

—Tienes razón —contestó el hombre desde la puerta del establecimiento—, pero es que los condes —añadió con ironía—, me han entretenido justo al tiempo de salir y no he podido llegar antes. ¿Cuánto se te debe?, que llevo un poco de prisa y todavía tengo unos recados por terminar.

—Muchacho, sin prisas ¡eh! Que mira que llevo la mochila

a cuestas.

Desde el otro lado de la cortina Marta había agudizado el oído reconociendo en aquel intercambio de frases una voz que le resultaba conocida. Reciente, para ser más exactos. Cuando cayó en la cuenta elevó las cejas y escuchó atenta, curiosa por aquel hombre que, casualmente había sido la primera persona con la que habían cruzado algunas frases al llegar a su destino. Parecía ser el mismo que ahora recogía un encargo para… unos condes. ¿Había oído bien?, se preguntó. Sonrió sin atreverse a mirar abiertamente a través de la cortina y los metros que los separaban viendo que su hija también la contemplaba a ella. Asomándose tímidamente desde el marco de la puerta, alcanzando solo lo que uno de sus ojos podía otear susurró a su hija:

—Cariño, creo que aquí estaremos bien.

—Claro mami, seguro que sí. Y si además hay más niños lo pasaremos «great», ¿verdad? Tengo hambre, ¿crees que Esperanza nos invitará a almorzar?

—Pssss, espera un momento, no seas impaciente. De maravilla, se dice de maravilla en español cariño —apuntó acariciando la melena de la pequeña.

—Vale, de ma—ra—vi—lla —pronunció vocalizando cada una de las sílabas—, pero es que mis tripas hacen mucho ruido.

No había sido consciente hasta entonces de que, desde que habían salido del barco, en el que habían tomado unas galletas que habían conseguido comprar durante el viaje, no habían probado bocado y tampoco habían bebido ni agua. Marta se giró hacia Elisabeth, compadeciéndose de su niña y de las ganas de comer que también le habían entrado a ella.

—A ver —interrumpió de sopetón Esperanza entrando con prisas, —¿desde cuándo no probáis algo calentito? Tengo preparado un caldo de gallina que levantaría a un muerto. Estaba a punto de ponerme a preparar croquetas con la carne, así que acompañadme y nos tomamos una taza caliente ahora mismo y lo que la niña quiera, que le veo yo cara de hambre a la chiquilla.

Elisabeth se encogió de hombros, sonriendo sin poder evitar una mirada hacia su madre que rápidamente agradeció la amabilidad a la que se iba a convertir en una de las personas más importantes de su vida, de su nueva vida.

CAPÍTULO 5

Barcelona 2014

No se sentía segura entre aquellas cuatro paredes. No desde que era poseedora, sin duda, de uno de las pruebas de aquel horrible suceso y que para la policía debía tener gran valor, aunque ellos fueran ajenos a su existencia. Eran más de las cuatro de la madrugada y no había sido capaz de conciliar el sueño. Desde que había llegado a la habitación del hotel y se había echado en la cama la perseguía una sensación de alerta que no la dejaba cerrar los ojos y descansar al menos hasta que abriera el día. La decisión estaba tomada. Esa mañana se presentaría en casa de papá y mamá y anunciaría unas inesperadas vacaciones. No eran fechas habituales para los miembros de la congregación, en eso eran bastante estrictos, pero Alma se encargaría de esquivar la mayoría de las preguntas comprometidas que desvelaran cuál era el verdadero motivo de su estancia en Barcelona y qué la había llevado de nuevo hasta casa de sus padres. Su madre era muy inteligente, como lo son todas las madres cuando miran a los ojos a sus hijos aunque ella, para bien y para mal, había aprendido a sortear los obstáculos.

Recordó, de pronto, si todavía la guardaba. Se incorporó buscando su bolso, cogió el monedero y hurgó entre los múltiples papeles que tenía en su interior hasta encontrarla. Durante unos segundos observó, con la mirada nublada a causa del agotamiento, cada una de las letras que componían el nombre que contenía aquella tarjeta. La olió queriendo captar los restos de una fragancia que había quedado atrapada entre sus recuerdos más cercanos, sonrió recordando lo mucho que le había gustado y se dejó llevar por la neblina que empezaba a ocupar sus ojos y el hormigueo que invadía todo su cuerpo al fin, justo en el momento que empezaba a amanecer.

Un extraño y persistente sonido que se había colado entre sus sueños la despertó. Abrió los ojos con gran esfuerzo, como si realmente estuvieran llenos de arena que es como los sentía, miró a su alrededor buscando un punto de referencia que la ayudara a recordar dónde se encontraba, se incorporó y después de unos intensos estiramientos se levantó de un respingo y se dirigió a la ducha sin ni siquiera mirar su teléfono. No le hacía falta hacerlo. Intuía que habrían empezado a echarla de menos y quizás alguno de sus tutores quería averiguar dónde estaba. Todo a su tiempo, pensó. Atender el teléfono no era una buena idea en sus circunstancias y como precaución, la noche anterior, había desconectado la visibilidad de los mensajes de «whatsapp» para que nadie pudiera saber en qué momento se había conectado por última vez.

Después de devolver el coche que había alquilado se dirigió hasta la boca del metro y, desde allí, iría hasta casa de sus padres. Sabía que su aparición tendría tintes agridulces. Sus padres, felices de verla, también se cuestionarían en pocos minutos su presencia en casa y la razón por la que iba acompañada de una maleta, aunque en el fondo empezaba a darle igual. La decisión estaba tomada y era firme. No volvería allí de ninguna de las maneras, por lo menos a la misión. Había recibido algunas ofertas de trabajo muy interesantes que todavía no había contestado y era más que posible que se estableciera en el país después de su visita y después del lamentable suceso, pero todavía era demasiado pronto para tomar decisiones. Se sentía agotada y muerta de sueño, por eso no estuvo atenta a algunos de los movimientos que se estaban produciendo a su alrededor.

En el mismo vagón, en el extremo opuesto al que Alma se encontraba, un hombre que había subido detrás de ella y que no dejaba de observarla mientras hablaba por teléfono iba aproximándose hasta donde se encontraba sentada. Su apariencia era completamente ajena a cualquier sospecha y Alma iba demasiado ocupada en sus pensamientos para percatarse de su presencia. De repente, como quien mueve la cabeza buscando una postura cómoda para sus cervicales, al levantar la vista y mirar hacia su izquierda lo vio. Un instante, un escalofrío, una alerta que se disparaba en su cerebro, apenas un segundo en el que las miradas de ambos se cruzaron y ella supo que algo no iba bien. De forma refleja, hizo un gesto para incorporarse pero inmediatamente pensó que no iba a ser la mejor idea. Miró hacia los pasajeros que iban sentados enfrente de ella y con la vista perdida a la altura de sus piernas se esforzó en enfocar, con el rabillo del ojo, al sujeto que parecía no haberse movido de allí, entreteniéndose con su móvil. Aparentando naturalidad empezó a buscar en su bolso moviendo las manos, fingiendo en la operación un interés real. Aquel hombre había logrado ponerla nerviosa, algo poco frecuente en ella, y necesitaba pensar durante unos instantes los pasos que había que dar de inmediato. En unos minutos estaría en la estación de enlace en la que tenía que bajar para tomar la siguiente línea de metro. Lo primero era cerciorarse de que, efectivamente, aquel extraño continuaba allí y estaba siguiéndola. ¿No estaría volviéndose paranoica? —se cuestionó antes de descartarlo. Su intuición no solía fallarle. Habían pasado algo más de cuarenta y ocho horas desde su deserción. Había dejado algunas instrucciones para no levantar sospechas y no dejar todas las evidencias de su marcha definitiva aunque, para su desgracia, no tenían que atar demasiados cabos. Sus últimas semanas en el Seminario habían sido muy tensas. Sin quererlo y sin poder evitarlo, Alma había cuestionado demasiadas decisiones y eso habría sido motivo de alerta para sus tutores. El protocolo debía haberse activado y ya era demasiado tarde para dar marcha atrás.

Rebuscando había tomado entre sus dedos la tarjeta que el comisario le había facilitado. La sacó del bolso y la metió en el bolsillo izquierdo de su cazadora, junto a su teléfono. Respiró hondo, acercó la maleta hacia el interior de sus rodillas y se dispuso a hacer análisis de la situación. El vagón iba incrementando el número de pasajeros y eso era una circunstancia que podría favorecerla. Ella iba sentada y su supuesto seguidor, en cambio, viajaba de pie, lo cual significaba una desventaja para ella si quería adelantarse a cualquier movimiento. Levantarse no era buena idea, y las puertas no estaban despejadas en aquel momento. Miró las estaciones que quedaban antes de tener que bajarse: eran dos. Mierda, pensó. El transbordo de la Estación de Sants era uno de los más largos de la línea azul de metro de Barcelona y, aunque su equipaje pesaba poco y ella era muy rápida, caminando iba a resultar imposible esquivarlo entre tantas escaleras y giros de pasillo. Había que pensar y actuar rápido. Se inquietó al no percibir la presencia del extraño en el mismo lado en el que lo había visto la última vez, y no tuvo ningún reparo en hacer un barrido con la mirada hasta tenerlo controlado. Seguía allí, un poco más lejos de ella a causa del aumento de viajeros pero lo suficientemente cerca como para poder seguir observando sus movimientos. El tren estaba a punto de entrar en la estación de enlace cuando, a través de las ventanas del vagón, pudo ver que el andén estaba repleto de gente y, al mismo tiempo, muchos de los pasajeros cercanos a ella se disponían a salir, haciendo una pequeña barrera entre ella y su supuesto perseguidor. Miró a su alrededor, en estado de alerta máxima. En el momento en que el chirrido que emitían los frenos del vehículo indicaba que estaban a punto de abrirse las puertas, tensó todos sus músculos, agarró su maleta y contó hasta siete. Eran los segundos en los que habían podido salir todos los viajeros del tren y se disponían a entrar los nuevos, que se iban agolpando en la puerta presos de la impaciencia. En aquel momento, centrando la vista en el punto fijo de las puertas, que comenzaban a cerrarse, salió disparada de su asiento, tropezando con algunos pasajeros que no tuvieron tiempo de increparla, y logró salir entre los últimos centímetros de apertura que restaban. Sin ni siquiera comprobar que el hombre podía haber seguido sus pasos, subió las escaleras mecánicas de dos en dos y se dispuso a atravesar el largo pasillo que la llevaría hasta la siguiente línea del metro cuando alguien la tocó por la espalda. El corazón se le paralizó y se giró dispuesta a darle un puñetazo a quien quisiera que fuera el que la estaba persiguiendo cuando, ante ella, los que aparecían eran los ojos de una anciana que se dirigían a los suyos en forma de interrogante.

—Perdone joven, ya veo que lleva algo de prisa.

—Dígame, dígame —repitió Alma entre alterada y emocionada. Los ojos de aquella mujer eren tan azules como el mar. Asombrosos —pensó mientras la observaba.

—¿Sabría usted indicarme qué salida tengo que coger para llegar hasta la calle Galileo? —preguntó la mujer con gesto apurado.

—Perdóneme, de verdad, no vivo aquí y no le podría indicar —añadió Alma incómoda—, de todas formas no se preocupe, que lo preguntamos ahora mismo, guárdeme la maleta que voy a ver en la cafetería que hay allí —afirmó señalando hacia el pasillo que se presentaba ante ellas y que hacía unos segundos había querido evitar.

En los segundos que llevaba conversando con la mujer había podido comprobar que no había nadie sospechoso a su alrededor o al menos eso parecía. Apenas algunos transeúntes que, a ritmo tranquilo, traspasaban de un lado al otro del corredor. Alma aligeró el paso y volvió al cabo de unos instantes sonriendo a la anciana que seguía en el mismo lugar en el que la había dejado, junto a su maleta. Había sopesado la posibilidad de perderla, y no le habría importado demasiado. Lo importante iba con ella.

—Tiene que subir por las escaleras que quedan justo aquí detrás —indicó señalando a su espalda—, en dos travesías habrá llegado a la calle que me ha dicho.

—Muchas gracias hija —contestó la mujer agradecida y sincera.

—De nada mujer.

Tras el episodio y los nervios, Alma se dirigió a la salida contraria a la que había indicado a la mujer y subió por las escaleras hasta la calle. No imaginaba que iba a ser tan pronto pero así lo había decidido. Buscó una cafetería en la que poder desayunar tranquilamente y marcó el teléfono del comisario Osma. Al escuchar su voz no pudo reprimir una sonrisa y la manifestación de un deseo que había estado esquivando desde que se habían despedido. Aquel hombre le gustaba, para qué iba a negarlo. Casualmente era su día libre, algo que celebró internamente mientras daba los primeros sorbos a su café. Le había dado la indicación exacta del lugar en el que se encontraba sin estar segura de que iba a permanecer allí hasta su llegada. Desmenuzaba su ensaimada con parsimonia mientras miraba atentamente la entrada del establecimiento con la esperanza de no volver a ver al extraño que sentía con toda seguridad que la había estado siguiendo.

—Muchas gracias por venir tan rápido —saludó Alma ofreciéndole su mano al comisario mientras este sonreía sin dejar de mirarla.

—No hay de qué, ya te he dicho que hoy era mi día libre y si te digo la verdad no tenía muchos planes.

—Eso quiere decir que alguno sí tenías —se apresuró a decir ella con cierto apuro.

—Nada importante que no se pueda hacer más tarde.

—¿Has desayunado? Te invito a lo que quieras. El café está bastante bueno —añadió Alma alzando su taza.

—De acuerdo, te tomo la palabra. Un café y me cuentas eso que te preocupa, pero no aquí. Si te parece podemos dar un paseo por un parque que hay cerca —aclaró sentándose frente a ella, haciendo un disimulado barrido con los ojos comprobando la normalidad de la que se suponía que debían disfrutar en aquel lugar.

De forma espontánea habían comenzado a tutearse, algo que la incomodó solo unos instantes, aunque prefería mantenerse en la distancia que consideraba que debía guardar frente a lo que quería explicarle al policía. Había llegado ataviado con una camiseta oscura y unos pantalones tejanos que favorecían su complexión y dejaban entrever que asistía regularmente al gimnasio. La primera vez que se habían visto no se había fijado en aquel detalle y ahora, frente a frente y separados por la corta distancia de una pequeña mesa de cafetería, le intimidaba un poco. Las sensaciones que llegaban hasta ella eran reconocibles, aunque hiciera mucho tiempo de la última vez que recordaba haber sentido lo mismo. Era inteligente, más que el común de los mortales e igual que la mayoría de sus compañeros en el seminario, aunque eso no servía si no estudiaba a diario y perseveraba en sus avances. Ya no era igual que en la niñez y debía aplicarse para conseguir sus logros. Estaba acostumbrada a soportar situaciones límite en el plano más emocional y había aprendido a dominar con maestría sus reacciones como nadie, aunque eso no evitaba que aquel hombre le causara una sensación de hormigueo en el estómago que no podía controlar.

Había estado enamorada de un compañero de la congregación durante mucho tiempo. Con él había tenido su primera vez, pero no salió bien y fue una gran decepción. Lo que para Alma había sido el descubrimiento del amor para el muchacho había sido un paréntesis antes de su partida. A las pocas semanas de hacer pública que existía una relación entre ellos, recibía instrucciones en las que indicaban que debía volver a su ciudad natal, a la que iría a ocupar un cargo público importante. Todo estaba organizado y a pesar del silencio y la exquisita discreción con la que se llevaban esos temas, las cosas estaban muy claras: evitar a toda costa la aparición de alianzas, dentro del seminario, que pudieran poner en tela de juicio el funcionamiento de la organización y su forma de llevar a cabo ciertas prácticas.

Sumida en sus pensamientos, y agarrada a su taza como si ésta fuera a escapar de entre sus manos, no vio cómo Guillem la observaba atentamente, repasando todas y cada una de las facciones de su cara, esperando que ella tomara la palabra. Por fin, en un cruce de miradas en las que se observaron y se esquivaron, el comisario prefirió tomar la iniciativa:

—Entiendo que ha ocurrido alguna cosa que quieres comentar. Algo relacionado con la muerte de tu amiga. ¿Me equivoco?

—No lo sé, la verdad, estoy confusa —carraspeó Alma dejando el café sobre la mesa para cruzarse las manos —verá comisario...

—No estoy de servicio y preferiría que me llamaras por mi nombre, además de tutearme, ¿o no es eso lo que hemos hecho desde que nos hemos visto hoy? —interrogó Guillem arqueando las cejas.

—Lo siento, debe de ser la costumbre, está bien.

—¿Lo siento?, parece que fueras por ahí tratando a la gente como a la antigua usanza y si no recuerdo mal, no llegas a los treinta.

—De donde vengo las costumbres están muy arraigadas y las distancias entre las personas y su rango también. A partir de ahora te tutearé, Guillem —pronunció remarcando su nombre mientras él sonreía sin bajar la mirada—, y sí, creo que lo que ha ocurrido es que me seguían desde el hotel que he dejado esta mañana, pero no estoy segura. Ahora, pensándolo bien, quizás he exagerado un poco al pensar que...

—No sé de dónde vienes, explícamelo tú.

—Ya debes saberlo, es tu trabajo ¿no? —cuestionó Alma afianzándose en su silla dispuesta a no ponérselo fácil.

—Prefiero no avanzarme en lo que no sé —continuó alargando el juego de preguntas y respuestas que se había entablado entre los dos.

—Como imagino que ya habrás investigado —insistió—, tanto Esther como yo formamos parte de un proyecto de estudios, una universidad privada concretamente, en la que se forman estudiantes, vamos a decir, con ciertas ventajas...

—Una escuela superior para superdotados y personas con altas capacidades, quieres decir, que forma parte de una prestigiosa organización procatólica situada en la región de Brandemburgo, cerca de Berlín para ser más exactos —interpeló el comisario acercándose a ella más de lo que lo había estado hasta ese momento.

—Sí, exactamente, veo que ejerce de comisario, aunque me han dicho que los comisarios son los que se encuentran todo el trabajo hecho y solo llegan a mesa puesta en los casos. Pues bien, vengo de allí —añadió intuyendo que quizás había ido demasiado lejos en su franqueza viendo que, aún así, el policía no alegaba nada en su favor—. Lo cierto es que…disculpa si me he pasado —interrumpió cuando ya parecía que iba a entrar en materia—, no sé qué me está pasando.

—Disculpas aceptadas. Lo que acabas de decir es cierto, en parte. Los comisarios estamos donde tenemos que estar. Al menos yo así lo hago. Prosigamos por favor —sugirió mirando su reloj, a lo que Alma abrió los ojos apurada por su gesto—, no te preocupes —dijo sabiendo que su maniobra no había pasado inadvertida—, había quedado con unos amigos a jugar una partida de pádel. Les aviso ahora mismo, en cuanto salgamos de aquí.

—En realidad de lo que estábamos hablando y para lo que te he llamado es porque creo que esta mañana, mientras me dirigía a casa de mis padres, alguien iba siguiéndome en el metro. He logrado esquivarlo y en realidad ahora ya no sé ni qué pensar. Empiezo a dudar de todo y eso es algo que me pone muy nerviosa.

—¿Y por qué crees que están tras tus pasos?

—No lo sé.

—Tu cara no dice eso.

—Bueno, no lo sé, a no ser que estén queriendo saber…hacia dónde me dirijo. Verás, en realidad no pedí permiso para marcharme. Es largo de explicar.

—Yo tengo todo el día, no sé tú —respondió Osma—,

mis únicos planes eran los que acabo de cancelar. Por lo demás, soy el jefe y puedo ausentarme cuando lo considero oportuno. Además, para cualquier contratiempo estoy localizable las veinticuatro horas del día. Y preferiría que saliéramos de aquí y paseáramos tranquilamente mientras me explicas esa historia tan larga de la que hablas.

—¿Y esto? —dijo señalando la maleta que había en el extremo interior de la mesa, junto a ella.

—He aparcado aquí al lado, la dejaremos en mi coche. ¿Hay algo de valor que quieras llevar encima? Sin ser extremista siempre hay que ser precavido.

El diario, lo realmente importante de aquel asunto, mucho más que ella misma, permanecía dentro de su bolso. El temor de que continuaba siendo observada no había desaparecido del pensamiento de Alma que, a pesar de su sospecha, había conseguido sentirse más segura acompañada de la presencia de Guillem. Aquel comentario volvía a levantar su guardia y a ponerla en alerta.

—Buen policía serás, no tengo por qué dudarlo, pero a tranquilizador no te llevarías el premio, ya te lo digo ahora.

Guillem rió abiertamente mientras se dirigía al mostrador. Era guapo, más guapo cada vez que lo volvía a mirar, pensó haciéndole una radiografía rápida. No podía evitar pensar en él sin experimentar la sensación extraña y agradable al mismo tiempo que le causaba de forma refleja. Atenta a sus movimientos se adelantó a decir:

—Recuerdo haber comentado que invitaba yo, por si se te había olvidado.

Levantando las manos como si le hubieran dado el alto, el comisario retrocedió dos pasos y sonriendo a la dependienta se dispuso a salir de la cafetería mientras Alma pagaba el desayuno.

A pesar de la naturalidad con la que parecía suceder la conversación ambos se mantenían alerta. Las distancias eran importantes, y debían mantenerlas por el bien de ambos. Dejaron el equipaje en el vehículo y pasearon durante un buen rato. Alma, sin saber por qué, confió algunas confidencias al policía manteniendo siempre la precaución de no nombrar el diario que se hallaba en su poder ni nada que pudiera dar pistas sobre él. En caso de confesar el delito que había cometido, antes quería examinarlo con detalle.

Llegada la hora del almuerzo Guillem propuso invitarla a un restaurante que conocía saliendo de Barcelona, a lo que Alma accedió complacida. Las horas que habían transcurrido desde el encuentro habían conseguido disipar algunos miedos que había experimentado por la mañana. Si no fuera porque él era policía y ella una de las sospechosas fichadas por el caso que los unía, hubiera sido muy fácil dejarse llevar por la confianza y explicarle más detalles de su vida. En cuanto al hecho que los había llevado a conocerse un poco más no quería dejar de preguntarle algunos detalles.

—Entonces, ¿tú crees que no debo temer por mi integridad física?

—¿Tú crees que sí? —devolvió él.

—Yo he preguntado primero —contestó ella pinchando el último pedazo de pastel de queso con frambuesas que había pedido para el postre.

—Yo opino, aunque siempre puede haber un margen de error que nos alerte a la hora de creer en la posibilidad o una línea de investigación a seguir, en este caso creo que no debemos aventurarnos a la ligera. Posibilidad y probabilidad se acercan en buena medida después de algunos de los detalles que me has contado, aunque no sé si haya sido todo lo que yo deba saber. Tengo mis dudas. Ya me entiendes. ¿Me equivoco? —sondeó sin perder de vista su reacción.

—¿Así es como le hablas a las personas cuando te hacen una pregunta? Definitivamente lo tuyo es la retórica y el perifraseo —respondió en un intento inútil de desviar la conversación hacia lo que ella no estaba dispuesta a confesar.

—No me has contestado —acusó él mirándola a los ojos.

—Ni tú a mí —replicó ella retándole la mirada.

—Las cosas no son nunca blancas o negras, o muy pocas veces. Y más si trabajas en mi sector —añadió disminuyendo levemente su tono de voz—; siempre hay un matiz, una pista de la que tirar del hilo y ahora mismo, como bien sabes, formas parte directamente implicada del caso de una muerte de la que necesitamos investigar todas las interrogantes que asoman, que no son pocas. Indicios, información contrastada, pistas, huellas que nadie ve, ni siquiera quien piensa que ya las ha borrado todas, intuición…No puedo darte más información, supongo que lo entenderás. Aún así, diría que me estoy saltando algunos pasos del protocolo, aunque no le daré más vueltas.

—No querría causarte ningún inconveniente —añadió sintiéndose incómoda.

—No lo haces. Y en el supuesto que así sea en algún momento te lo haré saber. Por cierto, te acompañaré a casa de tus padres. Se está haciendo tarde y tengo algunos recados pendientes de hacer —anunció leyendo lo que Alma vio que eran mensajes en su móvil.

—¿Algo importante? ¿Quizás alguna noticia sobre el caso? —se interesó retirándose de inmediato el palmo que se había acercado hasta el teléfono del comisario sin ni siquiera darse cuenta—, lo siento, de verdad, pensarás que soy una verdadera cotilla. No ha sido mi interés inmiscuirme donde nadie me llama.

Su reacción, la que a ella le pareció que era una forma de escapar, la había contrariado. Sin esperar un cambio de tercio y una repentina prisa escondida tras el rostro, sintió algo parecido a la rabia cuando imaginó que en breve dejaría de disfrutar de la presencia de su acompañante. Casi había olvidado su cita con la familia, que todavía no estaba al corriente de su presencia en la ciudad. Sintió un pinchazo en el vientre, una pizca de remordimiento y el temor de no ser aceptada cuando explicara la verdadera razón de su visita. De todos modos, pensó, prefería zanjar aquella cuestión cuanto antes. Tenía algunos ahorros y su intención era volver a Alemania lo antes posible. Allí, por extraño que pareciera, había logrado la paz interior y la libertad que le habían sido arrebatadas siendo todavía una niña. Allí tenía la posibilidad de trabajar y ganar un sueldo que en España no iba a ser posible.

—Mi madre —respondió él con una sonrisa, sacándola del ensimismamiento por el que se había dejado llevar—, la enfermera que cuida de ella durante el día me pasa el parte. A ella le gusta que vaya a verla muy a menudo y ya le había dicho que tenía el día libre.

—De verdad, discúlpame.

—Disculpas aceptadas.

Se dirigieron hasta el vehículo y realizaron un trayecto silencioso, apenas intercambiando algunos comentarios de los que se utilizan como comodín cuando no se sabe qué decir. Aquel magnífico vehículo disponía de navegador incorporado pero Guillem prefirió que Alma fuera dándole las indicaciones hasta llegar a su destino. En el fondo a él también le causaba fastidio dejarla de ver. Sabía que no había actuado de forma correcta y citarse de nuevo con ella no tendría que estar en sus planes. Por otro lado, la lucha que en esos instantes libraba en su interior, justificaban su encuentro y los que pudieran suceder argumentando que en su tiempo libre podía hacer lo que considerara oportuno. Un verdadero dilema todo, pensó a punto de dejarla en su destino.

—Gracias por todo, espero que me mantengas informada de los avances del caso. Sabes que no he creído en ningún momento que Esther se suicidara. Durante algún tiempo llegó a ser mi mejor amiga, la única en realidad que he tenido allí —expresó con sentimiento abriendo la puerta del coche—, no hace falta que salgas, ya cojo yo mi maleta. ¿Ves aquella luz en el segundo piso? ¿El que tiene las ventanas más nuevas? Ahí es donde yo vivo, bueno, vivía. Espero que no se lleven un susto al verme —añadió apesadumbrada, sin ganas de disimular el poco entusiasmo y la angustia que le producía la situación que estaba a punto de experimentar.

—De nada, lo sé y también sé que hay alguna cosa que todavía no me has dicho, pero soy muy paciente, además de muy caballeroso —respondió saliendo del vehículo para adelantarse a entregarle el equipaje—. Espero que nos veamos en otra ocasión —añadió haciéndole entrega de sus cosas mientras ella alargaba la mano hasta el asa de su maleta.

Ambas manos se rozaron durante unos segundos y sus miradas se cruzaron en un instante en el que los dos dejaron de respirar. Después de aquello, Guillem se acercó lentamente y le dio un beso en la mejilla aspirando todo su aroma. Ella, incapaz de mover un dedo, recibió aquel contacto paralizada por una sensación extraña y agradable al mismo tiempo. ¿Había esperado algo más después de pasar un día junto a aquel hombre? ¿Qué le estaba pasando? Se sentía violenta porque no sabía cómo debía reaccionar. Al final, devolvió el mismo beso al policía, prolongando el contacto de sus labios con el de la mejilla de él. Estaba claro que para ambos se había encendido una chispa que debían apagar en aquel mismo momento. No eran ni el lugar ni la situación más adecuada para dilatar la escena.

—Ya sabes dónde puedes localizarme. Graba mi número en tu teléfono y para cualquier cosa no dudes en ponerte en contacto conmigo.

—Lo mismo te digo —sonrió ella—, además, tú ya sabes dónde vivo. ¿Y si no es sobre el caso, puedo llamarte? —se arrancó a decir casi sorprendida de sus propias palabras.

Era una mujer capaz y segura de sí misma, pero la atrevida en aquella familia siempre había sido su hermana. Ana tenía una especial capacidad de dejarse el filtro dentro de un armario y soltar lo primero que le venía a la cabeza cuando algo o alguien eran de su interés. Y encima con una sonrisa. Ella, Alma, siempre había sido la tímida. Comedida e introvertida en lo que a relaciones sociales se trataba. Ahora, sin premeditación ni alevosía, y una expresión sonriente que le había surgido de forma natural, había dado un paso al frente y había sido capaz de saltar al vacío con una propuesta que, si bien era ingenua a simple vista, denotaba un interés por el que a esas alturas del día le parecía el hombre más interesante que había conocido jamás. Y puesto que no había conocido a muchos, el comisario tenía una estupenda posición en el ranking.

—Claro, puedes llamarme siempre que quieras. Es más, si te parece bien te llamo yo mañana a ver qué tal han ido las cosas por aquí —señaló en dirección a la ventana que le había indicado hacía unos segundos—, y me enseñas algún lugar bonito de esta ciudad. En realidad tengo que confesarte una cosa.

—No me digas, un señor comisario confesándose —se jactó Alma disfrutando de aquella prolongada despedida. Había logrado disipar la vergüenza de su atrevimiento.

—Nada grave. He estado por aquí en alguna ocasión.

—¿Y eso? Espero que no haya sido nada de importancia. El barrio ha cambiado mucho, eso es verdad, pero aquí siempre ha habido, antes y ahora, gente trabajadora. Y mala gente, no lo niego, también ha estado siempre. Es más la fama que otra cosa. Vaya, me han dado cuerda —asintió cerrando la boca mientras afirmaba con la cabeza.

—No se puede decir que no tengas imaginación —contestó levantando una ceja.

—Una ceja levantada nunca es buena señal, lo he escuchado en alguna parte. Y creo que tiene razón el que lo dijo.

—Eres original, de eso no cabe la menor duda, y ocurrente —añadió riéndose—, pero no has acertado con ninguna de tus supuestos. Cuando era pequeño recuerdo haber venido cerca de aquí, no sabría decirte concretamente el sitio, a casa de mi abuela. Vivió durante unos años en una casa cerca de un canal de aguas residuales que con el tiempo soterraron. Guardo muy buenos recuerdos de mi abuela.

—¡El canal de la Infanta! —exclamó Alma entusiasmada.

—Vaya, parece que lo conoces, además de alegrarte de ello.

—No me alegro de conocerlo —pronunció con sorna—, lo que pasa es que me ha parecido curioso que conocieras esta ciudad. Cornellá —añadió con solemnidad.

—Discúlpame Alma, tengo que dejarte, lo cierto es que seguiría contigo aquí pero tengo que acercarme a casa de mi madre, ya te he dicho…

—Sí claro, que me estoy enrollando aquí y tú tienes otras obligaciones.

—Nos vemos en otro momento, pronto, ¿de acuerdo? —se despidió entrando en el coche mientras ella lo veía desaparecer de su escena. Había sido un buen día. Un gran día para ser exactos, pensó alzando la mano en un adiós que él correspondió desde el interior del vehículo.

Ya no quedaba más remedio que afrontar la realidad, y esta se presentaba en forma de familia. Padres y hermanos que, si bien se iban a alegrar de verla, la interrogarían hasta cansar. Los unos con el propósito de saber de ella, de sus avances, de sus amigos, de sus relaciones con los chicos, sus hermanos; los otros con el propósito de saber por qué estaba allí y no en el Seminario. Se le hacía una montaña y mientras iba subiendo en el ascensor fue ensayando su mejor sonrisa. La que había mostrado en los últimos años cada vez que debía enfrentarse a algo desagradable.

Llamó al timbre, esperó impaciente y nerviosa deseando que fueran Ana o Samuel quienes abrieran la puerta, lo prefería. En aquella casa siempre se había cenado a las nueve en punto. Miró su reloj y vio que había interrumpido uno de los rituales más importantes para María y Roberto, algo que sin poder evitar le causaba cierta angustia. Unos pasos se acercaron hasta la puerta, a lo que siguió una comprobación a través de la mirilla de la puerta y después se abrió.

—¡Eres tú, pero qué sorpresa! Mamá, papá, ya veréis quién

ha venido a visitarnos —sonrió Samuel antes de acercarse a besar y abrazar a su hermana—. Hermanita, llegas justo a tiempo, estábamos cenando.

—Lo sé, lo sé, acabo de mirar la hora. Lo siento se me ha hecho tarde —añadió apesadumbrada.

—¿Tarde? —interrogó sorprendido—, ¿de dónde vienes?

—No me hagas caso, estoy cansada del viaje —mintió—, y no había manera de volar a otra hora.

—Y qué más da, les hará muchísima ilusión verte, ya verás. Pasa y dame otro beso.

Alma entró en casa dejando la maleta en el pasillo. Sus padres ya se habían levantado al escuchar a Samuel dar la noticia y la abrazaron con cariño. Ambos mostraron sorpresa y alegría al mismo tiempo, obligándola de inmediato a que se sentara a la mesa y cenara con ellos.

Aturdida por el espontáneo buen recibimiento que había tenido aún no siendo esperada, se sentó a la mesa y degustó el caldo que su madre le puso de inmediato. Olía a gloria, como todo lo que cocinan las madres. Tomó con devoción el primer plato mientras ellos, María y Roberto, la observaban con verdadera pasión. La echaban de menos, siempre la echaban de menos y no era sino cuando la tenían delante cuando más conscientes eran de ello. La educación que habían dado a sus hijos se había basado en unos valores morales que, acompañados de un sentido de la rectitud y la integridad muy particular, no siempre habían sido bien entendidos por Alma quien, a pesar de todo, los respetaba, o al menos eso había hecho hasta el momento. Los abrazos y los besos en su familia eran un bien escaso, y habían llegado después de sus largas ausencias tras el ingreso en la congregación. No recordaba efusividad y acercamiento de sus progenitores apenas antes. Y le gustaba, aunque al primer contacto se sintiera invadida en su espacio más íntimo.

Ver cómo la observaban la enterneció. Había algo que se le estaba escapando.

—Samuel, anda hijo trae a tu hermana el plato de carne empanada que he dejado en el horno —propuso María a su hijo, que se había ausentado unos minutos.

—Voy mamá —se escuchó decir desde el dormitorio—, es que estoy hablando con Berta.

—No tengo hambre mamá, quizás para el desayuno —añadió alargando su mano hasta el antebrazo de María.

—Necesitas comer —insistió ella—, te veo más delgada desde la última vez. ¿Cuándo fue?

—Pues si no recuerdo mal —dijo para ganar tiempo mientras la observaba con más detalle—, en el puente del mes de mayo, ¿no?

—Ah sí, qué despistada soy.

—Aquí tiene usted su segundo plato —reverenció con exageración Samuel como si se tratase de un súbdito de la corte—, espero que estas humildes viandas sean de su gusto. ¿Desea la señora alguna otra cosa? Si no es así y vuecencia lo permite, me retiraré a mis aposentos.

—Mira que eres payaso —rió dándole un toque en el pecho con el puño cerrado. ¿Eso es lo que te enseñan en la escuela de interpretación?

—Eso, eso y nada más —señaló haciendo muecas exageradas mientras hacía genuflexiones en retirada de nuevo hacia su dormitorio.

—Por cierto, ya me explicarás quien es esa Berta —carraspeó socarrona.

—Claaaaro, ahora mismo voy —se oyó decir justo antes de encajar la puerta de su cuarto.

Alma hablaba y observaba al mismo tiempo la reacción de María.

No se había dado cuenta en el primer instante y, cuando la tuvo enfrente de nuevo, observó el deterioro de sus facciones y la expresión triste con que la miraba intentando disimular.

—Mamá, ¿estás bien? Te veo mala cara.

—Anda, come carne que se te va a enfriar. Qué alegría tenerte entre nosotros de nuevo. Ahora estás en casa y espero que por algún tiempo —manifestó acariciando el antebrazo de una hija a la que apenas había visto en dos ocasiones en el último año.

Aquella frase le sonó extraña y flotó en su cabeza mientras, disimulando la sensación desagradable que le llegaba a través del contacto con su madre, se dejó llevar por el exquisito sabor de uno de las cosas que más le gustaban de ella: su comida. «De nuevo en casa», repiqueteó su mente.

Nadie había cuestionado hasta el momento qué hacía en Barcelona, por qué no había avisado de su llegada, cuál era el motivo de su visita, hasta cuándo iba a permanecer con ellos. Esas sensaciones, junto a las malas vibraciones que llegaban hasta ella, provocaron un estremecimiento repentino y un golpe de frío que empezó por su espalda y recorrió todo su cuerpo. Algo no andaba bien.

CAPÍTULO 6

Barcelona 1914

—Con esta hija tuya no ganaremos para disgustos —fue su saludo al entrar—, es que mira que se lo tengo dicho pero nada. Hoy tampoco creo que haya dormido en su cama, por más que intente disimularlo. Y si lo ha hecho apenas habrán sido unas horas. No sé, no sé —repitió pasando de forma mecánica, sin ningún tipo de concentración, las hojas del diario que los señores ya habían desechado—. Y encima esta guerra —chascó entre dientes prestándole atención al titular—, espero que no nos metan por medio. Lo que nos faltaba para el duro.

—Espero que no. Yo no he vivido ninguna guerra —comentó intentando evadir un tema que se avecinaba escabroso—, aunque sí he visto con mis propios ojos la miseria. En Australia viví los mejores y los peores años de mi vida.

Basilio la miró muy fijamente, sin expresión visible en su rostro, y ella se sintió incómoda por unas palabras que pensó que no debían haber sido dichas de aquella forma.

—Me refiero a que…

—Te he entendido perfectamente. No tienes que excusarte. Imagino que la experiencia de vida que has tenido es dura. Todavía te recuerdo recién llegada, como un pajarillo asustado mirando hacia todas partes encogida y protegiendo a tu hija y vuestro equipaje. Quién me lo iba a decir a mí. Desde entonces, yo he intentado siempre…

—Ssssss —siseó Marta acercándose a él, depositando en sus labios su dedo índice para acercarse a ellos y besarlos con ternura—. No podía ser más feliz aquí, contigo, con la vida que me has proporcionado. Te amo, y lo que más siento de todo lo que hemos vivido juntos ha sido no poder darte…

—Me has dado lo más bonito que un hombre puede desear. El amor de una mujer, y lo demás es secundario, siempre lo ha sido y siempre lo será. Tú eres lo que más me importa en esta vida. Tú y Elisabeth, aunque me estén saliendo canas a la velocidad del tranvía cuesta abajo y sin freno de mano, por tantos disgustos —añadió en tono jocoso queriendo quitar hierro al asunto—. Esta niña… Ven aquí, siéntate conmigo y ven a leer esto —palmeó sus rodillas invitándola a acomodarse encima de él—. Pone los pelos de punta pero juntos no existe el miedo —añadió separando el cabello del cuello de Marta para depositarle un tierno beso de los que a ella más le gustaban.

Apenas hacía dos meses que había estallado la primera guerra mundial. España había decidido situarse en la neutralidad de una contienda que se auguraba complicada, no así los vecinos franceses, quienes habían tomado partido, junto a Reino Unido y al Imperio Ruso, en contra del imperio Alemán y el Austro— Húngaro.

La imparcialidad de un país de segundo rango, según la opinión de muchos, que apenas unos años atrás había luchado contra Estados Unidos, perdiendo varias islas y colonias; que había sufrido la terrible «Semana Trágica»[3] y que no disponía ni de capacidad económica ni militar suficiente, no lo convertían en un aliado deseable para ninguna de las partes.

A Palacio llegaba diariamente La Vanguardia, y sus ejemplares eran recuperados por Basilio quien leía con interés, desde las letras impresas, cómo estaba el mundo. Mientras se hallaba concentrado en las novedades y opiniones que el diario mostraba relatando las experiencias de algunos ciudadanos, en estilo directo, Marta masajeaba su espalda haciendo pequeños círculos con la palma de la mano, mientras intentaba inútilmente

---

[3] Sucesos acaecidos en Barcelona y otras ciudades de Cataluña entre el 26 de julio y el 2 de agosto de 1909, provocados por el envío de tropas reservistas, por parte del gobierno, a Marruecos. Los hechos desencadenaron una huelga general.

leer junto a su marido aquel interminable artículo. Las letras, diminutas para su cansada vista aunque no quisiera reconocerlo, bailaban entre las líneas y ella, pesarosa y sin saber cómo abordar el espinoso tema, no alcanzaba a concentrarse. Dando una palmada cariñosa a Basilio, se levantó de su regazo:

—Se está haciendo tarde, y para ti también. Termina eso en cuanto puedas. Si va a haber guerra aquí, Dios no lo quiera, no sé si nosotros podremos evitarla. Los de nuestra clase, y que conste que no me quejo, no estamos muy claros con la política y sus maquinaciones. Bueno, tú sí, pero la mayoría de los que trabajan aquí...

—Con la política estoy bastante al día, como dices tú. Otra cosa es la crianza de los hijos. Ahí estoy completamente perdido. No quiero parecer pesado pero a ver, dime qué podemos hacer con esta chiquilla. ¿Crees que debemos seguir permitiéndole que no nos rinda cuentas de la hora a la que sale y a la que vuelve? Creo que todavía es demasiado joven para andar por ahí sin nadie que la proteja. Porque si al menos tuviera algún muchacho que la rondara y que supiéramos de él la cosa sería distinta. Vamos, digo yo.

—Ya lo sé, y estoy de acuerdo contigo pero qué quieres que haga —contestó alzando las manos—, yo también estoy un poco harta, y ni siquiera sé cómo hemos llegado hasta este extremo. Añoro la niña que fue hace tan poco tiempo...

—Pero es que ya no soy una niña mamá, no sé si te has dado cuenta —se oyó decir justo después de un portazo—. Vengo de visitar a una amiga, así que no me miréis con esa cara. ¿Acaso no me creéis?

Marta y Basilio negaron con la cabeza al mismo tiempo que, cabizbajos, volvían a sus quehaceres. Él era la persona de confianza de la finca, responsable de casi todo lo que entraba y salía de aquel lugar que, desde hacía unos años, se había convertido en la vivienda principal de los condes. También llevaba la supervisión de las tareas agrícolas, cada vez más escasas, además de ser el responsable de mantenimiento del vasto jardín en el que se había convertido buena parte de los antiguos terrenos de cultivo. Vivían allí, en una de las construcciones antiguas, junto a las caballerizas situadas en la planta baja del palacio. Viéndoselas venir y sabiendo la hora que era, besó a su mujer en la mejilla, miró con resignación, trató de sonreír a la muchacha alargando su brazo hasta el hombro de ella y salió de la cocina en dirección a las cuadras.

—Quiero entenderte hija —aprovechó para decir en cuanto se quedaron solas—, pero no puedo, y tu padre está más cansado de lo que parece con esta situación. Cualquier día...

—¡Basilio no es mi padre, cuántas veces tengo que repetirlo, dime, mamá! —chilló fuera de sí Elisabeth—, ¿de verdad crees que podremos olvidar alguna vez al que fue tu marido y mi verdadero padre?

Aquellas palabras sobrevolaron la distancia que había entre madre e hija hasta llegar a Marta, quien durante unos segundos no pudo reaccionar. Solo la miraba, buscando en aquel cuerpo joven y rebelde la causa de tanta inquina hacia un hombre que lo único que había procurado era su bienestar desde el día que se cruzó en su camino.

—¡Basta, no te consiento que nos hables así! —vociferó marcando el pronombre en plural por encima del resto de las palabras—. ¡Mira eh! —masculló entre dientes frenando las ganas de seguir gritando—, cualquier día conseguirás que te dé el guantazo que estás pidiendo a gritos. Será el primero, pero puede qué todavía esté a tiempo, ¿entiendes?

De repente, como si la Marta que hablara fuera otra mujer, crecida por una ira que apenas había manifestado nunca, respiró hondo, se alisó el delantal sucesivas veces, y se dirigió a su hija de nuevo.

—Sabes perfectamente que Antonio fue el gran amor de mi vida, al que amé y respeté hasta su muerte. Y ni te consiento, ni tienes derecho a reprocharme lo más mínimo. Basilio es un buen hombre, siempre lo ha sido y nos quiere; y te convirtió en su hija legítima en cuanto nos casamos. Lo ha dado todo por nosotras desde el principio, sin concesiones. Y también lo amo.

—¿Acaso quieres decir con todo eso, que lo amas como amaste a papá? —insistió Elisabeth desafiando la paciencia de su madre.

—Ya volvemos con lo mismo —contestó llevándose la mano a la frente—. El amor tiene muchas aristas hija mía. Amar es un todo, es la suma de muchos matices que conforman el día a día, es construir un proyecto común, es la euforia del momento, es sentirse acompañado y protegido, es respeto, cariño y comprensión. Solo deseo para ti, con todo mi corazón, que con el tiempo tengas la oportunidad de experimentarlo. Puedo decir que me considero una mujer afortunada, ¿sabes?, muy afortunada después de todo. Después de la muerte de Antonio, tu padre sí, la vida me brindó la oportunidad de compartir de nuevo mis días con alguien que también me quiere mucho. Nos quiere —matizó señalando con el dedo índice—, y eso no sucede todos los días, créeme. Qué sabrás tú del amor, a tu edad. Sí, amo a Basilio, sí —aclaró al fin ante una Elisabeth escéptica ante tantos argumentos—. Todo, desde entonces, lo hemos hecho por ti. No he podido darle los hijos que él hubiera querido, y bien que me pesa. Dios sabe que no ha sido culpa mía. Y Pau... —nombró tapándose la cara con ambas manos al nombrarlo—, tan pequeño que apenas pudimos bautizarlo. Después de él, yo ya no…

Marta ya no pudo seguir hablando. Sus defensas, al recordar al pequeño Pau y su malograda y corta vida, se vinieron abajo. El llanto le impedía articular las palabras que todavía estaban presas en su corazón y en sus entrañas. Pau, el hijo varón que tanto habían deseado después de algunos embarazos malogrados, había muerto a los pocos días de su nacimiento. Un parto difícil, una atención a destiempo y una infección que los pulmones del pequeño no pudieron superar. Marta sufrió complicaciones que le impedirían volver a engendrar y la pena casi había acabado con ella. Basilio, compañero incondicional de aquella mujer por la que había sentido primero un flechazo que lo había herido hasta lo más hondo y luego un profundo amor que iba creciendo con el paso de los años, siempre pensó que la mayor de sus suertes era continuar teniéndola a su lado.

Recordaba con cariño cómo, aquel maravilloso año tres del recién estrenado siglo XX, había cambiado su suerte. Al cabo de unos días, yendo a buscar el encargo de cada semana casi se cae de espaldas cuando, a poca distancia de la chiquilla cuya cara le sonaba sin saber dónde la había visto antes, apareció Marta. Resplandeciente, con el rostro más bonito que había visto jamás, con su delantal reluciente y una sonrisa reservada que lo cautivó desde el primer instante. Aquel día, cargado con los paquetes y después de haberse trabado la lengua en varias ocasiones, salió de la tienda jurando que aquella mujer que el azar había tenido a bien cruzarla en su camino, sería suya aunque le fuera la vida en ello. No era un hombre seductor, nunca lo había sido. Ni siquiera había tenido demasiado interés en formar una familia hasta la fecha. Sin embargo, verla a ella fue la razón y el principio de su nueva vida. Desde que había accedido a ser su esposa, casi tres años más tarde de su llegada de Australia, siempre había estado a su lado, incondicional como el primer día. Los años habían pasado y se habían centrado en Elisabeth, a la que habían consentido en exceso, algo de lo que llevaban dándose cuenta en los últimos tiempos preguntándose, cada uno desde el silencio, si no habían errado en su empeño de convertirla en una señorita.

—Lo siento mamá, no ha sido mi intención recordártelo. ¿Podrás perdonarme? —se acercó Elisabeth a consolarla—, es que estáis siempre con las mismas. No he querido ofenderte, ni al bueno de Basilio tampoco, créeme. Dime —repitió zarandeando despacio los hombros de su madre mientras la besaba en la cabeza—, ¿me perdonas «mom»?

—Siempre te perdono, y sabes que siempre lo haré. Ven aquí mi niña, porque nunca dejarás de ser mi niña pequeña aunque tú te empeñes en resistirte —repitió acunándola en su regazo a pesar de las dificultades que empezaba a tener en sus rodillas—. ¿Recuerdas cuando llegamos aquí?

—Difícil de olvidar mamá —contestó dejándose querer como cuando era una chiquilla—, Esperanza fue nuestro ángel de la guarda. Un poco cascarrabias y todo el día de arriba para abajo, sin dejar de mandar ni un solo minuto ni parlotear sola o acompañada, que le daba lo mismo —añadió sonriendo con su recuerdo—, pero hasta eso me gustaba de ella. La quería muchísimo, mamá, y todavía cuando la recuerdo se me hace un nudo en la garganta. Aunque las cosas se pusieron más complicadas después de dejarnos, y tío Adrián no supo qué hacer viéndose solo, me hubiera gustado mucho quedarme allí con mis primos. Para mí han sido siempre como mis hermanos. Hemos perdido mucho el contacto y es una pena, ¿no crees? Elena ya era un poco mayor que yo, pero con Rubén y con Celina he pasado los mejores momentos de mi infancia. El pequeño Marcos ni siquiera llegó a conocerla. Qué risas nos echábamos por la noche —remontó evitando la tristeza—, cuando la tía roncaba como una locomotora mientras al tío se le escapaban unos pedos sonoros que parecían bombas fétidas. Si hasta hacíamos apuestas los primos y yo a ver quién despertaba a quien, cada uno con sus armas —añadió soltando una de sus contagiosas carcajadas.

Uno de los encantos de Elisabeth, además de los muchos atributos que la naturaleza le había concedido, era su risa. Una carcajada que comenzaba pequeña para tomar fuerza y extenderse desde todos los rincones de sus pulmones. Era muy difícil no contagiarse. Y era, sin duda alguna, una herencia de Antonio. Su amado Antonio, al que todavía veneraba en la soledad de sus recuerdos pasados. La memoria grabada de su sonrisa cuando aún siendo todavía unos niños, empobrecidos por las circunstancias económicas que los acompañaron desde su primera juventud, se sentían fuertes para poder con todas las adversidades que osaran ponerse en sus caminos.

—¡Niña! Esa boca por Dios —exclamó volviendo al presente y dándole un cachete cariñoso que no evitó que pudiera aguantar la risa—, que esa lengua no es la de una señorita.

—Pero si es verdad, mamá, si parecían el equipo perfecto. Cuando ella tomaba aire para su gran estruendo, él dejaba salir —insistió en describir la escena ante la cara de comedia que iba poniendo su madre—. Me gustaba mucho la tía Esperanza, de verdad. Y la echo de menos en muchas ocasiones.

—Y yo. Era una buena mujer. Y todos la recordaremos con el cariño que se merecía. El alma de la casa y un ejemplo de coraje. Sin ella, la tienda se vino abajo y eran demasiadas las bocas que alimentar.

—A ti ya te rondaba Basilio desde hacía tiempo. Si no te niego que sea un buen hombre, e imagino que buen esposo también. Se os ve muy unidos y a veces hasta pienso que la que sobra en este sitio soy yo.

—¡¿Se puede saber qué tonterías estás diciendo?! —interrumpió Marta alertada—, que yo sepa nunca, me oyes, nunca te ha dado demostración del disparate que no quiero ni siquiera que vuelvas a insinuar. «You're dumb», definitivamente.

—¿Me estás llamando tonta? —remedó con un mohín a su madre—, ah, te aseguro que te lo tendré en cuenta —añadió riendo sobreactuada.

En ocasiones, tanto para los enfados como para momentos en los que se hacían alguna broma cariñosa, utilizaban expresiones australianas.

—Te quiero muchísimo. Quiero que lo tengas muy claro y aunque es posible que yo no sea la mejor madre del mundo, hago todo lo que está en mi mano por ofrecerte lo mejor. Aunque no naciste aquí, en este lugar, en este país es donde tú echarás tus raíces y donde formarás una familia como lo hemos hecho los demás. Australia y Bathurst están en nuestro corazón y no debemos olvidar de dónde venimos, aunque nuestro lugar ahora y para siempre estará aquí.

A solas, Marta deambulaba por la casa corrigiendo desórdenes, organizando la semana, pensando en la compra y en los encargos en voz alta, alargando de forma expresa las vocales, como si con ello se garantizara a sí misma el no olvido de su otra lengua y manteniendo consigo misma un diálogo jovial como el que recordaba con los que durante muchos años habían sido sus clientes del colmado. Aunque evitara reconocerlo esquivando la congoja que algunos momentos de su pasado todavía le causaban, lo cierto era que la edad empezaba a jugarle algunas malas pasadas cuando, sin permiso, los recuerdos y una añoranza desconocida la asaltaban sin aviso. Era de recibo reconocerlo. Con los años echaba de menos, cada vez con más intensidad, las mesetas y su inigualable color bermejo y el cielo que, aunque era absurdo pensar que fuera a ser distinto, parecía diferente al que se veía desde una ciudad como Barcelona. Echaba de menos a su hermano, con el que a duras penas había mantenido contacto por carta desde su llegada a Barcelona. Añoraba aquellos maravillosos años en los que la juventud podía con todo y nada era imposible de alcanzar, incluso los sueños más disparatados.

Elisabeth se había levantado del regazo de su madre y aprovechó para beber agua. Todavía con el vaso en la mano se giró y, adoptando su gesto más serio dijo:

—De todos modos, yo no pienso tener hijos, con lo que debe de doler eso —anunció mordiéndose la lengua por la torpeza de volver a la carga con un tema que sabía que para su madre era muy delicado.

—Eso no lo puedes decir y muchos menos saber. Y un hijo siempre es motivo de alegría, no lo olvides. Nunca digas de esta agua no beberé. Además, eres muy joven y se de buena tinta que más de uno te ronda, por no decir lo que debe ocurrir en la academia, que casi prefiero no saber. Por cierto, apenas nos cuentas tus avances. Tu...Basilio y yo estamos muy orgullosos de que puedas estudiar y forjarte un porvenir más...cómo te diría, más reconocido y próspero que el nuestro, que no nos quejamos pero queremos otra cosa para ti. Buenos cuartos nos cuesta pero lo pagamos con gusto. Qué satisfecha estoy de haber dejado que lo hicieras aunque, bien sabe Dios, muy convencida no estaba yo de que anduvieras sola por la ciudad tan joven. Él me convenció, para que veas. Y ya hace casi dos meses que vas y no nos cuentas demasiado.

—Pues lo tengo más claro que el agua que acabo de beberme que, por cierto, cada día está más mala —insistió expresamente, eludiendo el tema de sus estudios—. ¿Sabes que el séptimo arte está más de moda que nunca? —lanzó de pronto observando el gesto de confusión de Marta.

—¿Y eso del séptimo arte qué es? No había oído hablar nada de eso, y si ha sido así no le he prestado atención. ¿Entonces dices que es…?

—El cine mamá, el cine. ¿Sabes que Barcelona ya es la capital del cine español? ¿Y que es una de las ciudades del mundo con más salas de proyección, como Berlín o Nueva York? Hay más de ciento treinta y nueve y además…

—Vamos a ver hija —cortó con voz tajante Marta—, ¿se puede saber quién te da tanta información sobre algo que me parece verdaderamente intrascendente? Yo te preguntaba por tus estudios, por las matemáticas de don Roberto, las clases de literatura de doña Teresa, las de contabilidad de don Santiago, ¿y tú me sales con no sé qué del séptimo arte?

—No entiendes nada, mamá —encajó Elisabeth de mala manera—. ¿Acaso te importa lo que a mí me importa, lo que verdaderamente quiero en la vida? Lo que pasa es que estáis aquí encerrados entre estas cuatro paredes que…

—Claro —rebatió esbozando una amarga sonrisa—, estamos aquí para que tú puedas salir ahí fuera y convertirte en una mujer de provecho. ¿Acaso piensas que no nos gusta viajar, darnos algún capricho que otro o salir de vez en cuando a la ciudad y regalarnos un refresco?

Dejándose llevar por el impulso del momento, Elisabeth se armó de valor y arremetió con algo que llevaba días guardando sin atreverse a afrontar:

—Mira mamá, voy a decirte algo que igual te resultará extraño y que seguramente no te va a gustar.

—Pues empezamos bien —contestó poniendo los brazos en jarras, dando muestras de una pose que no se correspondía con el temor que había experimentado en aquel instante en su cerebro. No estaba preparada para sorpresas.

—Verás —empezó enfatizando con las manos muy abiertas—, estos días —carraspeó consciente de lo que estaba a punto de decir, sin perder de vista ni un instante la mirada de su madre—, he estado hablando con un director de cine que casualmente está ahora en Barcelona a la caza de nuevos talentos. Coincidimos en la cafetería que hay justo debajo de la academia. Yo no estaba sola, por supuesto —aclaró inmediatamente por si concretar aquel detalle podía ayudarla en algo—, también estaban Sebastián, Dorita y Manolita. Escucha bien lo que te voy a decir —añadió entusiasmada—, me ha asegurado que mi perfil es ideal para las cámaras y que está muy interesado en hacerme algunas pruebas, pero claro, necesito vuestro consentimiento —finalizó elevando las cejas, mostrando una seguridad que le faltaba pese a las muestras de confianza de sus palabras.

—Pues te recuerdo que todavía eres menor de edad, así que tú verás —se atrevió a decir su madre—. Además, no creo que ser artista —pronunció con desprecio—, sea la mejor manera de convertirte en una persona de provecho. Vamos, digo yo —añadió observando con detalle la reacción de la chica—. No me las doy de antigua, lo sabes y te lo demuestro cada día dejándote ir y venir a tus anchas cuando las jovencitas de tu edad están mucho más atadas en corto que tú, a mucha distancia. Pero de ahí a verte convertida en, qué se yo, una marioneta de directores de, ¿qué me decías? Ah sí, del séptimo arte. ¡Vamos hombre!, lo que nos faltaba por escuchar. Y no se hable más. Tendremos que retomar muy seriamente este tema los tres. Los señores también podrían dar su opinión si, después de la aportación extra que hacen al salario de tu padre para que tú puedas estudiar, se enteran de que estás desperdiciando el tiempo con el artisteo y qué sé yo qué más. No hija, esto no podrá ser —manifestó señalándola con el dedo desde la distancia a la que se encontraban, frente a frente.

Como algo inusual, Marta se acababa de cuadrar ante una hija que casi no reconocía. La niña tierna y dócil que había sido hasta hacía bien poco tiempo se había convertido en una mujer díscola y descarada con la que ya no sabían cómo actuar. Satisfecha con su intervención determinó que la decisión era en firme. Se giró a atender los platos del desayuno como si nada hubiera ocurrido e ignoró la respuesta que sabía que iba a llegar de un momento a otro.

—Qué quieres, que vaya a la escuela para terminar, con suerte, trabajando a quinientos metros de aquí, dieciséis horas seguidas cada día, ¿por un mísero salario? ¿O quizás prefieras que me quede en esta casa, sirviendo como buena niña, igual que lo haces tú desde que llegamos a este país?

—¡Silencio! —se giró apretando los dientes, conteniendo las ganas de asestarle la bofetada que se estaba ganando a pulso—, ya basta de tonterías te digo, y no se hable más. ¡En cuanto venga Basilio hablaremos seriamente de todo esto! —gritó gesticulando de forma enérgica con sus manos, cortando el paso de las palabras que no quería seguir oyendo—, y que no me entere yo de que no vas a la academia cada día las horas que acordamos con el director. ¡Que no me entere yo, comprendes! —repitió presa de una furia que pocas veces en la vida había mostrado a su hija—, aunque no sé yo si hemos hecho bien, no lo sé…

—¡Tú siempre sacando las cosas de quicio, es que me pones de los nervios! Esto no hay quien lo aguante. Tanto amor, tanto amor y mira dónde lo escondes cuando llega el momento de la verdad.

Cada palabra era un nuevo puñal clavado en el corazón de

Marta. Quizás ese era el problema, había pensado en innumerables ocasiones en las que por miedo a una mala reacción, por temor de perder absurdamente su cariño o que pudiera reprocharle que su amor no era todo lo incondicional que había sido siempre, tragaba con reacciones que se resistía incluso a considerar reales. En ocasiones los padres se convierten en prisioneros de sus hijos. De su egoísmo, de su ingratitud, de las migajas de amor regaladas cuidadosamente para no satisfacer nunca del todo. Eso le estaba ocurriendo a Marta, que sentía cómo Elisabeth cada día estaba más lejos de ella y no sabía cómo llevarla de nuevo al camino que parecía haber dejado en alguna ocasión, sin que ninguna de las dos hubiera llegado a darse verdadera cuenta. Atrapada en una espiral que cada vez se hacía más grande, movía la cabeza sin dejar de hacer las tareas de la casa. Prefería pensar que era una exagerada a pesar de las miradas que Basilio proyectaba en el suelo, buscando las fuerzas para callar, cada vez que la muchacha daba una mala contestación a su madre o la dejaba con la palabra en la boca. No quería admitirlo pero se había producido un cambio sustancial y todo parecía indicar que coincidía con la asistencia de Elisabeth a la academia de secretariado a la que la habían inscrito con la ayuda de los señores que, muy generosamente, habían aportado el dinero de la matrícula y del primer mes que se requería al inicio de las clases. El que le había dado sus apellidos, no intervenía apenas nunca en las conversaciones y disputas entre madre e hija. Prefería mantenerse al margen, discreto y distante, aunque cada vez le costaba más no tomar partido en los desequilibrios que se estaban forjando en aquella relación. Elisabeth había comenzado a cruzar la línea roja en la que opinión e insolencia cada vez estaban más cerca.

En uno de sus ataques de rabia, cada vez más frecuentes por otro lado, Elisabeth cerró la boca y los puños mirando muy fijamente a su madre y, roja de la ira, se dio media vuelta y salió de nuevo de la casa dando un portazo.

Marta, agotada y frustrada por una situación que se le

escapaba de las manos, suspiró y dejó caer, ya sola en la cocina, las lágrimas que había aguantado durante lo que para ella era el mayor ataque a su corazón. Solo tenía una hija y la amaba profundamente a pesar de todas las desavenencias que no había querido ver venir y que ya se manifestaban abiertamente en su relación. Tentada de salir en su busca y retenerla aunque fuera en contra de su voluntad, Marta se dejó caer en la silla sintiendo el peso de la culpabilidad corriendo por todo su cuerpo. Por qué, se preguntaba entre sollozos. Se enjugó las lágrimas que resbalaron libres por sus mejillas durante unos minutos y, ya más tranquila, retomó las tareas que quería terminar antes de dirigirse a Palacio. El almuerzo debía servirse a la una en punto como todos los días, las cocineras conocían perfectamente su trabajo pero ella debía supervisar el menú a diario y atender cualquier requerimiento de los señores. Miró el reloj de la cocina y comprobó que ya iba con retraso. La vida continuaba muy a su pesar aquella mañana en la que el mundo estaba preocupado por una contienda en la que los dirigentes de algunos países medían sus fuerzas con las armas. En una guerra que acababa de comenzar mientras ella, sin saber qué iba a depararle el futuro, se disponía a luchar contra las fuerzas que le faltaban para afrontar el miedo y el abismo con una de las personas que más quería en la vida.

Por su parte, Basilio, ajeno a la situación, tampoco había perdido ojo a la puerta de la casa, desde la que vio salir a toda prisa a Elisabeth. Masculló entre dientes algunas palabras, apesadumbrado por la falta de arrojo que él mismo había tenido con aquella niña que ya había dejado de serlo. Sintió mucha pena por su mujer, a la que veía consumida con cada nueva riña que se producía entre las dos. Pensó en acercarse a la vivienda pero negó con la cabeza. La señora esperaba el coche de caballos para su paseo diario por el parque, una práctica que formaba parte de la rutina diaria. Debía ser que las labores de jardinería le inspiraban para alguna de sus actuaciones, cada vez más esporádicas, o para alguno de sus escritos.

A punto, como cada día a las once de la mañana, siempre que el tiempo acompañara, se disponía a ayudar a doña Lina a subir a su carruaje. Con el glamur y el «savoir faire» de los artistas, hacía de cada uno de sus movimientos un desplazamiento elegante. De cuerpo voluptuoso, mirada celosa y por lo menos veinte años más joven que su marido, subía al carromato ataviada para las labores de recolección de flores y cuidado de alguna de las zonas ajardinadas del palacio. Al parecer era su tiempo de esparcimiento, además de las pocas situaciones en las que Basilio veía sonreír a la señora. Según había oído contar a algunos de los miembros más viejos del cuerpo de servicio, ella y el conde se habían conocido durante la evacuación después del atentado que tuvo lugar en el gran teatro del Liceo en el año 1893, cuando él ya contaba con cuarenta años y ella apenas debía alcanzar la veintena. Después de aquello nunca se habían separado. Era una mujer que, por su elevada discreción, levantaba curiosidad. De origen italiano y de procedencia no noble, nadie de su familia había ido a visitarlos nunca, o al menos que se supiera. Una pareja singular y desigual. En público nunca habían mostrado afecto, aunque por la forma como él la miraba en algunas ocasiones en las que Basilio alcanzaba a descubrirlos en algún renuncio, el amor debía existir en alguna de sus manifestaciones.

El señor conde ya sexagenario en aquellos años, la esperaba pacientemente, enfrascado en sus múltiples tareas, para el almuerzo.

—Basilio, dime —interrogó mientras se acomodaba en el asiento interior del vehículo—, ¿cómo está Elisabeth? Hace días que no la veo por aquí. ¿Cómo siguen sus clases?

Aquella pregunta provocó una tensión inesperada en el hombre, quien intentó disimular lo mejor que supo y salir al paso con una sonrisa agradecida:

—Muchas gracias por el interés, señora, la verdad es que estamos muy contentos y muy agradecidos por su ayuda.

La mujer lo miró, con talante serio como casi siempre,

mientras esperaba la respuesta a su pregunta. Basilio, sabiendo que no había contestado a la cuestión, salvó como pudo la situación.

—Nuestra hija está haciendo muy buenos progresos.

—Está bien, me alegra mucho. Cuando quieras…

—Claro.

Basilio subió al carro y arreó a los caballos. Durante los primeros minutos del trayecto, la ligera brisa que corría le ayudó a secar el sudor que se había empezado a enfriar en todo su cuerpo.

CAPÍTULO 7
Barcelona 2014

La cena había transcurrido relajada y todos parecían estar encantados con la noticia y la visita inesperada de Alma. Con cierta reserva, había dejado en el que todavía era su dormitorio la bolsa de viaje y la cazadora en la que guardaba ahora con gran celo el diario de Esther. Tenía muchas ganas de abrirlo y descubrir algo que la ayudara a esclarecer lo sucedido. De pronto tuvo la sensación de llevar mucho más tiempo allí, en Barcelona, del que realmente había transcurrido desde su llegada. Habían pasado demasiadas cosas que no había tenido ni tiempo ni ganas de asimilar. El recuerdo de una víctima y la sensación de estar vigilada la asaltaron de repente, provocándole el presentimiento de que allí fuera, en algún lugar cercano al edificio, seguían sus pasos en espera del mejor momento para irla a buscar de nuevo.

En el intervalo de los postres y mientras recogían la mesa pensó que había que inventar algún pretexto creíble para evitar que sus padres pudieran incomodarse ante la llamada o incluso la visita de alguno de los miembros del seminario. Era algo macabro por su parte y en el fondo no estaría diciendo ninguna mentira. Esther, su muerte sería su mejor coartada. Recordarla nuevamente le produjo un nudo en el estómago y, junto a su recuerdo, volvió a pensar en el diario. Imaginaba que no tendría mucho tiempo antes de que alguien pudiera estar sobre su pista. Ir a casa de sus padres quizás no había sido la mejor idea, se dijo, aunque de cualquier modo la encontrarían. Siempre lo hacían.

—Estoy muerta de cansancio —se adelantó a decir bostezando, ante la extraña falta de prisa de los suyos. Ana, su hermana mayor, que trabajaba en un laboratorio clínico y banco de sangre de la ciudad, había llegado y se había sumado a la alegría familiar, participando de la conversación de sobremesa. Algunos recuerdos, las travesuras entre hermanos y algunas batallitas que ya eran viejas historias repetidas en más de una ocasión. Era extraño. En todos los años que Alma llevaba fuera de casa, era la primera vez que experimentaba la sensación de calor familiar. Un calor que se concentraba en una energía que iba directamente dirigida a su madre. Lo notaba, casi venía circularmente de cada uno de sus miembros y se depositaba en el pecho de su madre quien, asintiendo la mayor parte de las veces, parecía sentirse la mujer más dichosa del mundo. Alma, a pesar de que había aprendido a guardar sus sentimientos, sintió una necesidad casi irrefrenable de abrazar a su madre y estrujarla entre sus brazos.

—Mamá, antes pregunté y no recuerdo que me hayas contestado. ¿Te encuentras bien?

—Descansa, lo necesitas, lo veo en tu cara. Mañana nos cuentas. Luego me acercaré a darte las buenas noches. Y los demás a ayudarme con esto que en pocas horas toca diana —añadió mirando el reloj de pared que llevaba allí toda la vida.

—De eso nada, tú quieta que yo me encargo. Mejor dicho, nosotros —afirmó Alma acompañando con la mano el hombro de su madre para que ésta volviera a su asiento—, a ver Samuel, no te escaquees que te veo venir y además nos conocemos. Ana se libra porque es la mayor y además acaba de llegar.

—La que fue a hablar —replicó su hermano con retintín—, doña escaqueos, la reina de las razones para delegar su trabajo aquí a un servidor; un tierno infante que no tenía ni años ni arrestos para enfrentarse a la inteligencia y el morro que le echaba su hermana la «superlista».

—Lo tuyo es puro teatro, falsedad bien ensayada y estudiado simulacro —contestó cantando la vieja canción mientras se echaba la mano en el pecho y arrancaba una carcajada desde su garganta.

Sonrió pensando que no le faltaba razón. Alma era capaz

de escabullirse de muchas de las tareas que María encomendaba durante sus ausencias. Había trabajado duro a lo largo de muchos años. Siendo apenas una niña, había empezado su andadura en una de las fábricas textiles de la ciudad, donde se fraguaría la que más tarde sería su profesión a lo largo de su vida laboral. Estaba a punto de jubilarse, y sus castigadas manos lo habrían hecho antes, pero ella seguía allí al pie del cañón. En aquella fecha y pese a la crisis, la mecanización, las reestructuraciones que llevaba padeciendo el sector durante tantas décadas y la suma de circunstancias adversas, había tenido suerte y desde hacía un tiempo era la encargada de unos telares que fabricaban tejido para varios hospitales. En los últimos años, en casa de los Domenech nunca habían faltado las telas de gasa para multitud de usos.

Era una mujer que lograba juntar entre sus cualidades el antagonismo de lo antiguo y lo moderno; de la flexibilidad y la rigidez; del calor y el frío; del corazón y la apariencia. No había sido especialmente cariñosa y cercana con sus hijos aunque nadie podía reprocharle jamás su falta de atención hacia ellos en todo lo material que estos necesitaran. Sin embargo, llevaba años trabajando como voluntaria en la parroquia del barrio, dando clases de catequesis a los niños que se disponían a hacer su primera comunión. Y lo hacía con auténtica devoción, la misma que los chavales le profesaban en cada uno de sus encuentros. Como buenos católicos practicantes, tanto ella como Roberto, asistían a misa los sábados tarde y los domingos por la mañana.

Alma, que se había criado en un ambiente que siempre fue ajeno a ella, la religión impuesta y la fe inculcada a base de un discurso sutilmente amenazador e instigador del castigo divino, no entendió nunca el porqué de aquel proceder. Nadie más en la familia, al menos que ella supiera, parecía haber sido salpicado por aquel fervor eclesiástico. Sin embargo ellos siempre habían visto sus vidas ceñidas a las normas de la Santa Madre Iglesia. Su hermana mayor había conseguido esquivar el yugo de la sumisión, aunque eso le había costado una infelicidad interior con la que convivía a diario. Alma estaba segura de ello, lo sentía cada vez que la observaba. Detrás de su semblante risueño y despreocupado, teñido de rebeldía, se escondía una mujer insegura a la que en parte le habían arrebatado la capacidad de discernir entre lo conveniente y lo perjudicial. A pesar de haberlo intentado en alguna ocasión, la conversación no había durado más de unos minutos y Alma tampoco estaba en disposición de ofrecer los consejos que ni ella misma se había atrevido a aplicarse en más de una vez. En aquella casa, el único que parecía feliz y así lo reflejaba era Samuel, el pequeño Samuel que por fin había dado el estirón que tanto habían celebrado, para quien la escuela de actores en la que se había matriculado hacía dos años parecía haberse convertido en la mejor de las elecciones que había hecho jamás. Era bueno en informática y en arte. Alma todavía se preguntaba cómo lo había conseguido. No era precisamente la profesión que sus padres habrían elegido para él, a quien sin duda imaginaban estudiando piano, o haciendo alguna carrera parecida a las que había cursado ella. Él, al igual que la mediana de las hermanas, Alma, poseía altas capacidades intelectuales.

—Por cierto, hermanita, tenemos novedades. ¿No te ha dicho nada Ana?

—Ssssss —siseó la mayor con el dedo índice tapándose los labios—. ¿Y cuándo se lo iba a decir eh? —reprochó dándole un pescozón al benjamín de la casa—. Tú siempre tan discreto y tan respetuoso con las cosas de los demás.

—Te recuerdo que existen los teléfonos, el «skype», el «whatsapp». ¿Sigo dándote pistas? —añadió Samuel bajando la voz paulatinamente.

—Por favor, tiempo muerto —señaló Alma formando una «T» con las manos—. ¿Me lo cuenta alguien de una vez? —rogó mirando que ninguno, ni María ni Roberton, estuvieran cerca.

—En dos meses me mudo. Hemos alquilado un piso en el centro de Barcelona. Estaré mucho más cerca del trabajo y…

—A ver a ver un momentito. ¿Has dicho «hemos»?

El rubor se apoderó de las mejillas de Ana, quien no pudo evitar ponerse nerviosa. Era tan transparente, pensó con ternura y sin parar de mirarla. Tenía casi cuarenta años y, a pesar de ganar un sueldo que le hubiera permitido independizarse hacía ya algún tiempo, nunca había dado el paso. Alma tenía casi la certeza de que era presa de alguna suerte de chantaje emocional con el que no había sido capaz de luchar hasta la fecha. Estaba claro, algún príncipe azul había aparecido para salvarla.

—Se llama Hugo.

—Necesito más datos. ¿No pensarás que con eso voy a conformarme verdad?

Ana se arrancó en una carcajada sonora que reprimió casi al instante. Por su reacción, estaba claro que todavía no se había atrevido a decirles nada.

—No sé cómo decirles esto, de verdad. Y mira que es fácil. Sujeto, verbo y predicado.

No había pensado en casarse, eso por descontado, y ese era uno de los escollos más grandes contra los que tendría que luchar.

—Tú lo has dicho. Sin anestesia. Directa y concisa. Sabes que con ellos es lo mejor o a la que te descuidas te ganan el terreno. Te lo dice una que todavía tiene mucho que aprender. Pero no desviemos la conversación de lo verdaderamente importante en este momento. A ver, cuenta. Mejor, ven conmigo a mi habitación con cualquier excusa que pondré y allí, ya más tranquilas me explicas los detalles. Quizás pueda ayudarte.

—¿Y eso? —interrogó Ana extrañada.

—Claro, muy bonito. Y a mí que me zurzan —se quejó Samuel, a quien desde hacía unos minutos habían excluido de la conversación—, qué razones puedo dar yo. Vaaaaa que me quiero enterar —rogó haciendo pucheros.

—Tú acaba de recoger la cocina y échale una mano a mamá, que está agotada, ¿acaso no lo ves? Esto es una cosa de chicas. Además mañana te lo explico todo de camino al metro. Te lo prometo, tontorrón.

Los argumentos no habían convencido en absoluto al menor de los hermanos pero tenía claro que aquella batalla no iba a ganarla por más que quisiera insistir.

—Está bien, tú ganas, pero que quede constancia en acta y a Dios pongo por testigo que nunca más taparé tus asuntos…

—Anda, vete ya que al final sospecharán de nosotros.

—Me preocupa mamá. ¿Vosotros sabéis si le ocurre algo?

—La verdad es que en los últimos meses ha dado un bajón considerable. Ha dejado algunas clases de catecismo, imagínate, con lo que es ella para estas cosas. Ha estado en el médico varias veces. Revisiones periódicas, vacunas de la gripe, analíticas de seguimiento…pero nada que nos haya contado. Hoy tiene mejor cara que ayer. Debe de ser que al verte a ti se ha animado.

—No sé, no sé. Mañana hablaré con ella más tranquilamente. Ahora vamos antes de que de Samuel aparezca de nuevo.

—Hemos pensado que tenemos algunas cosas con las que ponernos al día y si no te importa, mamá —se adelantó a decir mientras Ana le daba un pellizco a la altura de los riñones temiendo que se fuera a ir de la lengua—, nos vamos un ratito a mi habitación.

—Me parece bien. Yo también estoy muy cansada y tu padre se acaba de acostar, así que mañana será otro día.

Las hermanas se despidieron de su madre y se dirigieron hasta el dormitorio de Alma. Esta bajó la persiana, abrió el armario en el que todavía permanecían sus cosas y buscó entre la ropa una camiseta amplia y un pantalón cómodo con el que estirarse en la cama.

—Ana, yo también tengo que decirte algo, pero será después de conocer de tu boca al afortunado que te ha robado el corazón.

—Bueno, avánzame alguna cosa, que mira que te haces de rogar tú también ¡eh! —suplicó con cara de pena.

—He dejado el Seminario —soltó de repente ante la mirada estupefacta de su hermana, que se acomodó en la cama y se agarró a uno de los cojines como si estuviera viendo una película de miedo.

—¿Quieres decir para siempre? —quiso saber, asombrada por una confesión que no esperaba de su hermana.

—Para siempre, o al menos eso es lo que pretendo. Además, han empezado a ocurrir cosas que nunca debí haber sabido.

—Me estás asustando hermanita. ¿Entonces estás decidida?

—Volver desde luego que no volveré a vivir allí. Imagino que tendré que reunirme con el consejo rector y hacer las cosas bien. Estamos en mitad del curso y había empezado a traducir unos documentos antiguos. No los dejaré colgados, pero elevaré una queja formal y una denuncia por daños y perjuicios morales. Me siento engañada, estafada, vendida a una causa que dejó de ser el motor de mi vida hace mucho tiempo. En realidad —añadió elevando el labio superior—, nunca lo fue. Ellos, los de aquí y los de allí, insistieron en forjar para mí un futuro que nunca he elegido. Hasta ahora. Se acabó. Aunque, vamos a ver , esto no es lo que habíamos venido a hacer aquí, ¿recuerdas? —sonrió cómplice a su hermana—. Suelta por esa boquita.

—Lo cierto es que mamá y papá lo conocen. Ha venido aquí algunas veces y aunque no lo he presentado como un novio formal ni nada por el estilo, es el amor de mi vida. Este creo que sí.

—Años, estudios, procedencia, profesión…

—Peor que mamá, ya te digo —añadió riéndose de la lista de preguntas—. Es algo más joven que yo, un año y medio. Tiene terminada la carrera de criminología aunque nunca ha ejercido.

—Me puede servir —interrumpió Alma.

—¿Cómo dices? —se extrañó Ana.

—No me hagas caso. Sigue contando cosas de tu

criminólogo.

—También es educador social y trabaja con chicos difíciles. Familias desestructuradas, problemas de integración y esas cosas. Es un amor. Ya verás cuando lo conozcas.

—Eso espero, que sea pronto. ¿Estás segura del paso que quieres dar? ¿Eres feliz con él?

Se estaba escuchando y sentía el vértigo de sus propias palabras. Su único interés, a pesar de ser la pequeña de las dos, era velar por la integridad emocional de su hermana, mermada incluso más que la suya a lo largo de los años.

—Sé que ni papá ni mamá aceptarán de buen grado esta decisión. Y que si por casualidad tenemos que hacer noche en alguna ocasión, deberemos dormir en camas separadas. Es algo con lo que cuento y me importa bastante poco. Jugaremos a correr tupidos velos y ejerceremos la falsa moral con la que hemos convivido para que ellos no hagan ver que se rasgan las vestiduras. Somos expertos en eso, ¿verdad? —interrogó sin esperar una respuesta—. Los quiero, igual que tú imagino, y creo que ya hemos pagado suficiente el Karma de la deuda que algún día dejamos colgada en alguna parte del universo.

—Me alegro muchísimo de tus proyectos. Y no dejes que lo demás te estropee el momento.

—Bueno, entonces, ¿tú qué?

—Yo qué de qué —repitió Alma ganando tiempo.

—No sé, qué piensas hacer. Porque después de tantos años viviendo fuera no me creo que quieras quedarte aquí, si es que definitivamente abandonas Alemania y todo lo demás.

—No te puedo decir nada todavía pero las razones que me han traído hasta aquí son…

—¿Interrumpo? —asomó María con sutileza tras la puerta de la habitación, que solo había quedado encajada.

—No, mamá, pasa —invitaron las dos casi al mismo tiempo—. Yo ya me iba, mañana madrugo. No como otras —remarcó señalando a su hermana.

—Ven, mamá —añadió Alma dando unos golpecitos en el lecho de la cama —que me he quedado con ganas de darte el abrazo antes de acostarme.

Parecía que nunca se hubiera ausentado. A pesar de lo extraño de su aparición, hasta el momento nadie había dado el paso de preguntar y no sabía si interpretarlo como una buena o una mala señal. Tenía la certeza de que desde el Seminario se debían haber puesto en contacto con sus padres. Ella era mayor de edad y sus progenitores nada podían hacer sin su consentimiento, a pesar de la extorsión emocional a la que se habían sometido en los últimos años.

Por la forma en que la miraba su madre, sabía que estaba a punto de decirle algo.

—Dime, cómo van las cosas por allí —preguntó elevando el mentón como si con él quisiera señalar hacia el norte.

—De sobras lo sabes —se aventuró a decir sin tener la certeza.

—Preferiría que me lo contaras tú. Tu padre no está al corriente. Llamaron esta mañana y no parecen muy satisfechos con tu decisión.

—¿Y tú, mamá? ¿Qué te parecería a ti? —interrogó a la defensiva—. Creo que en todos estos años nadie me ha preguntado cómo me sentía, cómo había encajado la soledad, la falta de cariño en un lugar en el que, detrás de una apariencia de cordialidad y cordura, se esconden propósitos mezquinos, ganas de poder, fábrica de genios metidos en urnas de cristal…perdona, no he debido lanzarme de esta manera.

—No tienes de qué pedir perdón. Quizás seamos nosotros quien debiéramos haberlo hecho hace tiempo. No sé. Me siento tan confusa…y tan cansada.

—¿Qué les has contado? —interrogó con cierta aprensión alargando la mano hasta la de su madre.

—La verdad, que aquí no sabíamos nada de ti. Aunque después de la conversación me puse a empanar carne rápidamente

—añadió con un brillo creciente en sus ojos que se contagió en su hija. Sé que es uno de tus platos favoritos.

—No creo que tarden en saber que estoy en casa. Lo mejor será que, si empiezan a molestar, me busque algún lugar en el que vivir mientras decido qué hago.

—No te vayas, te lo ruego —dijo María llevándose el puño cerrado al pecho—. Me da miedo preguntarte hija. ¿Hay algo de lo que tengas que arrepentirte?

—Sí, pero nada que tenga que ver con el honor y la gloria de los «hermanos»—se apresuró a aclarar—, simplemente he tomado la decisión. Mi futuro no será tan brillante como el que se auguraba al finalizar mi formación; mis tentáculos no alcanzarán las altas esferas de la sociedad; mis honorarios no alcanzarán el volumen al que se supone que iba a llegar perteneciendo a la élite, pero mi futuro será mío y de nadie más. Lo que está por venir lo decidiré yo a partir de este momento.

—Me da miedo que te desvíes del camino, hija. Es lo que siento. ¿Cuál es en realidad la causa de este cambio de actitud? Con nuestros errores, y reconozco y es de buen cristiano hacerlo para mejorar, siempre hemos pensado que podrías llegar muy alto. Además, te lo mereces. Tienes talento para cualquier cosa que te propongas.

—¿Y qué os ha hecho pensar eso? ¿Que fui más débil de convicciones que mi hermana? Nunca me pareció justo, aunque de algún modo he dado por bien empleado todo lo que me ha pasado.

—Tienes dos carreras, varios idiomas, una red de contactos que los «hermanos» se encargarían de aumentar y seguro que un buen porvenir a la vuelta de la esquina. Con la mejor de nuestras intenciones siempre hemos querido lo mejor para ti, y también para Ana y para Samuel, por descontado.

Alma se estaba impacientando. Sabía en qué podría terminar aquella conversación. Era una réplica de tantas otras veces en las que al final acababa creyéndose la conveniencia de seguir allí, como una hermana de un Dios en el que ya había empezado a no creer. No quería ser cruel con su madre, a la que a cada minuto que pasaba veía más demacrada.

—Estoy cansada, mamá. Si quieres mañana continuamos charlando. Permaneceré aquí unos días y de cualquier forma debo volver a Alemania en las próximas semanas. Tengo uno de los últimos exámenes y no querría echar a perder el curso completo. También tengo que recoger algunas cosas y despedirme de algunos amigos. Luego ya veremos si acepto una oferta de trabajo que me habían hecho pocos días antes de mi llegada. Y el caso es que tampoco puedo ausentarme mucho de aquí. De todos modos mañana tendré las ideas más despejadas. Ahora mismo estoy como si me hubiera pasado una locomotora por encima.

—Haz lo que creas conveniente, hija, pero te lo ruego, no te alejes mucho de nosotros.

Se miraron durante unos segundos. María empezó a derrumbarse, abrazó a su hija, la tomó por los hombros y bajó la vista. Respiró hondo y de su boca salieron las palabras que Alma nunca hubiera querido escuchar.

—Tengo cáncer. Y no pueden operarme. Está extendido por varios órganos de mi cuerpo. Nuestro señor ha querido que sea así, aunque tengo miedo de irme.

Ya estaba dicho. El silencio de los primeros segundos se convirtió en un gran abrazo. Se fundieron, sintiendo el apego de sus cuerpos como nunca lo habían hecho y dejaron que las lágrimas de todos los años, las que habían estado escondidas en algún lugar de sus almas, fluyeran libres.

CAPÍTULO 8
Barcelona 1918

Cuatro largos años habían pasado desde que había comenzado la primera Gran Guerra. Unos años en los que la convulsión mundial no era la principal preocupación de Basilio y Marta, quienes habían envejecido a pasos agigantados.

Sus vidas continuaban transcurriendo en el mismo lugar y con las mismas rutinas diarias, aminoradas en parte por el regular estado de salud del conde y su creciente dedicación a una de sus grandes pasiones: la observación del clima, la meteorología y el comportamiento de las aves desde el torreón que había construido expresamente en uno de los extremos de la finca, desde el que había las mejores vistas para tales finalidades. Era un hombre culto y activo aunque en los últimos años había tenido que renunciar a alguna de las facetas de su vida social y cultural.

El trabajo los distraía y los mortificaba al mismo tiempo. Las arrugas y el cabello blanco habían dado muestras de presencia a pasos agigantados desde que Elisabeth, una tarde, en uno de los arrebatos que ya se habían convertido en una costumbre había decidido hacer las maletas y marcharse de casa dejando apenas una nota en la que los invitaba a no seguirla hasta que ella decidiera comunicarse con ellos. Al parecer, el gerente de una compañía cinematográfica había puesto sobre sus pies un manto de promesas y el mejor futuro imaginado para la que iba a ser la nueva estrella del séptimo arte.

Las primeras semanas pudieron inventar excusas y capear algunas preguntas, que de forma cortés e interesada, hacían los señores y el resto del servicio. Marta tuvo que inventar razones y razones que empezaban a ser insostenibles. No sabían cómo decirle a los señores que la pequeña Beth, como así la llamaban fruto del cariño que le habían tomado, había desaparecido. Sin ser su hija, siempre la vieron como el heredero que nunca iba a llegar. Seguían recibiendo la aportación económica que habían acordado los condes para su formación y no podían soportar ni un día más la presión y la vergüenza que la situación estaba causándoles. El llanto desconsolado de su madre y el desespero de Basilio, que veía cómo aquella situación estaba consumiendo a pasos agigantados a su mujer, eran una constante en una vivienda que había dejado atrás los años en los que las risas y la complicidad entre madre e hija habían desaparecido para siempre.

—Tienes que comer algo. Mira —comprobaba tocando su espalda—, te estás quedando en los huesos y no por no alimentarte ganaremos algo. Al contrario mujer, debes estar fuerte. Tengo el presentimiento de que la vamos a encontrar, serénate un poco y hazme caso.

Nada era serenidad para un corazón herido en lo más profundo. Nadie podía convencerla que de todo iba a ir bien porque apenas tenía alguna pista de los pasos que había seguido su hija desde hacía unos meses. Algunos vecinos de los alrededores, sintiendo la congoja de un matrimonio que caía bien a todo el mundo, se sentían en el deber moral de ayudar a la hija de la inglesa y el murciano, como así los habían bautizado algunos que no conocían la historia al completo.

—Lo intento Basilio, y te lo agradezco. Pero no insistas, te lo ruego. Un poco de leche, por no beber agua, será suficiente. Créeme que no puedo comer nada más.

—Pasado mañana nos acercaremos a Barcelona y preguntaremos donde nos ha dicho Anselmo que parece que la han visto.

—Eso ya ha pasado más veces, y cuando más esperanzas ponemos en ello más… —se derrumbó en un llanto desconsolado en los brazos de Basilio—. ¿Y si se ha ido fuera del país? Siempre ha tenido la absurda idea de volver a Australia.

—No lo creo —se esforzó en parecer convincente—, al revés, con esta guerra muchos artistas se han refugiado en nuestro país, y concretamente aquí en Barcelona. Estoy seguro de que continúa aquí. Esta ciudad se ha convertido en una especie de paraíso para pintores, escritores y artistas en general.

—Pues sí que estás tú enterado de todo —contestó de malas pulgas.

—Pues sí, así es. Recuerda que leo el periódico a diario y que estoy bastante bien informado de la actualidad que no solo tiene que ver con la guerra. Por cierto, la gripe está causando más muertos que la guerra. Si es que no sé a dónde vamos a llegar. La han bautizado como gripe española. Valiente tontería.

—¿Y aquí también tenemos eso? ¿Por qué española? —pareció interesarse por algo que no fuera la causa de su desesperación.

—No te preocupes, se han dado algunos casos pero por lo que he oído son menos graves que en los países en guerra. Por lo visto las defensas de los soldados están bajas, algo lógico por otro lado, y el contagio es rápido en todos los casos. Según parece la llaman española porque en nuestro país no censuran la evolución y los datos de la enfermedad y en Europa y América temen provocar una alarma total si explican qué está pasando realmente. Estos de la prensa…, cada día más manipuladores.

—¿Ves? Mira que si nuestra hija ha cruzado Francia, o quizás más lejos y ha sufrido algún percance de ese tipo… No hago más que pensar y pensar si está bien, si está mal, si estará… —lamentó ahogando un sollozo convertido en hipo.

—No pienses nada de eso, mujer —cortó la frase señalándole en el reloj que ya era hora de salir de allí y dirigirse a palacio a preparar el almuerzo—, hoy la condesa no ha querido hacer su paseo diario. Creo que se encontraba indispuesta y con algunas décimas de fiebre, así que querrá tomar algo ligero y sabes que en esos casos prefiere que se lo prepares tú —añadió observándola y arrepintiéndose de inmediato de una frase que sabía que iba a traer de nuevo el comentario negativo de Marta.

—Ya veremos, Dios quiera que cualquier día no nos encontremos con ninguna... no quiero pensar en ello, perdóname y vamos de una vez —añadió Marta afirmando con la cabeza reafirmándose sin querer en su mal presagio.

—Anda mujer. Deja ya de imaginar y vamos que se nos hará tarde. Tengo el presentimiento de que mañana vamos a tener más suerte que otras veces.

—Ojalá la providencia te oiga, Basilio, ojalá.

No parecía estar demasiado convencida y, en cada ocasión en la que se abría un nuevo camino que esperanzaba al matrimonio para encontrarse después con otra nueva decepción, una nueva tanda de años se dejaban caer sobre su espalda, su cuerpo y su alma. Se sentía agotada. Sentía el desgaste del tiempo, la culpa creciendo en su interior y la distancia que crecía cada día más entre su amada hija y las posibilidades de encontrarla sana y salva. Habían pasado casi cuatro años desde su desaparición y medio mundo estaba boca abajo. ¿Cuántas cosas habían ocurrido en aquel tiempo? Muchas, se respondía presa de un abismo del que trababa de salir a base de una voluntad de hierro y de la ayuda de su inseparable compañero de fatigas. A pesar de todo y sacando fuerzas de flaqueza, estaba dispuesta a acompañar a Basilio hasta uno de los cafés más céntricos de la ciudad y, al parecer, más frecuentado por actores y directores de cine. Entre las pocas pistas fiables que habían llegado hasta ellos, la situaban trabajando en una compañía cinematográfica, tal y como había estado soñando los últimos meses antes de su desaparición. Por suerte para Basilio, los primos de Elisabeth, sobre todo Rubén y Marcos, habían tendido una mano al matrimonio desde el principio. En su calidad de varones, las visitas a todo tipo de establecimiento, por muy dudosa que fuera su reputación, no estaban mal vistas. Cada quince días, en su jornada de descanso, Marta y Basilio se acercaban a la ciudad para recoger las posibles novedades que hubiera al respecto aunque, durante aquellos interminables años, tampoco habían sido muchas.

—Date prisa o llegaremos tarde. Anselmo está esperándonos para acercarnos hasta Esplugas. No me gustaría hacerlo esperar demasiado —apresuró inquieto.

—Ya voy, ya voy —contestó Marta malhumorada.

Salió del dormitorio colocándose los pendientes y acabándose de calzar unos zapatos que llevaba años sin ponerse. Había envejecido, como era natural, pero conservaba una figura esbelta y un porte del que nunca se había desprendido. Era elegante de forma natural, algo que a su marido siempre había cautivado. La admiró en silencio, sin atreverse a decir nada que pudiera interpretar equivocadamente y ella lo observó confusa:

—Qué, ¿vas a quedarte mirándome toda la tarde? —increpó alzando las manos a modo de interrogación.

—Es que estás muy... elegante —se atrevió a decir no sin reservas, por la reacción que pudiera tener ella.

—Gracias, mi amor —respondió sorprendiendo a un Basilio que llevaba muchos meses sin escuchar apenas palabras de cariño—, si vamos a un lugar que al parecer está frecuentado por gente elegante, habrá que hacer lo propio, ¿no te parece? No quiero que nos tomen por dos pueblerinos. Ea, vamos ya o al final perderemos el autobús. Aunque te digo una cosa, prefiero el tranvía.

—Sí, pero el autobús nos deja justo al lado del lugar al que vamos, en la plaza de Cataluña.

Tras el encuentro con Marcos, el pequeño de los Arriaga que solía ser quien más pesquisas realizaba buscando a Elisabeth, se adentraron en Café de los artistas, como así decía un gran cartel luminoso de la entrada. Habían conseguido, a través de terceros, el nombre de la persona por la que podrían preguntar para saber acerca de Elisabeth. En el vestíbulo, una señorita se brindaba a recoger sus abrigos y guardarlos. Basilio, sin ocultar la sorpresa de tanto boato, actuó siguiendo los pasos de su mujer, quien parecía haber hecho vida social con la soltura con la que debían hacerla sus señores.

Se adentraron en una gran sala habitada por elevadas columnas de recargadas molduras pintadas en oro que separaban el cuerpo central del salón, más amplio y habilitado con mesas de cristal agrupadas en distintos formatos, con dos pasillos laterales más estrechos en los que habían dispuesto espacios reservados para parejas o grupos reducidos, amueblados con elegantes sillones de eskay de color granate. La música de orquesta sonaba de fondo y, entre el bullicio de las conversaciones que discurrían entre los allí presentes, en algunas partes del salón se observaba el humo de los cigarros elevándose hacia las lámparas que colgaban del techo. Basilio miraba curioso. No estaba acostumbrado a frecuentar lugares como aquel. Reaccionó cuando Marta, que se había detenido a comentar con uno de los camareros que se había aproximado hasta ellos, de un tirón en la manga de la americana lo apremió a seguirla. Tomaron asiento en uno de los extremos de la sala, y pidieron un refresco mientras tanto. A los pocos minutos observaron cómo buena parte de los asistentes se levantaba de sus mesas y se dirigían hacia la parte superior del teatro a través de unas escaleras que había visto en la entrada.

—Estoy nerviosa, muy nerviosa.

—Yo también —confesó Basilio tomándole la mano—. Y si no es aquí será en otro lugar, pero no dejaremos de buscarla.

—Espero que este señor con el que mi sobrino nos ha conseguido la cita nos pueda, al menos, dar una pista verdadera de su paradero.

—Aquí tienen sus bebidas, un agua de Vichí para la señora y un coñac para el señor.

—Se equivoca. El coñac era para mí —respondió Marta violentando involuntariamente al camarero—, pero no se preocupe, estoy acostumbrada a este tipo de equivocaciones —

añadió sonriendo mientras tomaba su copa y daba el primer trago.

—¿Hay algún tipo de actuación arriba? —interrogó Basilio al barman, que todavía permanecía encajando el cambio de papeles de aquella pareja.

—Sí, en unos minutos tendrá lugar el pase de la película. «Codicia». Está teniendo mucho éxito.

—¿Cómo?

—El título de la película —aclaró el hombre que ya tenía prisa por cobrar y atender a otros clientes.

—Muchas gracias —agradeció Basilio pagando la consumición.

Más de la mitad de los tertulianos había desaparecido y Marta y Basilio seguían esperando la visita de un desconocido en el que habían depositado todas sus esperanzas. Se estaba retrasando y temían que no fuera a aparecer.

—Yo creo que lo mejor será tomarse esto y volver a casa —indicó Marta tomando un nuevo trago de coñac.

—Mujer, ten un poco de paciencia. Imagino que este tipo de persona debe de tener una vida social muy ajetreada. Ten en cuenta que…

—Buenas tardes. ¿Son los señores Domenech?

—Sí, somos nosotros —se levantó de un salto Basilio, que casi le tira encima al hombre los restos de las bebidas que todavía no habían terminado de consumir.

De repente, sin moverse de su asiento, Marta sintió como le flojeaban las piernas ante una posibilidad y una esperanza que se habían negado a alimentar hasta ese momento.

—Siéntese, por favor —invitó Basilio—, ¿qué quiere tomar? —preguntó alzando la mano para ser visto por el camarero.

—No se preocupen. Vengo de una reunión y acabo de tomarme una copa. No es necesario, de verdad.

—Insisto —afirmó reiterando su llamada a la atención al mozo para que viniera.

—Basilio, por favor, que este señor te acaba de decir que no desea tomar nada —regañó Marta ante el gesto de conformidad obligada que había adoptado el desconocido.

—Está bien, no quiero parecer pesado. Gracias por haber venido, eso vaya por delante —afirmó Basilio tomando asiento de nuevo.

—Mi nombre es Alejandro Millán, de producciones El Nuevo Siglo. He sabido del caso de su hija hace unos días, cuando un conocido, a través de un familiar suyo creo —señaló a ambos—, me habló de...

—Nuestra hija lleva fuera de casa casi cuatro años —se adelantó Marta presa de la impaciencia y de los nervios que empezaban a traicionarla.

Las lágrimas estaban a punto de aparecer en sus ojos. La tensión le resultaba insoportable. Buscó entre las cosas de su bolso y sacó una fotografía que tenía de Elisabeth justo de cuando se había matriculado en la academia de comercio. El productor observó las huellas del sufrimiento de aquella mujer de mediana edad que estaba seguro que había sido muy bella en sus años jóvenes. Sin haber perdido los rasgos del atractivo de antaño, pensó, resultaba evidente el rastro del dolor en sus facciones.

—Entiendo su preocupación, y créanme que lo siento —habló observando atentamente el retrato de la joven que la mujer mostraba entre sus manos.

—Sin duda ha heredado la belleza de su madre —se atrevió a formular finalmente, como si estuviera midiendo las palabras, cruzando los dedos de las manos mientras se dirigía a Marta fijando sus ojos en ella.

Basilio sintió una punzada en su cabeza y apretó las mandíbulas sintiendo como, descaradamente y si su instinto no le fallaba, aquel tipo estaba echándole los tejos a su mujer como si él no estuviera presente en aquella escena. No obstante, prefirió contener las ganas de intervenir y esperar hasta ver qué les podía decir el cineasta que les sirviera para avanzar en la búsqueda de su hija.

—Dígame, ¿la ha visto usted? ¿Sabe quién es? ¿La conoce? Por caridad, díganos lo que sepa, se lo suplico —rogó desesperada.

—Créanme que para mí también es una situación bastante delicada. Podría estar equivocándome de persona. No debemos dejar de lado que han pasado unos años desde esta foto, imagino. Pero…

El silencio durante los siguientes cinco segundos fue una eternidad para el matrimonio. Todos los músculos de sus cuerpos permanecían bloqueados, rígidos, a punto de romperse. Todos menos el corazón, que se había acelerado ante la galopante expectación que había generado la noticia.

—Sí, creo que es ella. Liza Gold —pronunció finalmente sin dejar de observar la fotografía.

—¿Liza Gold? —repitieron al unísono Marta y Basilio.

—Al menos así es como yo la conocí en una producción corta en la que, si no recuerdo mal, participó con un pequeño papel. En este mundillo más o menos todos nos vamos conociendo a la larga y si no me equivoco, efectivamente es ella.

—Bueno, eso no importa —aseguró la mujer restándole importancia a un hecho que realmente no habían tenido en cuenta a lo largo de todo aquel tiempo. Elisabeth se había cambiado el nombre, adoptando uno que atendía de alguna forma a sus orígenes. Ella lo había visto claro desde que su contacto lo pronunciara—. Claro, Liza de Elisabeth pronunciado en inglés y Gold de oro. La tierra del oro. El lugar donde nació y del que vinimos —reflexionó en voz alta, dejando al margen a ambos hombres, que la observaban silenciosos.

—Créanme, no sé si puedo ayudarles en algo más —intervino Millán—, pero preguntaré a mis colegas por si han sabido algo nuevo de ella en los últimos meses —afirmó esto último con cara de circunstancias. Algo que a Marta no se le escapó.

—Por favor, si tiene algo que decirnos no nos lo oculte, se lo pido por lo que más quiera. ¿Tiene usted hijos? —añadió sujetándolo por el brazo ante la sorpresa de ambos—. Es nuestra única hija y aceptaremos lo que tengamos que aceptar. Solo queremos recuperarla, eso es todo. Sigue siendo muy joven, tiene toda la vida por delante y nadie le impedirá que trabaje en lo que más le guste.

Todo el empeño de Marta iba dirigido al corazón de aquel hombre que, si su instinto de mujer y madre no le fallaba, estaba ocultándoles alguna información.

—Verán, yo no quiero adelantarme a los hechos. Y no sé si…

—Hable de una vez —imploró la mujer sin soltar los brazos del señor Millán, que a todas luces se estaba resistiendo a contar lo que sabía.

—Sí, por favor, necesitamos saber dónde vive, cómo se gana la vida, cómo está —intervino por primera vez Basilio.

—¿Saben? —comenzó a hablar el productor—, todas las profesiones tienen su riesgos, sus cosas buenas y sus cosas menos buenas. Lo cierto es que aquí, en Barcelona, la industria cinematográfica, incluso a pesar de la gran guerra, nos está dando unos de su mejores momentos desde hace unos años y somos un referente a nivel nacional e incluso internacional.

—Siga —conminó tajante Marta.

—A diario recibimos candidaturas de actores y actrices que quieren participar en nuestros trabajos: cine, anuncios para la prensa, modelaje…Es un sector que da mucho juego y en el que se puede ganar mucho dinero. De forma digna, se lo aseguro. Aunque no hay que obviar que existen otros caminos más cortos y más directos, ya me entiende.

—No tenemos ni idea de cómo funciona esto —añadió Basilio preso de un estado de nervios que había reprimido hasta ese momento y que gracias al discurso de aquel extraño estaba a punto de traicionarlo.

—En estos años también han aparecido muchas compañías de medio pelo que han hecho flaco favor a nuestra industria. Me refiero a pequeñas productoras que, con pocos medios, menos profesionales y una buena dosis de malas artes, se han encargado de reclutar jóvenes ofreciéndoles el oro y el moro a un precio en ocasiones muy alto. ¿Me entienden?

—Perfectamente —afirmó Marta víctima de un sudor frío que había comenzado a secarse en su cuerpo.

—Liza tenía un buen futuro, créanme. Yo la había visto trabajar en alguna filmación antes de hacerlo con nosotros y puedo darles fe de su talento —añadió empezando a desvelar claramente que ver su foto había despertado toda la memoria que parecía no tener—. Lo cierto es que hubo una ocasión, hace aproximadamente un año—dijo elevando la mirada hacia el recuerdo—, en la que requerí a mi equipo que la localizaran para ofrecerle un papel en una película. La chica —añadió—, tenía las características físicas que buscábamos.

—¿Y bien? —alentó la madre al productor sin preguntar cuáles eran aquellas características de las que hablaba.

—Las noticias que obtuve no fueron demasiado buenas —confesó eludiendo sus miradas.

De repente, sin dejar de escuchar las palabras de aquel hombre, que sabía muchas más cosas de su pequeña de las que había asegurado en un principio, los ojos de Marta se vidriaron y todo su cuerpo empezó a temblar como una hoja. Basilio la atrajo hasta él y la abrazó con fuerza roto del dolor también. Las noticias no parecían derivar en nada bueno.

—Dígame, ¿acaso está muerta nuestra hija? No se ande con rodeos, díganoslo ya y también cuál era su paradero.

—No, su hija sigue viva, o al menos eso he averiguado en las últimas horas. Aunque tienen que estar preparados para encontrar a una Elisabeth muy distinta a la que se ve retratada en esa fotografía que me han enseñado antes —mostró con el dedo hacia el bolso en el que Marta había vuelto a guardar el retrato.

—Cuéntenos, ¿qué ha pasado? ¿Dónde se encuentra ella?

—En este país —comenzó de nuevo—, las autoridades y algunos grupos retrógrados persiguen de forma incesante el consumo de alcohol y el bajo de las faldas de las señoritas, como si esos fueran nuestros principales problemas. Sin embargo, no se denuncia el empleo de algunos fármacos que pueden comprarse en cualquier botica, sin control médico ni precaución alguna. Cada día es peor. Son muy perjudiciales, se lo aseguro, si no se toman con mesura. Y son una fuente de dependencia, eso por descontado. Se empieza por tomarlas para un dolor de cabeza y se acaban ingiriendo para poder soportar la existencia. Lo más gracioso es que se publicitan en la prensa, y están al alcance de cualquiera que los necesite, sin control ni seguimiento por parte de ningún galeno. Les estoy hablando de la cocaína, del opio, de la heroína, y otras sustancias que se empiezan a tomar con fines terapéuticos y que se acaban consumiendo para seguir viviendo. Liza fue víctima de algo parecido —soltó de pronto a la pareja.

—¡Jesús! —exclamó Marta llevándose las manos a la boca—, mi niña.

—Su estado de salud es delicado, no puedo mentirles. Les daré por escrito —anunció buscando algo en el bolsillo interior de su americana—, la dirección del sanatorio en el que se encuentra actualmente, según me han informado. Está a las afueras de la ciudad, cerca de la montaña de Montjuic. Nunca habló de su familia, que yo sepa, de manera que las personas que más la han ayudado en estos últimos años tampoco habrán podido localizarlos a ustedes. Hay veces que las chicas se alejan tanto de su pasado que temen volver a él por si no son aceptadas y desisten de ello.

—Muchas gracias —respiró al fin recogiendo aquella nota entre sus manos como si se tratase de un gran tesoro —mañana mismo nos pondremos a ello. No sabe cuánto le agradezco su ayuda. Espero que Dios se lo pague con creces.

—Tienen que estar preparados para afrontar una realidad

114

distinta a la que seguramente recuerdan. El hábito de estas drogas deja secuelas importantes en las personas. Y no es que quiera yo asustarlos.

—No se preocupe. Saber que está viva, y que puede volver con nosotros cuando ella quiera, es para nosotros a partir de hoy la recompensa por tantos años de oscuridad y dolor, créame.

—Les dejo también un número de teléfono. No duden en llamarme si necesitan algo y creen que yo les puedo ayudar.

—Estaremos eternamente agradecidos.

—Se lo avanzo por si se les ocurre acudir esta noche al sanatorio. No les dejarán verla hasta mañana. A partir del mediodía cierran las puertas y solo permiten la entrada al médico y al cura. Allí tienen todo lo que necesitan.

—Gracias —repitieron al mismo tiempo.

Aquella noche, ni Marta ni Basilio pudieron pegar ojo. Después de vueltas y más vueltas en la cama, ambos se levantaron, prepararon un café y hablaron del pasado recordando todos los buenos momentos que habían vivido desde que se instalaran como matrimonio a las órdenes de los condes. A ellos también tendrían que exponerles la situación. La prioridad ahora era Elisabeth. Tenían que volverla a traer allí como fuera.

CAPÍTULO 9
Barcelona 2014

Llevaba en casa más de dos semanas. Sabía que estaba vigilada, no hacía falta ser muy lista para intuir que los «hermanos» la tenían controlada en cada paso. No le importaba, en pocos días debería ausentarse y volver al seminario a buscar alguna de sus pertenencias y a firmar la renuncia definitiva.

Había hablado con el presidente que, a pesar de la tensión en sus palabras, había intentado de algún modo convencerla para que al menos destinara parte de su tiempo a la escuela seminario que tenían en Stuttgart. Alma había declinado, lo más aséptica posible, la invitación aludiendo a la necesidad de permanecer en casa por más tiempo a requerimiento de sus padres. No era del todo incierto; María empezaría su tratamiento en pocas semanas y esto conllevaría un ligero cambio en la dinámica familiar. Alma quería estar con su madre y por eso había adelantado su vuelta a Alemania para zanjar de una vez por todas sus vínculos con la organización. Para su sorpresa, la oferta de trabajo que le habían hecho seguía en pie. Tenía que traducir unos textos, escritos en hebreo, que la Universidad Católica de Eichstadtt—Ingolstadt le había encargado por recomendación de sus maestros. Habían accedido a que realizara una buena parte de los trabajos desde casa, bajo supervisión del rector y el equipo de investigación.

Después de aquella noche, en la que le había anunciado la aparición de la enfermedad, y tras una extensa charla, que las había mantenido casi media noche despiertas, Alma sabía que en la vida de su madre había algunos episodios que debían estar enterrados en la profundidad de su existencia. Se había sentido más cerca de ella que nunca.

No podía permitirse la flaqueza ni la debilidad a pesar de las malas noticias que había recibido en tan pocos días. No olvidaba ni la muerte de su amiga, ni el diario que había decidido esconder en una caja de zapatos en el fondo de su armario, ni las causas que podían haber provocado una muerte aparentemente voluntaria de Esther, pero no tenía la concentración necesaria para centrarse en aquel asunto. Y había que luchar, pese a todo pronóstico negativo con la evolución de la enfermedad que había desarrollado María.

Tampoco olvidaba a Guillem, con el que había chateado en alguna ocasión, sin darle pie a una nueva cita. Necesitaba organizarse y prefería no abrir nuevos caminos, aunque lo cierto es que las ganas de verlo aumentaban cada día.

—¿Mamá, estás lista? Date prisa o llegaremos tarde a la visita.

Desde su llegada, Alma se había hecho responsable de prácticamente todos los asuntos de la casa. Todos los que concernían a la noticia de la que ella se había convertido en portavoz principal. Ninguno de ellos, salvo Roberto, conocía el alcance de la cuestión. La mujer había ido capeando las visitas y las pruebas que le habían hecho sin querer dar a conocer qué estaba pasando. Ahora, liberada y apoyada por la hija pródiga, agradecía su apoyo y dedicación.

Alma miró el reloj para confirmar algo que ya sabía de antemano. Era tarde y si no salían de inmediato no llegarían a tiempo.

—¿Mamá? —repitió caminando hacia el dormitorio de sus padres.

Al entrar, un escalofrío recorrió todo su cuerpo. María se encontraba tirada en el suelo, inconsciente. Corrió hacia ella arrodillándose junto a su cuerpo, observando que ésta mantenía los ojos medio abiertos aunque faltos de expresión. De forma refleja, tomó su muñeca buscando el pulso y respiró cuando encontró el latido de su corazón. Con sumo cuidado y, haciendo lo propio, se armó de la sangre fría y el aplomo que requería la situación, tomó su cabeza por detrás con una mano y con suma delicadeza acercó un cojín con la otra para colocarlo lo mejor posible, girando levemente el cuello hacia un lado, por precaución.

—No te preocupes mamá, todo irá bien —susurró en su oído obligándose a no llorar—. Esto no debe ser nada grave. Llamo a una ambulancia ahora mismo y aviso a papá que venga en cuanto pueda.

Durante el tiempo que pasó hasta que llegó la ambulancia Alma no se separó de su madre ni un segundo. Observaba con detalle su cuerpo, acariciaba sus manos, sus brazos, su rostro, tomando conciencia plena por primera vez de que aquella mujer había sido quien le había dado la vida; de que aquel cuerpo había sostenido el suyo durante nueve meses en su vientre; de que sin ella ahora no sería nada, no existiría; y ahora la necesitaba. Sabía que ella, desde el estado en el que se encontraba, sentía todo su cariño a través de aquel contacto y lloró acunándola. Lloró en silencio las ausencias que llegaban a su recuerdo, las palabras escondidas que nunca se habían dicho, el dolor contenido y la rabia. Lloró por miedo a perderla.

—Te quiero, mamá, no permitiré que te ocurra nada malo. Te lo prometo.

La mano de María presionó levemente la de su hija. Alma, que abrió los ojos todo lo que sus órbitas le permitían, sonrió entre hipos y mocos y besó a su madre en las mejillas, feliz como no lo había estado nunca. Varios pequeños movimientos siguieron al primero. Aquello era una buena señal.

Al cabo de unos minutos sonó el timbre. Eran los sanitarios que, de inmediato, la subieron a la camilla y trasladaron a la enferma hasta el vehículo que esperaba en la calle. En el momento en que se disponían a salir, Alma pudo ver a su hermana, corriendo hacia la ambulancia, con cara de desesperación. Alma bajó la ventanilla y sin salir del coche saludó a su hermana.

—Ana, acércate en coche. Nos llevan al hospital de Valle de Hebrón. Mamá está bien. No he podido hablar ni con papá ni con Samuel. Encárgate tú de avisarlos en cuanto puedas.

—Está bien, nos vemos en unos minutos.

El estado de salud de María se estabilizó en las cuarenta y ocho horas posteriores al ingreso. La enfermedad continuaba avanzando y lo único que los médicos podían hacer por ella era evitar el sufrimiento y no dejar que el dolor se hiciera fuerte en su cuerpo. El médico jefe del equipo había sido muy claro. No había nada más que hacer.

Alma había cancelado su viaje a Stuttgart informando de la situación y aplazando su llegada para cuando fuera posible. Por otro lado, había llamado a la universidad para rechazar definitivamente la oferta laboral. El responsable de la comisión de estudios que coordinaba las traducciones pudo consultarlo con sus superiores y le anunció que la esperarían hasta su regreso. Por lo visto, su habilidad y el conocimiento de hebreo superaban el nivel de la mayoría de personas a las que habían entrevistado. Unos textos que llevaban cientos de años sin que su contenido fuera descubierto, bien podían pasar ahora algunas semanas o incluso meses en el mismo estado.

Aquella mañana, después de los primeros días en los que todos habían podido disfrutar de sus permisos laborales, se encontraban solas. Por suerte, a María le había tocado una habitación individual, algo que resultaba casi un lujo teniendo en cuenta que se trataba de un hospital público. Alma había decidido que, aprovechando las horas en las que su madre dormía, que eran bastantes, se llevaría el diario de Esther y empezaría a leer su contenido. Empleando su habilidad para las manualidades y teniendo en cuenta que nadie debía saber de qué se trataba, había tenido la precaución de camuflarlo dentro de unas gruesas tapas de libreta más grande que el formato original. Iba guardado siempre en su bolso y de éste no se desprendía ni un solo segundo. Concentrada en las primeras notas que su amiga había escrito unos meses atrás, leyendo unas frases que no parecían contener nada aparentemente interesante, se abrió la puerta de la habitación dándole un susto del que tardó en recuperarse.

—Siento no haber avisado de mi visita.

Alma permaneció inmóvil, como si la aparición de aquella figura la hubiera petrificado. Muy lentamente, intentando aparentar normalidad, cerró el diario y lo dejó dentro del bolso que estaba detrás del sillón en el que se había sentado. Fuera del alcance, pensó para su tranquilidad.

—Me alegra verte de nuevo, Alma —añadió acercándose a ella con la intención de darle dos besos—, dime, ¿cómo está tu madre? —preguntó desviando la mirada hacia María, que continuaba durmiendo.

—Está estable, gracias —respondió queriendo aparentar una cordialidad que no sentía—. No sabía…

—Estaré aquí solo hasta mañana. He venido a cerrar unos asuntos con los hermanos de Girona y supe del empeoramiento de tu madre.

Tardó pocos segundos en reaccionar y al final se atrevió a preguntar:

—¿La organización sabía de su estado de salud y nunca me dijeron nada?

Ante el gesto insustancial de aquel hombre, que la miraba como si estuvieran hablando de las flores en primavera, la rabia se apoderó de ella y tuvo que hacer verdaderos esfuerzos por no echarlo de allí a patadas. Conocían la situación y no habían tenido la vergüenza de avisarla.

—Entendimos que era un asunto de familia. Nada que nosotros tuviéramos que abanderar antes que los verdaderos interesados —dijo al fin eludiendo toda responsabilidad o culpa.

—Hay demasiadas cosas que se malentienden. Demasiadas —repitió echando fuego por los ojos—. Si me disculpa, como podrá observar mi madre está descansando y necesita seguir haciéndolo.

—Desde luego, solo he venido a saber cómo seguía y a desearle una pronta mejoría. En cualquier caso, también tendría interés en hablar contigo unos minutos. Entiende que tu desaparición del seminario ha sido una sorpresa y una decepción al mismo tiempo. Estábamos trabajando un excelente futuro para ti, que al parecer no te interesa.

—No me interesa ser el títere de nadie, aunque al parecer eso también tiene un precio.

Hubo silencio. Solo un cruce de miradas y el gesto serio del hombre que incomodó a Alma.

Siendo consciente del exceso de sus palabras y con la sensación de haber mostrado las cartas antes de tiempo, Alma decidió que había llegado el momento de salir de la habitación y zanjar en la medida de lo posible aquel asunto. Miró a Hans, miró su bolso y se dirigió hasta él para colgárselo cruzado. No imaginaba que su superior fuera a darle un tirón al más estilo puro de un ladrón de medio pelo, pero toda precaución podía ser poca. No sabía si habría llegado hasta sus oídos la existencia del diario que ahora estaba en su poder, pero por si acaso prefería llevarlo consigo en todo momento.

Se acercó a la cama, observando de cerca a su madre y comprobando que no hacía falta reponer ninguno de los medicamentos que iban goteando a través de las vías que tenía puestas en el brazo y la mano. Silenciosamente cerró la puerta y se acercaron hasta la cafetería. Había que hacerlo, se dijo suspirando ante la posibilidad de estar junto a quien probablemente había dado la orden de seguir a Esther y…asesinarla. Aunque ahora el centro de sus preocupaciones estaba en otra parte, aquel pensamiento la martilleaba.

—¿Tenemos alguna esperanza de que reconsideres tu decisión? —interrogó dando un sorbo al café.

—Lo siento, pero no. Como verá este no es el momento ni el lugar. He aceptado el encargo de la universidad y he aplazado mi visita allí, aunque han admitido las condiciones que he puesto, respecto de trabajar en casa la mayor parte del tiempo.

—Los planes cambian, y las circunstancias también.

—En efecto —confirmó Alma deseando terminar con el desayuno y con la visita.

Tenía la sospecha de que allí no había terminado la conversación y, tal y como esperaba, Hans volvió a preguntar sobre lo que realmente lo había llevado hasta allí:

—¿Supiste lo que sucedió con la hermana Esther?

El solo hecho de escuchar el nombre de su amiga, de su boca y con aquella afectación alemana que odiaba cuando arrastraba la erre, provocaba en ella una animadversión difícil de controlar.

—No —mintió dejando la taza en el plato para mirarlo muy fijamente—, dígamelo usted.

—Lamentablemente decidió terminar con su vida a las pocas horas de llegar a Barcelona. Se había despedido de la hermandad digamos, a la francesa, como expresan ustedes aquí. Como creo que eran bastante amigas pensé que conocería la triste noticia de su desaparición. Una pena, realmente. A su amiga le esperaba un futuro prometedor entre nosotros —afirmó falsamente apesadumbrado de sus propias palabras.

—Quise acercarme a verla —confesó consciente de que alguna cosa debía decir al respecto para no levantar sospechas—, yo me disponía a hacer una visita a mis padres, después de tomar la decisión que ya conoce, y supe que estaba aquí. Mi vuelo se retrasó y no pude ir a su encuentro —añadió con la intención de hacer más veraz su coartada. Me hubiera gustado estar con ella y conocer qué paso realmente por su cabeza antes de poner fin a su vida.

—¿Has dicho «a su encuentro»?

—Sí, eso he dicho —contestó cortante con un hilo de preocupación.

La tensión entre ellos era evidente. Ninguno iba a decir la

verdad, eso estaba claro. Aunque la información que le daba Hans quizás valía la pena contrastarla con lo que dijera el diario. De forma refleja, al recordarlo dentro de su bolso, situado en el asiento interior de la mesa, junto a ella, lo tomó entre sus manos procurando disimular que buscaba algún objeto en su interior. Sabía que a los hermanos se les escapaban pocas cosas. Eran observadores, rápidos y sagaces. Cualquier gesto o conducta podía ser analizada con resultados asombrosos. Eran auténticos detectives encargados de formar ejércitos de soldados leales. Casi siempre, se sonrió pensando en su malograda amiga y en ella misma.

—Quizás ella no llegó a tener noticia del brillante futuro que le esperaba en la congregación. Era demasiado buena en lo que hacía. Eso lo sabíamos todos.

—Cierto.

—Si me disculpa, no quiero dejar sola a mi madre durante mucho tiempo. Se despierta a ratos y a veces no se orienta si no ve a nadie conocido. Gracias por la visita —zanjó alargando la mano y evitando un nuevo acercamiento del hombre hacia ella.

—De nada, ha sido un placer volver a verte Alma, y no pierdo la esperanza de que no sea la última vez.

—Gracias —repitió Alma afirmando en señal de despedida—, y si averiguan alguna cosa más de Esther me gustaría saber por qué lo hizo.

—Seguiremos en contacto, estoy seguro —sonrió antes de girarse y dirigirse hacia la salida del hospital.

Estaba deseando perderlo de vista aunque ver cómo se alejaba no la tranquilizó. Estaba segura de que sí tendrían que volver a enfrentarse en alguna ocasión, y no sería muy tardía. Instintivamente, se aferró a su bolso y se dirigió hacia el ascensor de vuelta a la habitación.

Concentrada en sus pensamientos, se sobresaltó al escuchar el tono de su teléfono. Comprobar quién era ejerció sobre ella una agradable sensación al tiempo que un suspiro.

Durante unos segundos, como si las letras que componían el nombre que aparecía en la pantalla la hubieran hipnotizado, dibujó una sonrisa bobalicona en su cara.

—¿Hola? —contestó girándose de nuevo hacia las escaleras de las que venía—, ¿alguna novedad—, añadió a su pregunta, entre expectante y temerosa.

—Poca cosa, la verdad, pero me gustaría verte para comentar algunos detalles —anunció Osma.

—Estoy en el hospital. ¿Cuándo has pensado que nos viéramos?

—¿Te ha ocurrido alguna cosa? —se apresuró a preguntar con voz de preocupación.

—No, no soy yo. Es mi madre. Está… están haciéndole unas pruebas y hemos tenido que ingresarla —resumió para no dar más explicaciones—. Si quieres mañana podría buscar un hueco, añadió al tiempo que retenía un suspiro en sus pulmones.

—Me parece bien. ¿Quieres que te vaya a recoger a tu casa?

Pensó durante unos instantes y valoró que no iba a ser la mejor idea.

—Mejor quedamos en la ciudad —dijo—, luego te paso la dirección exacta de una cafetería que me encanta, junto al mar, cerca del puerto. Ahora tengo que dejarte —se apresuró a colgar sin que Osma se hubiera despedido, observando que algunas enfermeras se acercaban a paso ligero hasta la habitación de su madre. Presa de un pánico repentino se apresuró casi a la carrera hasta la entrada. Allí, una enfermera la instó a continuar fuera hasta nuevo aviso.

—Un momentito por favor —pidió la auxiliar ante la insistencia de Alma.

—¿Ha pasado algo? —preguntó muerta del miedo. En aquel momento no se perdonaba haber estado ausente si es que a su madre le estaba ocurriendo algo grave. Permaneció pegada a la pared, junto a la puerta, concentrada en cualquier ruido que llegara del interior de la estancia. No se oía nada. Y lo peor es que cada segundo era como una losa sobre su cabeza.

Tras los interminables minutos que transcurrieron desde el aviso, una de las enfermeras salió y se dirigió a ella, que deambulaba por el pasillo presa de la mayor de las desesperaciones. Al verla, Alma se acercó en dos zancadas hasta la sanitaria:

—¿Podría decirme qué ha ocurrido por favor? ¿Está bien mi madre?

—No te preocupes, María está bien. Ha tenido una bajada de tensión que hemos detectado desde el box de enfermería. Eso le ha provocado un desvanecimiento del que ella probablemente ni siquiera ha sido consciente y ha habido que reanimarla un poquito, pero ya está bien y estabilizada. La tenemos monitorizada desde el cuadro de enfermería, así que por eso no te preocupes. En un momentito podrás pasar a verla. Ya hemos avisado al doctor para que pase en cuanto termine con las consultas de hoy.

—Muchas gracias —fue lo único que pudo pronunciar Alma, con dificultades para seguir hablando—. Esperaré aquí. Una pregunta, ¿tú crees que sería mejor que alguien estuviera con ella aquí durante las noches?

—Si vosotros os quedáis más tranquilos podéis hacerlo. Entiendo la preocupación por ella, es natural en su estado. Nosotros por nuestra parte tenemos el control de las constantes de los pacientes más delicados y siempre que sucede alguna anomalía sale reflejado en la pantalla como te he dicho. De todos modos, vuestra decisión es libre.

—Gracias de nuevo—asintió Alma.

—De nada —contestó la enfermera sonriéndole amablemente.

Lo sucedido era imperdonable. Se había alejado de ella pocos minutos y justo había ocurrido aquel percance. La decisión estaba tomada. Al menos durante unos días haría guardia por las noches.

Pasados unos minutos las dos auxiliares que quedaban en la habitación y que habían cambiado las sábanas y la medicación de María, abrieron la puerta e invitaron a Alma a entrar. Ésta, que ya había dado aviso a sus hermanos y su padre acerca de lo sucedido, entró sigilosa, casi de puntillas como si no quisiera despertar a su madre. María, que se encontraba despierta en aquel momento, sonrió viendo entrar a su hija, a hurtadillas, con la misma cara que ponía de pequeña cuando quería pasar desapercibida delante de todos.

—¡Mamá! —exclamó contenta al verla tan espabilada—, ¿te encuentras bien? —preguntó acercándose hasta ella.

—Muy bien hija, muy bien.

—Lo siento mucho mamá, no quería molestarte con la conversación, me ha llamado un amigo y yo…

—Anda, deja de decir tonterías y siéntate aquí a mi lado un ratito.

—A partir de ahora me quedaré por las noches contigo —anunció a su madre.

—Sabes que no es necesario, las enfermeras son todas encantadoras y atentas. Y en cuanto pido alguna cosa están de inmediato en la puerta.

—Lo sé, pero yo ahora no tengo demasiadas ocupaciones. Estoy documentándome para esa traducción que he acordado que haré, e incluso una buena parte de ella la puedo ir haciendo desde mi portátil. Además, sabes que soy ave nocturna y que ni siquiera necesito dormir demasiadas horas.

—Eso es cierto —afirmó María acariciando su mano—. Qué buena eres.

—Tampoco hay que exagerar eh —añadió Alma correspondiendo a su caricia—, bueno Samuel y Ana, que están aquí siempre que los necesitáis y no yo, que siempre ando en el lugar que no toca. Lo dicho, las noches, hasta nueva orden las pasaremos aquí juntas.

—No insisto —afirmó con gusto.

—No lo hagas, ya sabes que lo de las trasnochadas y la tozudez lo he heredado de la abuela Manolita, que al parecer era como yo. Me hubiera gustado conocerlos más. Apenas tengo un viso en el recuerdo, alguna escena suelta, pero nada más.

María sonrió, calló y echó la vista al frente, buscando el pasado que tantas veces había llegado hasta su recuerdo. Nunca se había permitido un desliz, ni uno solo y ahora por primera vez en todos aquellos años, debatiéndose en una lucha interna que llevaba librando toda su vida pensó que había llegado el momento. Los días de su existencia se colaban entre sus dedos, escurridos y flacos como es la muerte; silenciosos y monótonos como la eternidad que probablemente estaba ya muy cerca de ella. Con la mirada serena y la fuerza interior de los que combaten aún sabiendo que la guerra está perdida, se giró hacia su hija para decirle:

—Mi niña, mi niña chica. Aunque la abuela fue siempre una bella persona no creo que nunca puedas parecerte a ella.

La declaración tan firme que acababa de hacer su madre le sorprendió. No parecía estar bromeando.

—Anda que no. Lo dice todo el mundo que la conoció. Un poco cascarrabias, eso no podemos negarlo a razón de los comentarios que a veces habéis hecho, pero trasnochadora y terca como una mula, con perdón ¿Eh? Sin embargo, el abuelo Antón un trozo de pan el hombre. Lo describís como persona más paciente y más generosa del mundo.

—Manolita y Antón no fueron tus verdaderos abuelos — soltó de repente María, sujetando con fuerza la mano de su hija ante el temor de que esta pudiera reaccionar marchándose de allí despavorida.

Durante muchos años había ensayado la forma en que, en el supuesto de haberse atrevido, iba a afrontar el momento de una verdad que siempre estuvo guardada en su historia. Roberto, su marido, lo sabía todo aunque había prometido a su mujer guardar aquel secreto mientras ella no se sintiera con fuerzas de darlo a conocer o llevárselo a la tumba si así lo consideraban oportuno.

La cara de Alma era un poema. No había pronunciado palabra alguna, solo era capaz de observar las facciones de su madre imaginando que se le había ido la cabeza y que lo que acababa de decir era una solemne tontería fruto de la medicación o de un instante de enajenación. Una broma de mal gusto que no le iba a llevar a mal porque probablemente alguno de los fármacos que estaba tomando podía estar haciéndole un efecto adverso. Su madre, desembarazada por haber dado un primer paso que para ella había sido el más difícil en todos aquellos años y sintiendo en sus entrañas la liberación de una astilla clavada en su corazón desde no recordaba ni cuánto tiempo, volvió a pronunciarse:

—¿No vas a decirme nada? ¿Ni siquiera a preguntar?

Alma abrió y cerró la boca varias veces buscando en su cabeza las palabras adecuadas con las que enfrentarse a una declaración que la había dejado fuera de juego por completo. Por fin, y para salir al paso, se animó a decir:

—Es que no sé si me estás gastando una broma.

—No es ninguna broma —afirmó de nuevo María. Es algo que solo tu padre y yo conocemos y que quiero compartir con todos vosotros antes de irme de este mundo. Y por lo visto eso va a ser antes de lo previsto. Nunca conoceré a mis nietos, nunca podré hacer tantas cosas que he relegado en esta vida, nunca podré encontrarla…

Sus ojos se anegaron de lágrimas y estas contagiaron a Alma, que abrazó a su madre negando con todo su ser que estuviera despidiéndose.

—No digas eso, mamá, en cuanto te reajusten la medicación ya verás como esto se mantiene así por un buen tiempo. Nietos no te lo puedo asegurar, porque ya estás comprobando que ninguno de nosotros está por la labor, pero quién sabe si alguna que otra sorpresa… —sonrió haciendo un esfuerzo por salir de aquel momento tan delicado—. Vamos a ver mamita, explícame qué es todo esto de los abuelos —preguntó entrando al trapo sin tener muy claro que fuera a gustarle lo que estaba punto de conocer. No había salido de su asombro y, por supuesto, no había encajado la noticia pero necesitaba convertir aquel instante en algo natural.

—Quiero que entiendas esto. No soy la única, es la realidad de muchas más familias de las que nunca nos podríamos imaginar. Mis padres, los que todos han conocido como tales, Manolita y Antón, no son los que me trajeron al mundo. ¿Nunca has percibido el escaso parecido que tengo con ellos? —preguntó sin esperar respuesta—. Y digo escaso porque lo cierto es que aunque sus genes no estén en mi sangre lo demás sí que se ha asentado en mi conducta, en mi forma de pensar, en mis acciones y en mis manías. Siempre pensé que tú, la más observadora de los tres hermanos, acabarías dándote cuenta. Ya veo que no ha sido así.

—Sigue mamá —animó Alma a su madre, más estupefacta con cada palabra que esta pronunciaba aunque curiosa por saber más.

—Fui adoptada con siete años. Ellos llegaron a la casa de Maternidad de Barcelona, por allí por la Travesera de Les Corts y que ahora son edificios de la Diputación, creo. Me vinieron a visitar en un par de ocasiones y un día, con poco más de dos horas para que preparara mis pertenencias, tuve que marcharme con ellos con todo el dolor de mi corazón. Fue uno de los peores días de mi vida, y no logro arrancarme el recuerdo de aquella terrible despedida. Manolita y Antón eran buenos conmigo, de eso nunca pude quejarme. Muy buenos cristianos, de eso no te quepa la menor duda y quizás hayas podido comprobarlo tú misma en alguna ocasión. Algo distantes en el trato con los niños, aunque era comprensible porque no habían tenido ninguno propio y ya eran algo mayores para empezar a criar un bebé. En aquellos años, fuera o no fuera así, a las mujeres que no concebían hijos se decía que estaban «secas» aunque pudiera ser que ellas sí concibieran y sus maridos no. Pero eso no se contemplaba. Un hombre siempre podía engendrar; una mujer siempre podía tener alguna tara. Y el abuelo en eso parece ser que no se escapó de cumplir con la estadística de hombres que jamás se habrían sometido a prueba alguna para comprobar, como decían entonces, su virilidad.

El caso es que, en busca de la hija que nunca pudieron tener, porque tenía que ser una chica y no un chico, las hermanas los convencieron de que una mocita de mi edad podía ayudarlos en las tareas de casa y en lo que fuera menester, y para cuando fueran mayores tendrían el cuidado de sus necesidades asegurado. Finalmente, y después algunos días de incertidumbre, accedieron y yo estuve de acuerdo en irme con ellos con una condición que pedí que prometieran delante de la monja que me acompañó hasta la puerta aquel día. No quería irme, no quería —repetía moviendo la cabeza de lado a lado mientras su voz volvía a quebrarse.

—¿Qué pasaba mamá? ¿Por qué no querías irte? ¿Acaso tenías miedo de que te fueran a tratar mal?

—No —contestó entre lágrimas—, tenía miedo de no volverla a ver nunca más.

—¿A quién? —preguntó nerviosa.

—A mi hermana. A mi otro yo. Una parte de mí, imprescindible, de la que me separé engañada y a la que no he vuelto a ver en todos estos años. No sé si sigue en Barcelona o no. No sé dónde vive ni qué ha sido de su vida. Y sin embargo la siento dentro de mi corazón como siempre la sentí.

—¡¿Tu hermana!? —exclamó tapándose la boca con las manos.

—Sí, mi hermana gemela —confesó al fin María.

CAPÍTULO 10
Barcelona 1918

La entrevista con Millán les había dejado la miel y la hiel en los labios; ambas cosas al mismo tiempo. Por un lado sabían que, según la información que habían podido recabar, Elisabeth quizás había podido llegar a ver cumplido su sueño de ser actriz, aunque no había llegado a alcanzar la fama que tantas veces soñó. Por otro lado, al parecer no atravesaba por su mejor momento y lo más importante de todo: seguía viva y más cerca de ellos de lo que nunca se habían imaginado. Esa era la lectura que el matrimonio podía soportar y no otra.

No alcanzaban a entender cómo durante tanto tiempo había estado tan próxima a ellos y sin embargo no había sentido el deseo o la necesidad de ni siquiera visitarlos. Se culpaban una y otra vez recordando el día en el que prohibieron a Elisabeth volver a la academia bajo amenaza de avisar a los señores de su decisión y que éstos dejaran de facilitar los medios con los que ella había tenido la oportunidad de empezar a estudiar. Aquella misma noche y sin que ninguno de sus padres imaginaran semejante atrevimiento, la muchacha había preparado la maleta y a la mañana siguiente ya no estaba en su cuarto. Desde aquel día nunca más la habían vuelto a ver.

Basilio se adelantó a sus tareas con el propósito de exponer el caso a los señores y de que éstos les dieran el permiso de ausentarse de nuevo aquella tarde para poder visitar a Elisabeth. Daban por hecho que la encontrarían en aquel lugar. Habían decidido fabricar un argumento creíble y evitar así la vergüenza de dar explicaciones extra que incluso podrían poner en peligro todos los años de lealtad y buen trabajo que se habían ganado frente a todos. De sobras conocían la rectitud de don Arnau y las actividades sociales de doña Lina. Su elevado sentido del cristianismo y del papel de las mujeres, de su dignidad en la sociedad y en la familia, era radicalmente opuesto a la experiencia que, según les habían contado la noche anterior, había vivido. El temor de una desaprobación por esta causa los llevó a explicar una historia completamente diferente. Dirían que Elisabeth había sufrido un accidente en la ciudad justo tras su desaparición. Tras el desafortunado episodio, y habiendo perdido la memoria, había deambulado por distintos hospitales y sanatorios sin éxito. Por lo visto, había empezado a tener algunos momentos de lucidez en los que habían empezado a recuperar algunos de sus recuerdos y casualmente había recordado el lugar donde vivía: Can Mercader.

La invención de aquella historia contenía más aristas y un argumento completo que Marta, muy hábil para esos menesteres, había confeccionado cuidadosamente. La lista de posibles preguntas que los condes podían hacerles, aunque fuera solo fruto de la simple curiosidad, estaba pensada de antemano y las respuestas también.

La prueba de fuego debía pasarla Basilio, que estaba muy nervioso justo antes de salir de casa para pedir el permiso que necesitaban de los señores.

—Tú no te preocupes. Está todo bien ligado y lo hemos ensayado un par de veces. Suficiente —animó ella ajustándole el chaleco a su marido, haciendo gala de unos arrestos que no eran otra cosa que una fachada. Estaba muerta de miedo pero no podía permitirse desfallecer.

—Claro, para ti es muy fácil. Ya sabes que yo llevo la mentira escrita en la frente y que, en cuanto titubee una vez lo haré más veces y se me notará.

—Será comprensible. Recuerda que así estamos en realidad, nerviosos. El único añadido es que debemos ir hoy sin falta al sanatorio que nos ha indicado el productor, por encima de cualquier cosa. Grábatelo en la cabeza y piensa en ello cada vez que dudes en lo que hay que decir. Y si no podemos porque pongan algún impedimento para que vayamos los dos lo haré yo sola. No pasará ni un día más sin que vea a mi hija, eso te lo aseguro.

—No creo que nos digan nada. Son como son, pero hay que reconocer que un cierto aprecio sí nos tienen. Y después de tantos años no se negarán a facilitarnos las cosas.

—Siempre y cuando no les falte ningún detalle de lo que sea que quieren hacer. Cada uno tiene su posición, eso no hay que perderlo de vista sea cualesquiera que sean las circunstancias.

Nunca había escuchado a Marta hablar así de sus señores. O al menos no lo recordaba. La situación la estaba desbordando y los últimos cuatro años habían desgastado mucho su aspecto y su carácter. Había olvidado cuándo había sido la última vez que se habían reído juntos, pensó apesadumbrado mientras se dirigía, ya en la calle, hacia la primera planta de palacio, en la que se encontraban los condes.

—Dime algo en cuanto sepas —añadió discreta haciendo que Basilio se volviera por última vez antes de perderlo de vista—, voy a preparar el almuerzo y dejaré instrucciones a la cocinera y a la nueva por si nos retrasamos.

El permiso, como no había dudado en ningún momento Basilio, había sido concedido de buen grado. Ambos se habían tragado la versión inventada y, por suerte para ellos, no había habido demasiadas preguntas. Solo la señora, que se acercó hasta la vivienda del matrimonio, se aproximó a Marta y depositó en su mano un rosario.

—Recemos por la suerte de Elisabeth y espero que el daño que haya sufrido no haya sido irreparable.

—Gracias, señora, no sabe cuánto le agradezco sus deseos —se apresuró a decir Marta evidenciando una actitud sorprendida.

La señora condesa no era amiga de efusividades con el servicio.

—Mis orígenes también fueron humildes y la tentación de otras actividades artísticas estuvo rondándome en más de una ocasión. Por suerte la providencia y el virtuosismo de la ópera tuvieron a bien acogerme en su arte y hacer de mí la soprano que una vez fui. Ahora —añadió en el mismo tono susurrante—, lo más importante es comprobar que la pequeña Elisabeth todavía está a tiempo de enderezar su camino.

Era correcta, lo había sido siempre, pero de ahí a compartir un momento de intimidad como el que acababan de vivir había una distancia que nunca recordaba haber cruzado. No supo qué decir y ni siquiera estaba de acuerdo con todo lo que había expresado, pero no era momento de ser desagradecida.

Aquellas palabras cargadas de un hilo de ironía, que se destilaban con un matiz de displicencia, habían dolido profundamente a Marta, aunque no podía expresar sus sentimientos con los que había estado ayudándolos precisamente para que Elisabeth se forjara un buen porvenir.

—Eso esperamos todos, señora. Si tenemos la oportunidad, hoy mismo nos la traeremos con nosotros.

La condesa se retiró deseándoles suerte nuevamente y Basilio y Marta se apresuraron a mudarse de ropa para tomar el coche que les habían dejado prestado para que los llevara hasta la residencia. Por lo que habían podido averiguar no tenían buena combinación y, en el mejor de los casos, serían tres y no dos los que estuvieran de vuelta.

—Buenas tardes nos de Dios —saludó una de las monjas que al verlos entrar acudió a su encuentro dando pequeños y ligeros pasos—, es muy tarde ya para las visitas. ¿En qué puedo ayudarlos? —añadió cruzando las manos a la altura del vientre.

De no más de metro y medio y de generoso volumen su rostro orondo, la única parte visible de su cuerpo además de las extremidades superiores, se manifestó amable a la espera de una contestación.

—Buenas tardes —repitió Marta—. Disculpe, no hemos podido llegar antes. Nuestro vehículo ha sufrido un percance y…Estaba nerviosa y le temblaba la voz.

Aquel lugar, el olor a medicamento y a desinfectante y la parquedad de las cuatro paredes de un viejo y destartalado hall, necesitado de una mano de pintura y provisto únicamente por algunos crucifijos, la habían alterado de repente. Allí no se respiraba vida. Allí se respiraba muerte, pensó sin poder arrancar aquel mal presagio de su cabeza.

—Verá, madre —se adelantó a decir intentando recuperar la calma—, estamos buscando a nuestra hija. Al parecer está aquí ingresada desde hace algún tiempo. Elisabeth Guzmán —añadió para más señas, mostrándole a la religiosa la fotografía que había sacado de su bolso.

La monja no daba señales que pudieran interpretarse en uno u otro sentido. No parecía ni sorprendida ni contrariada. Mantenía una estática sonrisa que no los ayudaba a nada, más bien al contrario. Pasados unos segundos en los que la hermana parecía haber quedado atrapada en aquella particular pose, por fin reaccionó.

—Entiendo. Elisabeth Guzmán han dicho, ¿verdad?

—¡Sí! —exclamaron al unísono—. Necesitamos verla, llevamos muchos años sin poder abrazarla.

La mujer, que ahora se acariciaba la cruz del colgante que llevaba pendido de su cuello, los observó de nuevo con gesto apenado, aproximándose un paso más hasta el matrimonio como si estuviera a punto de hacerles una confesión:

—Elisabeth, como al parecer se llama, fue trasladada la pasada semana.

El mundo pareció derrumbarse de nuevo ante los pies del matrimonio. Si en aquel momento les hubieran atravesado el cuerpo con una espada no habrían sentido dolor alguno. ¿Qué significaba que había sido trasladada? Ni siquiera se habían mirado pero ambos tenían en sus cabezas un temor que no se atrevían a verbalizar. Dando el primer paso, Marta preguntó de nuevo:

—¿Está segura de que es nuestra hija? ¿Dónde la han trasladado?

No podía soportar tanta tensión y en un segundo de debilidad sintió como todo su cuerpo se aflojaba y el suelo desaparecía debajo de sus pies. Basilio, más callado y más entero que ella, la abarcó entre los brazos atrayéndola hacia él, esperando la respuesta de aquella estúpida monja que parecía estar disfrutando con la agonía de no decir de una vez por todas qué había sido de la muchacha.

—Creo que sí es ella, aunque no puedo garantizarlo al cien por cien —añadió creando, si es que era posible, un añadido de angustia—, discúlpenme un momento, vengo enseguida —remató ante la mirada desesperada del matrimonio.

Allí, de pie y presos de una sensación de impotencia cada vez mayor, no les había quedado clara la situación de Elisabeth. Ninguno de los dos se atrevía a ser el primero en hablar. El miedo los atenazaba. Después de unos minutos que se les antojaron interminables, la monja apareció de nuevo, acompañada de otra religiosa más alta, más vieja y con cara de malas pulgas.

—Buenas noches —saludó afirmando con la cabeza sin mostrar ningún signo de amabilidad extra—. He interrumpido el rezo y estaba a punto de retirarme a mi celda, pero la hermana Joaquina me ha referido su caso. Es muy tarde, hoy no creo que puedan ver a su hija, quizás mañana. Avisaré al centro a primera hora.

A pesar de su aspecto antipático y cortante, al menos ya sabían, o eso parecía ser, que Elisabeth estaba en el mundo de los vivos y se hallaba en algún lugar próximo a la ciudad.

—Muchas gracias, hermana —dijo Basilio esbozando una sonrisa esperanzadora.

—Madre superiora —se apresuró a corregir sor Joaquina.

—Disculpe nuestra ignorancia —se disculpó Marta—,

¿dónde la han trasladado? ¿Cuándo cree que podremos ir a verla?

Con gusto, habría zarandeado a las monjas para sacarles, de una vez por todas, la información que estaban facilitándoles con cuentagotas.

—Su hija se encuentra en el Hospital del Mar. Fue trasladada allí hace unas semanas a causa de unas fiebres que no remitían. No sabíamos si podía tratarse de gripe española, ya sabe los estragos que ha causado en toda Europa y la facilidad que tiene de extenderse —aclaró la mujer—, o si por el contrario pudiera tratarse de algo distinto. De cualquier manera, allí continúa si no ha cambiado nada. No hemos vuelto a tener noticia. Y en el mejor de los casos, si su dolencia hubiera remitido, pudiera ser que ya no se encontrara allí. Tengan fe —finalizó la superiora afirmando con la cabeza y esbozando por primera vez lo más parecido a una sonrisa.

—Esto les facilitará el acceso —añadió sor Joaquina alargando la mano—, aunque hasta mañana no los atenderán —se apresuró a repetir con gesto nervioso.

—Muchas gracias, estamos muy agradecidos —repitió Marta dando un paso atrás.

La religiosa les había facilitado un sobre en el que estaba escrito la dirección del hospital y el nombre del médico por el que tenían que preguntar a su llegada.

A pesar de que parecía que se encontraban en la pista adecuada, hasta el momento, lo único que habían aclarado era que Elisabeth había permanecido en Barcelona todo el tiempo y había deambulado por la ciudad entre la farándula y los hospitales. No obstante, nadie les podía garantizar de forma fehaciente que su hija siguiera con vida.

La vuelta a casa fue silenciosa. Marta enjugaba sus lágrimas en un pañuelo volcada en un mar de posibilidades con las que luchaba interiormente. No quería ponerse en lo peor, pero no había manera de arrancar de su cabeza la peor de las posibilidades. Tampoco quería descartar lo mejor. Quizás era posible volver atrás, a ser una familia unida después de aquellos horrendos años en los que, al menos por su parte, habían desaparecido todos los malos recuerdos y solo se alimentaba de los buenos. Basilio iba atento a la carretera, en completo silencio mientras observaba a su mujer por el rabillo del ojo sin atreverse a darle los ánimos que él mismo no tenía.

Las noticias acerca del paradero de Elisabeth fueron notificadas a los señores esa misma noche, quienes al tiempo que apesadumbrados y reprimiendo el fastidio que podía suponer la modificación en algunas de las rutinas a las que estaban acostumbrados, alentaron al matrimonio a no perder la fe y a buscarla donde les habían indicado en el sanatorio.

—No se preocupen por nada. Apenas notarán nuestra ausencia, se lo aseguro. Mañana bien temprano dejaremos todo lo que se puede tener listo y daremos órdenes al resto del servicio para que no haya que modificar ninguna rutina.

—Está bien, ahora ya es hora de descansar. Mañana será otro día —zanjó el tema el señor conde—. Tengo intención de subir a la torre durante toda la mañana, hasta el almuerzo. Al parecer, el viento nos proporcionará magníficas vistas y las aves vuelven a casa de nuevo. La señora está ahora muy centrada en su nueva novela así que no debe preocuparse Basilio.

—Muchas gracias —reverenció varias veces antes de girarse y salir de la vivienda.

Al llegar, Marta ya se había acostado y aunque no dormía, no dijo nada. Respetando su silencio, Basilio se tumbó junto a ella y la abrazó, recibiéndola como un pequeño animal herido de muerte; encogida y hecha un ovillo entre sus brazos.

CAPÍTULO 11
Barcelona 2014

La noticia había caído como una bomba y necesitaría algún tiempo para aceptar que una parte de los que siempre había considerado su familia no lo eran en realidad. Casos como el que ahora estaba viviendo en primera persona siempre le habían parecido entre exagerados e inventados. Era muy joven pero recordaba haber escuchado que a veces se solucionaban en programas en los que, al parecer, algunas personas lograban esclarecer sus orígenes y retomar la relación con padres desaparecidos, hijos robados a sus madres y hermanos separados a los que nunca habían llegado ni siquiera a conocer. La historia que su madre le había referido no tenía nada que envidiar a cualquiera de aquellos relatos que jamás imaginó que le tocarían tan de cerca. Quién se lo iba a decir. Durante el resto del día estuvieron charlando del pasado, de la infancia de su madre. De cómo vivió los primeros años de su nueva vida, junto a Manolita y a Antón, esperando día tras día que todos los que habían prometido que Alma, la hermana gemela de María, pudiera reunirse con ellos y completar la familia que tanto había deseado.

—¿Podrás perdonarme alguna vez, hija? —preguntó María sin soltar la mano de su hija.

—No se trata de perdonar o no perdonar. La verdad, mamá, vivir con este secreto, ocultando los abuelos y vosotros algo que bien se podía haber hablado cuando fuimos siendo más mayores… Es algo que no me parece justo, eso es lo que siento. Pero no seré yo quien te juzgue.

—Ellos siempre quisieron mantenerlo al margen. Supongo que en aquellos tiempos pasar primero por el hecho de no tener hijos y luego aparecer con una niña ya de mi edad, no tuvo que ser nada fácil. Fueron valientes. Eran personas humildes, sin grandes posibles, a los que la vida se les hizo más agradable teniéndome a mí.

—¿Y nunca más tuviste contacto con tu hermana?

—No, nunca más. No vivíamos cerca y para cuando yo pude empezar a hacer pesquisas ya fue demasiado tarde. Después de la guerra civil se habían perdido muchos archivos y la contienda había provocado una avalancha de niños alojados en los hospicios que se mezclaban con los expósitos que ya residían allí. No eran huérfanos, pero allí los dejaban en acogida cuando las familias no tenían dónde caerse muertos ni qué llevarse a la boca. Fueron años muy duros que yo no viví de la misma forma. Mis padres, es decir, Manolita y Antón, ya eran mayores. Administraban bien su dinero y capearon la postguerra más bien que mal. A mí nunca me faltó de nada, tengo que reconocerlo pero, quién sabe si mi hermana no tuvo tanta suerte. Y me queda muy poco tiempo para saber si debo llorar su muerte o por el contrario ella podría venir a llorar la mía.

—No digas más tonterías, te lo ruego mamá.

—A mi edad qué quieres. Vieja y enferma.

—Nunca te lo he preguntado. ¿Por qué nos tuviste tan mayor, mamá? —formuló sintiéndose un tanto incómoda. Era algo que no habían explicado claramente; ni ella, ni Roberto, su padre.

—No era tan mayor —sonrió María—, tenía un año más que tú ahora.

—Entiéndeme, mamá, me refiero para aquellos años —aclaró cariñosamente Alma.

—Estuve al cuidado de los abuelos durante muchos años en los que apenas salía con amigas, ni me relacionaba con demasiada gente, ni apenas tenía vida social. Para vestir santos, como se solía decir. Las costumbres cristianas siempre estuvieron muy arraigadas, como bien sabes, y acepté la situación resignándome con gusto.

—La resignación con gusto —repitió Alma—, qué pena. Creo que vuestra generación ha sido la víctima más evidente de esa conformidad tácita de la que hablas.

—Hija, no sé si entiendo muy bien eso que dices. Lo único que tengo claro es que lo hice lo mejor que pude, a pesar de la pena que he arrastrado todo este tiempo por la falta de esa mitad que siempre he sentido arrancada de mi cuerpo. Me pregunto si ella, Alma, mi hermana, habrá sentido lo mismo que yo durante todos estos años. Imagino que si la adoptó igual que a mí alguna familia es probable que le cambiaran el nombre y, como es lógico, no lleve los mismos apellidos que yo.

—Es cierto —apuntó Alma, que ya había puesto su cabeza a elucubrar formas de buscar a esa tía que para más señas se había llamado igual que ella—, ¿y a ti te lo cambiaron?

—No, María les gustó. Eran muy devotos de la virgen.

—Claro.

—Nunca imaginé que pudiera ser tan fácil como lo ha sido.

—¿El qué, mamá?

—Lo que te acabo de explicar.

—No voy a juzgar si hiciste bien o mal en ocultárnoslo. Teníamos derecho a saberlo, creo que eso es lo primero que debo decirte. Se trata de nuestros orígenes. Aún así, que tú no lo hayas hecho no cambia la esencia de quiénes somos. Ahora de lo que se trata y, a petición tuya tal y como has hecho, es de esclarecer si tu hermana, nuestra tía, continúa viva. Y antes que nada de eso creo que debemos reunirnos y hablar con Ana y Samuel de todo lo que me has contado. Es lo justo.

—Estoy de acuerdo.

Eran demasiados frentes abiertos, se dijo Alma intentando poner orden en su cabeza. Desde su llegada a Barcelona no habían pasado más que desgracias y sorpresas, la mayoría malas. Necesitaba un respiro y pensó en Guillem. Tenían una cita pendiente aunque no sabía si iba a ser posible.

—¿Qué pasa hermanita? —sorprendió a todos con su aparición.

—¡Qué susto nos has dado pavoncio! —exclamó Alma alzando los brazos aunque contenta de ver a su hermano por allí—, y no está el horno para bollos, te lo advierto —amenazó sin que pudiera evitar una sonrisa que dibujaron sus labios.

—Esa lengua —regañó María, a quien nunca le habían gustado las palabrotas, ni siquiera las que podían catalogarse en el confesionario como un pecado venial de segundo rango.

Haciendo caso omiso a la regañina, los hermanos se besaron para situarse seguidamente alrededor de la cama, junto a su madre.

—¿Cómo está la madre más bonita del mundo?

—Iba a llamaros, hace un rato tuvo una descompensación de tensión y, bueno, nos hemos dado un buen susto.

—¡Anda que has llamado para avisar! —se molestó Samuel

—No me ha dado tiempo a decir nada. Lo que he comentado con mamá es que a partir de hoy haré guardias por la noche. No quiero que esté sola.

—Hoy puedo quedarme. Mañana no tengo clase —se ofreció—, además, tu ya llevas aquí todo el día y debes de estar molida del cansancio.

—Insisto. ¿Es que acaso no tienes nada más interesante que hacer? —interrogó con un tono que a Alma le pareció sospechoso.

—Pues no, para que te enteres. Pero bueno, quizás salga a cenar con una amiga y después vuelvo.

—Como quieras, aquí solo hay butaca para uno. Si te apetece echarte unas cabezaditas en el suelo, tú misma. Parece bastante cómodo, no creas —añadió haciendo muecas.

Era el pequeño de los hermanos, el que más había disfrutado de su libertad para escoger aquello que había querido en cada momento y el que daba a María y a Roberto la chispa que empezaban a necesitar en la etapa a la que se enfrentaban.

—Tu hermano tiene razón. Yo estoy bien —argumentó María con satisfacción. Pronto me traerán la cena y la pastilla para dormir. Y si todo va bien, descansaré casi toda la noche.

—¿Has traído algo para leer?

—No, pero es igual.

—Está bien, paso por casa a ducharme, veo si todavía puedo quedar con mi amiga y te traigo algunas cosas para que te entretengas mientras haces guardia.

—A sus órdenes mi generala —contestó Samuel llevándose la mano abierta a la sien a modo de saludo militar.

Sin hacer ni caso a sus bobadas, Alma se despidió de ambos y se encaminó al coche, nerviosa y risueña al mismo tiempo, marcando el teléfono del comisario Osma. A punto de desistir en el segundo intento de llamada, alguien descolgó el teléfono y sonó la voz de una mujer:

—¿Diga? —contestó una voz joven.

—Perdón, debo de haberme equivocado —replicó Alma contrariada, comprobando que el número al que había marcado estaba registrado correctamente en su agenda.

—¿Buscas a Guillem? —preguntó su interlocutora.

—Sí, pero…

—Un segundo, que ahora se pone.

Pasaron unos instantes hasta que Osma tomó la palabra al aparato

—¿Sí?, dígame.

—Hola, soy Alma. Disculpa si he llamado en mal momento.

—No, para nada. He llegado de comisaria y me había metido en la ducha, eso es todo. Y el teléfono lo ha cogido mi sobrina. Aunque le tengo dicho que si me llama alguien no conteste, ya ves el caso que me hace. ¿Sigue todo bien?

—Sí, mejor, la verdad. Muchas gracias. Ya te contaré.

—Espero que no sea nada lo de tu madre.

El silencio de los segundos que transcurrieron le dieron alguna información al comisario, pero no quiso aventurarse a decir nada por miedo a meter la pata.

—Tiene cáncer. Metástasis —añadió antes de que el nudo en su garganta la traicionara—. Lo supe el mismo día que llegué a Barcelona.

—Lo lamento profundamente, de verdad. Si puedo ayudar en algo, solo tienes que decírmelo.

—Muchas gracias. Nos turnaremos entre mis hermanos y yo para estar con ella las veinticuatro horas del día. No sabemos de cuánto tiempo estamos hablando… —pronunció a punto de quebrar la voz—. El caso es que yo te llamaba para otra cosa. Esta noche tenía intención de quedarme en el hospital pero ha llegado Samuel, mi hermano pequeño, y lo hará él. Me preguntaba si quieres que cenemos alguna cosa ligera y me cuentas las novedades que hay sobre el caso de Esther, si es que las hay, claro.

—Por supuesto. Ambas cosas. Por mí perfecto lo de quedar hoy y sí, hablaremos de tu amiga. He descubierto algunas cosas. Aunque ya sabes que eres…

—Lo sé, sospechosa —se avanzó sonriendo al otro lado del aparato.

Sabía que el comisario no iba a emprender ninguna acción legal en su contra aunque la apropiación que había hecho del diario, que todavía no había leído, podía acabar trayéndole problemas.

—¿Entonces, dónde quieres que quedemos? —preguntó él.

—Tengo que pasar por casa, ducharme y volver al hospital a dejarle unas cosas a mi hermano. Yo calculo que en un par de horas estaré lista. ¿Nos vemos en la Diagonal, a la altura del metro de María Cristina?

—Me parece bien, vamos hablando si quieres por si te retrasas. No conozco nada por allí, pero mientras tanto tú te organizas busco algún sitio.

—Perfecto.

Tras todos los preparativos y después de haber pasado un buen rato rebuscando entre su equipaje y el armario qué era lo más adecuado para ponerse, miró el reloj y comprobó que ya no había tiempo que perder. Su última cita quedaba muy lejos y no recordaba haber estado tan inquieta. Abrió despacio la puerta de la habitación y observó que todo seguía bien, al menos en apariencia:

—Llego tarde —dijo dando besos a su madre que estaba adormilada después de la cena y sus medicamentos y a Samuel, concentrado en un programa de televisión.

—¡Qué elegante hermanita! Cualquiera diría que vas con una amiga —dejó caer con ironía, buscando una confesión que sabía que no iba a tener.

—Si te parece me pongo el pijama para ir de cena —esquivó como pudo la atención que había provocado en su hermano.

Su madre apenas prestaba atención. Solo la observaba y sonreía mirándola.

—Cualquier cosa, me oyes, cualquiera, sea la hora que sea, me llamas sin pensártelo dos veces.

—Vaaaaale —respondió—, anda, déjanos tranquilitos y ve a tu cita, no hagas esperar a tu acompañante.

De camino al coche avisó de su retraso a Guillem a través de un mensaje. No era una cita al uso, se repetía de vez en cuando aunque, la cantinela no pudiera evitar el hormigueo que sentía en el estómago.

Encontrar aparcamiento fue fácil. Él, que había llegado unos minutos antes, se encontraba apoyado en la baranda de la entrada del metro leyendo, al parecer, alguna cosa graciosa en su móvil.

—¿Divertido? —preguntó sorprendiéndolo.

—Perdona, no te he visto venir —contestó guardando el teléfono en el bolsillo—, un grupo de esos en los que alguno de tus amigos te añade. No paran de enviar cosas. Los tengo silenciados, aunque de vez en cuando encuentras algún que otro chiste gracioso.

Después de la aclaración, y durante unas décimas de segundo, había que tomar la decisión acerca del saludo que precedería su encuentro. Ambos se miraron sonrientes; Ambos hicieron el amago de alargar la mano hacia el otro y ambos se acercaron, con una risa contenida, a darse dos besos en la mejilla.

—Dime, ¿cómo sigue tu madre? —se apresuró a decir para rebajar la tensión que se había generado.

—Estable dentro de su gravedad. Puede parecer que no nos afecte, pero es que en realidad no me he hecho a la idea. Hace meses que tenía molestias y empezó a hacerse pruebas. No me dijeron nada. Siempre han actuado así, dejándome al margen como si la chica lista fuera a romperse. Bueno, no hablemos de eso ahora, gracias por interesarte, de verdad.

—Qué menos.

—Y bien, ¿dónde has pensado que vayamos a cenar? La verdad es que no me ha dado tiempo de buscar nada.

—No te preocupes, ya lo tengo. Vamos —dijo indicándole el camino hacia unas luces que se acababan de encender. Las de su flamante vehículo—, es un lugar con muy buenas vista y como no es fin de semana he tenido suerte y he pedido mesa.

—¿Cómo se llama?

—Lavernia. Está muy cerca de unos bunkers construidos en la guerra civil, cerca del barrio del Carmelo, que ahora se han puesto tan de moda. Si no has estado nunca te gustará. Creo —aclaró—, luego te acerco a buscar el coche.

No había dicho nada para no parecer petulante, pero le pareció más atractiva que nunca. Llevaba el cabello suelto y se había maquillado ligeramente. Era guapa, muy guapa, se repitió varias veces.

—¿Hay noticias sobre el caso de Esther? Yo ya he tenido que vérmelas con uno de los responsables del seminario en el que he estudiado y para el que he vivido los últimos diez años.

—Eso que dices suena muy duro. Todavía no me has explicado de qué se trata ese lugar.

—Ya te lo explicaré. Es un poco largo y no me apetece hablar de ellos ahora. Solo te diré que hay cosas peores, ahora lo sé, pero cuando sientes que todo en lo que has creído durante una buena parte de tu vida se viene abajo, que ya nada es lo que parece y rascas la primera capa de fe y aparecen los intereses, te conviertes en un muñeco de paja. Ya me he extendido más de lo previsto. Perdona por el sermón que te acabo de soltar.

—No tengo prisa, ya me lo contarás cuando te apetezca —contestó arrancando el vehículo en dirección al restaurante.

Alma sonrió y no dijo nada. Le había dado un buen repaso sin que él se diera cuenta. Estaba muy, pero que muy bien. Informal y elegante al mismo tiempo, teniendo en cuenta que la materia prima era la que favorecía el conjunto sin lugar a dudas.

El lugar, la cena, las vistas y la conversación, todo había resultado muy agradable. Charlaron como viejos amigos de cosas de la vida, sin entrar en materias sensibles que pudieran comprometerlos en uno u otro sentido, aunque la noche iba cerrando el círculo y el momento de las preguntas incómodas se iba acercando.

—Una curiosidad —lanzó Guillem sin pronunciar la pregunta, dándole un bocado a su delicioso «coulant».

—Lanza, ya veré si te contesto —devolvió ella con naturalidad—, este sorbete de limón está exquisito —añadió echando balones fuera.

—Nunca había oído el nombre de Alma —añadió el comisario siguiendo un juego que había entendido a la perfección.

—Eso no es una pregunta sino una afirmación —chuleó ella relamiendo su cuchara mientras clavaba sus ojos en él.

Aquel juego no era su estilo, se sorprendió ella de sí misma. Sus habilidades como cazadora eran casi desconocidas y siempre se había sentido presa. Ahora, sin embargo, algo, una sensación que no sabía describir, cuando estaba cerca de aquel hombre con el que además se sentía muy a gusto, la animaba a lanzar la caña por la vía indirecta.

—Tocado —respondió llevándose la mano al pecho—. ¿Por qué te pusieron un nombre tan…?

—¿Tan bonito? —terminó ella la pregunta esbozando una sonrisa que la hacía todavía más atractiva. Recordaba su primer encuentro en comisaría y la tirantez con la que habían intercambiado las primeras frases.

—Me lo has quitado de la boca. Tan bonito quería decir —sonrió apoyándose en los antebrazos para acercarse ligeramente a ella.

—Imagino que en honor de una tía mía, hermana de mi madre.

—¿Imaginas? —interrogó curioso por la respuesta.

—Es una historia, cómo diría yo, larga, triste y desconocida incluso para mí. Pero prometo explicártela en algún otro momento. Llevas toda la cena evitando abordar lo que a mí me importaba —habló arriesgándose ante el temor de que en algún momento el equipo del comisario hubiese descubierto que allí, en la habitación en la que habían encontrado muerta a su amiga, había existido alguna prueba que ya no estaba.

—Necesito saber que me dirás la verdad. Esto no es correcto, y los dos lo sabemos. No debería hablar contigo de este tema porque…

—Ya lo sé —hizo un mohín disimulando como si en realidad estuviese molesta—, que soy una implicada o sospechosa del caso. No me olvido.

—Entonces sabrás que cualquier omisión de prueba u obstrucción a la autoridad para resolver el caso puede costar más caro de lo que parece. No te hablo de cualquier tontería. Y mucho peor convertirse en cómplice de alguien que las oculta, no sé si me explico —expresó abriendo mucho los ojos buscando en los de Alma, que lo que decía estaba siendo comprendido por ella.

—Por supuesto —respondió poniéndose muy seria de repente—, no soy policía, pero he estudiado un poco acerca de eso, de lo de las pruebas digo.

—Eres una caja de sorpresas.

—Ni te lo imaginas —se oyó decir arrepintiéndose de inmediato al escucharse.

Lo último que quería parecer era una niñata petulante y, al paso que iba, estaba ganando méritos suficientes para ello.

—Perdona —añadió tras unos segundos en los que el silencio se había adueñado de la escena—, no quiero que te lleves una impresión equivocada de mí. Soy lo más normal que puedo ser, te lo aseguro. Aunque en demasiadas ocasiones no haya conseguido parecerlo.

—Por eso tienes dos carreras, hablas más de cuatro idiomas incluido alguno de esos que llaman «lenguas muertas», y tocas al menos media docena de instrumentos —soltó sin medir el alcance de sus palabras.

La cara de Alma era un poema, por más que ella había querido disimular mientras escuchaba al comisario. Ante el desagrado y la sorpresa de sentirse desnuda frente a una de las personas que más habían levantado su interés personal en los últimos años, tomó una decisión casi refleja. Soltó la cucharilla con la que estaba a punto de terminar su postre, arrastró la silla hacia atrás en un solo movimiento, se levantó y, tomando el bolso casi al vuelo, se dispuso a salir de allí sin despedirse. Osma, que no salía de su asombro, al contrario de lo que había pensado que ocurriría, había imaginado que aquel despliegue de buen sabueso causaría en ella otra reacción y no la que había provocado. Soltó una maldición que solo vocalizó entre sus labios y se levantó retirando la silla del mismo modo que lo había hecho su compañera de cena. Se acercó con prisas a la barra, evitando las miradas que estaba seguro que había provocado entre los allí presentes y pidió la cuenta dispuesto a no esperar demasiado. Pagó con efectivo y se apresuró hacia la salida:

—Que tenga mucha suerte —oyó decir a uno de los camareros.

Ni siquiera se giró a contestarle.

Era noche cerrada y el lugar no se prestaba a ver con facilidad todo lo que no estuviera a pocos metros de distancia. Miró a ambos lados repetidamente, buscando una sombra en movimiento o alguna pista que le condujera a Alma. Se maldecía una y otra vez por el arranque de superioridad que debía haber causado en ella. Sonó el teléfono, buscó en el bolsillo interior de su chaqueta, nervioso, con la esperanza de que fuera ella. Al ver el nombre que salía en pantalla sopló fastidiado y sin ganas de contestar. Pero debía hacerlo. Era uno de sus hombres.

—Buenas noches, comisario.

—Dígame —apremió al agente sin dejar de observar cualquier movimiento que pudiera producirse en las inmediaciones.

—Ya tenemos los resultados de las huellas que enviamos al laboratorio.

—Perfecto, dispare.

—Al parecer se trata de un calzado con una huella muy particular. Estamos revisando los archivos a ver si encontramos coincidencias. Seguimos investigando. En cuanto a las huellas dactilares, son las mismas, con alguna peculiaridad.

El agente dio cuenta de las novedades y Osma asintió varias veces antes de pronunciarse.

—De acuerdo, mañana a primera hora estoy allí. ¿Algo más?

—No, nada más. ¿Va todo bien? —preguntó escamado el agente.

—Sí, sí, no se preocupe. Todo bien. ¿Han pasado la información a homicidios?

—Ahora mismo lo hacemos.

—Perfecto, manténgame informado. Sigo aquí por si hubiera alguna cosa y en cualquier caso nos vemos mañana.

Buenas noches —cerró la conversación sin esperar respuesta del policía.

De pronto, a una distancia de aproximadamente veinticinco metros, vio como alguien salía de entre dos coches en dirección a la carretera. Afinó la vista y comprobó cómo la figura, que primero se mostraba como un bulto indefinido, iba tomando la silueta de Alma. Pensó en llamarla pero antes de hacerlo aligeró el paso. A pesar de no verse a nadie en aquel momento alrededor del aparcamiento, prefirió no arriesgarse a montar un numerito.

—Detente, te lo ruego —dijo a pocos metros, justo cuando ella se giraba para comprobar quién se acercaba. Acto seguido se volteó de nuevo y sin perder el paso ligero que llevaba contestó:

—¿Acaso piensas arrestarme, señor sabelotodo?

—Te lo ruego, detente. No debí... —comenzó la frase aproximándose un poco más.

—No debiste, no —se reafirmó Alma sintiendo que Guillem la alcanzaría enseguida—, no era necesario que me demostraras que puedes acceder a la información de las personas. Aunque claro, eres policía. Y no un policía cualquiera, no. Eres un señor comisario —añadió sarcásticamente con la única intención de herirlo.

Él, llegando casi a su altura, alargó el brazo y quiso sujetarla ligeramente, solo para que ella accediera a parar. Ella reaccionó y frenó en seco. Se giró y, sin pronunciar una palabra, permaneció observándolo a la espera. Él, sin saber qué decir y temiendo que Alma volviera a retomar su huída carretera abajo en plena noche, presionó suavemente su antebrazo y la atrajo hacia sí hasta que sus cuerpos quedaron enfrentados y prácticamente pegados. La tensión era evidente entre ellos y ninguno iba a dar su brazo a torcer.

—¿Piensas quedarte así toda la noche? —interrogó ella—. Ya veo que solo te interesa acceder a la documentación que te ha facilitado alguno de tus hombres.

Aquella, la que estaba pronunciando cada una de las palabras que salían por su boca, era una mujer desconocida, incluso para ella misma.

Excitada por su atrevimiento y sin bajar la guardia en ningún momento, mantuvo la mirada impasible hacia el comisario hasta que éste, llevado por el deseo, se inclinó buscando su boca y presionó sus labios contra los de ella. Despacio, como si el tiempo se hubiera vuelto más espeso, se retiró y volvió a besarla suavemente, una y otra vez, sujetando entre sus manos el rostro de Alma. Ella había cerrado los ojos, aflojando el cuerpo que ahora se dejaba llevar por los movimientos acompasados de un hombre con el que secretamente había soñado durante aquellos días. La distancia entre sus bocas era la mínima, apenas imperceptible y cada nuevo beso en forma de susurro acrecentaba las ganas de ambos. Aún así, el comisario susurró prudente ante la mujer vencida que tenía delante:

—Me interesa todo lo que venga de ti, incluida tú —pronunció al fin sin dejar de mirarla—. No sé qué me has hecho pero no puedo dejar de pensar en ti a cada momento.

La atrajo de nuevo hacia él y se enzarzaron en el beso apasionado que ambos habían deseado desde el principio.

—Se hace tarde y aquí empieza a hacer frío, ¿no te parece? —se avanzó a comentar Guillem, que aprovechó la escusa para abrazarla.

—Sí, ya deben de ser eso de las once y media pasadas. Y treinta y cinco para ser más exactos —añadió.

El comisario miró su reloj y observó con sorpresa que no se había equivocado.

—¿Dónde está el truco?

—No lo hay, siempre sé estas cosas. Como cuando va a llover, o cuando va a hacer aire. Es como si la naturaleza me chivara una información que nace en mí sin que yo haga nada por averiguarlo.

—Eres…

—Rara, dilo —sonrió dándole una palmada en el hombro—, pues no quieras saber a qué velocidad soy capaz de calcular operaciones matemáticas complejas.

—¿Superdotada?

—Algo así, para entendernos. Altas capacidades también lo llaman. El mayor peligro para uno mismo cuando no sabes lo que te ocurre, no entiendes por qué los demás van tan lentos en todo y encima eres una chica a la que no le importan demasiado las tendencias de la moda o el corte de pelo que se lleva en el momento.

—Yo te veo bastante actual. Y tu melena es preciosa —afirmó creyendo sus palabras.

—De alguna manera aprendes a mimetizarte en una sociedad en la que realmente se da poco valor al interior y lo fundamental es la carrocería.

—También entiendes de mecánica por lo que veo —comentó con sorna el policía.

—Cachondeo el justo. No tengo ni idea de coches, pero si te pones chulo te hago una llave aquí mismo, y te aseguro que no llegarás en condiciones a tu casa esta noche.

—¿Karateca?

—Tae kwon do, nueve DAN. Pensé que eso también lo sabrías.

—Guau, no tengo ni idea pero suena muy profesional. Forma parte de mi trabajo, disculpa si he sido un desconsiderado. Ni siquiera debería habértelo dicho. Un desconsiderado y un imprudente.

—Eso mismo.

—Mejor no te provoco entonces —comentó dando de nuevo un giro más superficial a la conversación—. ¿Y se puede saber dónde has aprendido todo eso? Mejor me lo cuentas de camino al coche. El sudor se me está enfriando en la ropa.

Ella lo miró divertida, se ajustó el bolso en el hombro y caminó junto a él hasta el vehículo.

—Llevo diez años viviendo fuera de casa. Vivo en Stuttgart. Mejor dicho, vivía. Mientras fui menor de edad lo hice bajo la tutela de una organización de carácter religioso, por llamarlo así, que recluta personas de alto coeficiente intelectual y que además no tienen demasiadas posibilidades económicas de desarrollar sus capacidades en el seno de sus familias. Y si encima esas familias comulgan a capa y espada con la religión católica apostólica y romana, ya tenemos la mezcla perfecta. El resultado: yo.

Osma, al volante, escuchaba atento afirmando con la cabeza de vez en cuando sin querer interrumpir su relato. Había un interés personal por conocer más de ella, eso no estaba en duda, aunque era evidente que toda la información que pudiera facilitarle la sospechosa de la que se estaba enamorando era bienvenida y, a buen seguro, serviría para esclarecer el caso que les ocupaba.

—Bueno, llevas mucho tiempo viviendo allí y siendo mayor de edad.

—Por supuesto. Lo que ocurre es que sin darte cuenta van inoculando su semilla en tu interior, y no te das cuenta del precio que han puesto a tu cabeza hasta que un día lo descubres, o no.

—Tal y como lo explicas suena muy duro.

—Para mí lo fue, y no hace tanto tiempo. Siempre te ofrecen muchas posibilidades de aprender, trabajan en tu trayectoria curricular y te plantean el futuro tal y como ellos consideran que puede ser, partiendo de tus habilidades más destacadas y de los campos en los que eres más bueno. Ten en cuenta que en personas inquietas como yo eso es muy importante. No avanzar nos mata. Aprender se convierte en una necesidad vital, casi enfermiza en muchos casos, créeme.

—¿Y qué ha ocurrido entonces? Quiso saber Guillem—, ¿has tomado la decisión de abandonar esa organización?

—Sí, creo que ya me han robado casi todo el tiempo que me han formado. Podríamos decir que estamos en paz —fue toda

154

la contestación que quiso darle de momento.

—¿Y tu amiga? —lanzó aprovechando el mejor momento para formular la pregunta—, ¿también había abandonado ese lugar?

El comisario sabía algo, estaba diciéndoselo a voces, pero no iba a ser ella la que le pusiera en bandeja la información de la que disponía.

—No estoy segura, no pude preguntarle. Recuerda que, tal y como declaré, cuando llegué al hotel, ya no pudo decirme nada.

—Sí, sí, conozco tu declaración, aunque me preguntaba si...

—Lo siento, yo tampoco puedo darte más datos por ahora, porque no los conozco —mintió.

—Se han descubierto evidencias de algo, de lo que no puedo darte más pistas, que estuvo en algún momento en la habitación y que cuando se hizo el primer registro debía de estar allí —añadió Osma observando la reacción de Alma por el rabillo del ojo—, ya he hablado demasiado.

—¿Y? —tiró de la lengua esperando más—, no sé qué quieres decirme.

—Que, descontando a la fallecida, la única persona que estuvo en el lugar fuiste tú. Tenemos evidencias de que alguien que no respetó el precinto de la habitación entró, imagino que buscando algo que desconocemos, igual que no sabemos si finalmente lo encontró. Hay huellas...

—Entiendo —afirmó Alma disimulando un interés en el lugar en el que había un atisbo de preocupación. El comisario estaba en la pista correcta, o al menos eso parecía. Podía tratarse de un farol.

—No podemos afirmarlo todavía. Estamos comprobando algunas huellas más que no habíamos detectado en el primer registro. Además de las que ya teníamos tuyas y de Esther —aclaró Osma.

—No he podido hablar ni siquiera con sus padres —se

lamentó Alma intentando desviar la atención de su acompañante—, no quiero dejar que pasen más días. Sé que a ellos les gustará saber que éramos amigas. Si no recuerdo mal no tienen más hijos.

—Nosotros sí. Están destrozados, como es lógico. Yo preferiría que mis hijos, por más listos que fueran, permanecieran junto a mí en lugar de estar a mil quilómetros de distancia. No sé, se me hace difícil pensarlo, aunque claro, no los tengo y siempre es más fácil hablar desde la no experiencia.

—¿Has oído hablar de «El opio del pueblo»? «Die Religion, Sie ist das Opium des Volkes», algo que dijo Karl Marx allá por 1844. Y acaba siendo una droga tanto para ignorantes como para ilustrados. Para los primeros es una forma de anestesiar la lógica, mermar razón y el conocimiento de la verdad individual. En su caso, la religión lo explica y lo abarca todo, porque todo se basa en la fe, que no otra cosa que dejar en manos de lo que no conoces la reflexión de todo lo que ocurre. Para los segundos, personas que como yo hemos sido instruidas por congregaciones religiosas de élite para convertirnos en una especie de ejército de élite, la doctrina se convierte en un medio a través del cual consigues todo lo que necesitas o crees que precisas. La mayoría de los que estamos y vivimos bajo su mirada, te hablo del lugar en el que me han enseñado todas esas cosas que ahora sé, somos muy inteligentes, sí; y sin embargo no sabemos darnos cuenta del precio que estamos pagando para saciar nuestras ganas de prosperar. Ellos nos ayudan a hacerlo, a destacar, me refiero. Pero no es gratis, como no lo es nada en esta vida.

—Caray —resopló el comisario, que había permanecido atento a una reflexión que no recordaba haber cuestionado nunca durante su existencia—, no parece fácil lo que has vivido.

—No lo ha sido, créeme. Y mucho menos cuando, abanderando un bienestar que no tiene la cara tan amable como la pintan, te ves alejado de tu familia casi todo el año. Mis padres han estado siempre muy orgullosos de la decisión que tomaron por mí un día y de los pasos que he dado durante todo este tiempo en el que, sí, he prosperado académicamente hablando, pero no he disfrutado de los momentos que tanta otra gente tiene a mi edad, al alcance de la mano. Mi periodo de formación definitiva estaba a punto de finalizar. Me esperaba un futuro prometedor, de esos que mucha gente envidiaría conociendo solo lo que se ve desde el otro lado. Y decidí retirarme a tiempo, antes de acabar de ponerle precio a mi propia vida. Demasiadas mentiras juntas —suspiró—, y el día que las ves todas en fila, una detrás de otra, se te cae el alma a los pies.

—Si tú lo dices —sonrió Guillem intentando quitar hierro al asunto.

—Efectivamente —afirmó Alma riendo—, me caigo en mis propios pies de vez en cuando. Suerte que acabo levantándome. Bueno, dejemos de hablar de mí —pronunció queriendo cambiar de tema—. Ahora te toca a ti, ¿no te parece?

—Poca cosa, de verdad. Y comparado contigo casi me da vergüenza. Solo soy un comisario de policía que intenta hacerlo lo mejor posible día tras día.

—Hombre, no te quites méritos. Estamos hablando de… treinta y pocos años, ¿verdad?

—Treinta y dos, para ser exactos —se apresuró a aclarar Osma.

—Llegar a tu rango con esa edad no tiene más que dos explicaciones: o eres el hijo de algún jefazo que te ha puesto aquí por el artículo treinta y tres, o tienes mucho mérito y coco y han visto en ti la gran promesa del cuerpo —pronunció esto último con cierta sorna—. Unas cuantas oposiciones, que no deben ser moco de pavo, y una designación consensuada.

—Vaya, también entiendes de rango policial. Comisario base, para tu aclaración. Lo que yo digo, una caja de sorpresas —observó intentando no parecer asombrado—. Es cierto, he estudiado mucho en todos estos años. Es lo que siempre quise ser, y es en lo que me he convertido. Estoy al servicio de los ciudadanos.

—Suena muy bien.

—A mí también me lo parece —afirmó fijando la mirada en los labios de ella—. Me preguntaba si no querrías que te invitara a una copa… digamos en mi casa. Lo sé, suena a tópico, pero es lo que me apetece.

Alma sonrió, se aproximó a él y lo besó en los labios.

—No te niego que me apetece mucho terminar esta charla en un lugar más tranquilo, y estoy segura de que tu casa debe ser el sitio más adecuado. Tengo que contactar con mi hermano y asegurarme de que mi madre está bien y pasa la noche descansando. Mañana quiero estar con ella todo el día. La verdad es que no sé qué hacer —añadió fingiendo resistencia ante la tentadora propuesta.

—Prometo llevarte de vuelta cuándo y dónde tú me digas —insistió él temiendo quedarse compuesto y sin cita.

—Está bien —aceptó al fin ella—, pero déjame que vea si Samuel está conectado y le hablo un momento.

—Si prefieres conversar con intimidad puedo salir del coche —le propuso accediendo a la palanca de la puerta.

—No es necesario. Está conectado. Arranca si quieres. Por cierto, ¿el sueldo de comisario te da para semejante coche? No sé yo —aprovechó para decir mientras se sucedían los tonos de llamada en el otro lado.

—Luego te lo cuento, no te preocupes. Y no, no da para tanto. Seguro que eso también lo sabes.

—¿Samuel, qué tal como va todo? ¿Cómo sigue mamá?

—Hola preciosa. ¿Cómo va tu cita? Mamá muy bien hasta el momento. Estable, sedada y soñando con los angelitos. Yo estaba a punto de echarme una cabezadita. Aquí en este sofá tan cómodo —dijo irónicamente—, tú no te preocupes. Han estado aquí Ana y papá y han preguntado por ti. Ya me he encargado yo de ponerlos al día.

—No seas idiota. ¿Qué les has contado? —quiso saber

haciéndose la ofendida cuando en realidad no lo estaba en absoluto.

—La verdad. Esa siempre por delante. Les he dicho que habías quedado con un novio secreto que te habías echado. Que has estado viniendo de incognito a Barcelona durante los últimos meses y que es un policía muy atractivo del que quieres mantener a salvo su identidad.

Durante los primeros segundos después de oír aquello, Alma se tensó. Aunque no había nada imposible, era muy difícil que su hermano tuviera ninguna información acerca de quién la acompañaba esa noche. Se relajó interiorizando que solo se trataba de una coincidencia y se despidió de él dando muestras de su capacidad para seguirle el juego.

—Me alegra que por fin lo hayan sabido. Me has pillado. Él es lo mejor que me ha pasado nunca ni me pasará. Estoy enamorada, lo confieso. Y su pistola…si vieras el arma se te caerían los cataplines al suelo. Anda —dijo cambiando de tono—, descansa lo que puedas y no te preocupes, que a primera hora estaré ahí para relevarte. Un beso. Te debo una.

Y se despidió, antes de que Samuel volviera a preguntarle, lanzándole un beso sonoro que Guillem observó un tanto escamado. Ella, al verlo, sonrió y puso palabras que estaban haciendo falta en aquel momento:

—Mi hermano, que está estudiando arte dramático y más bien diría que va para monologuista cómico. Es un encanto, lo mejor de lo mejor y desde luego que es lo que ahora mismo necesitamos. Mi hermana, la eterna saltadora de pértiga repetidamente fallida; mi padre saliendo de una especie de depresión que lo ha tenido «out» desde que se le manifestó la crisis y yo que no he estado a la altura de las circunstancias ni en el lugar que me tocaba cuando más me necesitaban. Resultado: Samuel es nuestra tabla de salvación y la alegría de la huerta, aunque eso nos lleve a soportar sus bromas y sus rocambolescas puestas en escena.

De pronto cerró la boca, giró la mirada hacia adelante y se volteó de nuevo hacia Osma, que hasta el momento no había dicho nada:

—¿Por qué me da la sensación de que solo hago que hablar de mi vida cuando lo que en realidad quiero es saber algo más de la tuya?

—No sé, no tengo ni idea —se encogió de hombros—. Quizás necesitas hablar. Pasa muy a menudo. Necesitamos desahogarnos, y a mí no me importa, de verdad.

—Es extraño, no suelo hacerlo, y menos con desconocidos —argumentó ella ligeramente molesta por su actitud.

—Pero yo no soy un desconocido. Sé quién eres, dónde vives, tus huellas… ¿sigo?

—Mejor no —respondió ella dando muestras de un fastidio fingido.

—Ya casi hemos llegado.

Alma observó a su alrededor fijándose en algunos detalles de lo que se podía observar desde el coche. Aquella era la zona alta de la ciudad, el lugar al que no llegaban ni el metro ni el tren. Solo alguna línea de autobús que circunvalaba la zona y poco más, pensado para evitar expresamente aglomeraciones y que el común de los mortales pudiera acceder comprando un sencillo billete. En definitiva, una de las zonas más caras de Barcelona.

—¿Vives aquí? —quiso comprobar Alma observando su perfil.

—Sí, bueno, unas calles más allá —mostró señalando con el índice—, espero que no sea un delito —rió.

—Perdona, pero tú también eres una caja de sorpresas.

—Espero que no sea de las malas. Heredé esta vivienda de mis padres. Eso es todo —aclaró—. Bueno, todavía pertenece a mi madre aunque creo que ya te comenté que ella vive ahora en una residencia. Una residencia que más bien parece un hotel ¿Algo más desea saber la señora?

—Sí, ya me habías dicho, lo siento. Señorita, si no te importa —le aclaró jocosa.

—Está muy bien atendida. No tenemos queja. Recibe un trato excelente y la visitamos regularmente, aunque ella viva en su propio mundo. La mejor madre incluso en sus circunstancias. Esa es ella.

—Desde luego, las madres son lo más sagrado en esta vida —añadió Alma recordando sin poder evitarlo los años en los que había estado muy enfadada con sus padres por haberla alejado de ella, de la madre que tanto había necesitado en muchos momentos de soledad—. ¿Has dicho visitamos? —arremetió de nuevo despejando unos pensamientos que de algún modo la seguían torturando.

—También tengo un hermano mayor que yo. Te recuerdo que hablaste con mi sobrina

—¿Y es policía como tú? —quiso saber ignorando el comentario y su torpeza al haberse aventurado a conjeturas.

—Esto parece un interrogatorio.

—Si quieres sí. Un pequeño cuestionario que debo saber antes de subir a tu lujoso piso, a tomarme esa copa que me has ofrecido. Me temo que será imprescindible tener alguna información más sobre ti.

—Compruébalo por ti misma, me refiero al piso. Es espacioso, eso sí, pero no deja de ser la vivienda de un soltero, ya sabes. Mi hermano no es policía, sino juez. No es que yo sea la oveja negra de la familia, pero siempre les pareció que esto de las fuerzas del orden no era lo más apropiado para mí. Nunca les planteé conflicto, respecto de eso. Simplemente fui trazando mi camino y al final ellos lo aceptaron. Me refiero a mi hermano y a mi madre. Mi padre falleció años antes de ver en lo que me convertiría. Y creo que estaría orgulloso de mí.

Alma lo miró y durante unos segundos no dijo nada. Luego sonrió. Un rebelde, pensó. Algo parecido en lo que ella se había convertido, aunque con unos años de diferencia antes de dar el paso.

Se pararon frente al garaje de un edificio.

—Ya estamos aquí.

Hasta aquel momento Alma no había sido del todo consciente de la escena que podía llegar después. No sabía si estaba preparada para una aventura. No era el momento ni las circunstancias más apropiadas para vivir aquella situación. No se había encontrado nunca con una tesitura como la que estaba a punto de experimentar y, de repente, sintió como se le encogía el estómago. Imposible dar un paso atrás, que sea lo que tenga que ser, se dijo llevándose la mano a la barriga.

Salieron del coche. En silencio, Alma siguió a Osma hasta el ascensor. Este disponía de una cámara en una de las aristas superiores, algo de lo que ella se percató al instante.

—Vigilancia hasta en el ascensor. Aquí hay nivel— comentó con tono burlesco intentando mitigar los nervios que sentía, entreteniéndose con la conversación.

—¿Por qué te crees que mantengo las distancias? —soltó de pronto el comisario, mirándola muy fijamente a los ojos y haciendo gala de un descaro que no había manifestado en ningún momento hasta entonces.

Alma, sorprendida por la frase, sintió cómo el calor se adueñaba de su rostro y bajó la vista. Era muy difícil violentarla, y él lo había conseguido.

—No sé si deberíamos.

—¿A qué te refieres? —interrogó tomándole la mano al salir, encaminándose hacia el pasillo de la tercera planta.

—Tú mismo lo dijiste antes. Estás investigando un caso en el que soy la principal o la única sospechosa. Esto nos podría acarrear algunos problemas. Más a ti que a mí, que a fin de cuentas no soy nadie y no tengo las influencias que debes de tener tú, ahora que conozco en qué círculos te mueves.

—No te lo niego. Aunque no tiene nada de malo que nos tomemos una copa y charlemos un rato. Después te llevo a casa o a donde tú me digas.

Alma sabía que estaba hablando de una propuesta casi imposible. Se habían besado y a ambos les había gustado. La química que había despertado entre ellos pedía más, y los dos habían dado muestras del deseo provocado por aquellos besos.

Entrar en aquella vivienda iba a significar dar un paso hacia adelante difícil de deshacer y, sin querer reconocerlo abiertamente, lo sabían.

CAPÍTULO 12
Barcelona 1924

A pesar de la situación social y política que vivía el país, de los repetidos episodios de la temible práctica de «pistolerismo»[4] que perduró en las calles durante años y la reacción beligerante de la burguesía, enfrentada a la dictadura instaurada por el conservador Primo de Rivera, los tiempos más difíciles de la familia Guzmán Millán parecían haber quedado atrás. Ellos no se identificaban ni con unos ni con otros y, en el caso de haber tomado partido por una u otra opción, jamás lo habían manifestado abiertamente.

Casi un año más tarde después de aquel esperado momento, en el que por fin pudieron reencontrarse a su hija, Marta y Basilio habían logrado recuperar casi por completo a la Elisabeth que había sido una vez. La gripe española y las complicaciones que se habían derivado de esta, fruto de los excesos cometidos por la muchacha durante bastante tiempo, la habían obligado a permanecer en el Hospital del Mar un periodo más largo del que ninguno de los tres hubiera deseado. Sus huesos habían logrado fortalecerse mucho y los episodios de fiebre prácticamente habían desaparecido, aunque todavía se encontraba débil. Su estado de salud era el principal motivo por el que no tenía ninguna tarea asignada en la casa y su vida transcurría libre de obligaciones, disfrutando de la monotonía del día a día y de los largos paseos que, en las horas de sol, realizaba en las inmediaciones de la propiedad. Aprovechaba muchos de aquellos

---

[4] Práctica que tuvo lugar en España bajo la monarquía de Alfonso XIII, entre 1917 y 1923, que consistía en la contratación de pistoleros por parte de empresarios, principalmente, para asesinar a sindicalistas y trabajadores significados en la lucha y la reivindicación obrera.

momentos para leer o escribir. En algunas ocasiones había coincidido con la condesa y esta, aunque en su línea de sobriedad y distancia con el servicio, siempre se había interesado por sus avances y sus propósitos de futuro. Verlas juntas causaba una extraña sensación de orgullo, pensaba Marta, quien no había descartado que la condesa acabara requiriendo sus servicios para que permaneciera a su lado. El porte y la elegancia de Elisabeth nada tenían que envidiar al de la clase social más alta con quien pudiera compararse, pensaba orgullosa su madre. Atrás habían quedado los arranques de soberbia, que habían dado paso a una madurez que, a la fuerza, por fin parecía haber hecho acto de presencia. Pronto iba a cumplir veintinueve años, una edad en la que la mayoría de las mujeres de su época ya habían formado su familia. Guardándolo en su pensamiento, en realidad era con lo que siempre habían soñado; con ser abuelos y ver crecer una familia cuyo futuro parecía extinguirse. Era algo que, en alguna ocasión en la que la asaltaba la nostalgia y los recuerdos de su malogrado hijo, apenaba a la mujer aunque su principal fuente de desvelos, por uno u otro motivo, nunca había dejado de ser su hija.

—Cariño, no esperaba que estuvieras aquí. ¿Qué estás leyendo? —Preguntó al verla sentada, junto a la ventana del comedor, con el periódico.

—La verdad es que nada en concreto. La política me aburre muchísimo, los ecos de sociedad siempre tan azucarados, esquelas y más esquelas…he conocido a alguien —soltó sin ni siquiera mover los ojos del diario.

Su madre, aturdida y dudando de haber escuchado bien, se acercó hasta ella, enjugándose las manos una y otra vez en un movimiento repetitivo que delataba sus nervios.

—¿Has dicho lo que acabo de escuchar? ¿He oído bien?

Elisabeth se giró a observar a su madre y esbozó una sonrisa. Hacía mucho tiempo que no veía aquel brillo en sus ojos.

—A ver, mamá. Estás un poco mayor y un poco

cascarrabias hasta con Basilio, pero sí, has oído bien. He conocido a un hombre y creo que me gusta. Bueno, nos gustamos.

—Pero… eso es fantástico, hija.

Las risas de Elisabeth no se hicieron esperar. Sus pulmones todavía no daban para hacer grandes esfuerzos y las carcajadas que se habían fraguado en ellos en aquel momento superaban con creces el límite de lo permitido por su médico, el doctor Segura, a quien debía en gran parte aquella especie de milagro que había obrado en la muchacha hacía unos años. Marta estaba a punto de reñirle, pero se contuvo. Escucharla brillar de aquella forma era como devolver a las viejas paredes del comedor la frescura de antaño.

—¿Qué es lo que te hace tanta gracia? —invitó a decir contagiada.

—No imaginaba que estabais tan desesperados. Todavía no te he dicho ni quién es, ni de qué familia viene, ni cuántos años tiene, ni a qué se dedica.

Durante unas décimas de segundo ambas mantuvieron fijas sus miradas, la una frente a la otra. Marta, a punto de tornar la alegría en tristeza, pensó que su hija tenía toda la razón. Inmediatamente después descubrió el motivo de su alegría, por encima de las demás circunstancias que ni siquiera se había parado a valorar. En ese momento sonrió, alargó sus brazos buscando las manos de Elisabeth para tomarlas entre las suyas y dijo:

—Es verdad. No he pensado nada de eso. Llevo mucho tiempo dando por perdida la posibilidad de que… —no terminó de pronunciar bajando disimuladamente la vista.

—De que forme una familia, no te dé apuro decirlo mamá. ¿Quién me iba a querer a mí, de esta guisa? No, si no te culpo por haberlo pensado. Yo también había perdido toda la esperanza. Y mira tú que va a ser verdad que es lo último que se pierde.

Sonrieron y se fundieron en un abrazo.

—Cuéntame hija. Dímelo todo. Estoy deseando saberlo. ¿No vivirá lejos de aquí verdad? —interrogó preocupada de pronto ante la posibilidad de una vida alejada de su única hija.

—Tranquila, «mom». Es de aquí muy cerquita.

Cuánto tiempo sin escucharla decir mamá en inglés. Los ojos de Marta se vidriaron. No podía evitarlo; sus emociones se habían convertido en una montaña rusa en tan solo unos minutos.

—¿Ah sí? Sentémonos un ratito y cuéntame por Dios, que me muero de la curiosidad y las ganas. Además, todavía dispongo de unos minutos. Hoy la condesa ha anulado el almuerzo en el salón. El conde está indispuesto, incluso han mandado llamar al médico. La salud de este hombre está muy delicada. Total, que no tenemos que preparar nada como otros días, de manera que venga —dijo dando unos golpecitos en el asiento contiguo al suyo invitando a Elisabeth a acompañarla.

—Se llama Víctor y trabaja en la fábrica de componentes eléctricos que hay cerca de la estación del tren. Como yo, y extrañamente, es soltero. Algo que no entiendo, mamá, porque es guapísimo —afirmó juntando las manos como si estuviera rezando, al tiempo que se mordía el labio inferior.

Marta se sentía un poco violenta. Prefería mil veces que su hija estuviera así de feliz que verla languidecer mientras la vida le pasaba por delante, aunque no sabía si estaba preparada para demasiadas confesiones íntimas. Sabía, por lo que habían hablado en algunas ocasiones a la luz de las velas buscando la intimidad que aquellas confidencias requerían, que su vida amorosa, por así decirlo, había sido variada y bastante laxa. Durante el tiempo que buscó la tan ansiada fama tuvo que hacer algunas concesiones y el precio de la efímera gloria había resultado ser muy caro. El peaje al estrellato no garantizaba que este fuera ni siquiera a aparecer, pero había que intentarlo. Las drogas la habían ayudado a pasar más de un mal trago. Algo que también tuvo sus consecuencias. Ahora, después de una confesión que la tomaba por sorpresa, las cosas habían cambiado mucho.

—¿Lo traerás a casa para que lo conozcamos, verdad?

—Claro mamá, enseguida. Quizás esta misma semana.

Quería que lo supierais antes. Es muy buena persona, además de guapo. ¿Ya te he dicho que es guapísimo? —repitió dejándose llevar nuevamente por el entusiasmo.

—Habrá que decírselo a tu padre. Él también se llevará una alegría muy grande. Quiere, queremos verte feliz.

Hacía algún tiempo que Elisabeth había aceptado a Basilio como su padre. No porque hubiera olvidado al que lo fue, al que recordaba muchas veces luchando por no borrar de su recuerdo las facciones del Antonio que las dejó justo antes de embarcar hacia España. Después de su larga enfermedad y de haber corrido sin rumbo malherida, despechada y fracasada de una carrera que apenas había hecho más que empezar, Basilio se desvivió por ella. En alguna ocasión incluso, tuvieron tiempo de hablar de sus vidas antes de conocerse. Basilio la hizo partícipe de la historia de sus padres, de las anécdotas de su familia cuando él era joven, de la tristeza que tuvo que superar tras la muerte de varios miembros de su familia en un grave accidente. Él también había sentido la soledad de perder a sus seres queridos. Por alguna razón, a partir de aquellas conversaciones, Elisabeth dejó de llamarlo por su nombre de pila y empezó a nombrarlo como papá, algo que tanto Marta como él mismo celebraron como un triunfo y una aceptación después de muchos años de cuidados a cambio de nada.

—Pues claro, en cuanto venga déjame que se lo diga yo. Quiero ver la cara que pone de sorpresa. Él tampoco creo que tuviera ya ninguna esperanza. Bueno, serán dos sorpresas en una.

El gesto de Marta se congeló sin terminar de esbozar la sonrisa que estaba expresando en su cara. No había reparado en la posibilidad de haber dado pasos adelantados a lo que marcaba el orden establecido.

—No te asustes mamá, no estoy embarazada, al menos de momento.

—Por Dios hija, no me hables así. Sabes que estas cosas me producen mucho sofoco. No es que yo quiera ahora rasgarme las vestiduras, ya me entiendes…

En el fondo Elisabeth se divertía maliciosamente dando aquellos toques de escándalo en la relación con sus mayores. No podía ni imaginar lo que pensarían los señores si se enteraran del amor que se profesaban ella y Víctor. Un hombre tan fogoso como tímido que había visto en Elisabeth a la mujer de su vida. Era pelirrojo, algo que a las féminas no terminaba de agradar; a todas menos a ella. Se llevaban casi cuatro años de diferencia, ella mayor que él, aunque no se notaba. A pesar de la mala experiencia de Elisabeth, ésta conservaba buena parte de su belleza.

—Bueno, todo de golpe, así no tienes que ir dando suspiros cada vez que te vaya a decir algo. Te quería decir que por lo visto podría trabajar en la fábrica con él. Bueno, cerca de él. Víctor es el encargado de una de las cadenas de montaje de la empresa. La mayoría de trabajadores son mujeres. Al parecer las prefieren para este tipo de tareas., aunque la propuesta que me hacía era porque por lo visto falta un ayudante de contabilidad en las oficinas y yo le hablé de mis clases en la academia. Están un poco olvidadas pero seguro que en unos días sería capaz de ponerme al día. Me dirá alguna cosa esta semana. Estoy muy contenta y tengo ganas de salir de aquí.

—Hija… —se quejó Marta

—No es por vosotros, mamá. Llevo toda la vida queriendo hacer algo que me salga bien, y tengo la sensación de que esta vez no me equivoco. No será la vida más interesante del mundo, lo sé, pero será la vida más serena que jamás pensé que iba a conseguir.

—Me parece una maravillosa idea, cariño —se adelantó unos pasos para volver a abrazar a su hija.

—Ah, lo último de todo. Es más joven que yo. Tiene veintiséis años, pero nadie lo diría. Es alto, fuerte y está curtido por el campo. Ha trabajado con sus padres durante muchos años en la labranza.

—Si nadie lo nota… —añadió Marta buscando la conformidad que no sentía.

Que un hombre fuera más joven que su mujer no era muy conveniente, al menos así lo pensaba ella, pero no iba a dar disconformidad de un hecho que todavía no podía corroborar con sus ojos.

Las presentaciones fueron formales. La tensión se vivía en el ambiente y hasta Marta contenía unos nervios nada habituales en ella. Elisabeth necesitaba la aprobación de sus padres, algo en lo que extrañamente nunca había reparado, quizás porque nunca había tenido lo que todo el mundo entendía como un novio formal. La invitación era para conocerlo. Hacerlo en familia sería el siguiente paso. Víctor había llegado puntual, vestido con su ropa de los domingos y con un ramo de flores frescas para Marta y una pequeña caja de puros para Basilio. Ante la cara de circunstancias del hombre, Elisabeth salió al paso aclarando que su padre no fumaba. Tras un pequeño intercambio de frases de cortesía y un refresco que sirvieron en la salita pequeña que la familia usaba como comedor habitual, se dirigieron a la estancia contigua, el salón que casi nunca utilizaban. Tomaron asiento y Marta se dispuso a servir la comida.

—Ya nos comentó Elisabeth que trabajas aquí cerca.

—Sí —contestó él muy deprisa—, desde hace casi dos años. Yo y mi padre también. Perdón, mi padre y yo quería decir. Veníamos del campo, de un pueblo de Valencia. Aquí se gana mejor y el trabajo es más limpio.

—Es verdad, todo se ha industrializado mucho y las fábricas necesitan mano de obra. Y las condiciones son algo mejores que en las colonias.

—El trabajo en la industria textil es muy duro.

—Y que lo digas —intervino Basilio—, por lo que he oído las jornadas laborales son de catorce horas y las condiciones dentro de las naves son peor que malas. Parte de los trabajadores disponen de vivienda, eso sí, pero lo demás es bastante duro de sobrellevar. Esto tendrá que cambiar, de lo contrario… —dejó ahí la frase.

Se hizo un paréntesis en el que todos se miraron esbozando una sonrisa para salvar el silencio.

—Nosotros no tenemos queja de nuestra situación. Como ya te habrá contado Elisabeth, los señores siempre se han portado muy correctamente con nuestra familia.

—Tampoco les hemos dado motivos para lo contrario —apostilló la Marta más reivindicativa, que nunca se había terminado de acostumbrar al estado de servilismo encubierto con el que el servicio, incluidos ellos, debían tratar a sus señores.

—El cocido está muy rico, doña Marta —introdujo Víctor, agradeciendo las atenciones de la mesa.

—No me llames doña, te lo pido por favor. Marta a secas será suficiente. Me alegro de que te guste.

—Quizás hayas comprobado que Elisabeth ha heredado el talento de su madre —rió Basilio relajado tratando de distender el ambiente—. Son lo mejor que me ha pasado en la vida, pero cuando sacan el genio…

Tras sus palabras sintió un atisbo de incomodidad y de inmediato buscó la mirada de su hija. Ésta, conociendo cómo temía que pudiera acabar la conversación, asintió con una sonrisa. Víctor estaba al corriente de cuál era la situación y de los orígenes de ambas.

—Mamá, papá, queremos anunciaros que en unos meses tenemos la intención de casarnos.

—¡¿Tan pronto, hija?! —se sobresaltó la mujer, que no se esperaba aquella declaración en la primera cita. Las sospechas de una boda obligada por las prisas llegaron antes que la alegría por una noticia que habían esperado tanto tiempo, habiendo perdido las esperanzas.

—No somos unos niños, ni Víctor ni yo. Y si queremos formar una familia, que es algo en lo que estamos de acuerdo, no hay tiempo que perder.

—Yo amo a su hija —habló el novio por si acaso había

quedado duda de sus intenciones—, de eso no tengan la menor duda. Buscaremos una vivienda sencilla, cerca de aquí. De hecho ya hemos visto alguna cosa que nos ha interesado.

—Desde luego que vais por faena, como se suele decir —añadió Marta haciendo aspavientos con las manos—, imagino que tendremos que conocernos las familias y hablar de algunas cosas, ¿no?, vamos, digo yo.

—Por supuesto. Clara y Manuel, mis padres, estarán encantados de conocerlos. Son gente sencilla, como yo, pero muy buenas personas y muy trabajadores.

—¿Tienes hermanos? —interrogó Marta con curiosidad. Siempre le habían gustado mucho las familias con muchos hijos. Algo que ella no había podido conseguir.

—Somos cuatro hermanos, tres chicos y una chica. Yo soy el segundo. Están mi hermano Fernando, el mayor; Paquito, el tercero y Julia la pequeña. Se conoce que mi madre quería una niña y no paró hasta conseguirlo —rió por primera vez el muchacho ya más relajado después de la comida.

Todo parecía transcurrir muy deprisa. De pronto, un futuro que apenas había estado dibujado en la imaginación de ninguno de ellos y casi habían dado por imposible, se hacía realidad en poco tiempo. Elisabeth, una mujer madura, con una historia que no sabían si había explicado a su pretendiente y con una dura experiencia a sus espaldas, parecía haber encontrado el amor.

—Y una pregunta —expuso Basilio—, por curiosidad, ¿cómo os conocisteis?

Ambos se miraron y rieron al mismo tiempo.

—Papá —comenzó ella—, ya sabes que últimamente he hecho algunas escapaditas a la ciudad. Me gusta pasear sola, deambular por las calles y pararme a ver las tiendas. Es todo tan bonito y tan distinto. Barcelona es una ciudad moderna, y desde luego sé de lo que hablo.

Ni Marta ni su marido, que se mantenían alerta, para bien

o para mal, sabían muy bien hacia dónde se decantaría la respuesta de su hija.

—Pues bien —prosiguió tomando la mano de Víctor—, estaba echando un vistazo en una librería, «Catalonia», que acaban de inaugurar en la Plaza de Cataluña. Tendríais que ver qué cantidad de libros juntos, es una maravilla —añadió entusiasmada. Pues bien, en una de las veces que me giré a buscar en una estantería situada en mi espalda me di de narices con este buen hombre, que casi me deja tirada en el suelo allí mismo. No sé —se arrancó en una sonrisilla tonta—, fue todo muy curioso. Se empeñó en acercarme hasta la calle para que me diera el aire. Después quiso dejarme cerca de casa y le dije que no estaba tan lejos, que me encontraba bien y que podía volver yo solita. Total, que insistió en invitarme a un café viendo que me estaba saliendo un pequeño bulto en la frente, fruto del coscorrón que me había dado con su codo. Luego, fuimos charlando hasta donde están acabando las obras del tranvía subterráneo, por cierto impresionantes, y dio la casualidad de que vivíamos a dos pasos el uno del otro. Esa es nuestra historia —finalizó mirándolo con cara de enamorada.

—De manera que te gusta leer por lo que cuenta Elisabeth —afirmó Basilio asintiendo satisfecho.

Al menos ese gesto daba a entender que el muchacho no era un botarate, pensó sintiéndose un poco perverso. Él no era quién para juzgar a nadie a primera vista, pero en aquella ocasión lo valía. Se trataba de su Elisabeth.

—Pues sí, la verdad que disfruto mucho leyendo. No puedo hacerme con los libros que querría, porque el salario no da para muchas alegrías, pero no me quejo. Y en «Catalonia», donde conocí a Bet —añadió con cierto apuro—, se pueden leer y hojear ejemplares de libros que después están a la venta. Se queda uno embobado leyendo. A mí los que en realidad me gustan son los manuales de mecánica. Es mi aspiración. Ser mecánico y tener mi propio taller —dijo el muchacho que ya parecía haber soltado la lengua.

—Me gusta Bet —aclaró la muchacha ante la mirada curiosa de sus padres—, es como si con Víctor fuera una nueva mujer, y eso me gusta —manifestó encogiéndose de hombros como cuando era una jovencita inocente.

—Está bien, está bien —pronunció conforme su madre—. Lo principal es que os queráis y os respetéis. Lo demás llega solo.

—¡Mamáaaa! —resopló Elisabeth.

—No creo que haya dicho nada malo, y viendo que todo va tan deprisa, nos haría ilusión poder invitar a tus padres a una merienda —se atrevió a decir Marta ignorando las quejas de su hija—, creo que será muy agradable charlar de vuestro futuro juntos y lo normal es que las familias hayan tenido la oportunidad de confraternizar un poco.

—No se preocupe, yo les diré alguna cosa en unos días. Seguro que estarán encantados —afirmó Víctor sonriendo.

El muchacho parecía de buena familia, educado e instruido. Después de todo, Elisabeth no tenía edad para prolongarse en un noviazgo de largo recorrido y, si las apariencias no los engañaban, entre ellos parecía haber amor.

Al cabo de unas semanas, tuvo lugar el encuentro entre las familias. El lugar escogido fue, finalmente, una cafetería en el centro de Cornellá, cerca del consistorio municipal. Los padres del novio, más preocupados porque los pequeños se portaran correctamente que por la noticia y oficialidad de un noviazgo que al parecer pronto llegaría a su fin, se mostraron correctos en todo momento con Basilio y con Marta. Se intuía un cierto resquemor cuando se dirigían a Elisabeth. Lo más probable, imaginó la madre de la novia, era que hubieran querido para su hijo una mujer más joven. Era algo que rondaba en el pensamiento de la futura suegra; una circunstancia que no podía evitar y que en el fondo también le causaba preocupación.

Transcurrieron poco más de tres meses antes de que la

boda tuviera lugar. Fue un acontecimiento sencillo y emotivo al mismo tiempo. Apenas veinte invitados y más de la mitad de ellos venían de parte del novio. El hijo menor de Esperanza, la tan querida tía postiza de Elisabeth, acudió con su mujer a la ceremonia y al convite, excusando la ausencia del resto de sus hermanos.

Antes de la boda, la pareja había adquirido una modesta casita, a buen precio, en una de las zonas más alejadas del centro de actividad del municipio. Había que realizar algunas mejoras, pero tenía bastantes posibilidades y un amplio patio exterior con plantas y hasta algunos árboles tras una pequeña valla que cercaba la vivienda que la separaban del paso del Canal de la Infanta. La acequia que canalizaba las aguas del río Llobregat recorría buena parte de la comarca y había tenido un papel muy importante en el desarrollo y prosperidad del cultivo de regadío de toda la zona. La aportación económica de los padres de Elisabeth facilitó mucho las cosas. Ellos, ahorradores desde hacía muchos años, habían destinado parte de su patrimonio dinerario a la dote con la que querían casar a su única hija. Ahora, pensando que ese día no iba a llegar, regalaron gustosamente un dinero que ayudaría a los recién casados a comenzar un proyecto de vida juntos.

En su noche de bodas, solos por fin y ya como marido y mujer, disfrutaron del amor en varias estancias de la casa, sin el temor con el que habían vivido sus episodios más ardientes en alguna de las casas de citas que ella había conocido en otras etapas de su vida. Víctor, mucho menos experimentado en las artes amatorias antes de conocerla a ella, había aprendido rápido. Era fogoso y apresurado, algo que a Elisabeth le encantaba. Ella, pensando que quizás aquel hombretón de cabellos rojos que se había cruzado en su camino, tan grande como vergonzoso; tan solícito como un niño cuando espera su recompensa por el trabajo bien hecho, podría llegar a ser el último hombre de su vida, sonrió mirándolo a los ojos. Acarició su rostro y lo besó picoteando con sus labios las mejillas, los ojos, la nariz, la boca, diciéndole:

—Creo que no nos saldrán las cuentas.

—¿Cómo dices? —preguntó sofocado y presto a seguir acariciando todo su cuerpo mientras intentaba descifrar la extraña afirmación de su esposa.

Era unos años mayor que él y no era una niña pero conservaba una estupenda figura, heredada de su madre, a la que siempre había sabido sacarle partido. Era la mujer más bella para el hombre más enamorado.

—Estoy embarazada —anunció sin más, esperando una reacción que tardó en llegar los segundos más eternos de sus últimos años—. ¿No vas a decir nada?

Víctor, que hasta ese momento había mantenido el semblante serio y que ni siquiera había pestañeado, la miró de arriba abajo, la sujetó por la cintura hasta estrechar su cuerpo y pegarlo completamente al suyo y comenzó a besarla sin parar.

—¡Vas a ahogarme! —exclamó riendo a carcajadas una Elisabeth entusiasmada ante la reacción de su recién estrenado marido.

Para ella había sido un deseo inconfesado. No se atrevía ni siquiera a imaginar que, habiéndole dado la vida una segunda oportunidad, no pudiera culminar su felicidad siendo madre. Habían pasado unos años desde que el doctor que la atendiera en el Hospital del Mar vaticinara la posibilidad de quedar estéril tras las complicaciones sufridas a raíz de la gran gripe y las drogas que habían habitado en su cuerpo durante tanto tiempo. Antes de la boda había pasado unos días angustiada, con unas náuseas que todos achacaban a la precipitación de una ceremonia organizada en apenas tres meses desde que se habían comprometido. Pero ella sabía que no eran nervios. Algo en su interior, además de un ligero aumento de peso, la necesidad de orinar más que de costumbre y un retraso poco habitual en su menstruación, le había dado los primeros indicios de algo con lo que había soñado calladamente muchos años.

—Ppppero… ¿te has hecho alguna prueba? —balbuceó

Víctor mirando sus pechos y sobre todo su abdomen.

—Claro, tonto. Todo indica que estoy embarazada. Incluida la pobre rana —rió abiertamente emocionada al ver la reacción de él—. Entonces, ¿estás contento?

—¡¿Contento?! —exclamó abriendo las manos—, es la mejor noticia que podrías darme en la vida.

—Me preocupa que ahora, en mi estado, no quieran admitirme en la fábrica.

—No te preocupes por eso, mi amor. Lo importante es que te encuentres bien. ¿¡Te encuentras bien verdad!? ¿Podemos…? —añadió observándose el miembro viril que, tras las emociones de los últimos minutos, había bajado la guardia—, yo no tengo ni idea de estas cosas.

—¡Pues claro que podemos, bobo! —zanjó ella arrimándose hasta él de nuevo, con cara picarona—, ven aquí… podemos ni podemos, ni tonterías tontas. Vas a ver como sí se puede.

—Tendremos muchos hijos. Muchos, repitió ahogando la pasión entre sus brazos mientras, como dos enamorados, disfrutaban de aquella noche de bodas tan especial.

CAPÍTULO 13
Barcelona 2014

Todo había transcurrido muy deprisa y muy despacio al mismo tiempo. Una copa, un buen rato de charla en un piso que invitaba al relax, otra copa, risas y pequeñas confesiones, dos personas atraídas queriéndose conocer y, al final, besos exigentes que pedían más. Un excelente amante. Con ese pensamiento y una sonrisa se había quedado dormida en sus brazos y en la cama más grande que había visto nunca.

Alma se despertó entre sábanas blancas, atraída por un ligero aroma a café recién hecho. Estaba sola en la habitación en la que había disfrutado, apenas unas horas antes, de uno de los episodios más emocionantes que recordara jamás en su vida. Se estiró, desperezándose a sus anchas cuando, de pronto, tensó todo su cuerpo. Había quedado con su hermano y ni siquiera sabía qué hora era. Se destapó, comprobando que todavía continuaba desnuda y buscó a su alrededor su ropa. Esta se encontraba en un mueble auxiliar situado a los pies de la cama. Se vistió deprisa y, sin calzarse, salió del dormitorio en busca de su bolso y de su móvil. Guillem, escuchándola desde la cocina, salió a su encuentro:

—Buenos días —dijo esperando verle la cara para saber si debía optar por un parco saludo o por el contrario se dejaba llevar por el deseo de besarla que le había provocado verla.

—Hola —contestó ella un tanto cortante—, verás, se me ha hecho tarde. Había quedado con mi hermano para sustituirlo. Lleva en el hospital toda la noche.

—Sí, lo sé, y…

—Perdona un segundo —cortó a Guillem indicándole una

señal de alto con la mano—, voy a buscar mi teléfono. No sé cómo he sido tan inconsciente, esto es imperdonable —se fue quejando ya de espaldas.

El comisario volvió hasta la cocina y continuó con los preparativos del desayuno. Estos se vieron interrumpidos por la aparición de ella que, molesta, comenzó su perorata:

—¿Has llamado al hospital y has hablado con mi hermano? ¿Y le has contado que hemos pasado la noche juntos y que en un rato…?

—No tan deprisa —sonrió el policía—, también le he preguntado cómo se encontraba tu madre y si hacía falta que fuéramos de inmediato o si por el contrario podía esperar.

Los músculos de la cara de Alma se movían por fases, expresando sorpresa, estupefacción y perplejidad. También movió las manos, dando muestras de no saber qué decir hasta que Osma, acercándose unos centímetros a ella, tomó la palabra de nuevo:

—Entiendo que pienses que me he sobrepasado en mis obligaciones, y hasta entendería que te hubiera molestado un poco.

—Entonces no hace falta que te diga que maldita la gracia que me hace lo que has hecho. A nadie le importa lo que yo hago con mi vida, ¿entiendes?

—No veo por qué tienes que esconder que has pasado la noche con un amigo y se te ha hecho tarde. En fin, tienes veintiséis años, no eres ninguna niña.

—Lo que yo tenga que esconder o no es cosa mía, ¿de acuerdo? —preguntó sin esperar ninguna respuesta —ahora, si no te importa me voy. Me siento decepcionada y ridícula. Ah, y mala hija y mala hermana.

—Toma un café al menos, está recién hecho. Y espero que en la decepción de la que hablas no tenga yo nada que ver —añadió atreviéndose a sujetarla por la cintura mientras ella se resistía a mirarlo a los ojos.

—No es eso. No te preocupes, fue muy bien —dijo como

si estuviera hablando de algo ajeno a ella—, aunque no sé si es buena idea que sigamos viéndonos —anunció ante un hombre que no daba crédito a lo que estaba escuchando—. No eres tú, soy yo —remató queriendo aclarar, si es que lograba hacerlo, una decisión que parecía firme.

—Como quieras. Pensé que lo que anoche significaba algo, aunque ya veo que no. Voy a cambiarme mientras tú terminas y en pocos minutos podemos estar en marcha. Samuel espera una llamada tuya cuando estemos a punto de irnos para darte el parte acerca de tu madre y marchar. Por lo visto tenía un examen esta mañana.

—Lo siento, ahora mismo estoy demasiado confusa para...

—No tienes que excusarte por nada. No es necesario de verdad. Vengo enseguida.

Las palabras de Guillem habían parecido neutras. Tras la primera sorpresa no parecía afectado por la decisión que acababa de anunciar Alma, aunque estaba dolido. Muy dolido después de haber depositado no pocas esperanzas en volver a ver, a abrazar, a besar y a amar a una mujer que, si bien parecía distante de entrada, era ternura, fragilidad y fuego en la distancia corta. Esa faceta de Alma había durado muy poco. Muy a su pesar, respetó su decisión y la acompañó hasta el hospital, donde se despidieron con un beso robado que él pudo arrancarle a ella cuando estaban diciéndose adiós.

—Espero que nos veamos pronto, aunque sea en comisaría —sugirió él.

El interrogante se dibujó de inmediato en la cara de Alma.

—¿Hay alguna cosa que no me hayas dicho?

—Mira, no querría terminar esto de esta manera. Me refiero a una cita de la que no me arrepiento, incluso sabiendo que corremos ciertos riesgos. Me gustas, y mucho, así que ya lo sabes. Tú me preguntas si hay algo que no te he dicho, una cuestión que te devuelvo sin más preámbulos. ¿Hay algo que no me hayas contado? —formuló esperando su respuesta.

—Con respecto a qué —contestó ganando tiempo aunque sabiendo perfectamente a qué se estaba refiriendo.

—No le voy a dar más vueltas. El informe está redactado. Dependiendo de la decisión que tomes podré ayudarte o habremos llegado tarde. Tú decides. Tu inculpación en el caso es relativa, casi nula después de... —interrumpió durante unos segundos—. También tengo los resultados de la autopsia —avanzó—, y con cada nuevo dato que te proporciono sé que estoy metiendo la pata hasta el fondo. No puedo hablar más, lo siento.

—Mañana mismo tendrás lo que estás buscando —anunció tocando su bolso traicionada por un acto reflejo que no debería haberse producido—. Déjame sólo veinticuatro horas —anunció devolviéndole otro beso antes de salir del coche, sin volver la vista atrás.

Sabía que el diario estaba en su poder. Había dado vueltas a aquel asunto en varias ocasiones y no daba con el modo de dar un paso adelante. Era cuestión de tiempo y aquella misma mañana fotocopiaría todas las páginas. Después lo haría llegar a su destino. ¿Cómo?, pensó mientras subía las escaleras hacia la planta donde se encontraba su madre.

En la habitación no había nadie, la cama estaba recién hecha y no se veía rastro de los enseres de su madre y tampoco de su hermano. Ahogó las ganas de echarse a llorar y tragó saliva. Aturdida y muerta del miedo se giró y aceleró los pasos hasta llegar al cuadro de enfermeras situado en el otro extremo de la planta.

—Hola, buenos días —saludó intentado disimular su preocupación—, estoy buscando a la paciente de la 352. Es mi madre, María Fuentes —aclaró por si las dudas.

—Un segundito —contestó la enfermera sonriendo, para dirigirse hacia su compañera como si la pregunta no hubiese sido formulada.

En aquel momento la hubiera estrangulado. Aguantó como pudo el escaso medio minuto que tardaron en darle una explicación:

—Su madre ha sido trasladada de planta. Ahora mismo le indico dónde se encuentra.

—Muchas gracias —contestó suspirando y algo más tranquila.

Empezó a sonar su teléfono y buscó en el bolso mientras la enfermera se dirigía de nuevo a ella:

—Habitación 537.

—Muchas gracias —contestó encaminándose a las escaleras manuales—. ¿Sí?

—Hola hermanita, como no venías me he tenido que marchar. Mamá está...

—Ya lo sé, me lo acaban de decir. Siento el retraso. Ya estoy subiendo —añadió jadeando mientras ascendía los escalones a buen ritmo—, no pasa nada extraño ¿verdad?

—No sé, eso dímelo tú —sonrió Samuel—, ¿no te parece?

—No llevo aquí más de un mes y ya me estoy arrepintiendo.

—Tú misma. Bueno, bromas aparte, mamá bien. Creo que han hablado de modificarle la medicación o algo así, pero ya ha sido cuando yo tenía que marcharme. Lo dejo en tus manos. Papá y Ana vendrán esta tarde.

—Gracias.

—De nada, pero eso no te librará de explicarte con más detalle, señora misteriosa. Ese tal ¿Guillem? Tiene voz de locutor de radio. ¿Es locutor de radio? Quizás podría ayudarme con...

—Te dejo por imposible. Adiós, un beso, «muac», y suerte con tu examen, hasta luego —se despidió sin esperar la última de sus frases que a buen seguro volvía a ser igual de elocuente o más.

Abrió la puerta y encontró a su madre dormida. Parecía tener más cables repartidos en sus brazos, además de unos pequeños parches que iban a parar a una máquina que hacía un leve ruido parecido al latido del corazón. Tenía conectado un electrocardiógrafo, algo que en un principio le preocupó.

Volvía a estar sola en la habitación, algo que no solía ser frecuente en los hospitales públicos. Un flash llegó hasta su cerebro, conectando una idea que a simple vista le parecía absurda. Volvió sobre sus pasos y se acercó al equipo de enfermeras de la nueva planta.

—Buenos días —saludó Alma—, querría hacerles una pregunta. Mi madre está en la habitación 537. ¿Hay alguna razón por la que esté sola? No es que me parezca mal —sonrió aclarando su petición—, como siempre hay tanta falta de cama en los hospitales. Venimos de dos plantas más abajo y también tuvimos esa suerte. Era simple curiosidad —terminó sintiéndose un tanto ridícula por la forma en que la miraban las enfermeras, quienes no habían pronunciado todavía ni una sola palabra.

Se miraron entre ellas, no entendiendo muy bien qué esperaba que contestaran ellas. Al fin, la que parecía al mando del equipo, la supervisora, se acercó hasta Alma y le comentó:

—Nosotras solo cumplimos órdenes. Nada más. No tiene de qué preocuparse.

—Gracias —contestó Alma observando con todo detalle la reacción de las sanitarias, que parecían haber tomado una actitud un tanto tensa—, muchas gracias.

Volvió dándole vueltas a una sospecha que ya no podía quitarse de la cabeza. Intentó poner en orden algunas cosas y volvió a tener la sensación de ser una marioneta en manos de la organización que había movido los hilos de su vida durante todos los años pasados. Pero...¿Y los de sus padres? Empezaban a acumularse demasiadas incógnitas sin resolver.

—¡Mamá! —exclamó viéndola despierta.

—¿Qué tal estás, hija? —saludó con un hilo de voz y una sonrisa. La que tienen los enfermos cuando despiertan bajo el efecto de un calmante

—Esa pregunta es la que debería hacerte yo a ti ¿no? —se

acercó a besar a su madre—, ahora te toca aguantarme todo el día. De aquí no me muevo ya más. Anoche me sustituyó Samuel —abordó un tanto incómoda por lo que hubiera podido contarle su hermano.

—Sí, ya me dijo que tenías unas cosas que hacer. No os preocupéis, yo estoy muy bien atendida, las enfermeras son un encanto y están aquí cada dos por tres. No pienso escaparme —añadió mostrando sus brazos ocupados por sendas vías desde las que inyectaban la medicación—. Y para remate mira —dijo echando la vista a las ventosas que ocupaban parte de su tórax—, no sé ni para qué tantas molestias.

—Deja   de   decir   tonterías   y   atiende   —le   riñó cariñosamente a su madre—.Vamos a ver, ahora cuando te traigan la comida y descanses lo que tú quieras tenemos que hablar de Alma. Mi tía, para entendernos. ¿Te parece? Qué extraño se me hace y aunque te parezca que no muestro sorpresa, la verdad es que creo que todavía no me he hecho a la idea de que tienes una doble por ahí en el mundo. Tengo muchas ganas de ponerme a buscarla y de algún sitio habrá que empezar a tirar del hilo. No quiero que os quedéis con las ganas de encontraros. Además, estoy segura de que está viva y la encontraremos —afirmó mostrando una seguridad que no sentía cierta pero que necesitaba para mantener la atención y las ganas de su madre, de seguir viviendo.

El gesto de María se tornó pura emoción. Habían sido demasiados años sin poder expresar la pena que había supuesto la pérdida   de   su   otro   yo,   como   ella   solía   llamarla   en   sus pensamientos.   Un   dolor   extraño   que   la   atenazaba,   unas sensaciones difíciles de expresar, creyéndola cerca suyo sin haberla visto durante tanto tiempo, como si siempre hubiera permanecido cerca de ella. Alma se emocionó junto a su madre y se abrazaron de nuevo, justo cuando una de las enfermeras entraba para cambiar algunos de los medicamentos que le administraban vía intravenosa. Observando una operación que para ellas era pura rutina, pudo ver que una de las bolsas que se reponía, la más pequeña, contenía un derivado de la morfina. La solución del preparado estaba conectada a la vía que, a su vez, se unía a la máquina que controlaba alguna de sus constantes. La situación de su madre era, hasta el momento, inconcreta. Su padre, un hombre sin demasiada iniciativa para ese tipo de cosas, había preguntado más bien poco. Al menos era lo que se desprendía de las parcas explicaciones que había logrado hilar acerca de la enfermedad de María y de su evolución. Ana y Samuel estaban demasiado acostumbrados a aceptar que las cosas de papá y mamá eran suyas y se quedaban en el reducto de su relación, sin ser compartidas con el resto de los integrantes de la familia. En lo que la memoria le alcanzaba y con la claridad con la que la distancia le había permitido durante todos los años de ausencia, ahora veía algunas cosas más claras. Los términos respeto y distancia habían estado confundidos demasiadas veces en aquella casa. No era demasiado tarde; no era el final; no era momento de tirar la toalla, se repetía mientras apretaba con fuerza a su madre en uno de los abrazos más auténticos que creía haberle dado nunca. Secándose las lágrimas e intentando normalizar el cúmulo de emociones mudas que habían sobrevenido, Alma se recompuso y acarició a su madre ofreciéndole la mejor de sus sonrisas.

—Mamita guapa, vamos a ver —dijo alargando la mano hasta el bolso para buscar una libreta y un bolígrafo—, esto va a ser como si yo fuera la periodista y tú la artista que va a contar, en exclusiva, sus memorias para ganar un pastizal. Pero hay que contarlo todo, ¿eh? —señaló con el dedo risueña—, ¿vale? No aceptaré un no por respuesta —rió acercando el puño cerrado hasta la boca de su madre, como si éste fuera un micrófono.

—Ya veo que todos tenéis algo de teatreros. No sé a quién habréis salido, porque lo que es a tu padre y a mí.

—Ya —afirmó Alma continuando con la búsqueda de la agenda y la estilográfica —, ya lo tengo aquí.

Palpando entre sus cosas, también había tocado la bolsa que a su vez envolvía el diario de Esther. Eso le recordó que

185

durante el día debía acercarse a una copistería y fotocopiar el contenido del diario de su amiga. Recordó los besos del comisario, sus caricias, cada uno de los susurros que le había regalado la noche anterior y sintió un escalofrío que mitigó como pudo. No era momento de pensar en él, aunque resultaba casi imposible no hacerlo después de haber compartido las últimas horas en su casa y en su cama. Recordando las últimas palabras que habían cruzado tras una despedida fría y distante con el comisario, suspiró sabiendo que no podía relegar durante más tiempo saber cuál era el contenido de aquellas páginas. No era falta de interés, sino miedo a descubrir cosas que sabía que no le iban a gustar y la necesidad de postergar la rotura de los pocos lazos que la unían a una organización que la habían convertido en una gran promesa de algunas de las disciplinas para las que estaba superdotada, sin conocer ni de lejos el precio que había pagado por ello.

Su intención con el diario había sido clara, así se lo había hecho entender a Osma, y su compromiso firme. Pero entregar una de las pruebas del supuesto delito no estaba reñido con hacerse con una copia del material como tenía pensado.

—Vamos a ver mamá. ¿Cuántos años tenías tú cuando viste por última vez a Alma?

—Lo recuerdo perfectamente. Me adoptaron el diecisiete de septiembre de mil novecientos cincuenta y siete. Faltaban ocho días para que cumpliéramos siete años y jugábamos con que era una fecha muy especial en la que como había tantos siete, la suerte por fin nos iba a sonreír. Qué inocente es la niñez, y quién nos iba a decir que ni siquiera lo íbamos a poder celebrar de aquella forma… tan especial —se lamentó.

Las lágrimas de María asomaban de nuevo a sus ojos y Alma se sintió muy mal.

—No sé si es buena idea mamá. No creo que tu salud y tu recuperación sean compatibles ahora mismo con recordar esa experiencia tan dolorosa.

—Al contrario. Tengo una pena muy honda, eso no te lo

voy a negar, pero al contrario de lo que parece esto me hace mucho bien. Necesito explicarte todo lo que recuerdo. En realidad sí que van a ser mis memorias, por si no puedo…

—María, necesitas descansar más —anunció la enfermera que acababa de entrar y observaba la cara enrojecida de ambas mujeres—, en pocos minutos te traerán la comida. Aquí te dejo las pastillas y en cuanto te lo comas todo una siestecita, ¿de acuerdo? —interrogó buscando la contestación de ambas.

—Creo que la enfermera tiene razón mamá. Te acompaño en la comida y luego me acercaré a hacer unas fotocopias. En cuanto esté lista vuelvo aquí y seguimos con el culebrón, ¿te parece? Supongo que veré a papá y a Ana aquí esta tarde.

—Como tú digas, yo no me voy a mover del sitio, ¿verdad? —preguntó retóricamente dirigiéndose a la enfermera que acababa de tomarle la tensión.

—Exacto, aquí estás con la patita atada a la cama. Unos días de vacaciones pagadas a pensión completa, ¿qué te parece?

María no contestó. Sonrió a la sanitaria y agradeció su buen humor. Después de comer lo poco que el cuerpo y las ganas le permitían, que era escaso, y tras las dosis de calmantes que su hija le acompañó a tomar, se quedó dormida plácidamente. Alma aprovechó para ir a realizar las gestiones pendientes y al pasar por el cuadro de enfermeras preguntó a la que había ido a la habitación hacía un rato:

—Quería hacerte una pregunta, ¿la solución de sulfato de morfina habéis pautado a mi madre…? —interrogó dejando la pregunta en el aire.

La enfermera se extrañó de la forma en que había descrito acertadamente la medicación. Se acercó a ella y le contestó:

—Sí, de otro modo tendría bastante dolor. De todas formas, hemos ajustado la dosis al mínimo. El doctor así lo ha dejado en su informe.

—¿Cuándo podría hablar con él?

—Pasa casi todos los días antes de consultas externas. Hoy

se le ha complicado la agenda pero creo que pasará durante la tarde.

Alma chascó la lengua en señal de fastidio. Miró su reloj como si este fuera a decirle la hora, algo que hacía por pura inercia cuando necesitaba un segundo para reaccionar y, aunque sabía que era una pregunta con difícil respuesta, comentó:

—Supongo que es complicado saber cuándo…más o menos, ¿verdad?

—Así es, aunque imagino que no antes de las cinco. Hoy tiene dos operaciones y no creo que pueda venir antes. Diría que tu reloj va mal —indicó la enfermera señalando su muñeca—, muy bonito por cierto.

—Sí, muchas gracias, ahora lo pongo en hora —sonrió Alma tocándose la muñeca tomando camino hacia la salida.

Si quería hacer todo lo que tenía previsto debía darse prisa. Sus tripas rugieron exigiendo alguna ingesta. Entonces recordó que solo había tomado un café desde que se había levantado. Bajó deprisa a la cafetería, compró un bocadillo y un agua y, mientras empezaba a devorarlo aprovechó para revisar su móvil. No quería reconocerlo, aunque deseaba encontrarse con algún mensaje de Guillem, saludándola al menos. Solo encontró mensajes de algunos compañeros del seminario que se interesaban por ella extrañados de que, después de tantos días, no hubiera dado señales de vida.

La tarde se presentaba movida y el clima no acompañaba. Se había levantado bastante aire, algo que odiaba más que la lluvia a la que, a fuerza de la costumbre, ya casi se había acostumbrado. Cruzándose la chaqueta que se había puesto y abrazándose como hacía siempre a su bolso para protegerlo de cualquier percance se dispuso a salir por una de las puertas giratorias del hospital. Conocía una copistería en la que las fotocopias eran muy económicas y por suerte estaba a solo unas manzanas de ahí. Perfecto, se dijo sonriendo. No quería alejarse de su madre más tiempo del necesario. Sin haberlo preguntado a los médicos, sabía que su tiempo era limitado, más de lo que su voluntad podía admitir aunque no pudiera hacer nada por cambiarlo. En apariencia, era la más fuerte de la familia, la más entrenada en amortiguar envites, la más inteligente, la más capacitada para tantas cosas…y sin embargo no imaginaba la vida sin su madre. En ese momento más que nunca era consciente de ello. Y se lo debían. Se debían el tiempo perdido, las confesiones no reveladas, la historia de una vida no resuelta, las enseñanzas no transmitidas, los besos perdidos, tantas cosas que juntas en su cabeza se estaban agolpando en forma de nudo en la garganta. Había que resolver las cosas por su orden, se dijo al fin respirando hondo despejando parte de la angustia que sentía en aquel momento.

Durante el comienzo del trayecto, concentrada en sus pensamientos, no había podido darse cuenta pero, de pronto, la abordó una sensación extraña que se manifestó en forma de un escalofrío que recorrió su espalda abarcando después la totalidad de su cuero cabelludo. Era un signo inequívoco de alerta. No quiso girarse, no aligeró el paso, pero su cabeza empezó a maquinar la forma de saber si había alguien detrás de ella que estaba siguiéndola. Era una hora en la que la mayoría de los comercios de la zona había cerrado, algo que no ayudaba a su propósito. El tránsito de gente siempre facilitaba las cosas. Se acordó de aquella mañana en el vagón del metro y apretó los dientes para contener la rabia. —Mierda —dijo en voz baja mientras maldecía mirando al cielo, intentando mantener la calma para no salir corriendo de una sospecha que, de momento, no podía comprobar sin señalarse. Llevaba el diario en el bolso, como siempre desde que se hiciera con él y, en esta ocasión, la huída no parecía que fuera a ser tan fácil si realmente se trataba de lo que se estaba temiendo. Ellos lo sabían. Conocían que ella debía tener esa información que, al parecer, era tan importante y que ni siquiera había tenido ocasión de revisar. No haber leído el contenido del diario no era otra cosa que la necesidad de postergar algo que, sin saber por qué, tenía miedo de conocer. Ahora más que nunca, no podía perderlo, no estaba dispuesta a que se lo arrebatasen y en ese momento tuvo la determinación, más clara que nunca, de que debía llegar a manos de Osma.

Torció la calle, con el corazón acelerado, buscando con la mirada puesta en todos los cristales de los escaparates la posibilidad de ver quién estaba siguiéndola, si es que se confirmaban sus sospechas. De repente alguien la rebasó mientras ella retenía la respiración y se disponía a defenderse ante la posibilidad del primer intento de ataque. Era un muchacho que, carpeta en mano, parecía tener más prisa que ella. Respiró aliviada y entonces, a través de uno de los aparadores de una de las tiendas de artículos de regalo que había en la otra acera, pudo verlo. Se trataba de la misma persona de la que días atrás había podido zafarse, escaleras arriba y a toda prisa, en la estación del metro. Se paró delante del escaparate más cercano, comprobando que su persecutor también lo hacía unos pasos más atrás. No podía verlo de frente pero le pareció que se agachaba disimulando estar atándose los cordones de los zapatos. Necesitaba pensar y rápido. Trazó en su cabeza el recorrido que todavía quedaba para llegar hasta la copistería y recapacitó sobre esa premisa. No era buena idea presentarse allí si no era porque antes hubiera podido esquivar a quien iba tras ella. Le daría todas las pistas y, aunque era más que posible que supieran que tenía en su poder el diario, tampoco tenían por qué estar seguros de forma absoluta ni conocer sus intenciones. ¿Y si no lo sabían? No tenía tiempo ni ganas de discernir sobre tantas dudas y dejó de crear mapas mentales que no la conducían, en ese momento, a ninguna parte. Se armó de valor, tomó todo el aire que cabía en sus pulmones y templó las piernas, igual que lo haría un atleta en la última fase de calentamiento antes de iniciar una carrera. Lo único que cabía en aquella situación era eso, dirigirse a toda prisa de nuevo hasta la estación del metro más cercana de donde ella se encontraba y volver a desparecer entre la gente y alterar el recorrido que tenía pensado. Tenía que hacer las fotocopias, eso estaba muy claro, y tenía que hacerlo antes de volver al hospital.

Mientras iba contando hasta diez, miró disimuladamente a través del escaparate situado a su lado y antes de pronunciar mentalmente el último número echó a correr como si estuviera escapando de la peor de sus pesadillas. Durante varios segundos serpenteó girando las calles que encontraba a su paso cuando, de pronto, vio cómo un hombre cargado con bolsas de la compra se disponía a entrar en el portal de la que debía ser su casa. Casi empujándolo, logró entrar. El hombre, sorprendido y sin haber podido reaccionar, tropezó con una de las bolsas, girándose inmediatamente:

—¡¿Se puede saber qué formas son esas?! —exclamó casi gritando, sorprendido al mismo tiempo al verla a ella.

—Disculpe, lo siento de verdad —rogó Alma juntando las palmas de las manos como si fuera a rezar—, verá, creo que me está siguiendo un hombre y no sabía dónde meterme. Lo siento —se sinceró confiando que aquel extraño se pusiera en su lugar.

Efectivamente, el hombre la miró muy fijamente, frunció el ceño, después le dio un repaso de arriba abajo calibrando su aspecto y finalmente dijo:

—¿Y sabes por qué te siguen?

—¿Cómo voy a saberlo? —mintió encogiéndose de hombros—. No vivo aquí y he venido a visitar a un familiar al hospital. Al salir he comprobado que alguien empezaba a ir tras de mí, se paraba cuando yo lo hacía, continuaba, y no sabiendo qué hacer he echado a correr hasta que le he visto.

—Está bien, tranquila —gesticuló el hombre—conformándose con sus explicaciones—.Voy a ver si todavía sigue ahí, no te muevas.

—Gracias.

Alma había podido recuperar el pulso y empezaba a respirar con normalidad. La carrera había sido considerable y, con un poco de suerte, los requiebros en cada esquina podían haberle valido para despistar al extraño. Por lo poco que había podido observar éste era bastante mayor que ella y, a juzgar por el aspecto que ofrecía y lo que recordaba de la vez anterior en el vagón de metro, no parecía estar muy entrenado para correr a toda prisa. Confiaba y hasta rezaba porque no hubiera llegado hasta allí, aunque esa no iba a ser garantía de nada. Seguirían insistiendo.

—Yo no veo a nadie, y he caminado hasta la esquina. No sé, se debe haber cansado. Estos pirados son así —comentó el hombre volviendo al portal con aspecto de estar muy seguro de lo que estaba diciendo.

—Gracias —afirmó Alma con el gesto.

Ambos se miraron a los ojos sin saber qué venía después. Alma no se atrevía a salir a la calle. Aunque la afirmación parecía dar a entender que de nuevo había podido esquivarlo, no se animaba a dar el paso. El hombre, con las bolsas de la compra todavía en el suelo, permanecía a la espera de una reacción que no llegaba. Hasta que ella tomó la palabra:

—No te preocupes por mí, en serio. En unos minutos saldré y me dirigiré al metro. Debe de haberse cansado de hacer el idiota —intentó convencerlo con un argumento que ella misma no se acababa de creer.

—Tengo una idea. ¿Hacia dónde te diriges? —preguntó el hombre sonriendo por primera vez desde que se habían encontrado.

Alma dudó primero y respondió después:

—Voy hacia la plaza de Cataluña, había quedado allí con una amiga para comer —volvió a mentir—, ¿por qué lo preguntas?

—¿Tienes para pagar la carrera?

Tardó dos segundos en saber de qué estaba hablando y miró en su bolso. Tenía cuarenta euros.

—Sí.

—Pues voy a llamar a un taxi para que te venga a buscar. ¿Te parece bien?

—Me parece muy buena idea, muchas gracias por las

molestias —agradeció señalando las bolsas que permanecían allí y entre las que se podían observar artículos de bebé—, me sabe muy mal ponerlo en esta tesitura —añadió Alma acercándose hasta él tocándole el hombro—, pensará que soy boba, yo misma puedo llamar a ese taxi —afirmó sacando el teléfono de su bolso.

—Cuando uno está nervioso no tiene la cabeza para pensar mucho.

—¿En qué dirección exacta estamos?

—Ah sí, perdona, Londres 99.

—Perfecto, gracias —sonrió dándole los datos a la central de taxis.

Habían pasado unos minutos desde que se habían encontrado. La situación parecía solucionarse y Alma pensó que era el momento de despedirse del que se había convertido en su protector, aunque hubiera sido de forma involuntaria.

—Repito, gracias por todo. Me sabe muy mal, deberías subir a tu casa con la compra. Seguramente deben de estar esperándote.

—Está bien, como quieras. Por cierto, mi nombre es Mauro —afirmó estrechándole la mano.

—Yo soy Alma.

—Vaya, qué nombre tan bonito. ¿Quieres anotar mi teléfono?

Alma se sorprendió y aunque no lo consideraba necesario, e incluso fuera de lugar después de haber resuelto la situación, no quiso parecer descortés.

—Está bien, dime, que lo anoto en el móvil y cuando te tenga en la agenda te envío un «whatsapp» y así también podrás guardar el mío. Creo que ahí tengo mi taxi —señaló hacia la calle—. Muchas gracias por todo —repitió antes de entrar en el vehículo.

—Buenas tardes, ¿dónde la llevo? —preguntó mirándola a través del retrovisor.

Fueron unos segundos hasta que contestó:

—Buenas tardes. Déjeme en la calle de Sants, ya le indicaré la altura. Gracias.

Mientras el taxista la llevaba a su destino sacó el diario del bolso, lo abrió y empezó a fotografiar cada una de las páginas, sin detenerse a leer su contenido. Al menos, pensó, si por alguna razón no pudiese llevar a cabo su propósito tendría, a través de su dispositivo móvil, la forma de poder recuperar la información. Una vez que el contenido estuvo en la carpeta de imágenes de su teléfono y se aseguró de haber realizado la copia de seguridad correspondiente, comprobó que ya no era necesario mantenerlas en la memoria del móvil. Las borró una a una y volvió a corroborar dónde se encontraban.

—Deben de ser las cuatro menos cuarto, ¿verdad? —interrogó al taxista

Éste la miró primero a través de su retrovisor y después contestó:

—Efectivamente señorita, las quince cuarenta y tres para ser más exactos. Lo tiene usted aquí —añadió señalando un reloj pegado en el frontal del salpicadero, junto al taxímetro.

Observó en la pantalla del vehículo el importe y sopesó dejar allí la carrera y buscar algún sitio en el que tomar un café mientras hacía tiempo para la apertura de los comercios. Había logrado escapar nuevamente de quienes se habían empeñado en seguirla, pero no debía bajar la guardia. El hombre, que por segunda vez había sido el encargado de seguir sus pasos, volvería al ataque en cualquier momento. Tenía que hablar con Guillem, pero lo haría desde el hospital, de algún modo era más seguro y si tenían que verse podían hacerlo en el parking o en algún lugar discreto desde el que no se expusieran demasiado. De pronto, un pensamiento conectó con otro y, llevándose las manos a la cabeza, dijo al taxista:

—Disculpe, he recordado algo muy importante y necesito que me lleve de vuelta a...

—¿A la calle Londres? —se escamó el conductor,

mirándola con cara de extrañado.

Alma entendió que no estaba siendo la clienta más convencional del día, y quiso tranquilizarlo.

—Perdone. Tengo a mi madre en el hospital y no recordaba una cita con el médico. No se preocupe, tengo dinero suficiente para pagarle —añadió por si el primer argumento no había sido suficiente.

—Lo que usted diga, señorita. Yo doy media vuelta, y listos —acabó afirmando algo más tranquilo.

—Al Hospital Clínico, por favor.

Sopesó la posibilidad de volver a intentar salir del hospital después de la cita con el especialista, aunque tuvo miedo. Por primera vez sentía que su vida podía correr peligro, algo que no le había pasado hasta la fecha. Ni siquiera había vivido esa sensación cuando sospechó que la muerte de Esther no había sido fruto de una decisión desesperada. Sin embargo, ahora, habiendo pasado algunos días desde su retorno y, habiendo tenido la posibilidad de leer el contenido del diario, la organización a la que había consagrado su vida tantos años imaginaría que tenía más información de la deseada. Y encima ni siquiera era cierto. Hasta la fecha, las circunstancias y el temor de encontrar algo muy gordo habían relegado un momento que todavía no se había producido, casi exprofeso. Tenía que entregarlo, y debía ser en breve, tan pronto como pudiera llamar al comisario y éste viniera a verla.

—Una última cosa —pidió Alma al taxista viendo que se aproximaban a su destino—, ¿podría bajar al parking y dejarme allí? No se preocupe, yo se lo pago. Gracias.

El hombre afirmó con la cabeza, mirándola a través del espejo otra vez.

195

CAPÍTULO 14
Barcelona 1925

La pequeña se había convertido en el juguete de la casa. Era comilona, risueña y dormilona hasta el punto de que había que despertarla a media noche para su toma. Elisabeth estaba más cansada que nunca, el suyo había sido un parto difícil y todavía no había logrado recuperarse del todo. Eulalia, como así la habían bautizado aunque todos la llamaban Laia, había nacido muy grande y eso tuvo sus consecuencias. Unas fuertes hemorragias debilitaron tanto a Elisabeth que estuvo a punto de morir. Y aunque todavía quedaban en su cuerpo algunas secuelas de una experiencia que, si bien había tenido un final maravilloso que casi le cuesta la vida, era la mujer más feliz de la tierra. Tenía un marido joven y solícito que trabajaba como un mulo para traer un buen jornal a casa. Elisabeth había renunciado a su contrato a los pocos meses de embarazo debido a los constantes vómitos que éste le había provocado casi hasta el final de la gestación. Tenía una hija que quitaba todas las penas, sana y preciosa como nunca había querido ni imaginar por miedo a no conseguirlo, que buscaba los rebosantes pechos de su madre como si no hubiera nada más bueno en el mundo. Y tenía una familia que se había volcado con ellos desde el principio. Los padres de Víctor en menor medida, y era comprensible. Todavía tenían hijos por criar y no daban abasto. Sin embargo, Marta y Basilio se habían convertido en los abuelos más dispuestos y más mal criadores que había sobre la tierra. En cada una de sus visitas hacían planes. Si por ellos fuera, con pocos meses, Laia ya habría tenido los juguetes y el ajuar para toda la vida: peluches, cochecitos y muñecas de porcelana, vestidos, pasadores, zapatos y un sinfín de cosas que se agolpaban en sus cabezas como si hubieran perdido el sentido común.

Contaba con tres meses de edad y se disponía a dar uno de los pasos más importantes de un bebé nacido en una familia cristiana: era el día de su bautizo.

Todos andaban un poco nerviosos con el evento. No sabían si la celebración del sacramento iba a estar a la altura de los condes, quienes habían obsequiado a la recién nacida con la mantilla de su bautismo y una pulsera de oro con su nombre grabado. El conde, ya septuagenario, sufría de varios achaques y aunque mantenía una vida social todavía activa, seleccionaba muy meticulosamente los actos en los que se dejaba ver. Ambos, él y su mujer, habían visto crecer a Elisabeth y tras conocer, a través de Basilio, la preocupación de Marta al no saber quién podría ser la madrina de la pequeña, no declinaron la invitación de Marta y Basilio y además hicieron algo sorprendente. La condesa, quien pocas veces se había acercado a las inmediaciones de la vivienda de los Guzmán, hizo llamar al matrimonio a palacio. Ellos, nerviosos y pensando que podía tratarse de alguna mala noticia, fueron los primeros extrañados ante el ofrecimiento de la aristócrata. La condesa se haría cargo de Laia, como así la habían empezado a llamar, convirtiéndola en su ahijada. Un honor que agradecieron infinitamente los abuelos. La noticia chocó a los recién estrenados padres, pero pronto vieron en ese gesto un motivo de alegría y bienestar para la pequeña.

Víctor, por su parte, había invitado al que era su jefe en la fábrica desde hacía unas semanas. En el último año, el joven padre había ascendido y empezaba a codearse con los responsables de la empresa, dados los conocimientos que de forma autodidacta y con muchas horas quitadas al sueño había adquirido. Estaba bien valorado y eso se había traducido en un aumento de sueldo que iba a venir de maravilla para afrontar lo que representaría la llegada al mundo del bebé.

El bautizo se iba a celebrar en la iglesia de Santa María.

Todos estaban muy nerviosos. En casa de los Guzmán Millán nunca se había vivido tanto júbilo.

—Haz el favor de quedarte quieto o no podré abotonarte como Dios manda el botón de la camisa —riñó Marta a su marido.

—Es que parece que voy a ahogarme. Nunca pensé que un ser tan diminuto pudiera ponerme tan nervioso. Bueno, ponernos —añadió al comentario sabiendo que su mujer le daría la réplica rápidamente.

—Es tu primera nieta, recuérdalo durante todo el día. Y todo tiene que salir a la perfección. ¿Te has acordado de mandar los centros de mesa al restaurante?

Basilio se echó las manos a la cabeza simulando el olvido del encargo. Marta lo miró, conteniendo la respiración, acumulada en sus carrillos, hasta que él se echó a reír sin más remedio.

—Si es que eres —se quejó dándole con la palma de la mano en el hombro—. Estoy muy nerviosa, sí, lo reconozco —dijo reprimiendo la emoción.

—Mujer, que ya verás que todo saldrá bien, no puede ser de otra manera.

—No sé, parece que todo lo que no organicemos nosotros... No es que quiera quejarme pero a veces tengo la sensación de que los padres de Víctor nos miran raro.

—¿Raro a qué te refieres? —quiso saber Basilio más por ayudar al desahogo verbal de su mujer que por el interés concreto que le despertaba aquella familia, siempre rodeada de adolescentes y con cara de prisas.

—Raro no sé cómo explicarte. Unas veces tengo la sensación de que nos miran por encima del hombro, que nos ven mayores, qué se yo. Otras pienso que actúan como si pensaran que nadamos en la abundancia por servir aquí. Y encima está lo de doña Lina. Que nada me alegra más que saber que nuestra nieta tiene tan ilustre madrina, pero es que a veces parece que haya que pedir perdón por eso. No sé, no me hagas caso. Hoy estoy que no sé ni lo que digo. Todavía tengo que terminar de peinarme y vestirme. Y espero que las medias no se me hagan carrera, ya sería el colmo.

—Mujer, nadar... nadar, lo que se dice nadar, no nadamos —aseguró moviendo en sentido afirmativo la cara y tratando de restar importancia al cúmulo de problemas que estaba planteando Marta—, pero hay que reconocer que es fácil que tengamos más posibilidades que ellos. Es una familia que ha criado cuatro hijos, y habrá tenido que hacer sus más y su menos, viniendo del campo, para salir adelante. Clara es una buena mujer, un poco sargentona, aunque agradable en general. El que parece más serio que un puro siempre es Manuel —rió de su propia gracia un Basilio que estaba poco acostumbrado a las bromas—, con esa mujer tan mandona no me extraña.

La observaba y la veía cambiada, aunque continuaba enamorado de sus huesos y de toda su esencia como el primer día. Ella y Elisabeth habían sido su todo desde que las encontró en el muelle hacía ya más de veinte años. Habían logrado construir una familia y esta por fin iba a crecer. En los últimos dos meses, desde que anunciaran la boda y seguidamente el embarazo, estaba más sensible que de costumbre. Irritable, cambiante, taciturna, llorona, alegre. Todos eran adjetivos con los que podía catalogarse el humor de una mujer que siempre había sido el espíritu de la lucha y había mantenido aquella pequeña familia a flote, hasta en los peores momentos. Sin embargo, en la soledad de la noche, cuando pensaba que ya nadie la veía, ahogaba la pena sollozando calladamente entre los cojines de su cama. Se hacían mayores, y aunque conservaban buena forma física y la salud los había acompañado hasta entonces, la edad no perdonaba.

—No te quiero ver llorar más, ¿me oyes? —pidió de repente ante una Marta completamente fuera de juego—. Sí, te oigo a menudo, cuando crees que estoy dormido, y me acurruco a ti porque no sé cómo consolarte. ¿Ocurre algo que no me hayas contado? —preguntó tomándola por la cintura para darle un beso.

—Es el ciclo de la vida y no hay nada que hacer. Ya no soy una mujer, ni lo seré nunca más —anunció sofocando con la mano el gesto contraído que le iba a provocar el llanto de un momento a otro.

—¡¿Qué no eres una mujer?! A ver esa tontería de la que estás hablando —preguntó pasándole el dedo suavemente por debajo del ojo, donde una lágrima estaba a punto de rodar mejilla abajo.

—No me hagas caso. Es solo que hace muchos meses que... no tengo el periodo —confesó con cierto pudor—. Eso pasa cuando nuestro cuerpo, el de las mujeres, envejece y dejamos de tener la capacidad de procrear —quiso aclarar a un marido que la observaba emocionado—. La vejez, para resumir. ¿Acaso no te has fijado en mi aumento de peso? —finalizó moviendo las manos de arriba abajo trazando su contorno.

—Yo en lo único que me he fijado es en el aumento de tu belleza. Te amo, lo sabes, y te amo como estés, sin concesiones. Y para mí sigues siendo una mujer. La más bonita australiana que he conocido jamás. Y que conoceré —corroboró acercándose a sus labios.

—Adulador —sonrió—. Entonces, ¿te has dado cuenta y no me has dicho nada? —interrogó poniendo los brazos en jarras y una expresión de regañina que ya iba gustando más a Basilio.

—Mujer, que uno tiene ojos en la cara, aunque es apenas imperceptible, ya te digo. Guapa guapísima, así es como estás cada día. Y hoy más —añadió mirando su reloj, regalo de Marta en su último cumpleaños—, por cierto, o nos damos prisa o al final vamos a llegar tarde.

—¡Uy! Es verdad, vamos. Pero esto no quedará así. Tienes que explicarme eso de que tú tienes ojos en la cara y tal... por cierto, ¿te has dado cuenta de la cantidad de casitas que se están construyendo en el otro extremo del barrio? Creo que los señores han vendido algunas tierras y el ayuntamiento está dando permisos para edificación de viviendas. Cada vez hay más gente por aquí.

—Esto empieza a ser otra cosa. ¿Ves?, los años pasan, las ciudades crecen, las personas...

—Dejémoslo ahí —vetó la frase tapándole los labios a su marido cariñosamente.

—Ahora fuera de bromas, tienes razón. Los patronos están vendiendo algunas tierras de su hacienda. Y en ellas se están afincando nuevas familias. He visto chiquillos corriendo cerca de la carretera.

—Sí, a lo largo del camino de las Marinas. Efectivamente, las cosas cambian —suspiró mientras comprobaba que todo estaba en orden y ya podían marchar —y tú y yo ya hablaremos a la vuelta —amenazó adoptando una pose de fingido enfado.

El bautizo transcurrió tranquilo. Los padrinos, Paquito, el tercero de los hermanos Bernal y la propia condesa, hicieron los honores. La recién nacida fue bautizada como María Eulalia Eugenia Adelina. Eulalia por ser la patrona de Barcelona, Eugenia en honor a la madre de Basilio, fallecida cuando él era todavía muy joven y Adelina por su madrina. Tres nombres, tal y como había estipulado el párroco y tal y como era la costumbre. El muchacho tembló prácticamente durante toda la ceremonia, pensando una y otra vez que nunca había estado tan cerca de una noble y que era posible que nunca volviera a suceder. Había ensayado una y otra vez el protocolo y aún así temía equivocarse en alguna cosa y meter la pata.

Eulalia, haciendo alarde de su condición de bebé dormilón y ajeno a todo lo que no fuera saciar sus recién estrenadas necesidades, si siquiera se alteró cuando el párroco vertió sobre su cabeza el agua de la pila bautismal. Tras la celebración inicial, la familia se dirigió al restaurante en el que iban a tener lugar la comida y los condes, solemnes como siempre, se acercaron a los padres de la pequeña. La condesa tomó la palabra:

—Querida niña —dijo haciendo uso de una expresión cantarina con la que fácilmente podía distinguirse el rastro de su origen italiano y con la que se habían dirigido a ella durante buena parte de su infancia—, nosotros ya nos retiramos. Os deseamos mucha felicidad y todos nuestros mejores augurios para la pequeña —añadió acariciando su cabecita—. Es un regalo llegado del cielo, no lo olvides nunca, y a partir de ahora velaremos por ella haciendo uso merecedor del apadrinamiento que con mucho gusto tendré hacia ella. Ven a verme alguna mañana y hablaremos —se despidió presionando ligeramente la mano de Elisabeth mientras ésta se emocionaba con unas palabras que no esperaba.

Víctor, por su parte, saludó a la pareja, tomando primero la mano de la condesa, en el gesto de un beso que no llegó a consumarse. Después, ofreció su mano a su marido para encajarla dando muestra del agradecimiento que sinceramente sentía.

—Ha sido un honor para nosotros contar con su presencia. Muy agradecidos —reiteró el padre de la pequeña dando unos pasos hacia atrás, a modo de despedida.

Siguiendo al chófer que ya los estaba esperando en la puerta de la parroquia, desaparecieron de la escena de un evento que las familias se disponían a celebrar, ya más relajados. La presencia de tan ilustres invitados no dejaba de ser un pequeño inconveniente para una celebración distendida en la que se iban a descorchar algunas botellas y se iba a brindar por la bienvenida al mundo, con un pan debajo de su brazo, de la pequeña de la casa.

CAPÍTULO 15

Barcelona 2014

—Su madre presenta un cuadro de inflamación sistémica que no sabemos qué respuesta dará, como mínimo a corto plazo, con el tratamiento que hemos iniciado. Tiene una infección bacteriana de las vías urinarias que estamos tratando de controlar. Es una mujer fuerte y hay algunos órganos que empiezan a desestabilizar otras funciones, aunque desgraciadamente es algo con lo que contamos en casos como el suyo. Debemos permanecer administrándole una medicación que le asegure la ausencia de dolor y una respuesta adecuada, dado su estado de salud y su cuadro general. Está en las mejores manos. El doctor Magáñez es el mejor en su especialidad, de eso puede estar usted segura.

La pregunta rondaba en su cabeza y, a expensas de parecer fría y poco sensible, se sintió en el deber de hacerla. Lo hacía por su madre, por su historia de vida, por el hilo de esperanza que no debía romperse tras las primeras confesiones.

—Doctor, siento ser tan directa pero necesito saberlo y le pido que sea sincero conmigo. ¿De cuánto tiempo podríamos estar hablando?

El médico la miró fijamente sin decir nada. Después inclinó levemente la cabeza hacia un lado y se dirigió a ella con tono sereno:

—Entiendo su pregunta, y estoy seguro que tiene una razón para necesitar saber una cosa que nadie puede aventurar con acierto, ni siquiera nosotros. Su madre está muy grave, eso no hace falta que se lo diga, ¿verdad? —preguntó buscando en el gesto atento de Alma una afirmación que llegó de inmediato por su parte—. Tras el último desvanecimiento, el que la trajo hasta el hospital debido a un episodio agudo de hipotensión, hemos logrado estabilizarla. Esto no es una garantía, y así me veo en el deber de decírselo, pero al menos hemos logrado volver unos pasos atrás. No está peor, para entendernos, pero la enfermedad sigue su evolución.

—Perdone si he parecido muy brusca —se excusó Alma—, pero hay algunas cosas que debemos dejar zanjadas cuanto antes. Algunos flecos que la vida ha dejado sueltos y que nosotros, yo, nos encargaremos de llevar hasta el lugar que les pertenece —quiso aclarar ante la mirada del médico, que la escuchaba atento.

—Ya le digo, no podemos hablar de tiempo. Hacerlo sería equivocarnos. Es una mujer fuerte y su corazón todavía late con energía. Haremos todo lo que esté en nuestra capacidad.

—Muchas gracias, doctor —finalizó alargando la mano hacia el médico, que reaccionó al instante.

—Cualquier cosa que quiera que comentemos háblelo con la supervisora de planta y ella le tomará nota para que nos veamos.

—Gracias —reiteró Alma saliendo del despacho.

Salió de allí triste, abatida por la suma de circunstancias que escapaban a su control. Su vida se había convertido en un laberinto del que no sabía cómo iba a salir. De pronto, ella que había llegado a Barcelona pensando que lo único que podía importar de aquella visita, de la que ni siquiera iban a enterarse sus padres, era su amiga y la decisión que de alguna manera habían tomado casi al mismo tiempo de desligarse de una parte de su pasado, sentía el desorden interno creciendo a cada paso.

Todas sus creencias espirituales se habían puesto en jaque y, sin embargo, era el menor de sus problemas en aquel momento. Dios no había sido justo con su madre enviándole una enfermedad que no le permitiría vivir mucho más tiempo y disfrutar de su vida en una edad en la que se suponía que debía llegar la tranquilidad y el sosiego. Tampoco lo había sido permitiendo que, ni siquiera por el gesto cristiano de una pareja sin hijos, fuera arrancada de lo que más quería en este mundo cuando era una niña, algo que de algún modo, en el fondo de su corazón, también había sentido alguna vez. Todo mentiras, pensó enjugándose en un pañuelo de papel las lágrimas que afloraban a pesar de la contención con la que había afrontado la conversación con el médico. Había llamado a Osma y éste no había contestado a su llamada.

Se dirigió a la habitación del hospital, a ver a su madre, transformando la pena en disimulo. No quería que ella la viera de aquella forma.

—Hola, mamá —saludó al entrar, viendo que estaba despierta, intentando parecer alegre.

Se asustó al ver la palidez que vestía la cara de María.

—Hola, hija —devolvió el saludo forzando una sonrisa y alargando la mano hasta ella para acercarla hasta su rostro.

—¿Has vuelto a tener algún mareo? Estás muy pálida —no pudo disimular acariciándole las mejillas—, y yo sin estar aquí otra vez. Imperdonable —pronunció entrecortada la voz, —soy la peor hija —sonrió sacando fuerzas de donde no las tenía.

—No es nada, un poco de angustia que enseguida han venido a solucionar. Escucha —aclaró María llevando su mano hasta la melena de Alma—, no te martirices. Todos tenéis vuestras cosas y tampoco vais a estar aquí las veinticuatro horas. Solo ha sido un desmayo y por suerte estaban aquí las enfermeras para atenderme. Nada más. Según me ha parecido entender debe haber algún medicamento que podría haber sido el causante del mareo. Nada más —repitió intentando calmarla.

—Y nada menos. Lo siento mamá, espero que no vuelva a pasar —lamentó recordando que la morfina, en algunos casos, podía causar desmayo.

—Lo importante es lo que tenemos entre manos —sonrió.

—Desde luego. Vengo lista para que me cuentes más cosas, pero solo si estás en condiciones —advirtió—, a ver si luego me van a echar la bronca por no dejarte descansar lo que debes.

—¿Sabes que te digo? Que ya descansaré cuando estire la pata.

—Y dale con lo mismo —se quejó fingiendo enfado—. Si no recuerdo mal, lo único que sabemos es que no lograste recuperar ninguna pista de tu hermana desde el día de tu adopción —retomó la conversación ignorando las palabras pronunciadas por su madre—. Estamos hablando de hace más de cincuenta años. ¿En qué orfanato estabais? Ah sí —afirmó recordando la conversación anterior—, en la Casa de Maternidad de Barcelona.

—Eso es. No sé dónde podrías empezar a investigar. Quizás ni siquiera exista un lugar en el que guardaran los datos de los niños que estuvimos allí.

—De eso será de lo primero que me encargue, tú no te preocupes. Y seguro que se guardan archivos con los nombres de los niños y de las familias adoptantes. Si todo fue legal, claro. No hay que descartar que hubiera sido poco ortodoxo. Está a la orden del día —afirmó temiendo levantar más dudas en una historia que ya era suficientemente opaca. ¿Y dices que ya no pudiste averiguar nada más? ¿Nunca llegasteis a saber quiénes fueron tus padres? ¿Al menos tu madre? —quiso insistir Alma.

—Me temo que no. Las monjas no eran precisamente simpáticas, a excepción de algunas que sí parecían tener lo más parecido al instinto maternal. También es verdad que bastante tenían con darnos de comer y vestirnos a todos. Y los rezos. No nos podíamos saltar ni uno. Para que yo diga eso…

—Es verdad, con lo que te gusta a ti un rosario —bromeó—. ¿Qué recuerdos guardas de aquellos años?

—Recuerdo tener un trapo de fregar en las manos antes de que me salieran todos los dientes, y luego la costura, eso sí que me gustaba, aunque tampoco creas que nos enseñaban demasiado. Algunos días, las más grandes íbamos a aprender a coser a un pabellón en el que, en algunas de las salas habían máquinas de coser, puestas en fila india. A las niñas nos hacía mucha gracia ir, era como una excursión. Las mujeres que estaban allí permanecían concentradas en sus trabajos, echando de vez en cuando un vistazo a los bebés que las acompañaban. En un lado estaban los pequeños y en el otro siempre tenían montones de ropas, los unos a medio hacer y los otros ya cosidos. Nos extrañábamos porque eran los mismos modelos y solo los distinguía el tamaño.

—Seguro que debían ser encargos de almacenes de ropa. He oído hablar de eso también. Algunos orfanatos se convirtieron durante muchos años en auténticas cadenas de coser que proveían a marcas de ropa, algunas bastante importantes, explotando por llamarlo por su nombre a mujeres y niñas. Pero bueno, eso es otra cosa. Y dime, ¿qué tal eran esos días? ¿También os quedabais a coser?

—Al principio nos ponían a barrer, a ordenar los montones que las mujeres iban apilando. Luego, con alguna máquina más vieja, nos enseñaban a coser. Ya te digo, era divertido, algo distinto de la rutina en la que vivíamos el día a día. Entre nosotras cuchicheábamos comparando los pequeños. La mayoría eran regordetes y llorones y ellas eran sus madres, solteras por lo visto. Eso es algo que supimos después. Por aquel entonces ni siquiera nos planteábamos que eso pudiera suceder, lo de la soltería con hijos digo. Ninguna de nosotras a esa edad sabíamos nada de nada, ni de la vida, ni de los hijos… no sé si me explico —confesó en un esfuerzo por abrirse a compartir recuerdos con su hija que a buen seguro no había hablado nunca con nadie.

—Se me hace extraño imaginarte en un sitio así —comentó Alma recreando en su cabeza un lugar como el que estaba describiendo su madre.

—En la época en la que me adoptaron se percibía mucho movimiento y, claro, como niñas que éramos mi hermana y yo no sabíamos de qué podía tratarse. Preguntar a las monjas no era buena idea. Solo podías llevarte un pescozón y poco más. Y no te creas, aunque te hable así de ellas en el fondo eran religiosas que daban su vida a los demás. Aunque la mano la tenían un poco larga, más que el hábito diría yo, y la cara de alguna de ellas era de estreñimiento —rió María tapándose la boca con la mano en la que no llevaba ninguna vía, casi avergonzada de su atrevimiento y divertida al mismo tiempo.

Las risas se contagiaron a Alma, quien pocas veces había escuchado a su madre hablar mal de ningún religioso, por más recalcitrante que fuera este.

—Nos ganábamos el pan que nos comíamos, no creas —continuó—. No fueron años fáciles, aunque imagino que los que tenían dinero y podían permitirse los caprichos no lo pasarían igual que nosotras.

—Lo primero que haré será averiguar dónde se guardan los archivos que recogen la información de los niños que estuvieron allí.

—Pocos meses antes de marchar habíamos escuchado la conversación entre dos de las hermanas. Entre ellas hablaban siempre muy bajito, siseando, aunque nosotras, las más mayores, habíamos aprendido a leer en sus labios casi todo lo que decían.

—Cuéntame —animó Alma, que iba tomando algunas notas de la conversación.

—En el patio donde jugábamos y hacíamos gimnasia…

—¿Gimnasia? —interrumpió Alma sorprendida. Recordaba haber visto grupos de niños haciendo deporte en algún documental, imaginando la escena como algo muy lejano en el tiempo.

—Sí, sí, los niños con pantalones cortos, hiciera frío o calor, y las niñas con unas faldas pantalón que nos llegaban por debajo de las rodillas —aclaró María entusiasmada desde los recuerdos de su niñez.

—Perdona, es que me ha sorprendido.

—Lo que te contaba. Hacía algunas semanas que habíamos ido notando cambios. Había menos niños y nadie nos había explicado qué podía estar pasando. Recuerdo a la hermana Josefina, una de las más viejas del centro y una de las más cariñosas también, que fue la que nos dio la explicación definitiva. Mientras tanto, pensábamos que las compañeras, algo mayores que nosotras, las de mi quinta, iban siendo adoptadas. Y nos alegrábamos por ellas. Era lo que todas las niñas soñábamos cada día. Con irnos a casa de una familia, tener un padre y una madre, incluso hermanos o, en el peor de los casos, salir de allí donde no nos esperaba un porvenir demasiado atractivo.

—Lo que no entiendo, mamá —introdujo en la conversación—, es cómo habiendo vivido la experiencia que me cuentas, siempre hayáis sido tan... —no sabía qué palabra utilizar para no herir la sensibilidad de su madre y menos en aquellas circunstancias —tan creyentes y tan seguidores de una doctrina que ahora más que nunca sé que no es lo verdadera que debería ser.

La osadía que acababa de tener Alma, frente a su madre enferma, no tenía precedentes. A pesar de su alta intelectualidad, de sus múltiples habilidades y capacidades nunca se había atrevido a enfrentarse con sus padres. El respeto había sido siempre mayor que las ganas de romper con una situación que no había acabado de entender en todos aquellos años.

—Las cosas cambian —argumentó la mujer con pesadumbre —y yo, nosotros, siempre hemos tenido mucha fe en Dios. Los años en el hospicio no fueron los mejores, eso es verdad, porque lo que cualquier niño desea es tener la protección de sus padres, su cariño, todo lo que se le puede ofrecer a un hijo. Yo lo tuve de Antón y Manolita, no me quejo, y si en alguna ocasión tuve alguna debilidad, ellos me hicieron ver que hay que seguir teniendo fe en nuestro señor.

El derrotero que estaba tomando la conversación iba incomodando a Alma cada vez más. Ella, fiel seguidora de la doctrina que tantos años había convivido con ella, estaba en una fase de su vida en la que la fe y la iglesia la habían decepcionado para siempre. No es que hubiera dejado de creer, o al menos eso necesitaba pensar de momento, pero las razones por las que había permanecido en la institución tantos años habían desaparecido. Donde había intentado ver hermandad, solidaridad, enseñanza y otros valores ahora solo veía interés, traición y falta de verdad.

—Bueno mamá, la vida es cambiante, por suerte en muchos casos —acotó la conversación con una frase que tampoco tenía un significado muy claro en aquel momento—, lo importante es que demos pasos acertados para conseguir nuestro objetivo. Aunque la abuela Manolita no sea realmente mi abuela, sí soy igual de testaruda que ella, ¿verdad?

—Ahí te doy la razón —sonrió María presionando cariñosamente la muñeca de su hija. Estoy bastante cansada, así que si no te importa voy a echarme una cabezadita, aunque bien pensado prefiero continuar un poco más.

—No ha sido mi intención remover ni tus creencias ni tu fe. Te pido perdón —afirmó Alma.

—No hay nada que perdonar.

—No quiero agotar tus energías. Si quieres seguimos luego.

—Todo lo que te pueda explicar ahora, mejor. No dejemos para mañana lo que podamos hacer hoy.

—Dispara —animó Alma a su madre a seguir contando.

—En el año cincuenta y ocho inauguraron los Hogares Mundet, un nuevo orfanato mucho mayor y más moderno que en el que vivíamos. La casa de Maternidad tenía necesidad de una reforma muy grande y al parecer hubo una donación muy sustanciosa que ayudó a su construcción.

—¿Y tú cómo tienes esa información?

—Cuando nos casamos tu padre y yo, después de unos meses en los que me debatía por contarle o no la verdad de mis orígenes, opté por hacer lo que mi conciencia me dictaba. Le expliqué lo que ahora sabes tú. Fue, y lo sigue siendo, una buena persona. La persona más prudente que me he encontrado jamás. Él también pasó lo suyo en su infancia. Aquí nadie se escapa —comentó dejando correr un tupido velo—. Durante un tiempo me ayudó a buscar en lo que estaba de nuestra mano. Poca cosa, porque en el momento que metías un poco el dedo en la llaga veías cómo se cerraban las puertas. Ha debido de haber muchos casos en los que las cosas no se hicieron bien. Si no, mira tú todo lo que ha salido en la televisión sobre los niños robados. Qué horror.

—¿Has pensado en esa posibilidad?

—Claro que lo he pensado, y no creas que todavía hoy en día me lo pregunto. Nunca me atreví a mencionar el tema con ellos. Eran muy reservados para todo e imagino que no me lo habrían confesado.

—Entiendo, qué lástima. Descartar esa información nos habría ayudado a dirigir las pesquisas en uno u otro sentido.

—No logramos adelantar mucho. En realidad diría que fue peor que nada. Solo logré remover la angustia vital que había logrado controlar durante años sin que su recuerdo me produjera la pena más honda que te puedas llegar a imaginar. No te haces idea de las veces que he llegado a soñar con cruzarme con alguien que tenga la misma cara que yo.

Aunque Alma se sentía profundamente apenada por lo que estaba removiéndose en el recuerdo de su madre, lo cierto es que necesitaba aclarar algunas cosas antes de empezar a investigar. No estaba segura de conseguir algún resultado, pero había que intentarlo.

—Lo siento mucho mamá. Nunca imaginé que podías haber sufrido tanto —se abrazó a su madre.

—Cuando nació Ana mi vida dio un giro total. Tener mi propia hija entre mis brazos fue lo más grande que me había sucedido nunca. Era increíble. Y era tan buena —sonrió María llevando su mirada hasta el recuerdo de otra época. Su nacimiento fue la mejor medicina que pude tomar. Durante los primeros años apenas me acordé de lo malo que había pasado en la vida. Fue una de las épocas más felices.

—Y once años más tarde llegué yo. ¿Mucho tiempo entre

un embarazo y otro no? —preguntó sintiéndose indiscreta.

—Sí, así fue. A pesar de tener todo lo que una mujer puede desear caí en una depresión de la que me costó mucho salir. Fue muy difícil reconocer que me pasaba algo, que no era la de siempre, que solo tenía ganas de llorar y nada me importaba. Incluso pensé en quitarme la vida, algo que llegó a asustarme de verdad. No es de buen cristiano cometer un pecado como ese. La vida es algo sagrado; algo que llega de la mano de Dios y que solo él puede arrebatarnos.

Muy a su pesar, respetaba esa forma de hablar de su madre. Le dolía escucharla y también le dolía contradecirla. Nada iba a cambiar su forma de pensar. Cada nuevo descubrimiento en la vida de su progenitora era una nueva sorpresa. En casa nunca nadie había oído hablar nada acerca de ninguna depresión. Lo que estaba claro es que la suya había sido una familia muy peculiar. Y la falta de comunicación y complicidad había existido durante toda la vida.

—¿Cómo conseguiste salir de la depresión? —quiso saber Alma

—El párroco del barrio, don Hermenegildo, era muy buena persona. Un buen cura como los de antes.

—Permíteme que ponga en duda algunas cosas —no pudo resistir decir cortando a su madre—, perdona, no quería interrumpirte —se disculpó haciendo un gesto con la mano.

—Un día, estando yo en la iglesia buscando la paz interior que volvía a faltarme, se acercó a mí y charlamos un buen rato, como si fuéramos amigos más que otra cosa. Me habló de una agrupación de religiosos no célibes que podían ayudarme mucho y me animó a asistir a una de sus charlas. Al principio no me pareció buena idea. No por nada en especial; simplemente no me apetecía. Aún así al final tu padre me acompañó una tarde y encontré un grupo de personas normales y corrientes que nos acogieron como si nos conocieran toda la vida. Habían iniciado su experiencia como grupo pocos años atrás. Eran muy agradables y confesaban con los principios que desde siempre me habían inculcado, pero de otra manera, no sé cómo explicarte. Gente normal y corriente unida bajo un mismo lema. En ocasiones venían invitados alemanes a los encuentros y a alguna excursión que se organizaba. Nosotros íbamos a pocas, la verdad. Tu hermana era pequeña y a mí se me hacía un mundo salir de casa y compartir nada con extraños.

Alma permanecía en silencio, apretando los dientes dejando que su madre llegara hasta el final de la explicación. Eran ellos. La depresión de su madre había sido el origen, algo que conocía, como tantas otras cosas en las últimas semanas, por primera vez. Un desgaste, un mal momento, una crisis personal. Así era como los captaban, pensó sometiendo a control una rabia que se iba apoderando de su cuerpo. Quiso decirle a su madre, implacable, que ya no eran así; que el grupo de jóvenes que en su día podían haber tenido castas intenciones y vocación de ayuda solidaria y altruista se había convertido en una bestia de garras invisibles y profundas. Pero logró retenerse y seguir escuchando.

—¿Sigues aquí? —interrogó María a su hija, observando cómo ésta parecía estar muy lejos de allí en ese momento.

—Claro mamá —disimuló con una sonrisa—, hablabas de los hermanos. Así los conociste según parece. Cuando atravesabas la depresión —añadió sin poder evitar hacer un comentario difícil de acompañar sin sentir una total y absoluta impotencia.

—Sí, así fue. Y nos ayudaron mucho. Casi todos tenían hijos y daba mucho gusto ver cómo se relacionaban y compartían las tardes en las que nosotros aprovechábamos para comentar nuestras cosas y organizar actividades en nuestras parroquias. Estábamos bien estructurados y pagábamos una cuota para mantener el lugar donde nos reuníamos. Los fundadores y los socios más antiguos formaban a los nuevos y nos instruían en una especie de comisiones. Lecturas, actividades, eventos anuales y alguna otra cosa que ahora no recuerdo bien. Los pequeños eran acompañados por alguno de los hermanos adultos más jóvenes y recibían catequesis, clases de matemáticas, de historia, de literatura. Algunos parecían saber más que una enciclopedia, tanto los mayores como los pequeños. Fue un tiempo que recuerdo con mucho cariño. Nunca estaré lo suficientemente agradecida. Gracias a ellos fui mejorando casi sin darme cuenta y, a los pocos meses de empezar a asistir a sus encuentros, me quedé embarazada de ti.

—Nunca nos lo has contado —dijo Alma viendo que su madre esperaba alguna reacción por su parte y que esta no era la que María quería escuchar. Estaba indignada y no era capaz de articular frases que no estuvieran llenas de irritación.

—La verdad es que no. No sé por qué —contestó encogiéndose de hombros—. No creas, al principio lo del embarazo me dio hasta vergüenza. Tu hermana ya tenía casi diez años y me había hecho a la idea de tener un solo hijo. Pero no, llegaste tú, nuestra nueva niña, gracias al señor. Preciosa, buena y más lista que todas las cosas. Y de nuevo llené mi vida de felicidad. Eras tan buena… —finalizó emocionada repitiendo una cualidad que la había caracterizado desde su llegada al mundo, según su madre.

—Siempre lo he sido —quiso bromear con algo que en realidad siempre había pesado sobre ella. Ser buena, en el sentido en el que ella estaba pensando en aquel momento, no le había servido para mucho.

—Y después llegó Samuel. Ay mi niño querido… —suspiró sin disimular la debilidad que sentía por el chico de la casa—, lástima que no ha querido seguir tus pasos, con lo bien que le hubiera ido —añadió perdiendo la mirada en un horizonte que solo estaba viendo ella en aquel momento—. Estoy cansada —suspiró de repente dando a entender que ya no quería explicar nada más— si no te importa voy a dar una cabezadita, ahora sí.

—Por supuesto, mamá, duerme un rato. Yo aprovecharé para hacer un par de llamadas mientras tanto. Saldré fuera para no molestar.

—Gracias por tu comprensión —sorprendió nuevamente a Alma cuando esta estaba a punto de acercarse a darle un beso de despedida.

—¿Gracias? No entiendo por qué —preguntó intuyendo a qué se estaba refiriendo su madre.

—Hemos hecho las cosas lo mejor que hemos sabido. De eso no te quepa la menor duda. Aún así, hasta que no seas madre alguna vez en tu vida, algo que desearía conocer con todo mi corazón, será difícil que entiendas hasta qué punto se quiere a un hijo, y hasta qué punto en ocasiones se hacen cosas pensando que son lo mejor para ellos.

—No sé si te estoy entendiendo mamá —se extrañó ante unas palabras que la dejaban algo perpleja—, no te esfuerces si no quieres, no creo que sea demasiado conveniente.

—Observaron tu capacidad de aprender. Eres la más inteligente de tus hermanos, y eso que ellos lo son mucho como bien sabes, pero tú... tú eras diferente, siempre lo has sido.

—¿Sí? —cuestionó Alma ofreciéndole el paso a su madre de que continuara con una nueva revelación que sospechaba que iba a producirse.

—Aquí no, pero en Alemania —continuó María bajo la atenta mirada de Alma—, estaban más preparados y tenían mejores contactos. Hablo en aquella época, no tan lejana aunque a veces me lo parezca. Y me refiero a contactos para que niños como tú cursaran estudios acordes con sus capacidades sin que parecieran bichos raros.

—En realidad es como me he sentido durante mucho tiempo —confesó Alma casi sin darse cuenta.

—La organización había crecido mucho —prosiguió su madre sin hacer caso a las palabras de su hija—. Ya no era tan familiar como al principio aunque nosotros, tu padre y yo, siempre hemos estado muy agradecidos. Que tú pudieras forjarte un prometedor futuro fue lo que decantó la balanza definitivamente...

María cortó de repente su peculiar revelación. Era extraño, pensó Alma sin perder ni uno solo de sus gestos mientras su madre se sinceraba dando detalles del pasado que siempre había reservado para ella y para su padre. Sabía que eso no era todo lo que quería decirle, estaba segura, pero no se atrevía a pedirle más de lo que quisiera contar en aquel momento. Temía por su ya de por sí quebrada salud y no insistió. Acarició su brazo y se levantó de la silla. María tragó saliva y, lentamente, giró la cara hacia la ventana. El día anunciaba su fin y todavía quedaban algunas cosas que había que dejar zanjadas.

—Creo que voy a aprovechar para hacer unos recados y unas llamadas mamá. No creo que tarde. Estaré atenta para estar aquí antes de la cena.

—No te preocupes por mí, que comer todavía puedo sola. Haz lo que tengas que hacer que bastante tiempo que te he quitado en los últimos días. Y sé que has rechazado un buen trabajo que tenías en Alemania, tu hermana me lo dijo ayer después de pincharle mucho. Mira que sois herméticos cuando queréis…

Alma se echó a reír sin remediarlo. Aquellas palabras parecían describir la tónica general de toda la familia.

—Mira quién fue a hablar —dijo señalando a su madre con gesto divertido—. Bueno, no se hable más que quiero estar aquí pronto.

—No hace falta que os quedéis nadie esta noche. Estoy mejor y vosotros tenéis que descansar para atender vuestras obligaciones durante el día, de verdad.

—Ya veremos —respondió Alma dándole un beso en la frente—, en un ratito estoy aquí y lo acabamos de negociar, aunque te advierto que soy buena en eso. Te quiero —se oyó decir sorprendida.

Hacía mucho tiempo. Incluso ni siquiera recordaba habérselo dicho nunca de aquella manera tan especial. Quería a su madre, de eso nunca le había cabido la menor duda, a pesar de los reproches reprimidos y los recuerdos escondidos que solo de vez en cuando afloraban para recordarle que se había sentido sola mucho tiempo, quizás demasiado. Ahora, sabiendo que su final estaba más cerca de lo que ninguno de ellos tenía conciencia, la quería a su lado para siempre, no se resignaba a perder ni un minuto más, y eso le escocía por dentro. Necesitaba recuperar todo el tiempo que no habían compartido, todas las historias que aún permanecían en la memoria de una vida contenida y misteriosa. A su lado, la existencia de María resultaba emocionante. Su madre creía que la estaba ayudando y, sin embargo, era ella la que se sentía útil por primera vez en su propia familia. Todos los conocimientos del mundo no eran nada comparados con tener a su lado a la persona que le había dado la vida. Y ahogó el llanto mientras pasaba por delante de las enfermeras, quienes le lanzaron un callado saludo con sus miradas.

Abstraída en la profundidad de sus pensamientos se sobresaltó al escuchar el tono de su teléfono. Al ver su nombre sonrió.

—Hola, Guillem, me alegro de hablar contigo—. Me gustaría que nos viéramos —se adelantó ella al descolgar—, tengo algo que contarte.

—Yo también quería verte —se alegró al escucharla.

—Estoy en el hospital. Deben de ser las siete y cuarto más o menos.

—Y dieciocho, para ser exactos —corroboró comprobando en su reloj—. Me tienes explicar cómo lo haces.

—Lo acabo de ver en el teléfono —mintió—. Había pensado que nos viéramos aquí mismo, ahora voy a tomarme un descanso y un café. Me gustaría esperar a que le den la cena a mi madre para ver cómo reacciona. Están cambiándole la medicación y a veces nos da algún susto, la pobre.

—Está bien. Por mi perfecto. ¿Dónde nos encontramos?

—En el parking del hospital. En la tercera planta sótano, entre los números 301 y 325.

—No me negarás que eres un poquito especial. ¿Hay alguna razón concreta? —quiso saber un comisario que escondía una buena dosis de intriga tras una voz natural.

—Lo sé, pero es el lugar más seguro, sé de lo que hablo y prometo explicártelo todo.

—Ahora me estás preocupando.

—No, no. No hay nada por lo qué temer, de verdad. Tú hazme caso y ya está.

—Está bien. Entonces, a las ocho y media en el sótano del hospital.

—Perfecto.

Subió de nuevo a la habitación. Aprovechó el tiempo que su madre todavía dormía para hacer algunas averiguaciones acerca de la información que María le había ido avanzando. Resumió los datos que tenía y ordenó los pasos que debía ir dando. Su tía debió ser trasladada a los Hogares Mundet poco después de la adopción de su madre. Pensó en las redes sociales, muy útiles en algunos casos.

CAPÍTULO 16
(Barcelona 1942)

—No, no, espera que antes tienes que pedir un deseo.

—Está bien, ¿lo digo ya? —sonrió pícaramente mientras los demás esperaban impacientes el momento para arrancarse en un aplauso.

—¡Noooo! —chilló la pequeña Laura que estaba a punto de cumplir diez años.

Había llegado al mundo cuando, imaginando que se trataba de los primeros síntomas que avisaban que su cuerpo estaba envejeciendo por dentro, supo que lo que ocurría era bien distinto: estaba encinta. Tras la estupefacción y casi la vergüenza llegó la alegría y ésta se colmó de júbilo con la llegada de una niña que nunca les había dado una mala noche. Elisabeth contaba con treinta y siete años. Víctor, unos años más joven que ella, había madurado a lo largo de aquellos primeros siete años de matrimonio. El tímido y prudente muchacho con el que se había casado se había convertido en un condescendiente amante, un inmejorable compañero de vida y un excelente padre de familia, orgulloso del harén de mujeres que suponían la alegría de su casa y de su vida. Eran felices a pesar del pronóstico de los primeros años, con el que sus padres habían sentenciado erróneamente el fracaso de un matrimonio, a sus ojos, tan desigual. Conocer algunas pinceladas del pasado de su nuera no había ayudado mucho.

Aquella tarde, la familia al completo observaba cómo Eulalia soplaba las velas de su decimoséptimo cumpleaños junto a su familia y un par de amigas que había hecho en el colegio. Los años habían pasado demasiado deprisa y ella se había convertido en una mujer, en expresión exagerada y emocionada de su abuela materna, de la noche a la mañana. A pesar de las complicaciones de la dura guerra civil y la despiadada postguerra que había estancado el país, haciéndolo retroceder en algunos avances que se habían conseguido con los gobiernos de la república, la familia Bernal Guzmán gozaba de una situación privilegiada. Seguían viviendo bajo la tutela de la familia noble para la que habían trabajado toda la vida. Marta y Basilio ya se encontraban mayores. A pesar de eso, se seguían encargando de organizar y velar por la realización de las principales tareas de un palacio cada día más solo.

El conde había muerto hacía unos años y su esposa, alejada del bullicio de la ciudad y centrada en la lectura y la escritura como principal refugio, lograba arrancar alguna sonrisa solo con la visita de su ahijada. Eulalia se había convertido en su acompañante durante las largas horas de invierno y las soleadas tardes de verano. Elisabeth visitaba con frecuencia a sus padres y, mientras estos charlaban o paseaban por los jardines de la hacienda acompañando los primeros pasos de Laura, la benjamina, sintiéndose en plena libertad de hacerlo y con el permiso de la condesa, ésta reclamaba la atención de Eulalia para retenerla a su lado. La niña, que había heredado la belleza de las mujeres de la casa, fue creciendo y jugando entre los suntuosos salones de palacio y las galerías que rodeaban la planta noble de la vivienda y siempre había sido la debilidad de la viuda.

Había estado a punto de ser enviada a un colegio de religiosas, interna, pero Víctor nunca había dado su brazo a torcer. La educación de sus hijas era cosa de él y de su esposa, y así se lo hizo ver a la condesa tantas ocasiones como ésta insistió en la conveniencia de educar y formar a la mayor de las hermanas en la mejor institución de aquel entonces en Barcelona. Al principio había tenido que enfrentarse a la contrariedad con la que su mujer y su suegra les habían expresado, pero supo resistir y consiguió que Eulalia no tuviera que privarse de los suyos tan joven, por más conveniente que pudiera llegar a ser, cosa que dudaba. Por el contrario, las visitas a palacio, las clases particulares de italiano y de francés y de buenas normas para señoritas, fueron impartidas con su consentimiento en las propias dependencias de la vivienda. Aprender siempre le daría más posibilidades de alcanzar sus metas, pensaba convencido Víctor.

Por su cumpleaños, el de Eulalia, y desde su nacimiento, la familia realizaba el mismo ritual cada año. La visita a la finca noble era de obligado cumplimiento. Allí siempre le esperaba el regalo más caro y más deseado junto con una tarta que la condesa mandaba hacer siempre por su onomástica. En todas las ocasiones era invitada a la merienda que la familia realizaba en el hogar de los Bernal y en cada celebración declinaba el ofrecimiento achacando uno u otro motivo. En realidad todos lo agradecían.

Recordando los orígenes que habían dejado atrás hacía tanto tiempo, el fin de semana que seguía a la celebración, y coincidiendo en sábado o domingo, visitaban el puerto de Barcelona, tan cambiado durante las últimas décadas, rememorando las repetidas anécdotas que habían sucedido durante la llegada a Barcelona de Marta y Elisabeth provenientes de Australia, una tierra que ni siquiera por aquel entonces era motivo de actualidad en los periódicos. Para Basilio y su mujer la excursión anual suponía la vuelta a la juventud y a los primeros pasos que habían dado juntos. Para el resto de los asistentes era un motivo de diversión mientras observaban las miradas cariñosas de los abuelos.

—Te quiero, mamá —susurró Elisabeth en el oído de su madre, viendo como esta perdía la vista en el horizonte, una vez más, mirando muy fijamente al mar.

—¿Y eso? —se asombró Marta sonriéndole.

—Sigo recordando a papá cada día de mi vida. Quiero seguir haciéndolo y tengo miedo.

—¿Miedo de qué cariño?

—De olvidar su cara, sus abrazos. Apenas tengo el viso de

su rostro en mi memoria. Han pasado tantos años —añadió tragando saliva, presa de la emoción.

—Nunca lo olvidaremos. Él nos ayudó a realizar el gran viaje. Él sigue aquí con nosotros —señalando con los ojos a Laura y a Eulalia. Ellas llevan su sangre, igual que tú. Eulalia tiene algunos rasgos que me lo recuerdan, incluso algunas cosas del carácter. Tan viva y tan impulsiva…

—De lo último no te quepa la menor duda —comentó dejando atrás la congoja que se había apoderado de ellas durante unos instantes—, incluso hay momentos en los que creo que demasiado.

—¿Por qué? —quiso saber Marta—, tú también te pareces en muchas cosas a Antonio. En las buenas sobre todo, pero también en algunas cosillas que me recuerdan lo impetuoso que era —sonrió—. Cómo vivía cada instante como si fuera lo último y cómo se empeñaba en cada batalla que emprendía.

—No sé, me pongo en su lugar, en la edad que tiene, en las ganas que muestra de conocer lo que hay ahí fuera… y temo que se equivoque. No quisiera que siguiera mis pasos. Es algo que no conoce de mí y que sin embargo tengo la sensación…

—Pero vamos a ver hija, yo la veo muy centrada. Joven e inquieta, como lo eras tú a su edad, con ganas de todo y de nada. A mí me tranquiliza, la condesa está tan pendiente de ella desde que era pequeña que es casi una garantía. Es la niña de sus ojos. Con lo que es esa mujer para las buenas formas y la moral —añadió dejando los ojos en blanco.

—Por eso mismo, aunque la señora crea que la tiene en el bote yo creo que no es así aunque, claro, es su predilecta y eso pesa mucho. Y no me importa, de verdad. Ya no, aunque tengo que reconocer que al principio me costó un poco. Esa mujer siempre me ha causado un cierto repelús, no sabría cómo explicarte. Y mira que me ha tratado con cariño desde que era una niña también. En fin, no me hagas caso. Debe de ser la edad y el paso de los años, que me vuelven un poco tontorrona.

—Cómo sigue Víctor —cambió de tema Marta.

—Bien, contento pero agotado. En los tiempos que corren no nos podemos quejar. Todos sabemos que este régimen no nos trae la prosperidad que debiera a un país que ha vuelto atrás en todo, y que lo del golpe en el pecho y el rosario da muchos puntos. Aquí, entre tú y yo, la religión es una especie de bacteria que acaba con la inteligencia de las personas y no las deja pensar por sí mismas.

—Shhh —señaló anteponiendo su dedo índice en los labios de su hija —que las paredes oyen y el régimen no comulga con descreídos.

—Pues ya cansa tanta beata y tanta tontería —continuó dejando un tema que en aquel momento era delicado—. La suerte es que Víctor es un hombre discreto, responsable e inteligente, muy inteligente. Yo creo que sabe tanto como cualquiera de los ingenieros que tienen ahí en la fábrica, y por eso lo han ascendido. Aunque te digo una cosa, trae más dolores de cabeza a casa que antes, está rendido y apenas tiene fuerzas para nada después de la cena.

El resto de los comentarios que llegaban a su cabeza prefirió callárselos. La suya había sido una relación muy intensa, en todos los sentidos. Sonrió triste al recordar todos los años en los que su marido había sido fogoso y deliciosamente impetuoso, dándole siempre a los momentos íntimos de la pareja un cariz muy especial. Algo que solo ella sabía distinguir en su relación si recordaba sus años de juventud. A él nunca le había importado, nunca había intentado ni siquiera compararse con los que imaginaba que habían sido otros hombres en su vida. Nadie como él la había llevado al cielo tantas noches y tantas veces, se repetía una y otra vez. Seguían enamorados como el primer día, o más. La convivencia los había hecho mejores personas y, aunque la llegada de sus hijas había apagado levemente la llama durante un tiempo, ésta había resurgido de nuevo. Sin embargo, en los últimos meses y debido a las cuestiones laborales, Víctor sufría una inapetencia que empezaba a preocuparla. Algo en su trabajo lo inquietaba más que de costumbre y no lograba arrancarle la razón verdadera.

—Te has quedado muda de repente —le habló su madre observándola.

—Ah sí —sonrió disimulando—, es que me he acordado de una cosa —mintió para salir al paso.

—Si tú lo dices —contestó dando por válida una respuesta no demasiado convincente—, por cierto, ¿cómo fue la feria la semana pasada? Creo que hubo cosas muy interesantes. Basilio, que sigue la actualidad de todas partes sin dejarse detalle alguno, me habló del éxito que ha tenido, ¿no?

—Sí, por lo visto fue muy bien. Hasta nos han invitado a asistir a una actuación en el teatro del Liceo.

—¿Y pensáis ir? —interrogó Marta entre curiosa y sorprendida, —me han dicho que es un lugar precioso. Eso sí, de etiqueta rigurosa.

—Por eso, no creo que podamos. Vivimos holgadamente, dentro de las circunstancias si nos comparamos con tantas familias como conozco que se las ven y se las desean para comer en condiciones todos los días. Pero de ahí a presentarnos en un lugar tan lujoso…no sé yo. Haremos lo que convenga Víctor —afirmó Elisabeth—, él no se significa en cuestiones de política, a veces me parece mal incluso, pero hay que reconocer que en los tiempos que corren y con una guerra como la que están viviendo tantos países tan cerca de nosotros casi es lo mejor, aunque parezca cobarde.

—¿Qué está pasando aquí? —interrumpió el marido de Elisabeth sujetando a ésta por la cintura cariñosamente—, vamos a llegar tarde. La merienda nos espera, y lo que viene después promete —susurró a Elisabeth al oído provocándole un sofoco y la subida de los colores. Ella, simulando desinterés, lo examinó de arriba abajo para lanzarle después una mirada que su marido iba a entender a la perfección.

—Está bien —contestó al fin guiñándole un ojo sin que

nadie más pudiera verla—, estamos distraídas con cosas de mujeres.

—Ah sí, por cierto —afirmó Marta recordando una conversación anterior—, ya le he dicho a tu padre que hoy nos quedamos con las niñas. Así tenéis más tiempo para vosotros y nosotros pasaremos la noche entretenidos con ellas. Sobre todo con Laura, que nos lee una historias preciosas. ¿Sabes que tiene un don especial para escribir? Esta niña va para escritora, te lo digo yo. No sé de dónde saca tanta imaginación. Laura Bernal, ya lo estoy viendo. Qué orgullo por Dios.

—Yo… bueno, está bien. Al parecer voy a ser la última en enterarme —se quejó con gusto mirando a su marido una vez más, sintiendo un cosquilleo en el estómago que presagiaba lo mejor—, mañana antes del almuerzo nos acercamos a buscarlas, ¿te parece cariño?

—Claro —respondió Víctor encantado con los planes que se veía a solas con su mujer.

Era cierto que había estado un tanto distante en los últimos meses, algo que le pesaba y que no quería convertir en una constante en su relación. Amaba a su mujer y se sentía feliz con la familia que habían logrado formar. Sin embargo, algo martilleaba su cabeza desde hacía un tiempo. Algunos cargos de la fábrica, de nacionalidad alemana, eran adeptos al régimen, por supuesto, y defensores de la causa antisemita que azotaba la existencia de millones de personas que habían visto derrumbar sus negocios, sus casas y sus vidas. Él se encontraba rodeado de responsables con los que no compartía más que un espacio de trabajo y el entusiasmo por la ciencia, nada más. Hacía unas semanas había sido invitado, por decirlo de algún modo, a visitar una de las fábricas ubicadas en el norte de Alemania, concretamente en Ravensbruck, lugar en el que se estaba fabricando bombas con la marca de la empresa para la que tan orgullosamente había trabajado desde joven. No le gustaba la violencia, no le gustaba aquella guerra absurda y menos que todo ser espectador de cómo sus presos, personas que como él habían llevado una vida pacífica hasta el inicio de una contienda que, interiormente consideraba el más innoble proceder de un ser humano que se había auto convencido de su magnificencia y errónea superioridad, se encontraban sometidos y esclavizados. Su discreción lo precedía, y esa era su principal ganancia, pero la lucha interna y en soledad que estaba librando en su interior lo estaba consumiendo. Tenía que tomar una determinación y debía hacerlo cuanto antes, su dignidad se lo estaba pidiendo. La cuestión era cómo salir de aquel lugar sin despertar sospechas. Desde la declaración de la segunda gran guerra y, siempre bajo la máxima discreción, había recibido algunas propuestas de trabajo que siempre había declinado.

—Doña Lina me ha invitado a pasar un rato con ella si no llegábamos muy tarde —anunció Eulalia sumándose a la conversación—, le dije que sí —se encogió de hombros dando a entender que la decisión estaba tomada—, espero que no te moleste abuela —añadió mirándola con cariño.

—No hija, no me molesta. Al contrario. De esa mujer solo podrás aprender cosas buenas. Su ejemplo, en lo que se refiere a cultura, es un excelente referente —aclaró para sus adentros para no expresar lo enemiga que era de la actitud tan retrógrada para su entender que había abanderado en toda su vida y sus obras.

Su madre, Elisabeth, estaba escamada con tanta adulación como sentía su hija por una mujer que con la edad que tenía era más bien aburrida, algo que no se atrevía a confesar en voz alta. Había tenido muchos detalles con la mayor y apenas ninguno con su pequeña Laura. Esas cosas dolían, no lo podía evitar, afirmó con la cabeza, dando su conformidad a los deseos de la primogénita. En el día de su cumpleaños no iba a contradecirla.

—Qué pena que tus padres no se hayan podido sumar este año a la merienda —comentó Marta a su yerno, agarrándolo del brazo mientras emprendían el camino de vuelta a casa—, siempre disfruto de su presencia.

—Ya sabe Marta, Julia está muy avanzada de su embarazo

y apenas sale de casa. En otra ocasión será.

—Cierto, ahora iba a preguntarte por ella. En breve serán abuelos, una alegría que no se puede explicar con palabras —sonrió la mujer recordando la primera noticia de su hija anunciándoles la llegada de su primer nieto—, tu hermana es muy joven. Todo irá bien, ya verás —añadió dándole unas palmaditas en la mano al hombretón pelirrojo que tantas alegrías había llevado a esa familia.

—Demasiado joven incluso, diría yo —manifestó Víctor moviendo de lado a lado la cabeza sin querer dar más pistas de algo que estaba en boca de todos, —pero qué le vamos a hacer. Solo deseo que todo salga bien y que el descabezado de mi cuñado siente la testa de una vez por todas. Solo sabe meterse en problemas. Trabajo, lo que se dice trabajo, no se le ha conocido hasta la fecha. Y no están las cosas como para ir rascándose la barriga teniendo la responsabilidad de una mujer y un hijo en camino. Pero no estropeemos la tarde. Está usted guapísima, como siempre —aduló a Marta, haciéndola reír.

Julia, la benjamina de la familia en casa de los padres de Víctor, había mantenido relaciones con un muchacho del barrio al que se le conocía por sus artimañas y sus malas compañías, más que por otra cosa. Se había enamorado perdidamente de alguien a quien sus padres no querían aceptar. La solución había llegado sola: la muchacha se había quedado embarazada y ambos querían hacer frente al que se auguraba un matrimonio fracasado desde el principio. Con toda la pena del mundo, los padres habían aceptado a la fuerza una ceremonia precipitada a la que seguiría un embarazo difícil, aderezado con las continuas calaveradas de un yerno que solo sabía meterse en problemas. En pocas semanas, el primer nieto de Manuel y Clara pronto llegaría al mundo. Los más jóvenes, las chicas de Víctor y Elisabeth estaban encantadas con el nuevo bebé que estaba a punto de llegar.

CAPÍTULO 17
Barcelona 2014

Deambulaba dando pasos largos alrededor de las columnas que rodeaban las plazas que le había indicado. Su reloj, el de su cabeza, le indicaba que el retraso era de más de media hora. Sufría por su madre; no quería dejarla sola mucho tiempo. Y sufría por él; quería suponer que nada le había impedido acudir a su cita. Unas luces que llegaban de la planta superior rodearon por su izquierda y se dirigieron hacia donde estaba. No podía distinguir con claridad el modelo de vehículo, pero supo que era él. De repente, sus pulsaciones se aceleraron e intentó controlar los nervios que casi insólitamente se habían instalado en ella. No hacía ni veinticuatro horas que sus cuerpos habían compartido las caricias y los besos que todavía permanecían en su piel. Se había repetido una y otra vez que el amor no estaba entre sus planes y que, en sus circunstancias, no debía permitirse nada parecido. Lo había hecho, pero las sensaciones que llegaban hasta su estómago no estaban de acuerdo con su cerebro.

Apagó el motor, salió del coche y se dirigió hasta donde estaba ella sonriendo. Alma dio unos pasos, saliendo a su encuentro, intentando parecer espontánea mientras él iba ganándole terreno.

—Me alegra que por fin estés aquí —saludó dándose cuenta de que sus palabras quizás habían sonado un poco irónicas.

Él la observó durante unos segundos y sin mediar palabra selló sus labios a los de ella, esperando que le permitiera la entrada en su boca. Correspondiendo a su gesto y abandonándose al instinto, Alma se dejó besar, olvidándose de todo lo que la rodeaba durante los segundos que duró el inesperado recibimiento.

—No me negarás que hay lugares más románticos para encontrarse. También es cierto que una cita en la tercera planta del subsuelo de un hospital en la ciudad tiene su encanto —sonrió sin dejar de mirarla—, y ya ves que estoy siendo obediente. He acudido, aunque con un poco de retraso. No quiero que me castigues con tu ausencia. Siento algo por ti, algo muy fuerte que hacía mucho tiempo que no me ocurría con ninguna mujer. Y no puedo evitarlo. Tampoco quiero hacerlo. Supongo que tendrás alguna razón para que nos veamos en un lugar tan poco habitual para una cita —finalizó.

—Esto no es una cita, tonto —habló Alma dándole un toque en el pecho con la mano abierta—, sabes que mi madre está hospitalizada. Te lo dije ayer. Está aquí.

—Lo sé —afirmó él cogiéndole la mano—, ¿quieres que vayamos a dar una vuelta? —la invitó echando un vistazo al coche.

—Creo que sí, aunque no debería ausentarme mucho rato. Está muy controlada, aunque no deja de estar muy grave. Más de lo que nos pensábamos. Es terrible —añadió mitigando el nudo que se le había formado en la garganta.

—También lo sé —la consoló él acariciando su mejilla—, vamos, prometo retenerte solo un rato. Luego, te dejo de nuevo donde tú me digas.

—Gracias —agradeció subiendo al vehículo.

Llegaron hasta la montaña del Tibidabo y se situaron en una de las laderas de la carretera desde la que se podía observar unas de las mejores vistas de la ciudad.

—Lo tuyo son las panorámicas —afirmó Alma observando el baile de diminutas luces que se vislumbraba en el horizonte.

—¿Acaso lo has puesto en duda en algún momento? —sonrió sin mirarla.

Alma soltó una carcajada. La primera que había logrado arrancarle desde que se conocían.

—Es preciosa —señaló hacia el manto de luces que quedaban en el valle de la ciudad.

—Tú también —formuló sujetándole el mentón y acercándose peligrosamente a ella nuevamente.

—Esto no es serio —señaló ella tras los besos que volvieron a regalarse, ya en plena oscuridad de la noche—, yo tenía intención de que no nos volviéramos a ver. Creo que es lo más prudente.

—Eso va a ser difícil. Recuerda que llevo un caso en el que …

—Ya lo sé, no se me olvida. Soy sospechosa —se adelantó a sus palabras con tono cansino.

—Exactamente —afirmó ayudándose con los movimientos afirmativos que hacía con la cabeza.

—No me refería a eso y lo sabes —añadió tapando con su dedo índice los labios de un hombre que también la había atrapado a ella, aunque no quisiera reconocerlo—, hoy han vuelto a seguirme —anunció sin más preámbulo, a lo que el comisario tomó su mano y la miró con semblante serio.

—Cuándo ha sido, y dónde, ¿en el Hospital? ¿Por eso…? —interrogó enfadado.

—Hoy, saliendo de ver a mi madre, quise acercarme a una copistería para zanjar el asunto —explicó ante la cara de circunstancias que puso él al decir lo último—, bueno, ahora te explico eso también. El caso es que cuando he querido darme cuenta llevaba detrás al mismo tío que me siguió en el metro el otro día. No sé, no lo he visto venir. Todavía no sé ni cómo, pero he logrado volverlo a despistar metiéndome en un portal atropellando por las buenas a un hombre que, por suerte, no me ha echado de allí y, viéndome tan nerviosa, me ha dado una estupenda idea. He vuelto de nuevo al hospital en taxi.

—Supongo que eres consciente de que saben dónde estás. No creo que haga falta decírtelo, pero por si acaso. Tú y tu familia —afirmó con rotundidad Osma—. Otra cosa es que más que seguirte están controlando tus pasos porque les interesa saber dónde estás cada momento. Imagino que necesitan saber si tú tienes algo que ellos buscan, ¿me equivoco? —interrogó bajando la vista hacia el bolso de ella—, casi desde el principio supe que ahí escondías algo.

Alma se sintió avergonzada. Por un momento lo había subestimado. Imaginó que él, si era un buen policía y estaba dónde estaba, debía de tener una habilidad exquisita para observar a la gente. Debía de ser una asignatura de primero, pensó riéndose internamente de su instante de ingenuidad.

—Al principio pensé incluso que podía ser un arma —confesó ante el asombro de ella—. Nunca se sabe. Locos hay en todas partes y la mayoría de ellos tienen cara de buenas personas. Pero después de vernos, después de la primera vez me refiero, supe que era algo que ellos, los de la organización en la que has estudiado y para la que trabajas, estaban buscando. Algo importante que por otro lado quizás nos ayude a resolver qué paso realmente con tu compañera.

—Entiendo —contestó Alma esperando que continuara. Por su silencio y su mirada intensa sabía que tenía algo más que decirle.

—Desde el laboratorio volvieron a analizar las huellas que había en la habitación donde apareció muerta Esther González —desveló—, y pudimos comprobar que había más de la misma persona pero con diferente cresta papilar.

—Entiendo.

—¿Entiendes? —se extrañó arqueando las cejas.

—Bueno sí, es que en algunos ratos libres empecé a estudiar criminología. No he terminado, pero es interesante —afirmó ante la mirada atónita del hombre—. Mismas huellas, diferentes momentos de imprimación sobre una superficie —aclaró.

—Exacto.

—¿Y no encontrasteis huellas de nadie más?

El gesto de Osma se movió en retirada. Sabía que con cada información que facilitaba, tanto si era de alguien implicada directa o indirectamente en el caso, estaba metiendo un poco más la pata. La suya sí que era una actuación estelar dentro de cualquier manual de malas prácticas de un policía, pensó debatiéndose entre la disyuntiva de seguir hablando o callarse. Sin embargo, sabiendo que ella no era la causante de ninguna muerte y que, al contrario, podía acabar siendo otra víctima de quienes quisiera que fueran los responsables de la organización que su grupo estaba investigando, creía que facilitándole alguna información podrían cerrar antes el caso. Si podía dar por zanjado cuanto antes el expediente, la relación que estaba deseando entablar con aquella mujer tendría más posibilidades. Su objetividad era relativa, y lo sabía, pero no estaba dispuesto a perderla.

—Tu silencio también es una información útil. Lo sabes, ¿verdad? —continuó ella—. Supongo que todos estáis buscando esto —dijo al fin abriendo su bolso para extraer de él una bolsa en la que había protegido el diario—. Sé que probablemente esto es obstrucción a la justicia y hasta manipulación de pruebas, pero te juro que no he tocado nada. Quiero decir que están todas las hojas. Para ser exactos ni siquiera lo he leído. No sé que me ocurre, pero es como si me diera miedo hacerlo, y mira que curiosa soy un rato, pero temo encontrar algo, no sé…

La cara de extrañeza del policía la puso sobre aviso. No debía mentir más y así lo acababa de decidir. Ofreció el bulto a Guillem, que lo tomó entre sus manos.

—No lo he leído, te lo juro, pero sí he hecho fotografías de todas sus páginas. Necesito saber si hay alguna pista que me ayude a probar que estos desgraciados ocultaban algo que ella había descubierto. No son hermanitas de la caridad precisamente, y no dan puntada sin hilo, pero tampoco imaginaba que se dedicaban a matar, presuntamente —apostilló irónica—, a los que ya no comulgaban con sus ideas y los abandonaban. Como he hecho yo. Y tengo miedo, empiezo a tenerlo más por la seguridad de mi familia que incluso por la mía propia.

—No dejaré que te ocurra nada —se oyó decir él, pareciéndose un poco peliculero. Y le entró la risa. Una risa de la que se contagió Alma al procesar con detalle aquellas seis palabras tan de novela romántica.

—No te pega, y menos viviendo en el barrio en el que vives y conduciendo este coche. Si hubieras acabado con un...«nena» habrías parecido más creíble —afirmó entrecortando las risas.

—Ahí has estado observadora.

—Como siempre —matizó ella entrecerrando los ojos.

—Vamos a ver qué hay aquí —anunció finalmente desenvolviendo el paquete.

El diario estaba cerrado con una presilla. Osma la abrió y echó un vistazo aleatorio a varias páginas sin centrarse en ninguna en concreto.

—Esta tarde, cuando descubrí que el tipo ese me seguía, me dirigía a una copistería que conozco aquí en Barcelona, cerca del hospital. Viendo el peligro en el que estaba poniendo esto —añadió señalando con la vista el diario—, decidí que lo mejor era tomar las fotos. Aunque me robaran el teléfono, las conservaría en la nube.

—Bien hecho.

—Ahora lo sabes todo. Ya puedes hacer conmigo lo que consideres oportuno —soltó sin medir el significado de sus palabras.

—No me des ideas —sonrió el policía mirándola a ella y a su descote alternativamente.

—Creo que debería volver con mi madre —asintió volviendo a la seriedad de un momento que en realidad era más trascendente de lo que habían querido reconocer.

—Espero que tenga mejoría pronto y podáis volver a casa.

—No lo sé. Hoy he estado hablando con uno de los especialistas que la lleva. Las cosas están complicadas, y la verdad es que no hay buenas noticias —afirmó ensombreciendo su mirada

—Lo siento mucho, de verdad. Aunque hoy en día hay muchos medicamentos que ralentizan algunos procesos y, cuanto menos, ayudan a llevar mejor las enfermedades en general. Mi padre murió de cáncer. Tuvo una vida muy intensa y muy provechosa. Ya hace años, aunque siempre me acompaña su recuerdo y sus consejos. Nos queríamos mucho.

—Nosotros nos enfrentamos a un momento muy difícil. No quiero ni pensar. Además, está el encargo de mi madre, algo con lo que no sé si voy a poder...

—Si quieres contarme de qué se trata y puedo ayudarte estaré encantado de hacerlo —se brindó Guillem trayéndola de nuevo hacia él sin dejar de mirarla a los ojos.

—No te preocupes, gracias de todas formas. Son unas cuestiones de familia, de nuestro pasado. Algo que acabo de descubrir y que quiero resolver por mis propios medios. Bueno, ya te diré si te necesito —cerró el tema pensando que había hablado demasiado—, entonces, ¿cómo queda lo del diario?

—¿A qué te refieres?

—No sé, si tengo que ir a declarar que he estado ocultando una prueba o qué se yo. Tú mandas. No quiero que te metas en problemas por este motivo. He sido yo, aunque para lo que me ha servido —se lamentó encogiéndose de hombros.

—Deja eso de mi parte. De momento solo te pediría que si leyéndolo averiguas alguna cosa que creas que tiene una importancia relevante o un significado que a nosotros se nos pueda escapar de entrada, me lo comuniques por favor. Es lo único que te encargo por ahora.

—Así lo haré. ¿Por el momento? —quiso aclarar sujetando el tirador de la puerta del coche dispuesta a salir y volver a la habitación donde estaba su madre—. ¿Hay algo más que quieres que haga?

—Quiero que pases otra noche conmigo. Desde ayer no

dejo de pensar en ti —confesó el hombre, poco acostumbrado a declaraciones amorosas.

—Está bien, no te puedo prometer nada —respondió bajo los efectos del hormigueo que había provocado en el estómago una afirmación tan directa—. Mañana es viernes y si alguno de mis hermanos puede quedarse haciendo guardia por la noche, te llamaré. De verdad.

Se acercó y se besaron con tanta pasión que tuvieron que hacer verdaderos esfuerzos para no cometer ninguna imprudencia. Cada nuevo contacto encendía un poco más las ganas de volver a estar juntos.

—Hasta mañana —se despidió por última vez desde fuera del coche.

—Hasta mañana —repitió él observándola ya agarrado al volante—. Llámame en cuanto subas arriba. Daré órdenes en comisaría de que prioricen tu número de teléfono por si ocurriera alguna cosa.

—¿Y eso puede hacerse?

—Claro, para eso soy el comisario —rió antes de arrancar—. Dame un toque cuando subas, me quedaré más tranquilo si sé que todo está bien —reiteró arrancando por fin su flamante coche mientras Alma se acercaba a la entrada de la puerta de la planta en busca del ascensor.

La sonrisa le duró hasta llegar a la planta en la que se encontraba su madre. Pese a las circunstancias que estaba viviendo y a la impresión de sentirse perdida ante los frentes que se cernían sobre su vida en aquel momento, aquel hombre había logrado despertar en ella unas sensaciones que había olvidado durante mucho tiempo. No tenía tiempo para el amor. No era práctico enamorarse y, además, casi siempre lo había hecho de la persona equivocada. Imaginar que en esta ocasión podía ser distinto provocaba en ella una sensación de vértigo que no estaba preparada para experimentar y, sin embargo, estaba deseando volverlo a ver.

Dejó de pensar en el comisario al entrar en la habitación. Pasó de puntillas delante de la cama y la observó. Aunque su aspecto era el de una persona enferma, su rostro plácido mostraba el gesto de una mujer fuerte que, guardando un secreto que hasta ahora no había revelado apenas a nadie, había luchado contra las adversidades de una vida ajena que quizás no le había correspondido. Sus padres no eran los que siempre habían creído, su hermana gemela había desaparecido hacía más de cincuenta años y a ella se le acababa el tiempo para poner en orden todo lo que se quería llevar consigo de este mundo: El alma en paz. «Alma», repitió en su interior buscándole un sentido a un nombre que puesto a una niña nacida en el año cincuenta debía de haberla marcado. Alma y María. Dos nombres muy relacionados, sin duda, con la esencia de la iglesia católica.

Se sentó, esperando que su madre despertara cuando, de repente, se abrió la puerta y una de las auxiliares traía la cena. Alma no tuvo tiempo ni de asustarse, algo que ocurrió segundos más tarde, cuando su cerebro pudo procesar que no había peligro alguno.

—María, preciosa, a cenar. No te me duermas antes de hora que después tenemos la noche de imaginaria[5].

María se despertó sobresaltada, casi desorientada, pensó Alma al verla mirar hacia ambos lados como si no estuviera reconociendo el lugar en el que se encontraba.

—Mamá, estoy aquí —anunció cariñosamente tocándole el antebrazo.

—Hola hija, me he quedado dormida y estaba soñando algo precioso. Al despertar he pensado si no sería de verdad. Qué pena.

—¿Y qué era? —quiso saber Alma por curiosidad y por seguirle la conversación para comprobar que su discurso era coherente. Tenía mucho miedo de perderla, sobre todo sin haber podido ayudarla como ella se merecía.

---

[5] Servicio de guardia desempeñado durante la noche por un militar

—Soñaba con mi hermana. Estábamos en el patio que había delante del pabellón de lactantes, allí en Maternidad. Jugábamos a la comba, levantando un reguero de polvo que iba formando una nube alrededor nuestro. Y yo saltaba feliz y contenta mientras ella cantaba alegre junto a las otras niñas.

Alma no supo qué comentar. No tenía con qué aderezar unas palabras que lo único que significaban era que necesitaba arrancarle tiempo al tiempo y toda su concentración para averiguar lo antes posible qué había sido de su tía.

—Qué bonito —dijo por decir alguna cosa—, ya verás como todo se va poniendo en su sitio —añadió dándose cuenta de que debía medir mucho sus palabras para no generar a su madre unas esperanzas que no existían por el momento—. Bueno, aquí está la cena de hoy, a ver qué tenemos —abrió la tapa de la bandeja mostrando su contenido.

—Para qué vamos a engañarnos. Tiene un aspecto aceptable pero no sabe a nada. Además, no tengo ni pizca de hambre.

—Pues algo hay que comer, eso que te quede claro, mami. Si no, cómo vas a tener fuerzas para contarme todos tus secretillos —rió para animar a su madre, quien no parecía estar dispuesta a la labor de la cena, dando vueltas y más vueltas al plato de verduras cocidas con patatas y a los trozos de pescado hervido a los que acompañaba unas hojas de lechuga aliñadas con un poco de aceite.

—Tienes razón —se conformó la mujer, haciendo un esfuerzo con cada bocado, para acompañar su dosis de medicamentos.

Alma seguía de pie, junto a su madre cuando sonó su móvil. Se acercó hasta la silla para abrir el bolso. Era Samuel:

—¿Cómo va eso?

—Bien —contestó ella haciéndole saber a María, pronunciando su nombre con los labios, que era el pequeño de la casa, la debilidad de su madre, aunque ella se empeñara en negarlo, con la boca pequeña—, dime hermanito.

—Nada, quería saber cómo va por ahí. Yo salgo ahora de clase y voy a cenar algo rápido. Era por si quieres que vaya un rato para echarte una mano o, no sé, la noche entera, aunque si es esto último tendremos que hablar de precios y tarifa nocturna.

—Mira que llegas a ser idiota ¡eh! —carcajeó acaparando la atención de su madre, que en aquel momento se alimentaba más de aquella risa que de la cena que se veía obligada a tomar—. Ahora te paso a mamá, pero no hace falta que vengas. Imagino que Ana y papá se acercarán en unos minutos. Aunque ya que te has brindado tan altruistamente sí, acepto que te quedes tú mañana. Si vienes por la tarde, a primera hora, será suficiente. Yo voy a conseguir una butaca en condiciones que iré a pedir ahora a las enfermeras y será suficiente para dormir unas horas.

Haciendo gestos, María seguía insistiendo en que no hacía falta que ninguno de ellos hiciera guardia noche tras noche, una insistencia ignorada por completo por sus hijos. Su marido, Roberto, no se había brindado porque sabía que tampoco lo habrían dejado. Tras el trato al que había llegado con Samuel, pasó el teléfono a su madre para que saludara al muchacho.

—Hola hijo, qué tal estás —preguntó María contenta.

—Muy bien, ¿y tú? Espero que Alma no te trate muy mal. Todos sabemos que tiene el mismo mal humor que la abuela Manolita.

La risa espontánea de María era la mejor señal que podían tener en aquellos momentos. Era feliz junto a sus hijos.

—Siempre haciéndonos reír, tienes unas cosas hijo mío —se lamentó gustosa.

—Bueno, ahora en serio, ¿cómo te encuentras, mami, qué estás haciendo ahora?

—Aquí estoy, tomando algo casi a la fuerza, que tu hermana me vigila con cada bocado —exageró frente a la cara de enfado simulado que le ofrecía Alma—. Bueno, ya sabes, y ya sabéis todos, no hace falta que…

—Sí, sí, nosotros sabemos lo que tenemos que hacer —

cortó Samuel—. Un beso. Mañana nos vemos y llevaré unas cartas para echar unas manitas a la brisca.

—Estupendo —sonrió ella—, un beso y come —añadió antes de pasarle el móvil a su hija de nuevo.

—Lo dicho, hermanito, nos vemos mañana. A partir de las cinco o cinco y media estará bien.

—No hemos hablado de precio.

—Ni hablaremos. Tengo muchas cosas que contarle a mamá de ti que no te gustarían —rió abiertamente después de amenazarlo y antes de despedirse de él.

Que Samuel perdiera el buen humor y las ganas de reír era muy difícil y si en alguna ocasión pasaba más de veinticuatro horas sin gastar una broma era motivo de preocupación. Era feliz, o al menos eso parecía.

Alma observó los restos de comida de su madre y, tras la riña consabida, entendió que no había mucho más que hacer. Se giró hacia la silla donde había dejado su bolso al llegar y fue al poner dentro su teléfono cuando se dio cuenta de que debajo de éste sobresalía el pico de lo que parecía ser un sobre. Levantó el bolso y, sin perder de vista el papel, lo tomó entre sus manos. Venía en blanco y estaba cerrado. A través de la luz de la lámpara del cabezal de la cama pudo comprobar que su interior contenía un escrito.

—¿Y eso? —quiso saber María viendo la cara de circunstancias de su hija.

—No sé, lo acabo de encontrar. ¿Ha venido alguien mientras yo he bajado a la calle?

—Que yo sepa no aunque, como me he quedado dormida, no sé.

Se sentó, muy despacio, intentando avanzarse a lo que podía ser aquel enigmático hallazgo. No quería pensar pero su cabeza ya había llegado a una conclusión que se negaba a aceptar.

—Qué extraño. ¿Y qué dice?

Atenta a su contenido, Alma leyó varias veces el mensaje

que había en su interior. Después se dirigió a su madre y con calma le preguntó:

—¿Tú recuerdas lo que siempre nos decías cuando éramos pequeños, acerca de cómo debíamos actuar cuando algún extraño nos dijera aquello de «esto no se lo digas a nadie»?

—María tardó unos segundos en contestar. Después, sin dejar de mirarla a los ojos, recordó:

—Cuando un extraño te diga que tal o cual cosa no tienes que decírsela a nadie, y menos a tus padres, lo primero que debes hacer es hablarlo con papá o mamá. Ellos te aconsejarán y sobre todo siempre podrán ayudarte.

—Exacto. Toma —entregó el papel a su madre esperando inquieta su reacción.

—María leyó en voz alta la nota. Esta decía:

«No sigas buscando, no la encontrarás. Tu madre está muy cansada y no le conviene las emociones fuertes. El pasado, pasado es y tú sabes cuál es el lugar que debes ocupar. Nos lo debes. Nos lo deben. Ella podrá explicártelo.»

—Creo que debemos seguir hablando. Ahora más que nunca cabe la posibilidad de que podamos encontrarla —susurró al oído de su madre mientras esta se emocionaba—, yo creo que alguien está interesado en husmear nuestras conversaciones. Y lo que no saben —añadió con energía—, es que advirtiéndonos también se desvela lo más importante: Alma está en algún lugar, viva.

—Pues se van a enterar —afirmó María sacando el carácter que la enfermedad había ocultado hasta entonces—, aquí se acabaron las contemplaciones. Que todos tenemos algo que perder. Si se trata de eso, de perdidos al río. ¿No dicen eso?, y si no que me pregunten a mí —finalizó elevando el mentón como si estuviera hablándole al aire.

Alma tuvo un ataque de risa. La escena era surrealista, no podía negarse, y se acercó de nuevo a su madre diciéndole al oído:

—Muy bien dicho mamá. Como tiene que ser.

—Y si hay algún micrófono oculto en esta habitación que lo haya. Mejor, así se enteran de una vez por todas que se ha terminado lo que se daba. Aquí o todos moros o todos cristianos, como se suele decir también. Ya puestos en refranes…

Evitando la auténtica preocupación que le causaba su vulnerabilidad y la de su familia, Alma se congratuló de la valentía de su madre y esperó el momento en el que ella quisiera hablar para intentar cerrar el círculo que se iba cerniendo sobre Alma, su tía y sobre todo sobre una familia que, como tantas otras, habían vivido vidas alternativas no elegidas por sus protagonistas, llenas de lagunas, ignorancia y hasta engaños. Tras la cena, a pesar de las ganas que tenía de seguir hablando y dándole vueltas a las letras que contenía aquel mensaje, veló el sueño de su madre. De pronto la asaltó el miedo y fue consciente de la situación. Entrar en la habitación había sido demasiado fácil. Y podían volver a hacerlo cuando quisieran. Conocían los horarios de la familia y que ésta no recibía visitas si no era en fin de semana. Ahora más que nunca no debían dejarla sola ni un instante.

CAPÍTULO 18
Barcelona 1945

Los pasos incesantes de Elisabeth sobre la alfombra del comedor amortiguaban el nerviosismo que se había apoderado de ella de forma creciente. Eulalia debía haber vuelto hacía unas horas y no lo había hecho. Quiso esperar la llegada de su marido para ir a buscarla.

—Por fin estás aquí —se abalanzó hacia Víctor cuando este entró en la vivienda—, la niña no ha llegado y mira qué hora es —insistió angustiada viendo como su marido dejaba la americana sobre la percha, junto a otras prendas.

Su mirada denotaba cansancio. A pesar de eso se detuvo frente a su mujer y le dio un beso antes de que esta continuara con su explicación.

—Mujer, igual Ignacio ha tenido algún contratiempo y la trae en cuanto pueda —quiso calmarla sin conseguirlo—, no nos adelantemos a ningún acontecimiento, que te conozco —quiso consolar torpemente no reconociendo que aquellas palabras no harían más que irritarla.

—Lo dudo, la señora cena cada día a las siete y media. Ni un minuto antes ni un minuto después. Esto no me está gustando nada así que me voy a buscarla.

—Vamos todos —déjame unos minutos y te acompaño—, se resignó sabiendo que si no acompañaba a su mujer se le iba a caer la caballería encima.

—¿Dónde vamos? —preguntó Laura mirándolos curiosa y alternativamente esperando una respuesta.

No habían contado con ella. Tan discreta como siempre, se había pasado la tarde estudiando en su habitación. Todavía era demasiado pequeña para quedarse en casa sola y mucho más en los tiempos que corrían. Seguían viviendo en la casa junto al Canal de La Infanta y a aquellas horas de la noche por allí no pasaba ni un alma.

—¿Sabes dónde puede haberse metido tu hermana? —interrogó la madre con los nervios a flor de piel, intentando aminorar el chorro de voz que le salía cuando estaba irritada—. Si te ha dicho algo por favor te pido que nos lo cuentes —insistió Elisabeth sin perder detalle de su reacción.

Sabía que a pesar de la diferencia de edad, el intercambio de papeles que se había producido entre ellas había conferido a la hermana pequeña la sensatez y templanza de la que carecía la mayor, algo que se había hecho más evidente en los últimos años. Algo le decía que sabía alguna cosa. Su mirada era todavía transparente.

—Yo…

—¡Tú qué! —exclamó su madre apremiándola con un grito que se quedó apenas en su garganta—, sé que os traéis algo entre manos, no me lo niegues y dime qué es.

La expresión de Laura era de verdadera preocupación. Traicionar a su hermana era algo muy grave, así lo sentía, pero ver a su madre con aquella cara de desesperación la estaba martirizando. Tragó saliva varias veces y se planchó la falda con las manos, húmedas por los nervios, otras tantas. No sabía por dónde empezar y tampoco podía valorar si lo que estaba a punto de explicar a papá y mamá era, en realidad, de gran utilidad.

—No lo sé, mamá, no sé si será eso —empezó a decir tímidamente sabiendo que la reacción de sus padres no iba a ser de aprobación.

—¿Qué es lo que no sabes hija? —interrogó algo más sereno Víctor, que en esos casos siempre dejaba resolver las cuestiones con las hijas a su mujer, interviniendo solo cuando la cosa podía llegar a mayores.

Había sucedido ya en alguna ocasión, sobre todo cuando

Eulalia, cuya necesidad de independencia había quedado manifiesta y proclamada por ella misma en más de una ocasión, se había dejado entrever. Había estudiado en una de las academias más reputadas de la ciudad, había sido instruida por la propia condesa en el aprendizaje de varios idiomas, había interiorizado con absoluta naturalidad normas de protocolo que su madrina había considerado siempre muy útiles, había recibido una propuesta en firme para estudiar en la universidad de Barcelona una carrera de humanidades, había sido una niña querida y, sin embargo, su vida parecía quedarse pequeña entre los suyos. Algo en el interior de Elisabeth se removió hasta provocarle la sensación de que el estómago se retorcía sin piedad dentro de ella. Recordó sus años más difíciles y se echó a llorar sin poder remediarlo.

—No quiero que le pase nada, ¡no quiero! —exclamó sollozando, abrazada a su marido, ante la mirada atónita de Laura.

—Por favor, deja que la niña se explique, te lo ruego. Y deja de imaginar lo que no sabes —increpó Víctor, que ya se había calentado con una situación que resultaba absurda sin tener más datos—, que no haya llegado a estas horas tampoco es el fin del mundo, ¿no te parece? —se dirigió muy serio hacia su mujer, acercándose hasta ella para abrazarla.

—Le prometí no contar nada, lo siento mamá, lo siento mucho, de verdad se echó a llorar junto a su madre—. Llevan viéndose en la ciudad desde hace algún tiempo.

—¡¿Viéndose?! —repitieron ambos padres al unísono—, ¿y con quién si se puede saber?

—No lo sé, de verdad, bueno sí, con un muchacho. Un chico al que conoció en Barcelona al parecer, pero que vive fuera de la ciudad. Bueno, vive pero no vive —se excusó Laura entre palabras torpes llenas de culpa.

—O te explicas mejor o no podremos…

—Lo sé, papá, perdona, es que estoy muy nerviosa. Digo vive porque ahora están haciendo el espectáculo por algunos pueblos, pero en realidad no sé dónde tienen sus casas. ¿Os suena Somorrostro? —preguntó temerosa ante la posible reacción de sus padres.

Ambos, Víctor y Elisabeth, se miraron sorprendidos. Nunca habían explicado a sus hijas algunos de los pormenores que habían acompañado a su madre en su juventud. Elisabeth tuvo que sentarse, presa del temblor que azotó de repente todo su cuerpo, tambaleándose hasta encontrar el asiento de una silla. Desde que se había despedido de aquellas monjas y del equipo de médicos que habían velado por su recuperación, hacía ya casi veinte años, había borrado de su memoria unos recuerdos que ahora, de repente, afloraban de nuevo cerniéndose sobre ella como un mal presagio.

—¿Ese no es un barrio de barracas construido cerca del Hospital del Mar, en el barrio de la Barceloneta? —interrogó el hombre ante una Laura ajena a lo que para su madre representaba aquella zona de la ciudad.

Laura, encogiéndose de hombros, estaba diciendo la verdad aunque a tenor de las caras de sus padres, estaba poniendo en duda incluso que la creyeran. Ella no disponía de más información. Apenas la que su hermana había querido contarle para hacerla su cómplice si, por casualidad, preguntaban por ella y debía decir alguna mentira de esas que Eulalia denominaba «piadosas». No sabía cómo aliviar la angustia que se dibujaba en la expresión de Elisabeth para que no saltaran sobre ella las chispas que intuía que iban a salpicar.

—Vamos a ver, hija —quiso saber Víctor subiendo y bajando ambas manos queriendo mostrar una calma de la que no disponía. No sabía que si Laura se bloqueaba iba a ser imposible conocer el alcance de la información que ya les había proporcionado—, entonces tu hermana no ha ido al palacio esta tarde, ¿es así? Contesta sin miedo, cariño. Lo único que queremos es conocer por qué no está en casa y cómo podemos ayudarla si llega el caso.

Antes de contestar, Laura observó a su madre. Desde hacía unos segundos su mirada se había trasladado atrás en el tiempo para recordar. El hospital de infecciosos estaba situado cerca del mar, próximo a un barrio que, según la información que llegaba a los mercados y a los lugares de encuentro donde se cocían todos los comentarios de pueblo, se había ido nutriendo de la llegada de inmigrantes, gitanos y pescadores que vivían hacinados y de cualquier forma. ¿Cómo su hija había ido a parar allí a conocer a nadie? Ese podía a llegar a ser el menor de los males, se lamentó sin pronunciar una palabra.

Por su parte, Laura había valorado sobre la marcha decir todo lo que pudiera ayudar al esclarecimiento de una situación, de la que se había convertido en cómplice, muy a su pesar. De ese modo comenzó a relatar las veces, desde hacía ya algunos meses, que, tras la tapadera de su visita a la condesa, Eulalia había comenzado a viajar hasta Barcelona para encontrarse con un feriante, hijo de faranduleros afincados en distintos lugares de la geografía europea, que se había instalado con su familia en el nombrado barrio del extrarradio de la ciudad. Era trapecista, uno muy bueno según la opinión indirecta de la pequeña de la casa, y montaban su espectáculo bajo la carpa de un pequeño circo del que eran propietarios. Junto a ellos viajaban Oliver, un mago y Amanda, su ayudante; dos payasos, Roko y Riki, que contaban con una cabra, Carmen, como parte del espectáculo y la familia Kauffman cuyos miembros, grandes y pequeños, hacían las delicias de los espectadores con su espectáculo de malabares. Al parecer, según había oído en una conversación con Eulalia, en breve viajarían de nuevo a Francia o Italia aunque todavía no habían decidido fechas.

Al escuchar el relato completo, incluido el criterio que se aventuró a dar sobre los hechos que acababa de contar, tanto Víctor como Elisabeth la abrazaron. Ella no tenía ninguna culpa de lo ocurrido y, por suerte, a través de lo que sabían, ahora conocían dónde podían ir a buscarla. La historia se repetía, se lamentaba la madre mientras dejaba derramar libres las lágrimas que afloraban a sus ojos. Prisa por reaccionar, tristeza, rabia, culpa, sensaciones contradictorias por haber confiado en una muchacha que en los últimos años había dado signos evidentes de lo que sin remedio había terminado pasando. Era un espíritu libre, igual que lo había sido su madre, casi con la misma edad que tenía ahora la primogénita de la casa. Limpiándose las lágrimas y tratando de serenar su cerebro para poder pensar cuál era el siguiente paso preguntó a Laura:

—Pero, ¿tú sabes si esta tarde se han visto?

—Yo creo que sí, mamá. Al menos eso es lo que me ha dado a entender cuando se fue, según me dijo cuando el chófer la vino a buscar. Esa mujer es más tonta de lo que parece mamá, no se da cuenta de nada.

La pequeña se estaba refiriendo a la condesa, que por aquel entonces ya había cumplido con creces los sesenta años. Era más ingenua de lo que quería dar a entender y no haber tenido hijos la había desprovisto de esa capacidad que tienen las madres de adelantarse a los hechos, en muchas ocasiones, dotadas de un sexto sentido y una intuición que las caracteriza.

Tras la declaración de Laura, otra duda la asaltó de repente. Mirándolos alternativamente, a su marido y a su hija, se ausentó precipitando sus pasos hasta el dormitorio de Eulalia. La siguieron y enseguida supieron qué estaba comprobando.

—Aquí faltan algunas cosas —se apresuró a decir sin dejar de remover la ropa colgada en el armario una y otra vez. De izquierda a derecha y de derecha a izquierda y los cajones inferiores en los que se guardaban las prendas interiores—, unos suéteres, dos chaquetas, alguna ropa interior, calcetines, camisetas, medias, la falda plisada que le compré el mes pasado.

—A lo mejor está pendiente de lavarse —quiso consolar Laura a su madre.

—No, no hay nada sucio —se lamentó con una sonrisa quebrada por el temblor que se desencadenó en su mentón—, se ha llevado cosas para varios días.

Tras la primera inspección que ratificaba que, tal y como sospechaban, había evidencias suficientes para corroborar que Eulalia se había ido de casa con intención de no volver, al menos por el momento, su cabeza parecía seguir cavilando. ¡Las joyas! —exclamó de repente para sorpresa de todos girándose en dirección al dormitorio del matrimonio.

—No creo que haya ido tan lejos —fue afirmando Víctor siguiéndola hasta el cuarto —será lo que sea pero…

—Estaba abierto y se ha llevado sus cosas, míralo —articuló con desesperación enseñándole a su marido el cofre en el que guardaban los alfileres de bautismo, las cadenas de la comunión y algunas otras alhajas que Elisabeth custodiaba bajo llave, en una pequeña caja escondida en el falso cajón de una de las puertas del armario.

En aquellos tiempos, ellos eran una familia privilegiada y no habían tenido que acudir a la venta de las joyas que con tanto esmero conservaban. La paz, en un país azotado, dividido y maltrecho por una guerra civil, que había dejado a su paso mucha miseria y miedo, había tenido un precio muy alto. Los que contaban con mejor suerte, que eran los menos entre la población de a pie, se habían visto obligados a vender sus recuerdos para obtener alimentos y enseres de primera necesidad en el mercado negro: harina, azúcar, jabón… Este había hecho su propio negocio desde la puesta en vigor de las cartillas de racionamiento que primero habían sido familiares y más tarde personalizadas para controlar mejor a la población.

La familia Bernal Guzmán siempre había disfrutado de algunas ventajas a las que los de su clase no podían aspirar, fruto de la buena relación que Víctor continuaba teniendo, debido a su cargo, con los altos mandos de la fábrica. A pesar de haber estado tentado de abandonar la empresa cuando fue enviado por primera vez a supervisar el trabajo de los presos de guerra, en Alemania, finalmente optó por llevar a cabo su tarea tan dignamente como las circunstancias le permitían. Había seguido ascendiendo en una empresa que evolucionaba, convirtiéndose en aquellos años en uno de los mayores referentes en la fabricación de motores, generadores y contadores. Nunca se había manifestado en sus predilecciones políticas y, no significándose en uno u otro bando, su familia había estado identificada del lado de los vencedores.

—Solo se ha llevado sus cosas —afirmó Elisabeth con lágrimas en los ojos—, se nos ha ido, Víctor. Nuestra niña se nos ha ido para no volver.

—Mujer, no digas eso. Quizás es una decisión en caliente y cuando se dé cuenta… no sé. ¿Habéis tenido alguna discusión en estos últimos días? —quiso saber Víctor acercándose a su mujer para abrazarla mientras ella arrancaba a llorar desconsoladamente.

—Nada que no haya pasado otras veces. Ni siquiera recuerdo haber presentido un peligro como al que se expone en este momento. Es muy lista, nunca lo he puesto en duda, pero ha sido criada entre algodones. Y el circo no es vida para ella —afirmó antes de arrancarse de nuevo en un llanto que parecía que no iba a tener fin—, no encontrará lo que necesita, estoy segura. A pesar de todos los pájaros que ahora mismo tiene en la cabeza es una muchacha con inquietudes intelectuales. Le encanta aprender constantemente y con la señora ha tenido la oportunidad de alcanzar metas que si no hubiera sido por ella, no habría podido ni siquiera imaginarlas. Dios mío, ¿qué vamos a hacer ahora— preguntó desesperada llevándose las manos a la cara.

—Igual podemos ir a buscarla —anunció de pronto la pequeña—, al parecer, cuando se trasladan de ciudad algunos miembros de las familias viajan en tren, mientras el resto lo hace en los vehículos.

Víctor miró a su mujer y ambos fijaron su atención en Laura.

—¿Hay algo más que no nos hayas contado?

La niña se encogió sobre sí misma dominada por la presión con la que sus padres la apremiaban. Sobre la marcha, iba recordando algunas de las frases pronunciadas por su hermana en el silencio de la noche. Eran confesiones de una mujer enamorada, algunas de las cuales Laura ni siquiera entendía. Era demasiado joven para saber cómo podía sentirse la fuerza del amor y cuánto podía pesar este en algunas decisiones que a ella le parecían completamente imposibles de afrontar.

—Creo que en alguna ocasión me había hablado de eso.

—¡¿Crees?! —exclamó su madre dirigiéndose hacia ella muy enfadada—, haz el favor de recordarlo todo de una vez, te lo suplico. ¡Te lo exijo! —chilló ante una niña atemorizada por las represalias que podían acarrearle saber más de lo que ella había pedido.

—¡Ella no tiene la culpa! —intervino Víctor mostrando, como lo hacía pocas veces, el carácter que guardaba en su interior solo para las ocasiones, y aquella lo requería—. Ella no tiene la culpa —repitió ya más calmado tomando la mano de su mujer y la de su hija al mismo tiempo en señal de paz.

—Está bien, pero que sepas —señaló dirigiéndose a la chiquilla nuevamente—, que de algún modo has sido su cómplice. De eso ya hablaremos más tarde. Ahora hay que ponerse manos a la obra —anunció sacando fuerzas de donde no las tenía—. Espero que estemos a tiempo. Hay dos lugares en los que, según parece, podemos ir a buscarla. Vamos, no perdamos tiempo. Primero a Somorrostro y después a la estación. Su determinación duró unos segundos antes de que la incertidumbre hiciera presa de sus pensamientos, de nuevo.

—A ver hija —pronunció muy despacio sujetando por los hombros a Laura, —dime, te parece que es mejor opción la primera o la segunda, intenta recordar si tenían planes para hoy —rogó intentando no causar más nerviosismo en la joven.

—No sé mamá, déjame que recuerde —dijo intentando ganar tiempo y elevando la mirada al techo buscando en su recuerdo algún dato que en ese momento fuera de interés—, creo recordar que hablaban del día diecisiete como día de partida hacia

Francia. Sí, el diecisiete —corroboró afirmando convencida de sus palabras.

—Hoy es día dieciséis —comprobó Víctor —así que lo mejor será que hagamos guardia en la estación. Vamos, no hay tiempo que perder —se apresuró a decir dirigiéndose al dormitorio. Allí era donde también guardaban los ahorros que iban ahorrando por si llegaban tiempo peores.

—Yo voy con vosotros —afirmó Laura, con miedo de que fueran a dejarla sola. Era muy temerosa de la oscuridad y de la soledad. A pesar del crecimiento de la población en el municipio, la casa de los Bernal continuaba estando aislada de los barrios más cercanos al núcleo de la ciudad.

—Claro que sí —confirmó su padre besando su cabeza mientras resbalaban por sus mejillas las primeras lágrimas desde hacía muchos años.

La estabilidad se tambaleaba por primera vez en la que había sido, hasta la fecha una familia colmada de buenos momentos y alegrías, a pesar de las circunstancias y la miseria que los rodeaba. Se habían desvivido por sacar a flote a sus hijas, por ofrecerles las mejores posibilidades a su alcance. Conservaban la esperanza de que, después de la larga depresión de los últimos años, el país pudiera evolucionar y forjarse un futuro próspero y estable, aunque fuera a base del trabajo de las clases más humildes, como solía pasar.

Víctor había hecho sus primeras gestiones para que Eulalia entrara a trabajar en la fábrica, como secretaría oficial, algo que ni siquiera le había comentado a ella y que pensaba decirle después de su cumpleaños. Ahora, todos los planes se reducían a localizar y abortar la huída de una joven que, al parecer y muy equivocadamente para sus padres, había encontrado el amor en los brazos equivocados.

—Me siento muy culpable —confesó una Elisabeth derrotada, sentada a los pies de la cama, que observaba a su marido cambiándose de ropa—, cómo no he podido darme cuenta de lo que estaba ocurriendo.

—No es momento de lamentaciones, y tampoco creo que lo hayas hecho mal. Los hijos toman nuestro ejemplo hasta que un día descubren su propio camino, o creen haberlo hecho. Yo también tenía muchos planes para ella, y no descarto que puedan realizarse, pero ahora solo me preocupa encontrarla. Así que ese debe ser tu único objetivo en este momento. Prepárate que en cinco minutos salimos. Pediré el coche prestado a la señora, voy a buscarlo ahora mismo.

—Pero…

—Sí, ella no sabrá nada, no te preocupes. Además a estas horas ya debe de estar durmiendo y no levantaré aspavientos sin saber qué pasa finalmente. Confío que mañana por la mañana todo esto haya vuelto a su sitio y esto haya quedado en un susto. La haremos entrar en razones, ya lo verás.

—Que Dios te oiga.

Partieron hacia la estación de trenes sin saber a ciencia cierta qué debían hacer. Elisabeth, sujeta al brazo de su marido durante todo el trayecto, confiaba en él plenamente e intentaba no adelantarse a las diferentes posibilidades que su cerebro se empeñaba en recrear. Había preparado una bolsa con algunos alimentos y una botella de agua. No sabía cuánto tiempo permanecerían allí antes de ver aparecer por fin a su hija.

—Lo siento, mamá —volvió a decir Laura, desde el asiento de atrás del vehículo.

—Yo también —devolvió su madre intentando sonreír—, la encontraremos.

—Seguro que sí —dijo esperanzada.

Tras la llegada a la estación y tras comprobar que, a pesar de la hora, el lugar mostraba mucha más actividad de la que habían llegado a imaginar, los tres se dirigieron a información para conocer los viajes previstos en la siguientes horas tras su llegada. Éstas fueron transcurriendo sin que la presencia de Eulalia se hiciera real. Los sucesivos viajes recorriendo los andenes eran una forma de amortiguar la desesperación que se iba apoderando de cada uno de los miembros de la familia. Continuamente miraban el reloj de la estación, presos de la impaciencia. La llegada de un convoy con dirección a Francia estaba a punto de hacer su aparición por la vía que los operarios habían indicado. Haciéndose una señal con la mirada, se dirigieron hacia el lugar en el que ya se iban reuniendo los pasajeros, sus equipajes y sus familias. Para todos parecía resultar un momento agradable. Para todos menos para ellos, que no habían ido a despedir a nadie porque nadie se había presentado en el lugar cuando el tren partió hacia su destino.

Desolados, fueron a preguntar nuevamente cuándo estaba prevista la próxima partida. Cabizbajos y faltos de fuerzas se dirigieron de nuevo hasta el coche.

—Vamos a Somorrostro —dijo sin levantar la vista de sus pies.

—¿Ahora? —preguntó Víctor.

—Quizás sería mejor esperar a…

—No quiero esperar, no es el momento de esperar.

—Es muy tarde —quiso convencerla pronunciando muy despacio cada una de sus palabras —la gente debe de estar durmiendo a estas horas.

—Ahora —reafirmó su mujer elevando la mirada al horizonte—, si no han partido hacia Francia esta noche quizás lo hagan mañana. Si viven ahí, alguien nos sabrá dar señas de los miembros de un circo. Tampoco creo que aparezcan funambuleros todos los días en un lugar como ese.

Sin saber qué argumentos podía añadir a una determinación que sabía que iba a ser muy difícil mitigar, esperó un rato para antes de poner rumbo hacia la salida de la ciudad, hacia un barrio que no había visitado nunca pero del que no le habían hablado muy bien. Encontrar a su hija pernoctando en un sitio como aquel, junto a un desconocido, le levantaba el estómago.

La noche se presentaba mucho más larga de lo que nunca habían podido llegar a imaginarse y dejó que Elisabeth se relajara antes de emprender la ruta hacia el barrio marginal.

CAPÍTULO 19
Barcelona 2014

Después de leer el enigmático mensaje Alma se acercó al pasillo y echó un vistazo a cada uno de sus extremos. Entrar en cualquiera de las habitaciones era algo que podía suceder sin levantar ninguna sospecha, pensó. En el peor de los casos, el error siempre podía atribuirse a una equivocación en el número de la puerta.

Desde que había vuelto y desde que su madre estaba en el hospital las cosas parecían haberse acelerado en una dirección que jamás podría haber imaginado. Ahora, sabiendo que todavía había más donde escarbar en su pasado y en las cosas que habían sucedido con algunos miembros de su familia, estaba dispuesta a lo que hiciera falta. El miedo se había convertido en su aliado.

Sacó su móvil del bolso y se dispuso a enviar un mensaje a Guillem. Necesitaba una opinión experta y tenía algunas sospechas que quería despejar si era posible. Escribió su primer mensaje viendo que, igual que ella, él también tenía desconectada la opción de visibilidad del «whatsapp». Escribió: *Dime cuando estés por aquí, que quiero comentar una cosa contigo*. Y añadió un emoticón con un beso.

Después entró en la habitación nuevamente. Su madre estaba despierta. Después de la cena y, a pesar de lo poco que había comido, parecía tener mejor color de cara.

—He salido un momento a ver…

—A ver si estaban ¿no? —preguntó esbozando una sonrisa—, son bastante escurridizos, lo sé muy bien. Ven, siéntate aquí conmigo que quiero seguir explicándote.

Durante unos instantes Alma titubeó, queriéndole decir

que cabía la posibilidad de que hubieran instalado algún micrófono en la habitación. No se explicaba el porqué de la amenaza encubierta que escondían las escuetas frases que habían dejado escritas en aquel trozo de papel.

—Sí, bueno, no sé mamá. Es todo tan extraño que ya no sé qué pensar. ¿Qué querrán realmente? Yo les he dejado bien claro que no quiero volver allí. Que no traten de convencerme porque no voy a ceder. Porque después de saber algunas cosas, y sospechar otras, lo último que quiero en mi carrera profesional y en el resto de mi vida es deberles algo. Y siento si os decepciono, mamá, lo siento mucho, pero la decisión está tomada.

—Lo sé, siempre has sido muy cabal y cuando tomas una determinación sé que es difícil hacerte volver atrás, aunque no niego que me hubiera gustado...

—Exacto, como la abuela Manolita, la única que he conocido —sonrió saltando por alto el último comentario y haciendo un guiño a su madre que, de nuevo, había alargado su mano hasta la de su hija para acariciarla.

—Hay más cosas que no te he contado.

—Estoy deseando saberlas —afirmó con tranquilidad.

—Prometieron que encontrarían a mi hermana si alguno de mis hijos entraba en la organización. Y no como colaborador, que es lo que hemos hecho la mayoría de nosotros aportando nuestro granito de arena desde que los habíamos conocido y después, como te había explicado ayer, de haberme ayudado tanto con mi enfermedad. ¿Me explico? Querían personas más implicadas.

—Es asqueroso que tomen eso como moneda de cambio. Deplorable. Esa es la caridad y la calidad cristiana de estas organizaciones —sentenció disimulando su asombro y obligándose a callar para no poner nerviosa a su madre—, perdona, sigue contando.

—Tu hermano era demasiado pequeño para irse de casa y Ana ya había cumplido la mayoría de edad.

—De manera que yo tenía todos los números para el sorteo y, como no podía ser de otra forma, me tocó —sonrió intentado que la tristeza que afloraba en ella no se notara demasiado.

—Así es hija. Si nos equivocamos o no, Dios nuestro señor nos juzgará. Lo hicimos por tu bien, pensando que iba a darte un gran provecho y en todo momento estarías rodeada de personas honestas y buenas. Siempre nos aseguraron que tendrías la mejor formación al alcance y las mejores posibilidades para el futuro.

—Eso ya lo sé, y además no se puede negar que así ha sido, por lo menos en lo que respecta a los estudios. Aunque quizás a un precio demasiado alto. Pero bueno, yo no soy ahora mismo el centro de atención de esta conversación —zanjó justo en el momento en el que su teléfono emitía la vibración de haber recibido un mensaje—, espera un segundo mamá —dijo atendiendo el móvil.

Su respuesta era: *¿Novedades? Si necesitas que vaya me acerco enseguida que pueda.*

A lo que Alma contestó: *Quizás hay micrófonos en la habitación de mamá. No estoy segura.*

La contestación no se hizo esperar: *Voy para allá en un rato. Besos.*

Tras guardar de nuevo su teléfono Alma comentó con madre:

—En un ratito vendrá un amigo mío para comprobar una cosa.

—¿Aquí? ¿Acaso es médico? —quiso saber María—, está bien —añadió moviéndose incómoda en la cama—. Tanto tiempo acostada me está empezando a pasar factura —dijo haciendo una mueca que evidenciaba el dolor en todo su cuerpo.

Alma no sabía si era conveniente que su madre conociera la identidad del comisario. Ella estaba completamente al margen del otro asunto y no quería darle más disgustos. Lo valoró y mientras afirmaba en voz alta que sí, que su amigo era un facultativo con muy buena reputación, se acercó hasta ella y dejó caer en su oído la verdadera identidad de Osma.

—Entonces es…

Alma selló con su dedo índice los labios de María cuando esta, inocentemente, iba a desvelar justo lo que no quería que se supiera.

—Ah…entiendo —afirmó comprendiendo—, y ese amigo tuyo médico, ¿lo conoces desde hace tiempo? —guiñó el ojo a su hija siguiéndole el hilo.

Sentía una sensación extraña. Durante muchos años había deseado con todas sus fuerzas momentos como los que estaba viviendo las últimas semanas. Y tenían que llegar precisamente ahora, cuando su tiempo se había limitado, probablemente, mucho. Lamentó observándola qué poco conocía en realidad a una mujer que hasta hacía apenas unos días se había mostrado implacable y e impenetrable. La enfermedad, las horas y las confesiones compartidas habían aflorado en ella la sensibilidad y hasta un toque de humor que para Alma resultaban del todo desconocidos. Llena de tristeza y observando los surcos en las cuencas de unos ojos, en otro tiempo llenos de vida, que pedían saber más sobre un asunto tan trivial como podía ser aquel, sonrió complaciéndola con la información que al parecer estaba esperando:

—No está mal, pero solo es un amigo. No empecemos mamá —riñó entre risas su hija—, pero sigamos con lo que estábamos —animó a su madre a reemprender la conversación que acababan de dejar—. Nos habíamos quedado en el momento en el que tuvisteis que elegir quién se iba a estudiar a Alemania —refrescó tomando el hilo de nuevo. Y si nos oyen, así sabrán que no hay secretos entre nosotros.

—Eso es. Me da mucha vergüenza confesar lo que voy a contarte ahora. Verás, tu padre, sobre todo él, se mostró reacio a la propuesta y no quiso escuchar hablar de ella al principio. Quiero que también sepas esto, para que no nos juzgues a los dos por igual. Yo no sabía qué hacer hasta que un día llegó el hermano fundador y me hizo saber que conocían mi pasado.

—¿Tu pasado? —se extrañó Alma frunciendo el ceño.

—Se referían a mi procedencia, a la casa de Maternidad, a mi adopción. Sabían que yo había sido una niña recogida por una familia humilde que tenía más hermanos y que mi hermana gemela no había corrido la misma suerte que yo.

—¿Y qué pasó después? ¿Cuál fue el trato, mamá? —se apresuró a decir presa de la angustia que le provocaba aquella incertidumbre.

La mirada perdida de María indicaba que no iba a ser fácil. La mirada urgente de Alma apuntaba, muy a su pesar, a conocer cuál había sido el precio de su cabeza.

—Ellos prometieron buscar a Alma, a tu tía. El trato fue ese, aunque no lo explicaran de forma directa. Bueno sí, en el fondo fueron muy directos, aunque muy elegantes en las formas, de eso no cabe la menor duda. Y no es que nos obligaran. No sé cómo se lo montaron hija, que me pareció que no podía ser malo. Y al final tu padre también estuvo más o menos de acuerdo.

—¿Más o menos?

Los ojos de María miraron de nuevo hacia otro sitio. Mientras ella se debatía entre verdades a medias y engaños disfrazados de buenas intenciones, Alma retenía el aire de sus pulmones controlando la ira de la que estaba siendo víctima. Los odiaba, renegaba de la religión y denunciaría las malas prácticas que, a buen seguro, habían utilizado durante demasiados años con más familias como la suya.

—De manera que así fue. Está bien —afirmó efectuando una inspiración profunda, dejando soltar el aire sabiendo que nada de aquello estaba bien. Estaba furiosa y hubiera arremetido contra ellos y sus argumentos desde ese mismo instante, pero conservó la calma esperando que su madre contestara.

—Yo acabé convenciéndolo. Él no quería separarse de ti.

Te quería con locura. Y te quiere aunque ahora, después de la fuerte depresión que sufrió, se lo toma todo con un poco más de calma.

—Las pastillas también ayudan a esa calma de la que hablas mamá. Y no me gusta nada la dirección que está tomando el tratamiento que está siguiendo. He visto a papá bastante alejado de todo. No sé, ausente de lo que lo rodea, incluso de tu enfermedad. Me ha dado mucha pena y aunque no lo haya dicho me parece que debería probar con otro tipo de terapias. Los fármacos ayudan, sí, pero la mayoría de las veces solo enmascaran el problema y no resuelven el daño ni la raíz de este. Hablo de daños psicológicos. Estos son el resultado de un desequilibrio interno que acaba somatizándose. No sé. Ya abordaremos este tema en otro momento. Ahora querría conocer el final de tu relato. Todo, por favor te lo pido —rogó mirándola muy seria—. Dime, ¿tuviste en alguna ocasión la certeza de que iban a encontrarla?

—Claro que sí, hija. ¿De otro modo cómo crees que hubiera aceptado? El trato me pareció… bueno —pronunció muy débilmente como si no se atreviera a verbalizar un hecho que hasta la fecha había considerado oportuno—. Ahora veo que no, pero no podemos dar marcha atrás y me arrepiento muchísimo, créeme hija —rogó apretando la boca mientras las lágrimas resbalaban por sus mejillas.

—Mamá, tampoco es tiempo de reproches. Por favor no llores —le pidió a su madre—. Cuéntame entonces, ¿hubo algún tipo de avances en todos estos años? ¿Llegaste a saber de su paradero en alguna ocasión?

El «toc toc» de la puerta rompió un momento crucial y Alma se giró de espaldas, furiosa por la interrupción. El gesto cambió enseguida, viendo que quien se aproximaba hasta ellas era Guillem.

—Hola, ¿qué tal? —preguntó acercándose unos pasos para saludarlo sin poder evitar el apuro de verlo y sentir cómo despertaban todas sus terminaciones nerviosas dentro de ella—, ven, te presento a mi madre.

—Mucho gusto —respondió con una sonrisa y un encaje de manos que dudó en efectuar.

María sonrió e hizo un rápido análisis de la situación. Miradas cruzadas y huidizas y un ligero rubor en las mejillas de su hija. Un hombre apuesto, joven y, al parecer, solícito. No hacía ni una hora que Alma había avisado que vendría. No sabía qué podía haber entre ellos pero estaba claro, pensó para sí, que entre los dos había una historia por descubrir. Y egoístamente se alegró por sí misma. Que Alma tuviera interés en él aumentaba las posibilidades de que permaneciera junto a ella más tiempo. Hasta el final.

—Como ya te he dicho, mamá, Luis es médico y de los mejores —afirmó girando la cara hacia él abriendo mucho los ojos para darle la señal de que no se le ocurriera contradecirla.

—Me alegra mucho, Luis. En mis circunstancias un médico es una magnífica visita —sonrió ante la mirada perpleja del comisario.

—Si no te sabe mal, mamá, me acerco con él un momento a la máquina de los cafés. ¿Te apetece uno? —le preguntó a Guillem.

—Claro —continuó siguiendo la corriente—, vamos.

Ambos se alejaron de la habitación y permanecieron callados hasta llegar a la sala donde se encontraban las máquinas de bebidas.

—Espero que puedas explicarme esto. Un cambio de profesión, así por las buenas, se avisa —se burló acercándose peligrosamente a ella—, además de un cambio de nombre. Luis no me gusta pero como no me has dejado elegir…

—Si no viene nadie mientras estemos aquí te lo cuento, o mejor en la sala de espera, que hay asientos. Estoy muy preocupada. En realidad no sé qué es lo que buscan. ¿Qué puede importarles sobre mi madre y de su situación? —preguntó acercándole la nota que había encontrado en la habitación—, lee esto. Es una advertencia en toda regla y he descubierto más cosas que también debería contarte.

Tras los cafés se acercaron hasta la sala que, por suerte, estaba vacía y se sentaron uno junto al otro. La mirada de Osma era fulminante. Deseaba besarla y no podía reprimirse ni un minuto más. Se aproximó lentamente a sus labios y los tomó entre los suyos saboreando su boca con deleite. Ella cerró los ojos y se dejó llevar por un deseo que se apoderaba de su cuerpo sin que la razón hubiera dado ningún permiso.

—Esto no es serio —se lamentó Alma fijando la mirada en él a pocos centímetros de su boca.

—Sé que no es el sitio más adecuado ni las circunstancias más oportunas, pero estoy enamorado de ti. No puedo dejar de decírtelo por más tiempo. Es lo que siento y estoy deseando tenerte de nuevo entre mis brazos. Pero puedo esperar. De hecho es lo que hago, contando las horas desde ayer.

—La verdad es que no sé qué decir.

—Esa respuesta…

—Yo… siento por ti algo muy fuerte que no puedo alejar de mí. Pero me han hecho daño otras veces y es como si me resistiera a dejarme llevar por los sentimientos. Solo puedo decirte que es lo que me han enseñado. No sé, estoy confusa, pero me gustas mucho. Aunque no querría mezclar las cosas, por lo menos ahora. Tú tienes un caso que resolver y yo… yo no sé ni por dónde empezar.

— Algo es algo —suspiró Guillem resignado ante la primera cuestión que había expuesto ella—. Y respecto de esto último, ya sabes lo que dicen.

—Cierto, por el principio —afirmó besando fugazmente al comisario—, las cosas siempre hay que empezarlas por el principio.

—¿Por qué me habías llamado?

—Creo que hay micrófonos en la habitación de mi madre. Esta tarde, después de esto —dijo señalando el papel que estaba a punto de leer el comisario, casi puedo afirmarlo. Las conversaciones que estamos manteniendo son algo que quedaba, por lo menos hasta lo que está demostrando este aviso, entre ella y yo. El resto de mi familia es ajena por completo a todo esto, al menos mis hermanos.

—Está bien —contestó con pose seria—, creo que necesito esa explicación.

Durante unos minutos Alma intentó hacer un resumen de las circunstancias que habían envuelto su vida, y de la sorpresa con la que se había encontrado al conocer la existencia de una tía carnal, gemela de su madre. El comisario escuchó atento todas sus explicaciones y, afirmando de vez en cuando mientras ella intentaba ponerlo en antecedentes, fue tomando algunas notas en el móvil. Al finalizar, la observó unos segundos y esbozó una sonrisa.

—Caray, lo tuyo sí que es una vida de novela.

—No te burles, que bastante tengo encima. Llevo luchando demasiado tiempo con fantasmas. Ahora, me va a tocar lidiar con estos desgraciados que, habiéndome hecho creer que las cosas eran blancas, ahora las veo todas negras. Y esas mentiras…esas asquerosas mentiras me llevan a los demonios, por no hablar de la extorsión emocional a la que se ha visto sometida mi familia durante todos estos años.

—Entiendo —afirmó el comisario tomándole las manos—, por cierto, ¿has podido echar un vistazo al contenido del diario?

—La verdad es que cada vez que lo intento pasa algo. Justamente me iba a poner a revisarlo esta tarde pero después de la nota he preferido escuchar a mi madre. Necesitaba saber más.

—Yo creo que ahí está la clave, o al menos una buena pista de lo que no quieren que sepamos. Desconocen en manos de quién está ese documento, y eso los tiene nerviosos. Esa es nuestra ventaja de momento. Mi unidad ya se ha puesto en contacto con el responsable de la organización en Alemania. Supongo que también se lo debían esperar. Investigando el pasado de tu amiga, igual que el tuyo, saben que habríamos llegado hasta ellos, aunque de momento no tengamos nada con qué ponerlos en jaque. ¿Qué me puedes decir sobre ella?

—Recuerdo que Esther, que era la mejor analista de sistemas que he conocido, me comentó que iba a trabajar para la mayor computadora que existe actualmente en Europa. ¿La conoces? Está precisamente en Barcelona, en una capilla del Campus Norte de la Universidad Politécnica de Cataluña.

—«MareNostrum» —afirmó Guillem ante la sorpresa de Alma, que lo miró pidiendo más datos acerca del porqué—, sale alguna referencia en el diario, aunque todavía no he podido leer más que unas hojas.

—¿Y tú puedes darme esa información? —se extrañó de repente.

—A estas alturas qué quieres que te diga —añadió encogiéndose de hombros—. Además, tú dispones de la misma información que yo ahora. Me he saltado todos los protocolos del buen policía y si esto no sale bien o se filtra que nos estamos viendo puede que ambos vayamos a la cárcel.

—Tienes razón —afirmó moviendo la cabeza—. Tengo que ponerme a leerlo, de hoy no pasa. ¿Y qué información nos da eso de la computadora?

—De momento conocer cuáles eran sus planes y, desde ese punto, quiénes estaban al corriente de ellos, quién la había propuesto para trabajar en ese lugar, qué pasos había dado antes de querer abandonar la organización, en fin lo que se supone rutina para nosotros. Ya estamos en ello. Y fuera de toda ortodoxia sería conveniente que pudieras leerlo tú también. Estoy casi seguro de que sería esclarecedor. Por lo menos más rápido.

—El mensaje que han dejado —añadió recordando la nota encontrada en el sillón de la habitación—, habla con mucha claridad. Saben que la estamos buscando y de alguna manera amenazan con la deuda que tenemos con ellos. Con la que ellos creen que tiene mi madre. Estoy confusa y furiosa.

El silencio se estableció entre ellos durante unos segundos. La magia parecía haberse esfumado y en su lugar había aparecido la sospecha. Pero, ¿de qué? Era algo que debían averiguar cada uno por su lado. Alma acarició la rodilla de Guillem y este sujetó su mano en un gesto cariñoso. No se conocían apenas de nada. Sus vidas se habían cruzado en unas circunstancias nada agradables y sin poder remediarlo se habían enamorado.

—Creo que no deberías temer por ella. Con la reserva lógica en estos casos, casi afirmaría que esas frases son un farol para asustarte. Nada más. Están tocando aquello que más nos duele pero no te preocupes, mi equipo se ha puesto a investigar y pronto podremos esclarecer los hechos.

—Lo estoy deseando, está tan débil… —pronunció a duras penas luchando con el nudo que se había formado en su garganta—. Quiero todo su tiempo para mí, quiero todas sus palabras para recordar todo lo vivido, quiero que nadie me la quite, ni siquiera ese Dios en el que he dejado de creer, quiero que siga aquí conmigo durante mucho más tiempo y eso…no sé si será posible.

Alma se acercó hasta Osma y este la abrazó dejando que el llanto fluyera libre. Eran días difíciles para una familia que se enfrentaba a lo peor que puede pasarle a un ser querido.

—Venga, anímate. Te acompaño hasta la habitación y mañana me cuentas cómo habéis pasado la noche. Por la mañana enviaré a uno de mis hombres para que haga una comprobación de lo que hablábamos del micrófono. Si lo hacemos ahora levantaremos sospechas entre el personal de planta y no nos conviene. Nunca se sabe dónde puede haber un topo infiltrado.

—Esto parece un thriller en toda regla, vamos. Como los americanos —añadió sonriendo después de limpiarse las lágrimas—, muchas gracias Guillem. Realmente aquí, a parte de mis hermanos y mi padre, tampoco tengo mucha más familia. Ahora que conoces por encima el origen de todo este embrollo y sabiendo que he estado fuera tanto tiempo, desconectada de los míos... pues eso, que apenas tengo amigos. Ninguno para ser exactos.

—Gracias a ti por dejarme entrar en tu vida, aunque hayas pensado de mí que era un comisario repelente del tres al cuarto con aspiraciones de niño rico.

El gesto de asombro fue absoluto. Arqueando las cejas y tomando aire mientras su boca intentaba pronunciar alguna frase que desmintiera lo que realmente le había parecido él en la primera impresión, Guillem le dio un beso.

—No intentes negarlo —tengo muy buena intuición con estas cosas. Todavía recuerdo cuando me miraste tan fría como el hielo para decirme que habías leído a pies juntillas toda la declaración antes de firmarla. Un cierto aire de sabelotodo sí que tenías, reconócelo.

—Nunca —rió—. Es que leo muy deprisa, ya te lo dije.

Los pasos apresurados la alertaron. Afinó el oído y después se levantó nerviosa y se dirigió hasta el pasillo para ver de dónde llegaban las voces. Estas, susurrantes aunque enérgicas se sucedían en una y otra dirección desde el cuadro de enfermería hasta una de las habitaciones del otro extremo de la sala acompañadas del chasquido de las ruedas de alguno de los aparatos que acompañaban a una de las sanitarias. Fijó la vista y aspiró todo el aire que cabía en sus pulmones antes de sentir cómo le empezaban a temblar las piernas. Miró atónita al comisario y sin pronunciar una palabra se arrancó a correr hacia la habitación de su madre.

—¿Qué está ocurriendo? —preguntó desesperada a una de las chicas que salía apresurada en ese momento con una bolsa transparente en una mano y unas gasas en la otra.

—Perdone, no puedo decirle nada ahora mismo. Ella nos necesita. Esté tranquila y enseguida le podremos indicar alguna cosa —explicó sin dejar de caminar mientras Alma la seguía hasta uno de los boxes en el que no tenía permitido el paso.

—¡¿Qué esté tranquila?! —exclamó ahogando un grito que

hubiera necesitado dar y que amortiguó como pudo—, se trata de mi madre y querría que alguien me dijera algo, por favor —rogó a la enfermera que la miraba con cara de circunstancias sin atreverse a avanzar ningún dato.

—Lo siento, hasta el momento es todo cuanto puedo decir. Su madre está en buenas manos. No se preocupe.

La aclaración no aliviaba a Alma, que volvió a presentarse delante de la puerta de la habitación, todavía cerrada. Estuvo tentada de abrir por las buenas y pararse junto a su madre. Una y mil veces maldijo, mordiéndose los nudillos mientras paseaba en círculos de un extremo al otro del ancho del pasillo, cómo había podido pasar que nuevamente ella no estuviera cuando más la necesitaba.

—No me lo perdonaría nunca, no me lo perdonaría — repetía en voz baja ante un comisario que prefería dejarla expresarse sin intentar consolarla.

Era un momento muy difícil y si había alguna palabra que pudiera aliviar aquellos instantes él no la conocía.

Tras unos minutos interminables en los que pasaron por su cabeza mil y una formas de decirle cuánto la quería y cuánto la necesitaba se abrió la puerta y salió una de las enfermeras, que parecía estar buscándola. Sus miradas se cruzaron y Alma sintió un escalofrío que recorrió, como un espasmo, todo su cuerpo. No estaba preparada para lo peor si es que era lo que tenía que afrontar en ese momento, pensó sin atreverse ni siquiera a realizar la pregunta, aunque la mujer se adelantó a darle la información:

—Su madre ha tenido una crisis cardio respiratoria. Nos la llevamos a la unidad de cuidados intensivos enseguida. De momento está estable, dentro de su gravedad, y allí valoraremos cuál es la mejor opción.

—¿A cuidados intensivos? —repitió Alma sorprendida—, ¿eso significa que no podré estar con ella? —quiso saber imaginando el débil estado de María y la posibilidad de un empeoramiento.

—Es mejor así. Allí, tras ver cómo evoluciona podremos valorar con más elementos si es posible instalar un marcapasos en su corazón. Es todo cuanto puedo decirle por el momento. Ahora cuando salgan mis compañeros y el médico podrá usted pasar a verla. Pero no la fatigue ni la haga hablar mucho. En estos casos cualquier emoción resulta sobredimensionada.

—Gracias —contestó Guillem acercándose a las dos mujeres, viendo que Alma no reaccionaba.

Después de un rato, que se dilató más de lo que la enfermera había anunciado, por fin pudo entrar a saludar a María. Esta se hallaba bajo los efectos de los relajantes que le habían inyectado. Sus ojos vidriosos, las marcadas ojeras que se habían formado y la sonrisa rota que le dedicó a su hija sin pronunciar una palabra, provocaron en Alma la pena más grande que había tenido jamás. No había que llorar, no debía hacerlo al menos delante de ella. Tragó saliva y se acercó muy despacio hasta su mejilla para besarla. María susurró en su oído algo apenas comprensible y Alma, sin darle mayor importancia al hecho, tomó la mano entre las suyas y trató de tranquilizarla:

—Ha dicho el médico que nada de cháchara. Debes mantenerte tranquila y todo irá bien, ya lo verás. En un rato, según nos ha contado la enfermera, te enviarán a otra sala donde estarás más controlada. Yo me pegaré a ti en cuanto me dejen.

Parecía entenderla, aunque lo único que hacía era abrir y cerrar los ojos en signo de conformidad resignada. Estaba muy agotada.

Apretó su mano varias veces seguidas para llamar la atención de su hija y esta, que no le había dado importancia en los primeros segundos, observó que quería decirle alguna cosa. Se acercó de nuevo hasta ella, juntando la mejilla con la suya y esperó atenta:

—Mi mesita de noche… casa —pronunció muy despacio percibiéndose un gran esfuerzo en cada una de las palabras que había pronunciado.

No quería hacerla hablar pero aquella información le resultaba de lo más extraño. Repitió el mensaje y tomó la decisión de avanzarse a posibles respuestas que María solo debía admitir con un movimiento afirmativo o negativo de su cabeza. Un nuevo enigma a la suma de otros que no se habían resuelto. Empezaban a parecerle demasiados.

Eran casi las doce de la noche cuando la trasladaron. Ya se habían reunido en una de las salas de espera Roberto, el padre; Ana y Samuel. Osma fue invitado a quedarse bajo petición de la misma Alma. De alguna manera se sentía más protegida. Alma tomó, muy a su pesar, las riendas de la situación. Todos parecían dar por sentado que así iba a ser. Sabía que podía traicionar la voluntad de sus padres, ya que la verdadera historia de sus orígenes no era la que oficialmente todos habían creído. Pidió unos segundos para ausentarse con su padre. Llegó al pasillo y vio que Roberto estaba destrozado. Había llorado desde su llegada sin parar y sabía que lo que iba a pedirle no era fácil, pero quería darle la oportunidad de hacerlo.

—Papá —pronunció con cariño frotándole el hombro.

Era un gesto que utilizaba muy a menudo con las personas allegadas. Experimentaba la necesidad de tocarlas para sentirse más próxima a ellas.

—Dime —contestó Roberto con un hilo de voz a punto de romperse de nuevo.

—Me gustaría que fueras tú quien explicaras a mis hermanos la verdad de esta familia —anunció ante unos ojos que se abrieron de pronto—, mamá me ha contado estos días quienes fueron en realidad la abuela Manolita y el abuelo Antón. Creo que Ana y Samuel se merecen, igual que yo, saberlo. Y me gustaría que fueras tú quien lo hiciera. Tenemos que encontrarla.

El silencio duró unos segundos en los que el cabeza de aquella familia miró hacia el suelo, movió la cabeza hacia arriba y negó y afirmó varias veces, antes de tomar la palabra:

—Es algo que tu madre siempre quiso llevar así, en

secreto. En varias ocasiones la he animado a contaros lo que en realidad fue su vida cuando era joven y ella siempre ha dicho que «a los niños no había que darles más preocupaciones». Yo creo que ninguno sois ya niños, ¿verdad hija?

—Cierto, papá —afirmó Alma sonriéndole con ternura.

Su padre siempre había estado en un segundo plano, a pesar de la importancia con la que de forma indirecta hablaba María acerca de sus decisiones. «Tu padre esto, tu padre aquello, tu padre y yo hemos tal». Siempre estaba nombrado en primer lugar, dándole el sitio que, según los cánones de la sociedad más clásica y la propia Santa Madre Iglesia, le correspondía. Pero todos allí sabían que la que tomaba las decisiones importantes siempre había sido su madre. La más dura, y ahora la conocía, había sido la de enviarla a estudiar para forjarse una buena formación y un buen futuro laboral a cambio de una promesa que no se había materializado hasta el momento.

Sin más preámbulo, entraron de nuevo en la sala y tras la confirmación, por parte de Alma, de que el comisario podía quedarse escuchando el resto de la historia, y la expectación que la ausencia de ambos había despertado en los hermanos, Roberto se dispuso a narrar, por primera vez y sin la atenta e influyente mirada de su mujer, la historia que siempre deberían haber sabido.

CAPÍTULO 20
Barcelona 1947

A pesar de los daños que había sufrido su estructura durante la guerra civil, el enorme vestíbulo con sus cúpulas centrales, junto con las marquesinas y lucernarios que las cubrían alternativamente con materiales pensados, acordes a los gustos lujosos y refinados de la clase burguesa de la época en que había sido construida, la Estación de Francia se erguía elegante, como un monumento, ante los pasajeros que, de forma incesante, entraban y salían ajetreados a través de sus andenes. La enorme estructura de hierro que componían los arcos en forma de «U» de su interior y las doce vías con que contaba la estación los habían acogido durante las últimas horas tras su llegada. Todo el mundo era ajeno al drama que vivía la familia que acababa de llegar, observando con urgencia todos los movimientos de aquellas personas. En aquellos primeros instantes Elisabeth creía que todos ellos, sin excepción, eran felices y viajaban con o para ver a los suyos, sin pararse a pensar que muchos de aquellos hombres estaban allí estrictamente por motivos de trabajo.

España, un país convertido en Reino tras el referéndum de la Ley de Sucesión a la Jefatura del Estado, había empezado a firmar acuerdos de emigración, con algunos vecinos de Europa, para el reclutamiento de mano de obra barata. Eran acuerdos que anteriormente habían rechazado otros países, debido a la falta de condiciones de trabajo y seguridad mínimas y al elevado índice de siniestralidad laboral. España iba por detrás de muchos otros que habían comenzado sus procesos de democratización. Seguía habiendo hambre y miseria, en los pueblos sobre todo. La marcha al extranjero, sujetos o no a los acuerdos a los que había llegado el

271

golpista y ahora jefe del estado, Francisco Franco, con otros dirigentes, se había convertido en esos años en una realidad. En la estación de Francia, aquella noche, se despedían de la ciudad muchos hombres, desde su soledad en las vías que daban acceso a la llegada de nuevos trenes, sin saber cuándo volverían. La idílica versión de país moderno y abierto, que se pretendía dar de España al resto del mundo, contrastaba con una importante escasez de medios y de industrialización que quedaba sustituida por la agricultura y la ganadería, que constituían el puntal en el conjunto de la economía nacional. Eran tiempos revueltos, de escaseces y resignación, aunque la familia Bernal Guzmán pudiera comer todos los días sin mayores dificultades.

La noche se había hecho interminable aunque ya llegaba a su fin y ese fuera motivo de mayor desesperación. Cansados y hartos de ver pasar a la gente de un lado a otro y sin encontrar a Eulalia, Víctor se acercó hasta la cafetería, junto a su mujer y su hija, para tomar algo caliente. Las marcadas ojeras de Elisabeth y las rojeces de sus ojos mostraban la desesperanza de quien no sabe qué hacer, aunque la impotencia creciente en aquellas horas había provocado en ella un estado de nervios que la obligaba a pasear sin parar por el andén de la estación en el que habían hecho guardia toda la noche. Laura, pegada a su padre casi todo el tiempo, había caído vencida del sueño, recostándose en uno de los bancos más cercanos a la entrada mientras Víctor y Elisabeth preguntaban a los agentes de acompañamiento que salían y volvían a entrar de los trenes y al feje de circulación. Ninguno de ellos parecía haber visto durante las últimas horas a una pareja joven que se disponía a viajar hasta el país vecino. Ella era menor de edad, sobre él apenas tenían información. Solo una escasa descripción que Laura les había facilitado. Se negaba a dar pie a pensar en ello, pero sabía que cabía la posibilidad de que finalmente no hubieran emprendido la marcha.

—Es posible que sigan en Somorrostro. Tendríamos que averiguarlo cuanto antes.

—Es posible que no —contestó ella con la mirada perdida—, y si no te vas de una vez a averiguarlo no voy a volver a verla —sentenció como un mal augurio.

—¿Cómo puedes decir eso? —le reprochó Víctor mirándola fijamente a los ojos.

—Porque lo sé —respondió con una frialdad que heló la sangre del hombre—, eso es algo que una madre intuye aunque no pueda comprobarlo.

—Quizás tus padres pensaron que nunca volverían a encontrarte —se atrevió a decir sabiendo que aquello era un golpe duro en uno de los momentos más delicados de su vida—. Lo siento, no he querido recordarte lo que pasó —se arrepintió atrayéndola hasta su cuerpo sin que Elisabeth demostrara ninguna reacción.

—No importa. En cierto modo es verdad y ojalá se cumpla igual que ocurrió conmigo. Es muy joven, pero es una mujer al fin y al cabo. Tiene veinte años, una edad en la que muchas de las chicas de los barrios más humildes ya se han casado e incluso tienen algún hijo. ¿Cómo he podido ser tan ingenua? Nos la ha jugado y bien —remató habiendo pasado de la tristeza a la rabia en unos segundos.

—La vida ha cambiado mucho en estos años cariño. Hoy en día hay más recursos para encontrar a las personas, ya verás cómo lo conseguimos. De todas formas todavía no podemos aventurarnos a pensar que realmente se ha…fugado con nadie —pronunció esto último con cierta cautela.

—Tienes razón —apreció la confianza con la que hablaba su marido, aunque sin demasiada convicción—. Sigamos o pensemos qué debemos hacer si siguen pasando las horas y partiendo los trenes sin que ella y su acompañante aparezcan por aquí.

Se acercaron a la ventana de venta de billetes para comprobar si en algún momento durante las siguientes horas tendrían salida alguno de los trenes que viajaban fuera del país. El empleado, muy amablemente, los informó de los horarios y tras intentar valorar las diferentes posibilidades se acercaron hasta Laura para preguntarle:

—Hija, ¿tú estás segura de que este era el plan?

Sabían que la presión que ejercían de nuevo sobre su hija era muy grande, pero se veían ante una encrucijada difícil de solventar. La disyuntiva era que si decidían marcharse al barrio donde al parecer vivía el muchacho con el que había planeado la huída, cabía la posibilidad de que aparecieran más tarde. Y si decidían permanecer en la estación, a la espera de verlos aparecer y esto acababa no sucediendo, cabía la posibilidad de que hubieran cambiado de planes para decidir finalmente marchar con el resto de la familia en las caravanas de las que había hablado Laura. La angustia crecía con el paso de las horas y la decisión había que tomarla ya, si es que no era demasiado tarde.

—Haremos una cosa —dijo Víctor tomando las manos de su mujer entre las suyas—, yo me voy ya hacia Somorrostro para ver si averiguo alguna cosa. Mientras tanto quédate tú aquí con Laura. Creo que es lo mejor.

El rostro de Elisabeth y todo su ser estaba sembrado de dudas. Sabía que su marido estaba perfectamente capacitado para preguntar y obtener información sobre los pasos de una familia que, a buen seguro, sería bastante conocida dada la actividad a la que al parecer se dedicaba. Ser miembro de un circo no pasaba desapercibido en ningún caso. No obstante, no lo imaginaba lo bastante incisivo si las respuestas que empezaba a recibir no lo llevaban hasta el lugar oportuno. Víctor era una persona esencialmente prudente y dialogante y, como padre, no podía haber uno mejor según la opinión de todos los que lo conocían. Elisabeth, como cualquier madre que ve en peligro a sus vástagos, podía ser capaz de sacar lo peor de ella si llegaba el caso. A pesar de los años que habían transcurrido desde sus andanzas en el envolvente y plural mundo del cine, por llamarlo de algún modo, al que se enfrentó durante algunos años imaginando que se convertiría en una actriz de prestigio, no había olvidado que en algunos momentos de la vida en los que tu esencia está a punto de ser atacada, había que sacar todas las armas y enfrentarse al enemigo a muerte si era necesario.

Apretó los dientes y valoró las opciones que su marido había dispuesto. Ciertamente, pensó, era mejor que él se enfrentara a la búsqueda de Eulalia en un barrio en el que con seguridad habría personas de todas las calañas. No se veía con fuerzas para enfrentarse a eso ni a algunos recuerdos que solo ella conocía de su vida pasada. Sonrió a Víctor y asintió con la cabeza cogiéndolo de las manos:

—Está bien, como tú veas. Laura y yo montaremos guardia aquí hasta que tú vuelvas —dijo Elisabeth sujetando las solapas de la americana mientras se alzaba para darle un beso en la mejilla—, sobre todo ten muchísimo cuidado, ¿me lo prometes?

—Te lo prometo —esbozó una sonrisa mientras sus ojos denotaban la tristeza y el cansancio acumulado de las últimas horas—. Tomemos alguna cosa para reconfortarnos y me pondré en camino.

—¡Víctor, Elisabeth! —oyeron sus nombres a voz en grito a unos metros de distancia desde donde se encontraban.

Los tres se giraron casi al mismo tiempo, asombrados por la aparición de Marta y Basilio, que caminaban a paso ligero al punto de arrancarse en una carrera hacia ellos desde el extremo del andén.

—¿Mamá, papá? —interrogó sorprendida—, ¿qué hacéis vosotros aquí? —dijo antes de echarse a llorar.

Verlos correr hacia ella de aquella manera fue el detonante a una situación que había intentado controlar durante toda la noche. Sin ninguna respuesta a su pregunta, y con los ojos anegados en lágrimas, se abalanzaron sobre ella abrazados en un solo cuerpo. Víctor y Laura permanecían junto a ellos observando una escena que cada uno interpretaba de forma diferente. Laura, como una niña que era, imaginaba aquel abrazo como el que le daba su madre cada vez que tenía algún problema y, sin que ni una sola palabra saliera de su boca, ésta sabía cómo consolarla; Víctor imaginaba que en aquella terrible situación que ahora le tocaba vivir a él, acudía sin permiso a sus recuerdos, recrudeciendo algunos momentos de su vida que debían creer olvidados.

Pasados unos instantes en los que Elisabeth logró hacer un breve resumen de la situación, Víctor y Basilio se despidieron de las mujeres de la casa, partiendo a ciegas hacia el barrio en cuestión que se disponían a visitar. Ellas, reconfortadas por estar juntas, caminaron largo rato por las vías por las que estaba prevista la salida de algunos convoyes hacia Francia.

Laura, que por aquel entonces ya era una muchacha de quince años, se mostraba discreta y atenta al mismo tiempo, aparentando un desinterés que en absoluto sentía. Por más sigiloso que quisieran procurar el intercambio de pareceres que su madre y su abuela mantenían, su oído era mucho más fino de lo que ninguna de ellas podía imaginar. Sin querer, y sin poder evitarlo, estaba siendo testigo de algunos detalles de la vida de su madre que nadie le había contado nunca. Se encontraba realmente impresionada. Cada vez que la una o la otra trataban de comprobar si estaba atenta o no a la conversación, ella disimulaba haciendo ver que continuaba enfrascada en el semanario Pulgarcito[6], leyendo cuentos e historietas que la entretenían más bien poco pero que su abuela le había comprado con ese fin. En aquellos tiempos era un verdadero lujo poder acceder a publicaciones de aquel tipo, aunque en realidad ella hubiera preferido algún folletín de los que había escuchado hablar a algunas amigas, que narraban historias de amor, románticas y azucaradas, en las que mujeres y hombres vivían grandes pasiones que siempre acababan bien.

Su cuerpo ya la había convertido en una mujer y sus formas también habían hecho los honores de regalarle bonitas

---

[6] *Pulgarcito* fue una *revista* de historietas española de periodicidad semanal publicada por la editorial El Gato Negro (luego *Bruguera*) desde 1921

curvas que ella todavía escondía bajo los casi infantiles vestidos que entre su madre y su abuela cosían para ella. No se había quejado nunca hasta la fecha y, viendo la situación que estaban atravesando sus padres por culpa de la falta de responsabilidad de su hermana, prefería no pensar en la idea de mostrar interés por nada que no fueran, de momento, los estudios y las labores destinadas a lo que se catalogaba por aquel entonces «una señorita».

—¿Tienes hambre? —le preguntó su madre acariciándole la espalda.

—No, ahora mismo no, aunque si la abuela y tú queréis alguna cosa puedo acercarme hasta la cafetería.

—Se nos ha terminado el agua y yo estoy sedienta. ¿Tú quieres comer o beber algo mamá?

—No, gracias, hija. De momento no.

Estaba claro que querían quedarse a solas al menos unos instantes. Laura acusó unas repentinas ganas, igual que su madre, de beber agua y se brindó a traerla. No quería perderse el momento pero sabía que la estaba induciendo a marcharse unos minutos.

—Me quedaré mirando las otras revistas que hay en el quiosco —anunció sonriente sabiendo que les estaba haciendo un favor.

—Sí, pero no te enamores de ninguna. No nos queda mucho dinero y todavía no sabemos cuánto tiempo estaremos aquí hasta que tu hermana… —bajó la vista de inmediato.

—Claro, mamá, solo mirar. Vengo enseguida —pronunció emprendiendo el camino hasta la cafetería, que se encontraba en el otro extremo de la estación, en uno de los pasillos centrales.

Las mujeres la observaron alejarse e inmediatamente se miraron coincidiendo en un mismo pensamiento. Eulalia se había fugado con un titiritero y desconocían su paradero, incluso podía ser que tardaran en encontrarla o no lo consiguieran nunca. No había dado muestras de rebeldía, igual que en ese momento tampoco las daba Laura, que siempre se había mostrado cabal e incluso más madura que el resto de muchachas de su edad. Sin embargo, el miedo atenazaba con repetir la situación que parecía perseguir a las mujeres de aquella familia. Mujeres que hasta la fecha habían tenido la suerte de encontrar el camino.

—Hija, no lo pienses más. Y verás como todo esto se queda en un susto. Yo no he tenido más hijos que tú y, a pesar de todas las circunstancias que hemos pasado en algún momento, no me arrepiento de nada. Lo sabes. Eulalia está pasando por ese momento en el que el amor puede con cualquier razón.

—Pero es que nunca he sospechado lo más mínimo —contestó sin dejar de mirar al resto de las personas que caminaban en su radio de visión—, no sé cómo ha podido pasar. Dime tú, ¿qué pinta mi hija con un equilibrista, o un payaso, o un domador, o qué se yo? —dijo despreciando cada una de las palabras que pronunciaba—. ¿Qué hemos hecho mal? —se lamentó tapándose la boca con la mano para no echarse a llorar.

—¿Qué hicimos mal Basilio y yo? —devolvió su madre antes de abrazarla—. La vida es así de ingrata en ocasiones y no hay ningún manual, al menos que yo conozca, que te dé las instrucciones para que todo salga bien, ni que explique cuál es la respuesta a tantas preguntas como se hace una madre cuando ve crecer a sus hijos; cuando querría adelantarse a las circunstancias para que no sufran, ni se equivoquen, ni tomen el camino equivocado; cuando inútilmente, empeñada en velar sus sueños, resulta que estos están muy lejos de su regazo; cuando llora su ausencia con la mayor impotencia que se puede sentir; cuando ocurren esas cosas que la vida nos pone como pruebas. No hija, no has hecho nada mal. Ni tú ni tu marido. ¿Acaso crees que tener una exquisita educación, tanto fuera como dentro de casa, era la garantía del éxito que habéis pensado para ella? —quiso dejar entender aludiendo a su propia experiencia.

—Pero mamá… —sollozó mientras recibía la cálida caricia de las manos de su madre sobre sus mejillas húmedas.

—No, no encontrarás todos los porqués que necesitas en muchos momentos. No te martirices con un motivo, porque sí lo hay y se llama amor. Simplemente ha ocurrido. Igual que te ocurrió a ti, con la diferencia de que tú te sentiste atrapada por el amor a ser una actriz, y no digo yo que no sirvieras, pero... Y mira ahora, convertida en una mujer como hay pocas, después de lo que llegaste a pasar. Nunca imaginé, tras verte en aquella camilla del hospital, que pudieras volver a rehacer tu vida como lo has hecho. Viviste esa parte de tu historia como tú pensaste que era mejor para ti. Quisiste experimentar tu sueño y todo no fue malo, ¿verdad? —preguntó a su hija afirmando porque sabía cuál iba a ser la respuesta—. Pues eso es lo que cuenta. Y ahora, en cuanto vuelva Laura, vamos a dar una vuelta de nuevo por los andenes a ver si vemos aparecer a nuestra Eulalia —finalizó sujetándola del brazo.

Las palabras rebotaban en la cabeza de Elisabeth, intentando colocarse en alguna parte sin éxito. Le valían las palabras de su madre, pero de nada servían si no iban acompañadas de la mejor noticia que podían llegarle a dar nunca. Vio llegar a su hija pequeña desde la otra punta del pasillo y pensó en ella, por primera vez, de forma distinta. Se había hecho mayor y apenas se había dado cuenta. Y su corazón se rompió un poco más al imaginar, muy a su pesar, que ella iba a ser el centro de sus desvelos a partir de aquel día.

Sumida en sus pesares de repente giró la cabeza y le pareció verla. Tomó todo el aire que cabía en sus pulmones y, tras apretar la mano de su madre, arrancó a correr tras ella, viendo que estaba a punto de subirse a uno de los vagones de tren situados en el andén paralelo al que se encontraba. Marta, sin haber podido reaccionar en un principio, la siguió todo lo deprisa que pudo mirando atrás de vez en cuando para comprobar que Laura seguía entretenida en el kiosco. El corazón parecía salírsele del cuerpo cuando logró alcanzarla. Había desaparecido entre los viajeros que empezaban a subir al tren para dejar sus maletas antes de despedirse de quienes habían ido a acompañarlos. Observó detenidamente sus caras y, en la mayoría de los casos, no parecían contentos. Tras unos minutos que se le hicieron eternos, Elisabeth apareció en la puerta de uno de los vagones, con la mirada perdida. Marta se apresuró a su encuentro y le brindó su mano sabiendo que la que había entrado no era su nieta.

—Se parecía mucho a ella mamá, pero no era ella…

—Baja con cuidado, hija —pronunció Marta con el alma en un puño —vamos con Laura y esperemos allí mientras llegan tu marido y tu padre. Verás cómo nos traen buenas noticias.

Nada consoló a Elisabeth en las siguientes horas que transcurrieron antes de que aparecieran Basilio y Víctor. Sin pronunciar palabra alguna, sus caras delataban el fracaso de la misión a la que se habían enfrentado. Después de abrazarse a su mujer habló para todos:

—Conocían a la familia, eso sí que hemos podido averiguarlo, aunque esta madrugada han partido todos hacia su nuevo destino, al parecer fuera de España. Además, hoy era un día un tanto extraño. Por lo visto hay una famosa bailadora de flamenco, cuyos orígenes están en ese barrio, que ha vuelto de una gira por medio mundo y precisamente hoy ha llegado a visitar a sus paisanos, que por lo que se ve todavía viven ahí. No lo entiendo, en esas condiciones es muy difícil destacar en nada.

—¿Y nadie ha visto a nuestra hija? —se impacientó Elisabeth, a la que le importaba muy poco todo lo que no fuera conocer algún dato que pudiera esclarecer el paradero de la primogénita—, dime, ¿qué os han dicho? —apremió de nuevo a su marido.

—Poca cosa, a decir verdad. Allí todo el mundo estaba hoy de fiesta. Solo hemos podido averiguar lo que he comentado y sí que es cierto que algunas mujeres mayores, al hacer la descripción de Eulalia, se han quedado calladas mirando extraño. Seguramente serán imaginaciones mías, pero no sé. El resultado ha sido poco, la verdad.

—Aquí tampoco la hemos visto, papá —se adelantó a decir Laura viendo que ni su madre ni su abuela daban señales de respuesta—, hemos vigilado todo el tiempo y hemos ido preguntando a los señores que venden los billetes.

—Está bien, hija —animó Víctor a Laura, que se pegó a su padre.

Habían transcurrido casi veinticuatro horas desde que conocieran la desaparición de Eulalia. Era una mujer menor y, aunque tuvieran algunos indicios de con quién podía haberse fugado, había que tomar una determinación y dar parte a las autoridades. Desconocían cuánto tiempo debía transcurrir antes de poder poner una denuncia pero Víctor pensó que había llegado el momento de dar un paso.

—Creo que es hora de que pensemos en marcharnos —pronunció con cautela a la espera de la reacción de su mujer.

—¡Ni hablar! —espetó ella de inmediato—, que en ese barrio haya habido mala suerte no quiere decir que finalmente no hayan decidido viajar en tren —aclaró ante la mirada triste del resto de los familiares—. Además, os han dado muy pocas explicaciones. Tenía que haber ido yo —dijo apretando las mandíbulas conteniendo la rabia que se escapaba a través de sus palabras.

—¡Acaso crees que no hemos hecho todo lo que hemos podido! —explotó un Víctor, fuera de sus casillas, que llevaba demasiado tiempo aguantando las ganas de expresar su desesperación ante la actitud de Elisabeth—, yo también estoy destrozado. No eres la única y si tú no te sientes capaz de pensar con claridad, digo yo que alguien tendrá que hacerlo, ¿no te parece? —finalizó clavando sus ojos en los de su mujer, que lo observaba sin pestañear—. En Somorrostro no está, de lo contrario nos lo habrían dicho. Los del circo tampoco estaban. Habían recogido sus cosas y allí ya no quedaba nadie. Hemos estado en el lugar donde habían instalado la carpa y los alrededores, donde suelen vivir en las caravanas.

—Quizás se ponga en contacto con nosotros a través de alguna carta o llamando al Palacio. Yo creo que lo hará mamá —quiso consolar Laura mientras los demás la miraban con cariño, agradeciendo aquel punto de positivismo frente a una situación que no sabían cómo enfrentar.

—Yo no lo hice, yo no lo hice —repitió mirando a su hija, pensando que ésta no conocía algunos datos que sí había podido rascar de la conversación entre ella y su abuela.

Tras unos minutos de silencio insoportable, y sin mediar más palabras, Elisabeth se acercó a su marido, se acurrucó entre su pecho y sus grandes brazos que la abarcaron, y lloró desconsoladamente mientras los demás hacían malabares para no desfallecer. Todos asintieron cuando el cabeza de familia decidió que era hora de partir hacia casa. No tenía demasiado sentido permanecer en aquel lugar sin conocer cuál había sido la decisión final de la joven pareja.

Los días sucesivos fueron una pesadilla, como si lo que estuvieran viviendo no formara parte de la realidad de sus vidas y solo se tratase de un mal sueño, que de un momento a otro iba a terminarse. Después del trabajo, y tras haberse ausentado de su puesto más de lo que se permitía a otros trabajadores, Víctor volvió a sus obligaciones laborales y las mujeres de la familia a sus rutinas. La casa se caía encima y los ojos de Elisabeth eran dos cuencas empequeñecidas y enrojecidas que no tenían mucha más capacidad para albergar las lágrimas que a diario derramaba. Nada la consolaba y para colmo había tenido que escuchar de la condesa alguna que otra impertinencia que la acusaba indirectamente de no haber puesto medidas más severas en la educación de sus hijas. Había sido la niña mimada de la aristócrata y ésta, envejecida y dolida por la ausencia de su pequeña, había cargado sobre sus progenitores la culpa indiscriminada de su proceder. En más de una ocasión estuvo a punto de saltar y dejarla sentada de una sola vez en alguno de sus isabelinos butacones, pero no lo hizo. La sangre fría, la educación y la cordura habían acudido a tiempo. Sus padres llevaban prácticamente toda la vida allí y tenían mucho que agradecer a aquellas personas a las que habían servido durante más de tres décadas. Ella misma había sido beneficiaria de su gratitud en los años en los que empleó la academia a la que iba a estudiar, como tapadera, para acercarse al mundo real que había a pocos kilómetros de su casa. Y nunca se lo había echado en cara nadie, al menos que ella supiera. Ahora, debatiéndose entre el transcurso de las horas y la falta de noticias, no tenía fuerzas para combatir una realidad: su hija había desaparecido y, hasta el momento, después de casi un mes nadie sabía dónde podía estar. La desesperación dio lugar a la impotencia y esta se hizo camino entre el agotamiento y la resignación. Todos los días eran iguales y ninguno de ellos, durante mucho tiempo, trajo noticia alguna del paradero de Eulalia. Mientras Laura iba creciendo y el resto de las personas que la rodeaban acudían a sus rutinas, Elisabeth se encerró en sí misma y en los recuerdos del pasado que sabía que nunca más iban a volver. Víctor se refugió en el trabajo y Marta y Basilio se jubilaron y decidieron ir a vivir a un piso cercano a la vivienda de su hija.

CAPÍTULO 21

Barcelona 2014

Tras la confesión de Roberto y la sorpresa de los hermanos, ajenos hasta entonces de una historia que nunca habían imaginado, Osma decidió que era el momento de marcharse y dio unos pasos hacia la salida. Se había hecho bastante tarde y hasta las siete de la mañana no les dejarían entrar a ver a María. En un acto reflejo, Alma lo siguió, abrió los dedos de su mano para enlazarlos entre los de Guillem y adelantó su cuerpo suavemente para tapar un gesto de amor que no quería que los demás percibiesen. Sentirlo pegado a ella le confería mayor tranquilidad. Giró levemente la cabeza y lo miró asintiendo.

—Creo que será mejor que vayamos a descansar. Yo me quedaré haciendo guardia —se brindó Samuel, con un gesto serio que pocas veces dejaba ver—, así que vayan despejando la sala.

Para el más joven de la casa saber que tenía familia que no conocía, y que la que siempre había considerado la suya en realidad no lo era, había supuesto un impacto. Era jovial y alegre por naturaleza pero los acontecimientos lo habían desbordado. No le cabía en la cabeza, se repetía una y otra vez sin exteriorizar el estupor que la situación le causaba. Ana, con un aplomo que incluso podía parecer extraño, porque solía tener la sensibilidad a flor de piel, confesó que en ocasiones algunos retales sueltos de conversaciones entre sus padres habían dado lugar a ciertas sospechas que había descartado por falta de fundamento. Unas sospechas que siempre había querido entender que solo eras fruto de su imaginación y que ahora se confirmaban en el peor momento. Su intención era independizarse definitivamente, después de encontrar al que pensaba que sería por fin el hombre de su vida y, de repente, todo volvía a torcerse. Sentirse miserable por pensar aquello en un momento tan delicado para toda la familia no la aliviaba si recordaba que sus deseos se habían visto interrumpidos, por una u otra razón, en otras ocasiones. Incluso en alguna de ellas, el aplazamiento de una decisión que parecía en firme, le había valido la relación amorosa. La vida también había sido injusta con ella y nadie lo comprendería nunca. Borrando esos pensamientos de su cabeza, suspiró hondo y verbalizó sus intenciones:

—Mañana pediré permiso en el trabajo para ausentarme un par de días —afirmó convencida—, tenemos que ponernos manos a la obra con este asunto. Mamá lo necesita y nosotros también. Al fin y al cabo, y aunque no los conozcamos, son nuestra familia. Samuel, mañana vengo a primera hora para que tú descanses. Ahora creo que lo mejor será volver a casa y descansar unas horas. Vamos, papá. Tú también, hermanita —se dirigió a Alma alargando su mano hasta la de su hermana pequeña—, creo que en ti recaerá la búsqueda de más pistas hasta que demos con quien estamos buscando. Para eso eres la más lista de todos nosotros. Pon tu cabeza a pensar y lee ese diario del que nos has hablado. Nosotros nos encargamos de lo demás. Samuel —dijo dirigiéndose a su hermano de nuevo—, a la más mínima nos llamas, ¿de acuerdo? Estaremos pendientes del teléfono en todo momento y un taxi son veinte minutos como máximo cuando nos necesites. Lo más mínimo, ¿vale? —reiteró ante la mirada atónita del resto.

Normalmente dejaba que los demás se adelantaran en la toma de decisiones. Nunca le había gustado ser la primera en nada, aunque la vida le concediera ser la primogénita de aquella pequeña saga que ahora intentaba recuperar el eslabón perdido en su árbol genealógico.

—Vamos —se adelantó Guillem—, hagamos una cosa. Vamos a leer las páginas del diario desde tu teléfono y a ver si entre los dos podemos adelantar alguna cosa. Tengo entendido que mi equipo irá a lo largo de esta semana a visitar las instalaciones de «MareNostrum». Si para entonces hemos descubierto algo, mejor que mejor.

—De acuerdo, pero tengo que pasar por casa. Mi madre me ha dicho algo que quiero ir a comprobar. No sé qué debe ser —añadió sin dar más explicación mientras volvía a ella la incógnita de la extraña consigna que María le había dado—. Si te parece te llamo en cuanto pueda, aunque creo que voy a descansar yo también un rato.

—Claro —sonrió él acercándose a ella sin atreverse a besarla por si los estaban mirando—, esperaré tu llamada.

—¿Sabes?, ahora que conoces esa parte de la historia de mi familia de la que ni siquiera estábamos enterados nosotros, siento que mi vida es como un círculo que no termina de cerrarse. Siempre he tenido esa sensación y ahora sé por qué. O creo que empezaré a saberlo. No sé si alcanzo a explicarme.

—Perfectamente —contestó él con enormes ganas de consolarla entre sus brazos.

—¡Cómo he podido ser tan despistada! —exclamó de repente ante la sorpresa de todos.

—¿Qué pasa? —preguntó Samuel, que se dirigía con ellos hasta la salida del hospital para despedirlos.

—Esther y yo manteníamos abierta una cuenta de correo, al margen de las oficiales con las que nos comunicábamos todos los compañeros del seminario. No sé cómo me puede estar pasando esto a mí. Un detalle y un olvido imperdonables. Tengo que acercarme hasta un locutorio en cuanto pueda dentro de un rato, y comprobar una cosa.

—¿Y se puede saber quién es Esther? —preguntó Ana haciéndose eco de la conversación para sorpresa de todos.

Alma fue consciente, entonces, de que la historia de su amiga muerta había continuado al margen de los acontecimientos a pesar de las confesiones que allí se habían realizado y de que fuera ella el principal aliciente de su vuelta a Barcelona. El hilo conductor de la conversación se había desarrollado en torno a los verdaderos orígenes de su madre y las consecuencias que habían tenido lugar en sus vidas la aparición de aquella pseudo orden religiosa que no había hecho otra cosa que controlarles la vida, y no solo a ella sino a todos los miembros de su familia. Durante unos instantes dudó en explicar la otra historia, paralela aunque no menos importante, en la que su improvisada visita de vuelta a casa no había sido el verdadero motivo de su llegada. Suspiró varias veces, miró a Guillem y decidió poner algunas palabras a un desliz que en aquel momento era bastante inoportuno:

—Esther es una amiga mía del seminario. Estaba aquí en Barcelona, de vuelta de Alemania también, y tenía la intención de venir a verla. Finalmente no pudimos encontrarnos —mintió para ahorrarse más explicaciones—, y después llegué a casa. Teníamos que hacer un trabajo de campo y habíamos abierto una cuenta de correo para poner en común las cosas que íbamos descubriendo. Eso es todo. Con lo de mamá se me había olvidado por completo —se excusó nuevamente finalmente dando por zanjado el argumento que acababa de inventarse.

—Lo que no entiendo es que tengas que ir a un locutorio para mirar un mensaje de correo normal y corriente, vamos, digo yo —apuntó su hermano sin que ella hubiera contado con aquel detalle.

—Sí, es que parte del trabajo consistía en realizar el traspaso de la información en un lugar público. Tiene que ver con la temática del trabajo: la hermenéutica, la interpretación de la verdad bíblica y el método como fenómeno representativo universal en la historia de la religión católica.

Ni ella misma creía haber dicho lo que acababa de pronunciar. No lo creía y mucho menos se entendía. Acababa de decir una especie de sinsentido juntando palabras que para ella eran frecuentes en su jerga. El trabajo que había dejado parado, encargo de la Universidad Católica de Eichstadtt—Ingolstadt, trataba acerca de la traducción de unos textos bíblicos escritos en hebreo que pocas personas se atrevían a interpretar. Respiró profundamente y esperó que el resultado de sus palabras no hubiera causado demasiados estragos. Aunque si hubiera visto la cara del resto de su familia, incluida la de Guillem, que no había logrado encajar la mandíbula después de escuchar aquello, hasta se hubiera echado a reír. Pero no era el momento. Había que salvar una situación incómoda con la que no había contado y en la que se había metido por culpa de un descuido.

—Y luego qué vais a hacer, ¿un máster en pensamiento etéreo y cristiano de los «registros akáshicos»? —contestó dando juego a aquella situación que se estaba tornando surrealista.

—Pues te puedo asegurar que los hay, cuando quieras te lo demuestro —se defendió de lo que claramente parecía un ataque directo a la yugular.

El resto no añadiría nada más pero Samuel era insaciable y no se conformaba con explicaciones como aquella. No obstante, tuvo un momento de observación y decidió que lo mejor iba a ser dar por zanjada la cuestión no sin antes dejar claro que la conversación no había quedado en tablas.

—Hermanita, serás muy lista, que lo eres, pero esto no hay quien se lo trague. En fin, tú misma con tus cosas, que para según qué siempre has sido un poco…

—Rara, dilo —ayudó a su hermano—, no me importa que llames a las cosas por su nombre. Estoy más que acostumbrada a ser eso, alguien raro. Si es verdad que con «ellos» nunca me he acabado de sentir a gusto, y ahora sabéis cuál es el motivo, también te aseguro que es el único lugar en el que he encontrado personas con las mismas rarezas que yo. Dicen que mal de muchos es consuelo de tontos, ¿no?

—Tengamos la fiesta en paz. Que cada uno envíe los correos desde donde le apetezca y considere más oportuno. A ver si ahora, que debemos estar más unidos que nunca, vamos a empezar a echar chispas por semejante idiotez —intervino

Roberto por primera vez mostrando un genio que pocas veces utilizaba.

—Tienes razón, papá —contestó Samuel sintiéndose aludido al tiempo que avergonzado—, no sé qué me ha pasado. Supongo que estamos todos más nerviosos de la cuenta y decimos más tonterías de las necesarias. Perdóname, Alma, no he querido meterme donde no me llamaban.

—No hay nada que perdonar —respondió ella acercándose hasta él para abrazarlo—. La única ventaja que llevo sobre todo este asunto es que lo he sabido unos días antes que vosotros. Por lo demás, estoy tan impresionada como el resto y lo que de verdad quiero es que podamos poner orden a nuestra propia historia sin que nada de lo demás cambie entre nosotros. Nuestros abuelos, al menos los que creímos que lo eran durante todos estos años, ya no están aquí para que les pidamos más explicación. Y seguramente no la tenían. Ellos actuaron como pensaban que era lo correcto.

Tras un silencio que dio por finalizada la incómoda escena que acababan de tener, se despidieron de Samuel y se dirigieron hasta el parking del hospital, donde todos habían dejado sus vehículos. Roberto y Ana se acercaron hasta el coche de ella mientras que Alma, haciendo señas con la mirada a Osma, esperó en su coche hasta que su familia había desaparecido de su vista. En ese momento salió del coche y se dirigió hasta el vehículo del comisario. Entró en él y ante la sorpresa del hombre dijo:

—Acompáñame hasta el primer locutorio que encontremos por aquí. Si puedes claro.

—Por supuesto. ¿Algo que quieras contarme?

—Imperdonable, eso es lo que me parece el despiste que he tenido. Una tarde, cuando acompañé a Esther a dar un paseo porque necesitaba desahogar conmigo todas las dudas que empezaban a atenazarla con respecto del seminario, nos acercamos hasta un locutorio y decidimos abrir una cuenta de correo para comunicarnos de forma más discreta cuando tuviéramos la necesidad. Al principio la utilizábamos mucho, supongo que era la novedad y las ganas de despotricar contra las normas, las condiciones y las limitaciones que empezábamos a sufrir sin atrevernos a manifestar nada, abiertamente. Desde el momento que uno de nosotros tiene un destino asignado por el Consejo de Hermanos Mayores, la formación se enfoca de manera intensiva en el aprendizaje de todo lo que esté relacionado con el sector de actividad, los mercados mundiales, el conocimiento de personas influyentes con las que nos tenemos que empezar a relacionar y también al control al que se someten nuestras vidas. Es como el último esfuerzo que hacen para obtener los resultados que esperan de cada uno de nosotros. Ellos apuestan por ti y el precio es que te conviertes de forma indefinida en una de sus marionetas, no sé si me explico o te estoy aclarando más bien poca cosa.

—Perfectamente, quiero decir que te explicas perfectamente —aclaró Guillem dejándola continuar.

—Cuando a Esther, que era un par de años mayor que yo, le asignaron su destino las cosas empezaron a ser más difíciles. Apenas tenía tiempo libre para quedar y hablábamos menos. También se fueron haciendo más distanciados los mensajes que ella podía enviarme a mí. Y casi dejamos de hacerlo. Luego, cuando una mañana desayunando me confesó que quería dejarlo todo y volver a casa, me avisó para que cuando saliera del seminario fuera a ver el mensaje que me había enviado.

—¿Y lo hiciste?

—Sí, aunque lo único que me decía era que había visto demasiadas cosas que no le gustaban y que después de pensarlo muy detenidamente había tomado la determinación de marcharse. Sabía que su decisión no iba a gustar, ya que era una de las, vamos a decir «elegidas», para formar parte de la plana mayor de un gran proyecto. Algo que no me llegó a contar. Ahora, mientras estoy explicándotelo, empiezo a juntar algunas piezas de este puzle.

—¿Y sabes si llegó a visitar las instalaciones de las que

hemos estado hablando?

—Yo diría que sí, pero no estoy segura. Ya te digo que cuando llega ese momento las relaciones con los demás se distancian muchísimo. En ocasiones he visto a alguno de los hermanos en la televisión o en la prensa, ocupando puestos como presidentes, consejeros delegados o altos cargos de empresas sin que antes hubiéramos sabido dónde iban a trabajar. Los que antes habían sido compañeros de convivencia se convierten en personas poco accesibles cuyas vidas cambian radicalmente. Es como si hicieran un juramento o algo parecido. Supongo que entran en otra esfera y no se les permite hablar demasiado. No sé, es todo tan extraño…

—Entiendo. En cualquier caso convendría acercarse hasta un locutorio para comprobarlo.

—¿Has estado en alguno? —preguntó curiosa.

—¿A qué viene esa pregunta? —contestó sonriente—, no pensarás que siempre he sido comisario, ¿verdad?

—No sé, dímelo tú.

—Pues no, como es de suponer. Hubo una temporada en la que fui agente raso y me pateé la ciudad vestido de policía. Durante algún tiempo, al principio de entrar en el cuerpo, formé parte de los comandos antidisturbios, esos que tan mala fama tienen —añadió ante el gesto sorprendido de Alma—. Horarios cambiantes, fines de semana de servicio, operaciones especiales, todo bastante lejos de eso que llaman conciliación familiar. ¡Ah! —aclaró levantando su dedo índice—, usando chalecos antibalas que pesaban más de seis quilos, que si te paras a pensarlo tiene casi el mismo peligro que las propias operaciones—. Imagino que no creerás que los casos se resuelven por osmosis —remató dando sobradas muestras de superioridad.

—No te imaginaba viviendo donde vives ni conduciendo el vehículo que tienes, pero tampoco te queda bien el papel de perdonavidas —añadió ella esbozando una media sonrisa ante la actitud altanera que tan bien había representado el comisario.

—Me alegra saberlo —dijo acercándose a ella para besarla.

—Esto vuelve a ser peligroso. En casa estarán esperándome y con la hora que es no creo que encontremos nada abierto —pensó respecto de las primeras intenciones que había tenido—. Te propongo acercarnos mañana a primera hora a cualquier local que haya cerca de aquí, del hospital.

—Lo siento —se lamentó él—, mañana a primera hora tengo una reunión importante. Adelanta tú lo que puedas y en cuanto tenga un hueco me acerco hasta donde estés.

—De acuerdo. Aunque estoy tentada de hacerlo desde casa.

—Si las cosas son como me estoy imaginando deben de tener los tentáculos muy largos y todos los dispositivos que puedan alcanzar a controlar estarán siendo revisados para ver qué haces, con quién hablas y qué es lo que dices.

—¿Incluso el teléfono móvil? —se alarmó Alma.

—Incluso eso, aunque es menos frecuente. No mantengas la opción de localización activada para que al menos no puedan rastrear dónde te encuentras en cada momento.

—Esto es increíble —se lamentó moviendo la cabeza de lado a lado mientras desconectaba el localizador tal y como le había aconsejado.

—Recuérdalo siempre, la realidad supera la ficción. Lo que sale en las películas se queda a la altura de la suela de los zapatos con lo que realmente sucede en la calle —añadió afirmando con la cabeza—. Me espero aquí hasta que salgas del garaje e intentaré seguirte desde una distancia prudente para cerciorarme de que llegas sana y salva a casa. ¿De acuerdo?

—Me siento extraña. Nunca imaginé, cuando ingresé en el seminario, que las cosas pudieran terminar así —se lamentó alcanzándolo con un beso fugaz en los labios mientras con la mano abría la puerta del vehículo—, nos vemos mañana y si no puedes te llamo. Ten cuidado tú también y descansa.

El comisario pensó en la cita a la que se habían emplazado

al día siguiente, antes de las nuevas noticias pero no quiso adelantarse. La siguió con la mirada hasta que hubo entrado en su coche y arrancó el motor esperando que ella hiciera lo mismo. Aquella mujer lo tenía completamente descolocado.

Todavía era de noche cuando Alma pudo comprobar que llovía y que lo más probable era que el día continuara siendo gris. Roberto, que apenas había pegado ojo en toda la noche, se había levantado el primero y había preparado café y tostadas para todos, confiando que el olor que llegaba desde la cocina fuera despertando a sus hijas. Quería llegar puntual para la primera visita que podía realizar a su mujer. Alma, que se había pasado la noche dando vueltas en la cama y acostumbrada a madrugar, llevaba más de media hora despierta, escuchando los pequeños ruidos que su padre iba haciendo en la cocina. Dejó volar su pensamiento hasta unos años atrás, cuando los cinco habían sido una familia completa entre aquellas cuatro paredes. Esbozó una triste sonrisa frente a unos recuerdos que le dolían en lo más profundo de su corazón. Pero no se dejó llevar por ellos. No era el momento de venirse abajo y menos sabiendo que había tantas cosas que poner en su lugar. Se incorporó en la cama y se frotó la cara con las manos de forma compulsiva. Frenó en seco el movimiento y, de repente, volvió a recordar las palabras de su madre. «La mesita de noche». Saltó como si tuviera un muelle en las piernas y se acercó a saludar a su padre, al que de pronto veía mayor, muy mayor. Él, que ya se había sentado frente a sus tostadas, la miró y sonrió. Hacía mucho tiempo que no veía la sonrisa de Roberto dibujada en su cara.

—Buenos días, papá —dijo acercándose para darle un beso.

—Buenos días, hija —repitió él retirando la silla para que Alma se sentara junto a él—, tómate el café y come algo. No me gustaría ir muy tarde al hospital. Ahora avisaré a tu hermana para que se levante ya.

—Quería preguntarte una cosa —anunció ella observándolo detenidamente.

—Dime —pronunció tranquilo un hombre que parecía haber envejecido diez años de golpe.

—Mamá me dijo anoche algo de su mesita de noche. ¿Sabes tú de qué pueda tratarse?

Roberto la observó durante unos segundos tratando de encontrar una respuesta que no llegaba. Se encogió de hombros y negó con la cabeza.

—No tengo idea. ¿Qué te dijo concretamente?

—Nada más que eso. Mesita de noche y casa. ¿Te importa que vaya un momento a tu habitación?

—En absoluto, pero no tardes que quiero…

—Sí, sí, papá, no te preocupes. Tampoco hay tanto dónde mirar. De paso le doy un toque a Ana. Por lo que veo sigue tan dormilona como siempre.

—Las pastillas también hacen su trabajo, no creas —afirmó acercándose la taza del café para dar el último sorbo.

—¿Toma pastillas para dormir?

—Creo que sí.

—No sabía nada —musitó Alma apesadumbrada.

—Normal, no vives aquí. Quiero decir que no vivías hasta hace poco…

—Ya. Bueno, a lo que vamos. La zarandearé como cuando éramos pequeñas y se cabreaba conmigo porque no dejaba de hacerlo hasta que me daba un grito y reviso la mesita de mamá.

Se acercó hasta la habitación de su hermana y la tocó en el hombro suavemente. Ante la impasibilidad de esta volvió a la carga con más energía. Ana se giró despacio y se desperezó antes de abrir los ojos.

—No puedo —se lamentó entre dientes—. Cinco minutos por favor, solo cinco minutos más —pidió intentando taparse de nuevo con las sábanas que ya había retirado su hermana.

—De eso nada, son más de las seis y papá no quiere tardar

en irse. No seas remolona y levanta ya. No sabía que tomabas somníferos. Eres demasiado joven para eso y te recuerdo que crean adicción.

Su hermana la miró fijando los ojos en ella muy seria. Llevaba unos años atada a un hábito que ni siquiera se había parado a pensar que le reportaría las consabidas consecuencias. Pero las necesitaba y de momento no pensaba dejarlas.

—Está bien, ya voy. Cuando quieres eres una pesada. En realidad siempre lo has sido —reconoció sonriendo mientras la observaba.

Alma se acercó hasta su hermana y le dio un beso. Después desapareció en dirección al dormitorio de sus padres. No alcanzaba a imaginar qué podía ser lo que su madre quería que encontrara allí. Se sentó en el borde de la cama y con mucho cuidado, como si estuviera profanando un lugar sagrado, abrió el primero de los tres cajones. En él se encontraban las prendas íntimas de María. Alargó la mano y empezó a buscar entre ellas procurando no desordenar el conjunto. Aunque no estaba en casa, sabía que el desorden era uno de los principales motivos de discusión en aquella casa. Todo tenía un lugar y allí debía permanecer. Era una especie de máxima que se tenía que llevar a rajatabla o de lo contrario la reprimenda podía ser monumental. No encontró nada. Siguió con el siguiente cajón, el de en medio, en el que se encontraban los calcetines y las medias. Todo estaba como si nadie lo hubiera usado nunca. Otra de las costumbres de María era guardar siempre una muda completa de ropa interior «por si acaso». Esa expresión siempre iba acompañada de la posibilidad de una visita a un especialista médico, una urgencia hospitalaria y cosas parecidas. Alma sonrió y se dirigió al último cajón del mueble, en el que su madre guardaba algunas camisetas, muestras de colonias y dos pequeñas carpetas que inmediatamente sacó de allí para inspeccionar. Su decepción llegó cuando pudo comprobar que lo único que se hallaba en su interior eran citaciones médicas e informes de analíticas varias. También pudo leer, muy a su pesar, el diagnóstico que ya conocían todos.

Su madre había hablado inquieta dándole unas instrucciones muy concisas. Allí debía de haber alguna cosa más de lo que había encontrado hasta el momento. Durante unos segundos, y preocupada por la hora, se apresuró a sacar los cajones de la estructura del mueble y dejarlos encima de la cama. Tras dicha operación, se arrodilló en el suelo y examinó su interior. Aparentemente no se veía nada hasta que se agachó un poco más y pudo observar que en la parte inferior del sobre de la cajonera parecía haber algo parecido a un envoltorio de plástico adherido a la madera con suma precisión. Palpó comprobando por dónde podía empezar a retirarlo, rascando suavemente con las uñas hasta que encontró un ligero relieve desde el que empezar a trabajar.

La tarea le llevó unos minutos y la voz de su padre la sobresaltó.

—¿Has encontrado alguna cosa? Por lo que parece tu madre debe de haber guardado, lo que quiera que sea, a conciencia.

—¡Ay! qué susto me acabo de llevar —exclamó Alma llevándose la mano al pecho—. Estoy intentando despegar algo que hay aquí por debajo y vaya si está bien encolado. Me sabe mal pero querría terminar de hacer esto. Yo estoy lista en dos minutos de reloj. Además, qué son, ¿las seis y veinte?

—Así es, venía a decírtelo. Tú y tus habilidades —gesticuló Roberto—, está bien, no tardes. Tu hermana está en la ducha y en cuanto salga y se tome el café me gustaría que nos marcháramos.

—No te preocupes, papá, esto está casi listo. ¿No tienes curiosidad por saber qué hay aquí?

Roberto la miró y se encogió de hombros antes de contestar:

—Si quieres que te diga la verdad, no demasiado. Lo verdaderamente importante para mí está en una cama de hospital, luchando para seguir entre nosotros. Nada de lo que se esconda ahí dentro podrá cambiar eso ni ayudarla en estos momentos.

Mientras escuchaba atentamente a su padre seguía tirando con suavidad de la cinta que sellaba el plástico. Cuando esta estaba a punto de dar la vuelta al recuadro, arrancó con los dedos su contenido y lo sacó de la madera. Su padre ya había desaparecido y allí estaba ella, sola con su hallazgo. Con sumo cuidado, abrió la solapa y tocó por fin lo que se escondía allí dentro. Estaban giradas entre sí, de manera que, a priori, no podía verse el contenido. Por su color amarillento, la textura y las muescas alrededor podía adivinarse que eran fotografías antiguas. Las giró y pudo observarlas por primera vez, emocionada ante unas imágenes que nunca había visto antes.

La primera que tomó entre sus manos era la foto de dos niñas, dos gotas de agua. Y le embargó la emoción. Su madre y su tía juntas por primera vez para ella. El mismo corte de pelo, media melena ondulada descansando en los hombros y sujetas con sendas cintas de raso de color violeta, recogidas en un gran lazo en el lado derecho del cabello. Dos vestidos lisos, aparentemente faltos de color y de un solo cuerpo. Ligeramente acampanados y por encima de las rodillas, pegadas y huesudas como el resto de sus cuerpos y adornados con unas pequeñas mangas que revoloteaban alrededor de los hombros. En aquellas criaturas destacaba su delgadez, sus ojos grandes y despiertos queriendo acaparar todo lo que tenían a su alcance y la sonrisa comedida de quien se siente emocionado y no se atreve a expresarlo. Seguramente, pensó, era de las pocas veces que alguien les había hecho una fotografía en sus vidas. Observó la imagen durante unos segundos y la atrajo hacia su pecho en un gesto reflejo, acercándola a su corazón. Después la dejó encima de la cama para continuar con aquel extraño ritual que estaba llevando a cabo. La siguiente era un grupo de niñas en lo que se apreciaba que debía ser un patio de tierra delante de un edificio de dos aguas construido de ladrillo visto, y lleno de ventanas. Las habían dispuesto en forma de «C» como si fueran un coro. Todas llevaban aquel mismo lazo que había visto a su madre y a su tía. Incluso vestían ropas similares. Junto a ellas, en los extremos, varias monjas con aspecto circunspecto acompañaban al grupo. Junto a una de las religiosas había un hombre trajeado que destacaba, no solo por el color de su traje, negro en comparación con el hábito y la vestimenta de las niñas, sino también porque era el único varón del grupo. Lo observó durante unos segundos, barriendo después con la mirada al resto de las chiquillas. El hombre, de semblante severo igual que la monja que lo acompañaba, debía de ser algún benefactor de la orden que regentaba el hospicio, pensó sin darle más vueltas. Tras la inspección de aquellas dos instantáneas más del lugar, y de unas niñas saltando a la cuerda, afirmó con la cabeza mordiéndose el labio inferior mitigando la emoción que las imágenes provocaban en ella. No cabía la menor duda, se trataba del orfanato en el que habían vivido María y Alma durante los años antes de su separación. ¿Cómo habían sido capaces de separarlas? ¿Por qué nunca nadie se había preocupado por ellas, sabiendo el daño que habían hecho a aquellas niñas que siempre debieron haber estado juntas? Varios porqués se amontonaron en su cabeza sin que ninguno tuviera explicación. Las lágrimas corrían por sus mejillas cuando escuchó a su padre:

—Alma, tenemos que irnos o no llegaremos a tiempo —avisó desde el pasillo.

—Voy ahora mismo —reaccionó ella limpiándose la cara, levantándose del suelo y recogiendo las fotografías—, dame un minuto y salimos.

El trayecto hasta el hospital fue silencioso. Era temprano, ninguno de ellos había descansado durante la noche y se enfrentaban al interrogante que los médicos debían despejar tras la visita. Todos sabían que las noticias, por más buenas que fueran, no iban a resultar muy halagüeñas. María estaba en la recta final aunque nadie se atreviera a decirlo con palabras.

—¿Las habías visto? —se giró hacia atrás desde el asiento de copiloto para mostrarle a su padre las fotografías que había encontrado.

—Sí —respondió Roberto sin mostrar ninguna sorpresa—, aunque hace muchos años que no sabía de su paradero. Tu madre las tuvo a la vista hasta que nacisteis vosotros. La verdad es que no sé cómo se hizo con ellas. Nunca me lo llegó a contar.

—Se lo preguntaremos hoy —dijo Alma esbozando una sonrisa—. Esto es muy importante para mí. Para nosotros —aclaró mirando a su hermana, que iba conduciendo y que no había podido verlas todavía.

—Lo sé, pero por favor os lo pido: no provoquéis en vuestra madre más emociones de las que su estado de salud pueda soportar, que no creo que puedan ser muchas. Y si la situación está más delicada de lo que incluso nos imaginamos te pido que no se las enseñes, al menos de momento.

—Ella fue quien me pidió que las buscara —afirmó molesta por la advertencia de Roberto que, de repente, parecía estar contrariado—, no creo que quiera dejar las cosas a medias ahora que se ha sabido la verdad.

—Aquí nadie quiere dejar nada a medias —rebatió su padre, mostrando una rotundidad que no era habitual en él—. Ella sabe quién es su hermana y lo que pasó, así que no creo que sea el momento más oportuno para remover una cuestión que no hará otra cosa que empeorar su situación.

—Está bien, no hablemos más de esto, ¿vale? —pidió Ana sin dejar de mirar la carretera—, creo que todos estamos un poco nerviosos, así que vamos a dejarlo ya si os parece. Y si no también —remató sin dejar opción a continuar—. Lo importante ahora es mamá y cómo evoluciona su estado de salud. Tengamos la fiesta en paz.

Alma, molesta por la discusión que habían provocado las fotografías, aceptó la decisión de su hermana pero seguía sin entender la actitud de su padre. Con sus palabras había demostrado estar al corriente del pasado de María, y también parecía conocer algunas otras cosas que claramente no había querido desvelar. Apretando la mandíbula, en señal de la impotencia que sentía en aquel momento, guardó las fotos de nuevo en su bolso y tomó la decisión de que haría lo que creyera más oportuno en el momento preciso. Nadie parecía tener curiosidad en saber qué había podido pasar con su tía. Y algo más importante que a nadie parecía habérsele ocurrido. Ellas, Alma y María, eran hijas de alguna mujer que las había abandonado a su suerte y a la caridad del destino. No tuvieron demasiada mala estrella pero... ¿Quién había sido realmente su familia? ¿Qué había sido de sus antecesores? ¿Dónde vivían? ¿Por qué razón habían sido abandonadas?

Todas aquellas preguntas se desmoronaron y cayeron al suelo cuando sonó el teléfono en la puerta del hospital.

CAPÍTULO 22
Limousin, Francia 1950

Harta de los largos días de ensayo y carretera y de la falta de comodidades con las que había vivido y no podía olvidar, Eulalia iba fraguando en su cabeza una idea que le rondaba desde hacía unos meses aunque no se atrevía a manifestar. El circo no era lo suyo y ya se había dado cuenta hacía tiempo aunque no sabía cómo dar el paso. No habiendo desarrollado ninguna de las habilidades que Lucas, hijo único de los fundadores de la compañía y miembro del equipo de equilibristas, había intentado no sin poca paciencia, Eulalia se encargaba del reparto de publicidad en cada ciudad a la que llegaban y de la venta de entradas al público. Sus carencias artísticas quedaban reemplazadas por su don de gentes, la habilidad con los cálculos y las previsiones económicas que estaba llevando a cabo en la empresa circense, que experimentaba uno de los mejores momentos.

«La Estrella» era un espectáculo ambulante y de moda en aquel entonces que ofrecía a su público una extensa variedad de números dignos de las mejores compañías mundiales de circo de aquellos años. Una carpa en la que se exhibían equilibristas, forzudos, domadores de leones y elefantes, tragafuegos, payasos, escapistas y el más espectacular de todos en aquellas fechas: el tragasables, que provocaba verdaderas olas de asombro entre los asistentes. Nadie podía explicarse cómo aquel hombre, flaco y tatuado en más de la mitad de su cuerpo, podía meterse en la boca una espada de más de medio metro y sobrevivir a la experiencia. El número estaba reportando importantes ingresos. Aquella era una gran familia, con sus virtudes y defectos, en la que se compartían riñas y amores; alegrías y tristezas; trabajo y diversión, además del pan que se jugaban tanto los fundadores como sus empleados en cada plaza en la que se asentaban.

Aunque ella no quisiera reconocerlo, e incluso tratara de evadirlo, no había escapado al atractivo natural de Thiago, el joven mago, que se había incorporado a la compañía hacía unos meses. Un moreno de ojos verdes, alto y musculoso, que llevaba a mal traer a prácticamente todas las féminas del grupo, independientemente de su edad y estado civil. Desde su escapada, y de eso hacía ya más de dos años, Eulalia y Lucas no habían llegado a casarse aunque tal cosa no había impedido que convivieran juntos como cualquier otro matrimonio desde que ella se había unido a la familia del espectáculo. Los padres del muchacho, tercera generación de empresarios de la saga, habían hablado en varias ocasiones de celebrar una boda por todo lo alto cuando pudieran asentarse más de tres meses en el norte de Francia, concretamente en un pequeño pueblo de la región de la Alta Normandía, lugar de procedencia de los Le Brun. Eulalia, que había mentido al contestar a algunas de las preguntas que le había formulado la que se iba a convertir en su nueva familia, se sentía querida por todos ellos. Había logrado integrarse al ritmo de una vida itinerante, de ciudad en ciudad, donde siempre eran los extraños. Había conseguido parecer uno de ellos hasta en la forma de vestir y hablar, aunque cada día que pasaba sin saber de los suyos sentía la sombra de la culpa crecer en su cabeza. Se había ido sin decir nada, casi con lo puesto, sin avisar ni siquiera de sus intenciones, sin pararse a pensar que su decisión podía acarrear la mayor de las tristezas para sus padres, hermana y abuelos. El enamoramiento y las ganas de ver mundo la habían cautivado desde que conociera a Lucas. El muchacho, prendado por la mujer con la que había decidido escapar junto a su familia, le había brindado la Luna y el Sol. Todo lo que ella quisiera en la vida le sería concedido, susurraba en su oído a cada momento. Para él, ella era su reina, su todo, su razón de seguir viviendo. Sin embargo, y a pesar de la pasión con la que todavía se regalaban entre las sábanas cada noche, en la soledad de la caravana en la que vivían los momentos más íntimos, la felicidad no era la palabra que definía aquella relación, al menos para ella. En lo que había sido una emocionante aventura desprovista de racionalidad empezaba a germinarse la semilla del hastío. El circo ya no le parecía algo tan maravilloso como lo había sido al principio.

Durante los primeros meses Eulalia no había parado de asombrarse ante tantas cosas nuevas y distintas que había visto en tan poco tiempo. Aquella vida, organizada y desordenada al mismo tiempo, era extraordinaria, dura, libre y diferente a lo que ella había visto hasta entonces, o al menos eso le parecía hasta que se dio cuenta que en realidad no era lo que ella había imaginado haciendo planes de futuro. Sin embargo, y a pesar de la crisis que rondaba sobre ella, el nuevo número de magia, el de Thiago, le parecía especial. Tanto como él. La elegancia de sus movimientos, la cortesía que desbordaba entre los presentes y el halo de misterio que lo rodeaba en cualquiera de las circunstancias era parte de su atractivo. Era un «dandy» de circo, pensaba siempre que tenía ocasión de verlo pasear por entre las carpas. Nunca habían tenido un número igual y éste era muy aplaudido por el público. Más que un mago parecía un ilusionista y combinaba los clásicos que a todo el mundo gustaban con algunos episodios de mentalismo que provocaban el fervor de los asistentes.

Una mañana, mientras Lucas y Eulalia desayunaban fuera de la caravana en el avance que ésta tenía adosado a la fachada, se acercó el padre del joven, a paso ligero, con cara de circunstancias:

—Tenemos un problema para esta noche —dijo sin más esperando la reacción de la pareja.

—¿Qué ocurre papá?

—La asistente del mago se ha puesto enferma. Se la han tenido que llevar al hospital más cercano. Iba botando en la camilla. No sé lo que tendrá esa muchacha pero desde luego no creo que esté recuperada para esta tarde —añadió poniendo los brazos en jarras mientras llevaba la mirada al suelo.

Eulalia observaba la escena ajena a lo que su prometido veía venir. Había ocurrido en otras ocasiones. En circunstancias parecidas, y frente a la incapacidad de reaccionar a tiempo, en el circo las cosas se solucionaban como iba a ocurrir esta vez. Había que ayudar y arrimar el hombro siempre que la particularidad del momento lo requiriera. Y esta lo requería. Era el momento de poner a prueba algunas cosas. Jaime, el padre de Lucas, lo miraba. Él hacía lo propio sin atreverse a decir nada. Sabía que no iba a gustarle su reacción. Tras un resoplido del patriarca, las palabras salieron disparadas de su boca:

—Hija, tienes unas pocas horas para aprender lo básico y prestar asistencia, al menos hoy y mañana, a Thiago. Sin ayudante no hay número, y no podemos permitirnos anularlo porque, además de estar anunciado a bombo y platillo, la gente se nos echaría encima. He invertido mucho en la compra de animales en estos últimos meses y no podemos permitirnos ni un solo día de tregua. El espectáculo debe continuar y el invierno está siendo más duro de lo que me esperaba. Además de remontar, no hay que olvidar que la competencia nos pisa los talones.

Tras unos segundos en los que tanto los ojos de Eulalia como su boca se abrieron todo lo que su capacidad le permitía, negó con la cabeza varias veces. No había alcanzado ni siquiera a escuchar todos los argumentos con los que su futuro suegro había querido completar unas razones que en ese momento le importaban bien poco. Recordó algunas ocasiones similares, cuando uno de los miembros de un grupo caía enfermo, pero siempre se las apañaban. No entendía por qué en esa vez no podía ser lo mismo.

—¡¿Cómo?! —exclamó al fin, incrédula después de respirar hondo, mirando al padre y al hijo alternativamente sin que ninguno de ellos dijera nada—, eso no es posible —lanzó, impulsándose con la palma de las manos en la mesa para levantarse, antes de salir dando zancadas y tropezándose con todo lo que iba encontrándose a su paso.

—Tendrás que hablar con ella, y no quiero un «no» por respuesta. Ya lo sabes —afirmó el patriarca siguiéndola con la mirada mientras su gesto delataba la poca fe que en realidad había depositado en aquella mujer—. Una mujer no solo tiene que tener buen culo, buenas tetas y buen…

—¡Es suficiente! —cortó Lucas enfrentándose a su padre.

—Te lo advertí. Te dije que se cansaría de esta forma de vida antes que tú lo hicieras de encamarte con ella. Y será suficiente cuando vuelva aquí y acate la decisión que como responsable acabo de tomar. Esto es todo.

—Papá… ella es diferente, no sé si puedes entenderlo.

—No me vengas con idioteces. Esta mujer te ha sorbido el seso. Y me parece muy bien, aunque aquí hay que estar a las duras y a las maduras, como ha sido siempre. Si quiere vivir en el circo y del circo, también tendrá que trabajar para el circo. ¿Entiendes?

—¡Ya lo hace! —chilló Lucas enfadado alzando los brazos en señal de descuerdo.

—Lo hace, pero solo cuando ella lo considera oportuno, y este juego no va así, te lo digo yo que para eso soy el dueño y el responsable de muchas bocas que hay que alimentar a diario. No la enviaremos al número de trapecistas, ¿verdad?, pero sí donde yo crea que puede responder. Tiene buen cuerpo, buenas maneras y me he fijado que… —calló de repente aguantando en su boca unas palabras que habían estado a punto de salir al exterior—. Así que no deberá costarle tanto aprender cuatro poses de «señoritinga» y acercarle los materiales al mago cuando éste los necesite. Cada parte del número va pautada con una serie de palabras clave que él utiliza para que su ayudante haga lo que han acordado. No sé si me explico. Que se note esa buena educación que según tú ha recibido y que se note también que la decisión que tomó antes de tirarse a la carretera con nosotros era un compromiso.

Las palabras de Jaime habían dejado apuntalado en la silla a su hijo, que no se vio con el coraje suficiente para rebatirlo más veces. Sabía que tenía razón, aunque no estaba dispuesto a dársela a la primera. Lanzó la servilleta de mala gana encima de la mesa y, frente a la mirada inquisitiva de su padre, se precipitó hacia la salida de la caravana con el único objetivo de convencer a su mujer de algo que sabía que no iba a ser fácil. Mientras caminaba furioso, sin rumbo fijo, observando al resto de compañeros que habían podido intuir la situación desde los diferentes ángulos desde los que se encontraban ensayando y preparando cada quien su espectáculo, en la cabeza de Lucas retumbaban aquellas cuatro palabras que no habían terminado de formar la frase. ¿En qué se había fijado su padre? Era algo en lo que pensar, aunque en aquel momento lo importante era convencer a Eulalia del encargo que sabía que no podía fallar.

Había pasado más de una hora y seguía sin encontrarla. Empezaba a sospechar si no había tomado la determinación de largarse de allí, igual que lo había hecho con los suyos, sin decir ni una sola palabra. Sentado en una piedra, en un extremo del gran círculo que formaban lo remolques cerrándose para mayor intimidad y preguntándose sin respuesta dónde podía haberse metido, se acercó por la espalda uno de los payasos, que le tocó el hombro con mucha cautela. Sabía del genio de los Le Brun, y no quería llevarse una reprimenda que no le correspondía.

—Lleva llorando más de media hora. Tendrás que ir tú porque no se atreve a salir del coche.

—¡¿Dónde está?! —preguntó impaciente levantándose de un golpe.

—Te lo diré si me prometes que no montarás un numerito —dijo en tono jocoso, sabiendo que Lucas acabaría bajando sus humos si se tomaban las cosas con un poco de humor—, que de eso aquí sabemos todos un rato.

El hombre bajó la cabeza y haciendo un esfuerzo por no derrumbarse miró al payaso a los ojos y repitió más tranquilo:

—¿Dónde ha ido? No lo echaré todo a perder, te lo prometo, pero ahora dime dónde puedo ir a buscarla. Es muy importante y no tenemos tiempo que perder.

—Está en nuestra roulotte. La hemos visto muy confusa y la hemos invitado a subir. Espera un momento —sujetó a Lucas viendo que este se disponía a salir en la dirección que le había indicado—, debes ser paciente con ella, créeme. Lograrás lo que quieres si no siente que la están forzando, y creo que sé de qué va el tema. Esta mañana hablamos con el mago y ya nos ha dicho que o tiene una ayudante en pocas horas, lista para presentar el número, o este no se podría realizar. Y conociendo como conozco a esta familia imagino por dónde va el asunto que os atañe ahora mismo. Te aseguro que solo tendrás que ser sensible con ella, y lo conseguirás. Es un encanto de mujer, además de muy culta. Diría que más que todos nosotros juntos.

—Pero eso ahora no nos sirve de nada —argumentó Lucas frenado por el brazo del payaso—, lo que necesitamos es una reacción por su parte, y que atienda a razones, nada más.

—Y nada menos —rebatió el titiritero—, esa muchacha está en un mundo que no es el suyo. No sé si logrará adaptarse a este modo de vida. Se la ve muy triste, sobre todo cuando cree que nadie la mira. Soy muy observador, lo siento —se lamentó el hombre tocando el hombro de Lucas, que por fin parecía que había bajado el hacha de guerra.

—No te preocupes, voy a tratar de convencerla sin atosigarla. Sé que es muy testaruda y por las malas lo único que conseguiríamos sería una negativa. Aunque también sé que mi padre no admitiría esa opción. Es todo tan difícil a veces…

—Que tengas suerte, muchacho —le deseó dándole las últimas palmaditas antes de dejarlo ir—, yo voy a tomar alguna cosa que hoy me he levantado con dolor de cabeza —se excusó sin que el argumento fuera muy creíble, aunque era de agradecer.

—Gracias por todo —dijo el muchacho esbozando una sonrisa que desapareció con él tras los pasos de Eulalia.

Entró en el remolque habiendo golpeado suavemente la puerta con los nudillos. Esperó una respuesta que no acababa de llegar. Volvió a repetir la operación y, sabiendo que ella se encontraba allí, abrió lentamente la puerta y se adentró en el pequeño habitáculo que compartían los dos payasos, hermanos de sangre y de profesión.

—¿Eulalia? Cariño, soy yo, no tienes de qué preocuparte.

Al decir estas palabras los sollozos se hicieron patentes y Lucas se aproximó hasta ella, que se encontraba sentada frente a la mesa que hacía las veces de comedor y cama cuando los asientos se doblaban y la convertían en el somier. Tapándose la cara con las manos, tuvo que esperar unos segundos hasta que estas cedieron para dar paso al llanto desconsolado de una mujer que aparentaba estar completamente derrotada.

—Mi amor, no debes tomártelo así —dijo acariciando su pelo lentamente—. Creo que lo mejor sería que pudiéramos hablar del tema sin temor alguno y sin que te sientas obligada. En ocasiones, mi padre es un poco brusco explicando las cosas pero todo tiene solución, y esto también, ya lo verás. ¿De verdad estás así solo porque tienes que acercarle unos sombreros y unas varitas a Thiago? Me cuesta creerlo.

—¡No! —gritó de repente.

La reacción de Lucas no se hizo esperar. Tomó su rostro entre las manos y alcanzó a besarla antes de que pudiera pronunciar ni una sola palabra más. Ella intentó zafarse, pero solo al principio. Después se refugió en sus besos y el abrazo con que había logrado rodearla sentado ya a su lado.

—Vamos a ver, mi niña bonita, ¿qué es lo que está pasando aquí? Te escucho. Puedes hablar con total libertad. Estamos solos y lo único que quiero es tu felicidad. Pronto podré hacerte mi mujer y es lo que más deseo en esta vida. Te colmaré de felicidad, a ti y a nuestros hijos.

El muchacho se estaba embalando, y hasta él era consciente de ello. No sabía cómo afrontar la situación aunque intuía que los problemas podían tener la raíz en otro lugar que no fuera el propio encargo. Esperó paciente unos segundos más hasta que Eulalia pareció estar más repuesta y ya respiraba con normalidad.

—Les he hecho mucho daño. A todos. Y los echo mucho de menos. Me siento tan culpable… —pronunció entre sollozos. Además yo no sirvo para esto. Mírame, ¿tú crees de verdad que yo estoy en condiciones de ponerme delante de todo ese público que viene a veros cada día? Esto no es lo mío. Debía haberme dado cuenta antes…

Sus palabras fueron como puñales para Lucas. Intuía lo peor y no sabía cómo iba a terminar la confesión. Tragó saliva buscando algún argumento válido que le pudiera servir para consolarla y retenerla. Aquello podía írsele de las manos y debía afrontar aquella declaración con una valentía que, en aquel momento, estaba poniendo en duda.

—¿De qué tenías que haberte dado cuenta antes? —preguntó repitiendo muy despacio, como si se resistiera a hacerlo, las últimas palabras pronunciadas por ella.

—Las cosas no se hacen así. No sé nada de mi familia desde hace más de dos años. Ni una carta he escrito. Y no lo he hecho porque me muero de la vergüenza. Quizás estén bien, o quizás no. No podría perdonarme que les ocurriera algo y no llegara a saberlo.

—Te propongo una cosa —acertó a decir satisfecho de lo que acababa de pensar mientras fraguaba en su cabeza las palabras exactas—, en unos meses podremos casarnos por fin y si tú quieres nuestro viaje de bodas puede ser a Barcelona. ¿Quieres? Será una sorpresa y estoy seguro de que ya te habrán perdonado.

El muchacho rezaba, esperanzado que su ofrecimiento diera el resultado esperado y pudieran afrontar después la cuestión que, egoístamente, requería de una actuación inmediata. Ella, callada y al parecer procesando las palabras de su prometido, se sonó varias veces con un pañuelo que llevaba por dentro de la manga de su jersey y respiró profundamente otras tantas. La respuesta no llegó hasta unos segundos más tarde, que a Lucas le parecieron eternos.

—Está bien, así lo haremos. Nos casaremos con la condición de que nuestro viaje de novios sea a casa —pronunció sonriendo, con el gesto todavía contraído por el llanto y las mejillas enrojecidas por el sofoco—, prométemelo.

Ante la disyuntiva de unos planes que ni siquiera había contrastado con el resto de grupo, y sabiendo que en ese punto todas las cosas había que hablarlas primero para reorganizar cualquier cambio en el número que representaban los equilibristas, Lucas arqueó las cejas ante la siguiente declaración que hizo su amada:

—Si me lo prometes, después de tomarme un güisqui me acercaré hasta la caravana del mago y me presentaré como su nueva ayudante. Pero solo hasta que la chica se recupere ¡eh!

—Te lo prometo —afirmó esbozando una sonrisa que no le cabía en la boca.

Se abalanzó sobre Eulalia, colmándola de besos, sin medir las consecuencias de una promesa que había hecho por su cuenta, aunque aquella cesión, que pensaba casi imposible, bien le iba a valer el respeto de su padre. No le podía fallar, y lo sabía, aunque tenía muy lejos de sí la seguridad de un «Sí» como el que su mujer le acababa de dar.

—Voy a ver qué tiene Pepe por aquí —dijo buscando entre los armarios de la roulotte algo con lo que pudieran brindar a la vez que templara los nervios que de repente le habían entrado a la muchacha.

—¿Pepe?, ¿pero no se llama Alfonso? —preguntó sorprendida por cómo lo había nombrado.

—Sí, pero desde siempre lo hemos llamado Pepe. El tío Pepe. Le gusta mucho darle a la botella, ya me entiendes —rió Lucas empinándose el dedo pulgar por encima de la boca.

—Sois un poco crueles.

—A él no le importa, así que me extraña que no encontremos nada que echarnos a la garganta para brindar por tu estreno de hoy, que estoy seguro de que será un éxito. No me cabe la menor duda y confío plenamente en tí —añadió sacando del último armario una botella de anís con la que se regalaron el paladar antes de salir de la instalación.

Llegaron juntos hasta el otro extremo del recinto que ocupaban y Thiago, que se encontraba en su habitáculo entre barajas de cartas y dados esparcidos en una mesa bajo un tapete verde que amortiguaba el ruido de estos, los saludó cortésmente sin dejar de mirarla a ella con un descaro que en otras condiciones le hubiera valido un puñetazo. Lucas, orgulloso como no lo había estado en todos aquellos meses que llevaban juntos, abrazó a Eulalia por la cintura y la acercó a su cuerpo para dejar bien claro cuál era el terreno que no debía traspasarse, ni siquiera con los ojos. Con la sonrisa ensayada que ofrecían a su público cada día de los que actuaban se dirigió hasta el ilusionista para darle la buena nueva:

—Te presento a tu nueva ayudante. Aprenderá todo lo que necesites para esta noche. Es la mejor, no lo dudes, aunque solo dispondrás de ella los días que sean estrictamente necesarios, ni uno más —añadió ante la mirada atónita de Eulalia y la indiferencia descarada del hombre.

Tras decir esto la besó vehemente ante la sorpresa de ella, que en aquel instante se sintió como un trofeo. Se separó de Lucas y, disimulando la vergüenza que le provocaba aquella situación tan embarazosa, alargó su mano hasta la del mago para presentarse. Aunque se habían visto en varias ocasiones, nadie los había presentado formalmente. Aquel iba a ser el momento.

—Mucho gusto. Espero estar a la altura de las circunstancias, aunque hoy va a ser difícil.

—Estoy seguro de que así será, querida. Muchas gracias —dijo dirigiéndose con una afirmación hasta Lucas, que no le quitaba ojo de encima.

Los días habían transcurrido y el espectáculo daba a su fin en aquella ciudad. En pocas horas la pequeña familia ambulante daría de nuevo con los trastos en la carretera, en dirección a un nuevo emplazamiento. Al parecer, según había sabido Eulalia, la ruta solía ser siempre la misma a excepción de alguna nueva plaza que su futuro suegro, pertinaz comerciante, conseguía ganar a lo largo del camino. En las poblaciones con pocos habitantes el circo no solía ser rentable para la compañía y tampoco resultaba del interés de sus habitantes. Sara, la antigua ayudante de Thiago había tenido la mala suerte de encontrarse en su camino una hepatitis cuando estaba a punto de salir del cólico nefrítico que había sufrido hacia unas semanas. Un encadenamiento de imprevistos que la mantendrían alejada de su trabajo entre seis meses y un año. Lloraba desconsolada ante algunos de los compañeros que habían ido a visitarla, con mucha cautela, deseándole una pronta mejoría y que la esperarían, algo que todos sabían que no iba a ser cierto.

Mientras tanto, aunque la exposición al público y que todo el mundo la mirara era lo que peor llevaba, se había empezado a sentir cómoda con sus nuevas obligaciones. Trabajar con Thiago era agradable y él, solícito a enseñarle incluso algunos trucos de magia cuando sabía que no los veía nadie, estaba más que encantado. Lucas, que durante los primeros días había sufrido incluso acidez de estómago, se había obligado a aceptar que su mujer también sonriera con otro, aunque ella lo compensara de sobras al llegar la noche. Al fin y al cabo era una de las tareas que le habían encomendado, la de sonreír.

Instalados en una ciudad mediana en la que al parecer iban a poder realizar bastantes representaciones, se brindó la ocasión de firmar un nuevo acuerdo en Bélgica, en Amberes concretamente, que quedaba a unas horas de camino de donde se encontraban. Valorando que aquella podía ser una buena oportunidad, ya que las condiciones iban a permitirle desahogar un poco las finanzas de la compañía que durante el invierno había tenido poca afluencia de público, Jaime decidió que lo mejor sería ausentarse un par de días y cerrar el trato. Para ello, pidió a su hijo que lo acompañara. Él sería el que acabaría heredando aquel negocio y debía empezar a hacerse con las riendas.

—Prepara una bolsa con una muda y la mejor ropa que tengas. Partimos mañana mismo, bien temprano, en un coche que alquilaremos para la ocasión. Nos esperan para el almuerzo.

—¿De verdad crees necesario que te acompañe? —se quejó Lucas sabiendo que era inútil—. No sé, dejar aquí sola a Eulalia no me hace ninguna gracia.

La carcajada de Jaime resonó como si fuera un trueno. No podía parar de reírse cuando su hijo, molesto por la situación, lo increpó:

—No sé dónde está la gracia. Cuando se lo diga no le va a gustar.

—¿Cómo puedes decir que va a estar sola? ¿Es que los más de cincuenta miembros de esta gran familia no son nadie? Eres de lo que no hay, hijo. Yo no sé qué te da esa mujer pero te tiene atontado perdido —añadió moviendo la cabeza sin perder la sonrisa que se había instalado en su rostro.

Tras los ensayos, ella se acercó hasta la caravana en la que vivían y se encontró a su prometido removiendo entre las cosas del único armario que tenían.

—¿Ahora te dedicas a las tareas de ordenar la ropa? —preguntó curiosa.

—Mi padre quiere que lo acompañe a visitar una ciudad. Amberes, para ser exactos. Quiere cerrar allí un trato para que nos desplacemos el próximo mes para debutar.

Lo había dicho todo de carrerilla, sin girarse a mirar la reacción de ella. Temiendo que esta fuera a ser tal y como se la había imaginado. Sin embargo, Eulalia permanecía callada, a la espera de más explicaciones que parecían no llegar.

Extrañado, Lucas se giró hacia ella y la miró de frente. Su cara no parecía la de una mujer contrariada con una noticia sorpresa. En ese momento no sabía si alegrarse o no.

—¿Por qué me miras así? —preguntó al final, viendo que él permanecía mudo.

—¿Te parece bien que me vaya?

—¿Y por qué tiene que parecerme mal? —se sorprendió esbozando una sonrisa mientras le acariciaba la mejilla.

—No sé, yo creía… no sé —repitió un tanto confuso—. Salimos mañana temprano y haremos noche allí. Espero que el asunto no se retrase más de lo debido y en unos días pueda estar de vuelta.

Había exagerado expresamente con la intención de comprobar la reacción de su mujer. No era normal que se lo tomara tan positivamente. A pesar del tiempo que hacía que convivía con todos ellos, no había hecho grandes amistades. Y no le gustaba encontrarse sola, sobre todo por las noches, cuando en algunas ocasiones los hombres de la gran caravana habían decidido ir a divertirse un poco a los bares nocturnos tras las funciones.

—Espero que no. Además, me he encontrado a tu padre y no me ha hablado de tantos días. Me parece extraño—, musitó sabiendo que había puesto a Lucas en un apuro.

—Sí, puede que no sea tanto tiempo como te he dicho. A lo sumo una noche fuera de casa. Una larga noche que no tendré más remedio que compensarme hoy —susurró en su oído acercando su cuerpo hasta el de ella de forma inesperada—, ¿vamos a la cama? —pronunció antes de acercarse a su boca y empezar a devorarla.

Como pudo, Eulalia se separó de él argumentando un terrible dolor de cabeza que no la había dejado concentrarse ni siquiera en los ensayos de la tarde. Contrariado, Lucas salió de la caravana para fumarse un cigarrillo. Muy pocas veces le negaba el favor de su cuerpo y rechazaba sus caricias. Siempre estaba dispuesta a disfrutar del amor que se profesaban. El interrogante se hacía cada vez más grande en su cabeza y no era buena señal. Cuando se obsesionaba con alguna cosa no paraba de darle vueltas hasta encontrar la solución.

—¿No te enfadas verdad mi amor? —lo rodeó con sus brazos por la espalda, dejándose caer sobre él cariñosamente.

Al principio no contestó. Estaba furioso y no atendía a razones. Quería hacerla suya casi por la fuerza aunque sabía que sería inútil. Tomó una profunda calada a su cigarrillo y se giró:

—No sé qué tantas cosas haya que ensayar a diario para el número de Thiago —se sinceró sabiendo que con aquellas palabras estaba descubriéndose.

—Está preparando algunas novedades y me está enseñando los trucos más viejos para que yo también pueda hacerlos en alguna ocasión. Hay pocas mujeres que hagan espectáculo de magia. Él cree que tengo talento y por eso me lo estoy tomando en serio.

Sus palabras parecían sinceras pero lo que llegaba hasta él era algo que no podía confesar. Estaba celoso, tremendamente celoso, y su mujer no le había dado motivos hasta la fecha pero pensó, para aplacar su angustia, que seguiría de cerca sus pasos.

—Está bien, no me hagas caso. Perdona si me he puesto pesado. Te amo y no quiero compartirte con nadie. ¿Me oyes? Con nadie. Ahora vamos a cenar algo y terminaré de preparar lo último que tengo que meter en la bolsa para mañana. Después descansaremos.

Al amanecer, después de algunas caricias furtivas que tantas otras veces habían provocado el mejor de los despertares y ante la ineficacia de sus acciones, Lucas se levantó, se vistió deprisa y antes de salir a la calle besó a su mujer en la frente para no despertarla. Debía de haber tomado algún somnífero, imaginó para no dar más vueltas a aquel asunto. Hacía frío y no tenía ganas de aquel viaje, pero había que hacerlo. Ella se había hecho la dormida, a pesar de que las maniobras de él la habían excitado enormemente. Sabía dónde podía provocar el fuego en ella y lo había intentado sin resultado alguno. Sintió pena. Era la primera vez que fingía con él, y no le parecía que estuviera bien hecho, pero tenía que ser sincera consigo misma.

Lucas, su hombre, era a quien ella había elegido en su gran aventura. En su cabeza no cabía la posibilidad de pensar en ningún otro hasta que aquella tarde, mientras ensayaban la aparición de unas monedas que salían de repente de las manos del mago, Thiago se aproximó por la espalda, mostrando un desinterés fingido que ella aparentó no percibir. Muy suavemente, la rodeó con sus fuertes brazos y manejó los de ella con destreza mientras se acercaba peligrosamente hasta su cuello. Eulalia pudo sentir la respiración del mago tan cerca de ella que todo el vello de su cuerpo se erizó. Cerró los ojos y suspiró invadida por un leve mareo. Un suspiro hondo y prolongado que él notó cuando sus cuerpos se acoplaron por completo. Comprobando que su táctica era bien recibida, empezó a recorrer su cabello mientras la llama de una pasión desconocida se iba haciendo paso entre los dos. Sabían que habían abierto una puerta prohibida y eso todavía elevaba más la temperatura de sus cuerpos. Su nariz y sus labios recorrieron lentamente su cabello y sus brazos, acariciando los de Eulalia, mientras la empujaba preso de una enorme excitación que estaba a punto de desbordarlo. De repente, ella se giró y sus labios se encontraron. Sin pronunciar ni una sola palabra, y tras unos segundos en los que las miradas de ambos apuntaban al inicio de lo irremediable, la tomó en volandas y la llevó hasta uno de los apartados que se reservaban para el ensayo de algunos números especiales. Medio desnudos, y desatando el frenesí que habían querido ignorar durante las últimas semanas, dieron rienda suelta a los sentimientos que ninguno se había atrevido a reconocer hasta entonces.

Recordando lo que había sucedido tan solo unas horas atrás, cuando supo que Lucas se había marchado por fin, lloró por él, lloró por ella, lloró por la incertidumbre que se apoderaba de sus pensamientos y de su corazón. Y se quedó dormida por primera vez aquella noche imaginando una nueva vida que no podía negarse aunque quisiera.

CAPÍTULO 23

Barcelona 2014

Después de la ceremonia religiosa, el pequeño grupo que había asistido al sepelio de María se disipó. Todo había sucedido demasiado deprisa y habían decidido no avisar a la escasa familia que todavía quedaba por parte de Roberto. Este conservaba dos hermanos que vivían en Toledo y Cáceres. Eran mayores que él y el estado de salud de ambos era bastante precario. A sabiendas de los reproches y las malas caras que se habían asegurado con la determinación, marido e hijos se pusieron de acuerdo en avisar únicamente a los vecinos con los que habían compartido más de cuarenta años.

Guillem había querido acompañarlos hasta la capilla. Había permanecido al lado de Alma en todo momento, aunque había llegado a dudar en si era lo más oportuno. Finalmente ella se lo había pedido.

Al comienzo de aquella fatídica mañana María había sufrido una crisis cardio respiratoria que se había complicado con una descompensación de todas las constantes vitales. Viendo la situación, y después de la asistencia urgente que recibió de todo el equipo médico que la estaba tratando, llamaron a los familiares tal y como marcaba el protocolo. Eran las siete menos cuarto, momento en el que estaban a punto de llegar Roberto, Ana, Samuel y Alma a la sala. Sus corazones se aceleraron tras las palabras que había cruzado Roberto con su interlocutora, la enfermera responsable del turno de noche en la Unidad de Cuidados Intensivos. Aparcaron en el primer lugar que encontraron en el sótano del hospital y se dirigieron a la carrera, desde los interminables pasillos, hasta el tercer piso de la escalera de la nueva UCI, donde se encontraba su madre. Las frases habían sido un jarro de agua fría y el desconsuelo mayor que ninguno de ellos había sentido a lo largo de su vida. «María se encuentra en estado crítico. Será mejor que vengan cuanto antes» habían sido las palabras del doctor Vázquez.

A pesar de lo perjudicial de la circunstancia, aunque con el permiso de los facultativos, uno tras otro fueron entrando a la sala donde se encontraba María entubada y rodeada de monitores conectados a su cuerpo. Estaba pálida y parecía inconsciente, aunque abría levemente los ojos de vez en cuando. Era el final y todos lo sabían aunque quisieran negarlo cada segundo que la miraban. Por eso, cada uno a su manera, fueron despidiéndose de ella. Tocar sus manos marcadas de venas profanadas por las agujas y cansadas de trasladar la sangre de su cuerpo, rozar sus cabellos que, aunque debilitados, todavía desprendían el brillo de antaño, acariciar sus pálidas y suaves mejillas, observar su anatomía enflaquecida en aquellos días en los que casi no había comido, escuchar el sonido de la respiración de sus pulmones asistida por aquel aparato que insuflaba la vida que ella no podía darle a su corazón… todo parecía ser la escena de una película en blanco y negro que iba sucediéndose, fotograma a fotograma, a cámara lenta. En aquellos instantes se sentían ajenos a su propia realidad. Estaba ocurriéndoles a ellos, se decían en silencio, aunque no eran enteramente conscientes del momento que se acercaban a vivir.

Alma fue la penúltima persona en entrar a verla. ¿Qué iba a decirle? ¿Cómo se suponía que debía despedirse de la persona que le había dado la vida? ¿Cómo Dios seguía siendo tan injusto que no le iba a permitir a su madre hacer realidad su último deseo para reencontrarse con su hermana, después de tantos años? Ese Dios en el que tanto había creído alguna vez y al que tantos años había suplicado en balde tampoco estaba allí en aquel momento, cuando más se le necesitaba. Era demasiado pronto para que se la quisiera llevar con ella. Las lágrimas resbalaron rabiosas, recorriendo sus mejillas, y las enjugó con furia antes de abrir la puerta de la sala en la que iba a encontrar a María.

Cuando se acercó hasta ella, temerosa y con la respiración agitada por los nervios, tocó con suavidad su muñeca con la esperanza y el miedo al mismo tiempo de que ella despertara. Con la dificultad que cada minúsculo movimiento representaba para María, ésta abrió lentamente los ojos y, en la medida que aquel tubo insertado en su boca le permitía, a Alma le pareció que sus labios dibujaban una minúscula sonrisa. La vida se le escapaba y no podía dejar de decirle lo que creía que era su mayor ilusión. Sacando fuerzas de flaqueza, y tras respirar profundamente varias veces, su garganta despejó el nudo que se había formado en ella. Se acercó hasta su madre para hablarle al oído:

—Mamá, estoy sobre la mejor pista que te puedes imaginar —adornó sabiendo que eso la complacería—, y no creo que tarde mucho en localizarla. La tía Alma estará pronto con nosotros. Te prometo que la encontraré. Te lo prometo —repitió casi sin fuerzas.

Aquellas palabras tuvieron una reacción inmediata en María quien, al escucharla, apretó la mano de su hija ante la sorpresa de esta. Alma no sabía si podía entender todo lo que podían estar diciéndole mientras, de algún modo, iban despidiéndose de ella y ahora, su gesto, le había dado la confirmación que necesitaba. Con mucha cautela y eligiendo las palabras adecuadas para no provocar en su madre un mayor agotamiento le prometió que todos aquellos años de añoranza y separación forzosa se iban a terminar muy pronto; le habló del comisario y hasta reconoció que se había enamorado de él, momento en el que su madre volvió a presionar ligeramente la mano de ella, que en ningún momento se había despegado de la suya. Tras algunas confesiones y después de indicarle que estuviera tranquila, que todo iba a ir bien, levantó la cabeza y la observó nuevamente para grabar todos y cada uno de sus rasgos en la memoria. Acarició su pelo repetidamente, bordeando el contorno de su rostro, y se acercó de nuevo hasta su oído. Las que probablemente serían las últimas palabras que su madre podría escuchar de su boca eran la afirmación más verdadera que iba a pronunciar nunca ante ella:

—Te quiero mucho, mamá.

Después sonrió para ella, tragándose todas las lágrimas que luchaban en su interior queriéndola desbordar en el fondo del océano en el que se había convertido su cuerpo, y se dispuso a salir. Afuera esperaban el resto de la familia, consternados y sin consuelo posible. Alma animó a su padre a entrar nuevamente y darle su último adiós. Era de justicia que el hombre que la había acompañado durante tantos años a lo largo de la vida fuera quien la asistiera en su despedida.

Dos días más tarde, tras unas horas en las que todo parecía haber pasado como una pesadilla, ajena a su propia realidad de la que todavía creían que se iban a despertar, se disponían a sentarse a la mesa y comer algo de lo que Guillem había encargado por teléfono. A pesar de sus reiteradas negativas, Alma le había pedido encarecidamente que se quedara con ellos. Su presencia le resultaba necesaria. Quería estar con él. El policía debía volver a comisaría en unas horas, de manera que finalmente accedió a la invitación.

El silencio solo quedaba interrumpido de forma intermitente por el sonido de los cubiertos sobre los platos. Todos pensaban lo mismo aunque ninguno de ellos lo había logrado pronunciar. María nunca más estaría allí con ellos. Ni allí ni en ninguna parte en la que pudieran escuchar sus risas. Sí en las fotografías repartidas por la casa, junto a sus hijos y a su marido, sí en los detalles de cada rincón que tanto gustaba cuidar; sí en el aire, en sus mentes y en sus recuerdos. Al sonido de los cubiertos se sumó el de la respiración entrecortada de Samuel que, incapaz de retener el llanto, se excusó como pudo antes de levantarse:

—No puedo, perdonadme —susurró casi ininteligible antes de salir disparado hacia su habitación.

—Era el que más estaba por mamá, pobre —alegó Ana siguiéndolo con la mirada—, no sé qué va a ser de él ahora.

—Tendremos que empezar a revisar sus cosas, las de mamá quiero decir. Cuanto antes lo hagamos menos traumático será. Mañana te acompañaré al banco —señaló Alma mirando a su padre—. No sé qué burocracia habrá que seguir para darla de baja en la cartilla de ahorros o cuenta corriente y donde más estuviera ella contigo.

—Eso ya lo hicimos hace unos meses —afirmó Roberto ante la sorpresa de sus dos hijas.

Osma ni siquiera había levantado la cabeza del plato hasta ese momento. Se sentía incómodo con la conversación.

—¿Cómo dices? —preguntó Ana arqueando las cejas.

—Lo que oís —se reafirmó el hombre sin concederle una especial atención a las palabras que acababa de pronunciar.

—¿Y por qué hizo eso mamá?

—¿A ti qué te parece? —interrogó con la mirada turbia por las lágrimas—, ambos sabíamos que era cuestión de poco tiempo. Ella insistió hasta la saciedad, ya conocíais a vuestra madre. No quería que nada relacionado con los temas legales o económicos pudiera afectarnos a ninguno de nosotros. Está todo bien atado. A su muerte, en el testamento hay cuatro herederos a partes iguales, con una cláusula que indica que como su marido que soy tengo el usufructo de esta vivienda y del garaje hasta mi fallecimiento. Por lo demás, había algunos ahorros que repartiré con vosotros en cuanto tenga ocasión.

—De eso nada —saltaron ambas hermanas al mismo tiempo—. Nosotras nos ganamos la vida y tenemos la obligación de hacerlo. Samuel todavía está aquí con vosotros… quiero decir, contigo.

—Ese dinero es tuyo —apuntó Alma sorprendida por la serenidad con la que Roberto estaba hablando de todo aquello y asintiendo el argumento de su hermana.

—Hay algo de lo que no hemos hablado todavía.

El interrogante se hizo en las caras de todos ellos. Alma tenía esa pregunta rondando su cabeza desde que la decisión se había tomado de forma unánime.

—Me refiero a las cenizas de mamá. ¿Alguno sabéis dónde querría ella que las esparciéramos?

—Sobre eso tengo algo que decir y tendréis que respetarlo —anunció Roberto —. Sé que no os va a gustar, pero vuestra madre me dijo que quería continuar aquí —señaló recorriendo con la vista los rincones de la casa—, hasta que supiéramos de dónde venía su familia. Me refiero a la verdadera. Yo nunca he tenido mucha confianza en que eso pudiera ser posible. Si en todo este tiempo nadie ha podido saber nada, ahora mucho menos.

El silencio se apoderó de la escena y Guillem miró a Alma por el rabillo del ojo. Algo de lo que se percató Ana inmediatamente.

—Si tenéis más información que nosotros, estaría bien que la compartierais, ¿no os parece? —increpó molesta por la extraña complicidad con la que se había mirado la pareja al hablar sobre el asunto.

—No tenemos esa información de la que hablas —se adelantó a decir el comisario temiendo que Alma se fuera de la lengua—, pero os puedo asegurar que en cuanto así sea seréis los primeros en saberlo. Estamos resolviendo un caso, como sabéis, que se ha complicado algo más de lo que pensábamos. No puedo avanzar mucha más información, lo siento.

Durante los últimos días de vida de María, Alma había explicado a su familia la verdadera razón de su viaje a Barcelona.

—Pero vamos a ver —insistió Ana—, ¿qué tiene que ver la muerte de esa chica con lo que aquí estamos hablando? Porque estamos hablando de la muerte de esa chica, ¿verdad? —repitió muy despacio remarcando cada una de las palabras.

—Sí y no —contestó Osma sabiendo que estaba dando largas sin ningún disimulo—. Lo siento, no puedo dar más datos.

Enfurruñada y sabiendo que no iba a lograr nada más, se

levantó y se puso a recoger las cosas de la comida haciendo más ruido del que era necesario. La rabia iba creciendo dentro de ella y no podía evitarlo.

—De verdad, en cuanto pueda decir…

—¡No vengas con tonterías! Apareces en nuestras vidas como por arte de magia, entras, vienes, vas, asistes al funeral de nuestra madre, comes en nuestra casa y ahora te estás enterando de nuestras cosas sin que..!

—¡Basta! —chilló Alma dando un golpe seco en la mesa ante los ojos indiferentes de Roberto, para quien nada ni nadie, ni ninguna de las circunstancias de aquel momento, eran más importantes que su propio duelo.

—¿Se puede saber qué demonios pasa aquí? —preguntó Samuel saliendo despavorido de su habitación. ¿No os da vergüenza? Qué ocurre, que alguien me lo explique, por favor.

—Que te lo diga ella, la que todo lo sabe —señaló Ana a su hermana sin ni siquiera mirarla—, siempre ha sido así y al parecer siempre seguirá siendo. Los demás somos un segundo plato. No lo entiendo, de verdad. Tanto estudiar, tanto estudiar…

—¿No crees que te estás pasando? —dijo Samuel adelantándose un paso hacia su hermana mayor—, yo creo que un poco sí. No mezcles las cosas, que bastante tenemos encima y no creo que a nuestra madre, a pocas horas de faltarnos, le gustara vernos así, como el perro y el gato por una cosa tan simple como es esto de las cenizas. A ella ya le da igual dónde las depositemos. Un poquito de cordura, por favor.

—Yo creo que lo mejor es que calmemos los ánimos —intervino el comisario—. Yo no he venido porque sí. Estoy aquí porque tu hermana me lo ha pedido de forma insistente. Y no pretendía inmiscuirme en vuestros asuntos familiares, ni muchísimo menos, pero soy policía, os lo recuerdo por si lo habéis olvidado. Y tengo sobre la mesa un caso que resolver en el que están relacionadas, entre otras, la propia víctima, tu hermana y otras personas que ahora mismo no puedo revelar. No pretendía parecer entrometido, te lo aseguro.

De repente el teléfono de Osma comenzó a sonar. Afirmó varias veces, sin dar demasiadas explicaciones, tras lo cual se dirigió de nuevo a la familia.

—Debo irme, me esperan en comisaría. Muchas gracias por todo, de verdad.

—¿Ha sucedido alguna cosa? —quiso saber Alma preocupada.

—Nada de lo que te estás imaginando —mintió el comisario antes de dar las buenas tardes a Roberto y al resto.

—Salgo contigo, necesito que me dé el aire —afirmó yendo hacia el colgador para recoger su bolso—. Vengo dentro de un rato —anunció sin mirar a nadie.

Transcurrieron algunos minutos antes de que uno de los dos tomara la palabra. Ella estaba muy enfadada. Aún más, se sentía triste, rabiosa y avergonzada. No recordaba un numerito de aquel calibre desde hacía bastante tiempo. Y haberlo tenido que vivir en presencia de Guillem podía con ella. En realidad pocas cosas habían cambiado y ahora, tras la muerte de su madre, solo le quedaba su recuerdo y la promesa que le había hecho apenas hacía unas horas. Eso sería su motor. Ahora más que nunca pensaba hacerlo. Y cuando eso estuviera listo retomaría su trabajo en la parroquia y en la Universidad. En realidad su vida estaba más en aquel frío país del que había aprendido formas y costumbres que en este. Fue entonces cuando pensó en él y sintió mucha pena. Lo que su corazón pedía a gritos se contradecía con la razón, que luchaba por tomar la delantera. Una contienda interior de la que Osma la sacó:

—Te recuerdo que sigo aquí —dijo acercándose a ella mientras alargaba la mano hasta su cintura—, ¿estás bien?

—Perdona… sí, te pido disculpas por lo que has tenido que aguantar ahí dentro. Inaceptable. Parecemos unos desalmados.

—Mujer, tampoco hay para tanto. Es normal. En las

situaciones límite se dicen cosas que la mayoría de las veces no se sienten. Ya verás como todo vuelve a su ser en unos días. Me refiero a... —el hombre fue consciente de la metedura de pata que acababa de tener—, perdóname tú ahora a mí. También estoy un poco nervioso.

—Te he entendido. Y te agradezco la comprensión. Y también te digo que las cosas no volverán a ser como antes, ni ahora ni nunca. A pesar de su carácter afable y pareciendo siempre que mi padre estaba por delante en las decisiones que se tomaban, la que ha abanderado las cosas importantes en mi casa siempre fue ella, mi madre. Ahora no sé, todavía no soy consciente de lo que ha pasado. Creo que cerrando los ojos, al abrirlos volveré a verla, aunque fuera pachucha como lo había estado en estas últimas semanas. No me ha dado tiempo a decirle tantas cosas... —se le quebró la voz.

Guillem la tomó entre sus brazos ofreciéndole el consuelo que necesitaba en aquel momento. Tras los minutos en los que ella lloró rota de dolor alcanzó a mirarlo y dijo entre sollozos:

—Bésame. Te necesito.

Aquel fue el beso más tierno que había recibido nunca antes de ningún hombre. Tranquilo, profundo, sereno, sin despegar los labios ni un segundo, encontrando en sus lenguas cada instante de amor que habían descubierto sin buscarlo. Envolvente y pausado, como si el globo terráqueo fuera perdiendo velocidad hasta detenerse, allí se fraguaba inesperada la historia más bonita que ella había vivido desde hacía muchos años. Y se abrazaron queriéndose fundir en una sola persona y las lágrimas de tristeza y de alegría se unieron recorriendo sus mejillas.

—Tengo que ir a comisaría —susurró en su oído—. No puedo prescindir de ello y mira que lo siento. No te preocupes, estamos más cerca del final de lo que puedes imaginar. Solo te adelanto eso.

—¿En serio? —preguntó recuperando el ánimo al escucharlo.

—Sí, pero no me pidas que te cuente nada más. Por favor. Prometo llamarte en cuanto pueda esta tarde. Y ya sé que no es el momento más adecuado, pero me gustaría mucho que vinieras a cenar a casa.

—Llámame en cuanto puedas. Iré a tu casa. No sé si tal y como está el tema en la mía tengo ganas de pasar la noche aquí. Y lo siento por mi padre, que ahora mismo se debe sentir perdido del todo, pero… espero tu llamada. Anda vete ya o el jefe te echará una buena bronca —bromeó empujándolo levemente en la solapa de la chaqueta.

Después de tomar un café en uno de los nuevos establecimientos que había descubierto durante su estancia en el barrio, deambuló durante un buen rato por las calles de su ciudad sin rumbo fijo, solo por el gusto de caminar. Unas calles que conservaban la esencia del pueblo, el color de sus balcones repletos de flores en cualquier estación del año, la vida de los comercios jóvenes, mezclados con los que llevaban allí toda la vida que era capaz de recordar, la gente caminando, todo lo que ella había vivido durante los años que permaneció en casa con los suyos aunque quienes las habitaran ahora fueran distintas personas. Distintas personas e iguales circunstancias. Personas, que buscando un futuro mejor y más posibilidades de las que habían dejado atrás, habían abandonado sus lugares de origen para volver a empezar, igual que lo habían hecho tantas y tantas familias como la suya.

Dejándose llevar por el pasado, recordó a su vecina, la señora Ramona, la mujer del señor Juan. Una pareja castellana y castiza que había emigrado a Cataluña en los años cuarenta. Siempre le habían parecido mayores y siempre habían tenido para ella un cariño especial. No habían tenido hijos y quizás por eso se habían ganado el distinguido tratamiento de «el señor» y «la señora», algo que siempre le pareció extraño y ya no podría preguntarle a su madre. Habían quedado tantas cosas sin responder… También recordó sus bolsas de magdalenas, las que cada semana, en viernes concretamente, aparecían en la puerta de casa, y que su madre intentaba rehusar inútilmente pese al empeño que ponía en ello. Aquellos dulces sencillos, celebrados por los hermanos Domenech como una fiesta eran especiales, aunque estuvieran comprados en el mercado municipal, justo delante del bloque donde vivían. Era una pareja entrañable, hasta que la misma terrible enfermedad, el Alzheimer, quiso convertirlos, primero a uno y después al otro, en los restos de quienes habían sido una vez, hasta su fin. Recordó todo aquello pensando que el ciclo de la vida es un círculo que siempre junta sus extremos. Un círculo que une el principio y el final en un último aliento, sin pedir permiso, y de repente se estremeció.

Antes de que el escalofrío dejara de recorrer su cuerpo sintió un ligero cosquilleo en uno de los tobillos. Lo observó, bajando la mirada, y sonrió. Aquel pequeño cachorro de buldog francés volvía a olisquear su ropa con mucho empeño, mientras meneaba la cola en claro signo de alegría. Alzó la vista y, a pocos metros, vio al chico con el que se había encontrado unas semanas atrás. Esbozó una sonrisa que enseguida se vio correspondida a la par que un brazo se extendía hacia ella, con la mano abierta. Alma la encajó sorprendida. Lo que hacía unos segundos era una sonrisa se había convertido en un gesto circunspecto por parte del muchacho, que muy solemne se dirigió a ella sin soltar su mano:

—Lo siento, de verdad. Os acompaño en vuestro sentimiento.

—Gracias —contestó Alma comprendiendo entonces la naturaleza de su gesto.

—Nos hemos enterado hoy mismo, y quería haber ido al entierro con mis padres pero…

—Nada, no te preocupes, se agradece de todos modos —afirmó—. Y gracias, de verdad —repitió afirmando con la cabeza—. Han sido unas semanas muy intensas —se emocionó sin poder evitar que las palabras se cortaran en su garganta—, y ya descansa.

Reaccionar así ante un extraño era algo que no solía pasarle. Llevaba demasiados años controlando su corazón y su cabeza. Y sin embargo, la visita de aquel pequeño que seguía enredando entre sus piernas y la sinceridad con la que Javi Jiménez, doble Jota como lo habían llamado siempre los colegas del barrio, había mostrado ante un hecho que no le tocaba de cerca, la había conmovido.

—Ha crecido mucho en apenas unas semanas, ¿verdad?

—Sí —contestó el chico agradeciendo el cambio de tercio—, aunque no creo que lo haga mucho más. Después le tocará hacerse más ancho, como en realidad son los perros de esta raza.

—Pues es una pena, Lady —dijo dirigiéndose a ella—, con lo guapa que estás así pequeñita…crecer se puede convertir en un problema.

El chico no sabía cómo reaccionar ni qué contestar. Se notaba que estaba tenso y lo único que hacía era remover la correa de su mascota entre las manos, mientras ella había cambiado de lugar y ahora se entretenía olisqueando la acera en busca de alguna señal que parecía haber encontrado.

—¿Piensas quedarte aquí mucho tiempo? Me refiero…

—Pues no lo sé, la verdad. Tengo trabajo cerca de la ciudad donde vivo. Mis hermanos tienen sus obligaciones y mi padre…por él quizás me quede todavía algún tiempo —explicó sin más.

Tampoco era habitual que se explayara en dar nota de su vida a un extraño. Al parecer las cosas estaban cambiando, pensó.

—Claro, seguro que está contento si te quedas. ¡Lady! —gritó de pronto viendo como el perro corría detrás de una paloma que se había posado cerca de ellos—. Creo que voy a subir a casa porque ya llevamos un buen rato fuera y esta pequeña ya ha tenido suficiente por hoy —se excusó Javier antes de dudar si lo más conveniente era volver a darle la mano o dos besos.

Finalmente, y antes el casi imperceptible vaivén de la duda, el muchacho se acercó hasta Alma y la besó en ambas mejillas mientras frotaba ligeramente su hombro derecho. Ella, agradecida por aquellos minutos de entretenimiento, sonrió y lo vio marchar.

Como si algo le estuviera diciendo que debía hacerlo, giró la vista hacia el lado contrario de la calle, donde la perrita había estado persiguiendo a la paloma y lo que vio le heló la sangre. A poco menos de veinticinco metros desde donde estaba ella, el mismo individuo que había estado siguiéndola por dos veces, volvía a estar allí. Quieto como una estatua, con semblante serio y sin dar señal de ir a moverse. Sin poder controlar la rabia que subía desde su estómago hasta su cabeza, y sintiendo que toda la sangre de su cuerpo se estaba agolpando en ella, tomó aire varias veces, cerró los puños de las manos casi haciéndose daño al apretarlos y sus pies comenzaron a caminar en dirección a él. Cada vez más deprisa, cada vez con más ganas de partirle la cara a él y a quienes seguían vigilándola desde que había llegado.

El hombre, que durante unos segundos no había dado señal de llevar a cabo ninguna acción, giró sobre sus pasos, empezó a correr y desapareció entre las calles de un barrio lleno de pasajes entre bloques en los que era muy fácil ocultarse.

Casi ahogándose, y después de haber caminado todo lo deprisa que le permitían sus piernas, se paró en seco. Era absurdo, pensó llevándose las manos a la cabeza. ¿Qué demonios era aquello? ¿Perseguidor huido?

—¡Desgraciados de mierda! —gritó sin poder controlar que su boca acababa de pronunciar la frase que venía repitiéndose mientras corría detrás de aquel esbirro.

El sonido del teléfono la sobresaltó. Y habló sin haber mirado quién había en el otro lado. Habían pasado más de tres horas.

—Sí —fue todo lo que pronunció esperando lo que fuera desde el otro lado.

—¿Alma? ¿Te ocurre algo? —interrogó preocupado Guillem.

—No sé. La verdad es que no sé ni qué decir, ni qué pensar. Estoy harta de esto, de no saber qué está pasando, de no poder chillar de una vez por todas que me dejen en paz, que me dejen en paz, que me dejen en paz... —fue repitiendo mientras su voz se apagaba como la de un «cassette» al que se le van consumiendo las pilas.

La preocupación del comisario fue incrementándose, y no quería atosigarla a preguntas porque sabía que esa no iba a ser la manera de conocer el porqué de aquel comportamiento.

—Tranquilízate, por favor, y cuéntame qué está pasando. Mejor, espera. Solo una cosa ¿tú estás bien, o quieres que llame a la policía? Salgo ahora mismo a donde me digas y te paso a buscar.

La risa nerviosa que se oyó al otro lado del teléfono dejó al comisario muy preocupado. No obstante, esperó la respuesta de Alma, quien parecía no estar por la labor de calmarse. Tras unos segundos, habló:

—Pues si tú tienes que llamar a la policía vamos listos —soltó entrecortando las palabras, mezcladas con la carraspera que le había provocado la situación—, estoy aquí, en Cornellá, en una calle que no sé cómo se llama, persiguiendo a mi persecutor. ¿Qué te parece? Y lo mejor de todo es que ni siquiera me da miedo que quieran quitarme de en medio.

—Vamos a ver —habló él con mucha calma—, quédate donde estás y envíame tu localización a través del móvil. Salgo de aquí ahora mismo. En menos de media hora estoy contigo. Y si te sientes mal o lo que sea, por favor, pide ayuda. ¿Te han hecho alguna cosa?

—¿Acaso no me has escuchado? —sonó tajante—, he dicho que estaba persiguiendo al desgraciado que lleva siguiéndome los pasos desde que llegué. Y lo mejor del caso es que he salido tras él y ha desaparecido. ¿Puedes creerlo? Surrealista, esto es lo más surrealista que me he echado a la cara nunca. Malditos sean...

—Está bien, está bien —repitió Osma—. Salgo ahora

mismo. Cuelgo. Solo quería decirte que tengo noticias, y creo que te van a gustar —quiso avanzar para que ella prestara atención a sus palabras y a las instrucciones que le había dado —por eso es muy importante que si tienes la más mínima intuición de que sigues cerca de ese tipo, salgas de donde estés de inmediato.

—¿¡Buenas noticias!? Dime algo, por favor te lo pido —rogó Alma prendida de una emoción que de pronto, y sin saber de qué se trataba, la había sobrecogido.

—Fotos, llevo algunas fotos que evidencian parte del contenido del diario de Esther y que mis hombres llevan comprobando desde hace días. No era algo que pudiera decirte así, sin más, sin poder cerciorarme. Una vez más, rompo con el protocolo. Ya sabes, quizás seas tú quien vaya a visitarme cuando me condenen por mala práctica pero te diré una cosa, creo que empezamos a cerrar el círculo en torno a lo que tu compañera quiso explicarte antes de morir. Estoy seguro de que pronto podremos disponer de todas las piezas del puzle. Subo al coche. Recuerda mandarme ahora mismo tu localización. No tardo.

Las palabras sonaban a música celestial y era cierto, ni siquiera había tenido ocasión de acercarse al locutorio a comprobar los mensajes que Esther probablemente le había enviado. Ahora todo eso ya no importaba. Después de las palabras del que veladamente se había convertido en el amor de su vida casi sin darse cuenta y, a pesar de que no alcanzaría a poder resolver nada de lo que había prometido a su madre, tenía la sensación de que su vida y la de los suyos quizás podría dar el giro que desde hacía demasiados años estaba necesitando.

Dejando fluir las ideas que iban desfilando dentro de su cabeza mientras caminaba unos pasos en dirección contraria a la que había perseguido a aquel hombre, y dejando volar la enorme imaginación, sonrió dando vida e incluso poniendo cara a algunas de las personas que esperaba conocer si es que todavía le quedaba algún familiar que algún día hubiera convivido con su madre. Al mismo tiempo y haciendo caso a las instrucciones del comisario,

Alma envió su situación al móvil de él y después se sentó en uno de los bancos vacíos que había en el parque que quedaba a pocos metros de donde se encontraba. Era un lugar abierto e imaginaba que allí, el cobarde que la había estado siguiendo, no se atrevería a dar ningún paso en falso.

CAPÍTULO 24
Barcelona 1950

Habían logrado cruzar la frontera y ya se hallaban en tierra española, después de varias horas desde que subieran al tren que los llevaría hasta su destino, la estación de Francia. Unas horas que para Eulalia se estaban haciendo interminables dadas las circunstancias del viaje que finalmente se habían aventurado a realizar. La falta de autonomía de los últimos años de ella, la escasa previsión de ahorros de él y las prisas de última hora para cambiar el pasaporte en el que decía que era una mujer casada por otro que indicaba que era soltera y residente en España, habían sido la razón: El presupuesto había subido más de lo previsto y viajaban en un tren de tercera categoría en el que, por compasión, habían logrado que uno de los viajeros jóvenes que se apeaba antes que ellos le cediera su asiento.

Nadie había sospechado la verdad en ningún momento, a pesar del riesgo al que se habían expuesto desde hacía unos meses y lo poco precavidos que habían sido en algunos de sus encuentros amorosos. Se amaban y la atracción que sentían el uno por el otro era casi irracional. Desde que había conocido la noticia, y después de haber estado celebrándolo varios días sin descanso, invitando continuamente a los miembros de la familia circense, Lucas había tomado la determinación de alejar a su mujer del espectáculo de inmediato. Aunque no hubiera sido así, los vómitos y los mareos que la habían acompañado la mitad de las horas del día durante el primer trimestre de la gestación, la habrían alejado del público. A pesar de ello y, al mismo tiempo que el hijo que crecía en su vientre, el amor irracional que le profesaba a Thiago se hacía cada día más grande. Una pasión correspondida en los pocos momentos que lograban robar al día para quedarse a solas, a pesar de no encontrarse en las mejores de la circunstancias para dar rienda suelta a sus deseos. Por alguna razón que desconocía, y que no lograba comprender, Lucas no solo había dejado de despertar en ella la pasión con la que habían convivido tanto tiempo sino que, por el contrario, su presencia y sus intentos de acercamiento nocturnos le provocaban un rechazo espontáneo que no podía disimular. Achacaba su actitud al embarazo, una razón más que suficiente para que él no insistiera demasiado.

Su tripa parecía crecer a pasos agigantados. Tras la quietud de los días en los que parecía que todo iba a seguir así, la barriga parecía ensancharse por las noches. Su cuerpo había perdido todas las curvas que habían enamorado a los dos hombres de su vida. Éstas ya habían quedado escondidas tras un abdomen y unos pechos abultados, además de los quilos que sin remedio albergaban las redondeces de su figura. Prefería no pensarlo.

Thiago parecía encantado con aquella transformación, algo que Eulalia no lograba entender las pocas veces que se atrevía a mirarse en el espejo. Y aun así ambos la querían, se decía negando con la cabeza a punto de echarse a llorar. Todas las bondades físicas que podían verse en su escultural cuerpo de mago estaban igualadas con el gran corazón que albergaba en su interior. Era tierno, divertido, culto, fogoso, inteligente… No se explicaba por qué había ido a parar al circo y en realidad no conocía demasiadas cosas de su vida ni de su familia, la de verdad. Una tarde, sabiendo que Lucas y su padre habían salido a realizar unas gestiones, se acercó hasta la carpa de ensayo para darle una sorpresa. Contaba con apenas cinco meses de embarazo y sus pasos, a pesar de estar en el ecuador de la gestación, parecían los de una mujer a punto de dar a luz. Lo observó durante un buen rato, hasta que el hombre se percató de su presencia y se acercó hasta ella rodeándola con los brazos antes de besarla:

—Eres un incauto. Anda, déjame entrar si no quieres que

el primero que pase por aquí nos descubra.

—Dime, ¿cuándo vas a contestar a mi pregunta? —quiso saber tomándola de la mano para llevarla hasta un apartado de la carpa.

—Es una locura, y lo sabes. No sé, no soy capaz de pensar con la cabeza clara. Todo esto me produce vértigo.

—Vértigo es lo que yo siento cada vez que, desde mi cama, te imagino con él, rodeada entre sus brazos, compartiendo las mismas sábanas, rozando vuestros cuerpos, dejándote llevar por...

—¡No sigas! —clamó ella tapándole la boca—, para mí también es muy duro. Lo he amado y todavía siento algo por él, ¿sabes?, no es tan fácil dejar de querer a alguien que no ha hecho otra cosa que...

—No necesito todos los detalles. Lo entiendes, ¿verdad? —contestó ofendido—, pero no podemos esperar mucho más tiempo. No creo que tu condición física te permita viajar dentro de pocas semanas. Son más de ocho horas en tren y tu barriga va en aumento cada día. Se acerca el momento de tomar una decisión.

—Lo sé, y de verdad que lo siento —se lamentó ella acariciando su cara—, soy una cobarde y así es como me siento, por segunda vez. Estoy pendiente de saber si van a cerrar tratos con la ciudad para establecer un periodo de estancia prolongado. Algo así como un circo estable en largas temporadas. Sé que los demás estarían encantados. A pesar del espíritu aventurero y nómada que sigue a la gente del circo, sé que algunos de ellos estarían dispuestos a asentarse durante algunos meses del año. Las gestiones les llevarán algunos días fuera de aquí porque los responsables de los terrenos que quieren alquilar no residen en Limousin sino en Nantes, de manera que quizás podamos aprovechar su ausencia para dar el paso. Vivir así es muy agotador. Nunca imaginé esta vida para siempre.

—¿Entonces? —preguntó él encogiéndose de hombros y

elevando los antebrazos y mostrando las palmas de las manos.

—Nunca me has contado cómo llegaste al circo —quiso saber aprovechando para cambiar de tema.

—No tiene nada de particular, de verdad —afirmó en un intento inútil de escurrir el bulto—. ¿Qué más da eso ahora?

—Tú conoces mi vida, mi pasado, lo que hice para lanzarme a esta aventura loca, y lo que voy a dejar atrás de nuevo. Mi grado de inconsciencia e inmadurez. Sin embargo solo conozco que estás aquí desde hace más o menos el mismo tiempo que yo. Eres un buen mago y tus números son magníficos pero también es evidente, aunque los demás lo pasen por alto, que eres culto, que sabes de actualidad, de arte, de música, de matemáticas, de muchas cosas que no hacen más que demostrar que no encajas en este mundo trashumante, ni en los gustos habituales de la mayoría de las personas con las que convivimos aquí. Y son buena gente, eso salta a la vista, pero viven en su espiral y no suelen salir de ahí. Y alguna vez que he intentado entrar en detalle siempre evades la respuesta o cambias de tema.

Eulalia se quedó mirándolo, esperando una respuesta que ya no podía hacerse esperar. Thiago tomó su mano y caminaron hasta el rincón en el que guardaban algunos enseres que utilizaban para la función. Cerró el arcón que servía para el número principal de desaparición de la ayudante y la invitó a apoyarse en él. Cruzó los brazos, tomó aire y habló:

—Está bien, tú lo has querido, pero luego no me digas que no te lo advertí —la amenazó con una sonrisa enigmática.

—Dispara, estoy preparada para casi cualquier cosa y no creo que lo tuyo sea tan grave —afirmó sonriendo mientras adoptaba una actitud altanera.

—Provengo de una familia que, por decirlo de alguna manera, ni siquiera se había acercado nunca al circo. Al menos a uno de este tipo. Estudié en los mejores colegios que te puedas imaginar, interno desde los ocho años. Mis padres estaban demasiado ocupados con sus negocios y su vida social. Mi madre… —se quedó pensando al pronunciar aquello—, ella es quizás la que no ha estado del todo de acuerdo con algunas decisiones que se han tomado con respecto a mí en algún momento, pero bueno, tampoco creo que haya luchado mucho para que su criterio se tuviera en cuenta.

—¿Tienes más hermanos? —quiso saber ella antes de dejarlo continuar.

—Sí, un hermano mayor. Tan parecido a mis padres que incluso podría parecer uno de ellos. Nos llevamos más de quince años. Un abismo, y no solo en lo que a edad se refiere.

—Cuando hablas de negocios y de vida social, ¿a qué te refieres concretamente? —preguntó curiosa.

—Llevar una hacienda en la que trabajan más de cien personas, velar porque la producción no decrezca, coordinar los trabajos de capataces para que estos a su vez controlen a los jornaleros. Bailes, fiestas interminables en las que detrás de cada sonrisa hay un interés creado, invitaciones a cacerías espantosas, y un largo etcétera que aburriría a una piedra.

Ante el mutismo y la mirada inquisitiva de Eulalia, Thiago sonrió. Sabía que la explicación no era suficiente.

—Mi familia ostenta un título nobiliario, además de regentar una de las mayores plantaciones de vides de Castilla la Vieja. Amigos íntimos del caudillo, imagínate cómo se las gastan. No es culpa mía, yo solo nací allí —cerró el comentario con toda naturalidad.

Los ojos de Eulalia se hicieron grandes, y de su boca no salió ni una sola palabra. De repente, y de forma espontánea, se llevó la mano a la barriga y empezó a acariciar, con movimientos circulares, el abultado abdomen que parecía dar señales de vida. No dijo nada, pero él supo que algo estaba sucediendo.

—¿Te encuentras bien? —preguntó asustado.

—Sí, he notado algo aquí dentro. Un movimiento y un pequeño golpe —señaló emocionada en el lugar en el que había percibido aquella sensación por primera vez—. No sé, es extraño y maravilloso al mismo tiempo. Si no tuviera este cansancio y mis piernas no se hincharan como lo hacen —se quejó.

—¿Es normal? —dijo con cara de preocupación.

—Claro que sí, bobo —contestó ella riendo—, incluso antes, por lo que he estado preguntando a las que ya han sido madres. No quería ni pensar… y por fin sé que nuestro hijo está bien.

Aunque no se había atrevido a expresarlo en voz alta y, a pesar de las escasas relaciones que había mantenido con Lucas en el mes en el que había quedado encinta, la sospecha se cernía sobre ella. Sabía que aquella criatura que llevaba en su vientre era de Thiago. Por algún motivo que no podía comprobar sabía que era así.

—Tienes que reponer fuerzas para que el viaje no se haga tan pesado, hazme caso —advirtió el mago acercándose a ella para besarla.

—De manera que llevo en mis entrañas el hijo de un miembro de la nobleza española. Quién lo hubiera dicho, viéndote vestido de negro y plata mientras disfrutas con los aplausos del público. ¿Y por qué quisiste rechazar una vida así? Ahora que lo pienso —dijo llevándose el dedo índice y pulgar hasta la barbilla—, tu nombre tampoco deber es Thiago, algo que siempre he imaginado aunque no me había parado a pensar. ¿O me equivoco?

—Muchas preguntas y muy poco tiempo para contestarlas. Y no sé si todas las respuestas te gustarán.

—Inténtalo —apremió ella achinando los ojos.

—Mi verdadero nombre no es Thiago, como bien has dicho. Cuando llegué a este mundillo me pareció bien este. En realidad me llamo Diego. Espero no decepcionarte.

—Diego… ¿qué más? Ahora no pienso irme de viaje contigo sin saber tus apellidos.

Tras una pausa y una sonrisa el mago sabía que no podía seguir mintiéndole.

—Diego Pineda de Torres. No creo que te diga nada. No

salimos en la prensa, ni damos grandes escándalos. Y cuando así sucede —añadió señalándose a sí mismo—, suelen taparse para que nadie conozca las miserias de los humanos de alta alcurnia. A ningún grande de España le interesa airear los enredos de familia, sobre todo si son los suyos. Ya sabes, la reputación es lo que importa.

—Todavía no me has contado los motivos. Alguno habría, digo yo. Y no creo que fuera pequeño.

Tras un suspiro y habiendo cambiado el semblante, el joven tomó la mano de Eulalia y se dispuso a relatar una historia que todavía le causaba cierto dolor:

—Hace tres años y medio me enamoré perdidamente de una muchacha. Alguien que, según la opinión de los expertos casamenteros de mis padres y mi hermano, no me convenía. No pertenecía a nuestro linaje, para entendernos —dijo sin entrar en más detalle—. Sin haberlo planeado, ella quedó embarazada y pensábamos que esa iba a ser la solución a nuestros problemas. Hablé con mis padres y negaron una y otra vez que eso fuera a ser posible. Una boda entre un noble y una plebeya no entraba en sus planes. Se encargaron, sin que yo lo supiera, de hablar con los padres de ella y lo único que recuerdo después de aquello es que Elena apareció muerta una mañana. Se había suicidado. Tres días más tarde cogí la maleta, el pasaporte y algún dinero y me largué de allí sin ni siquiera despedirme. Nunca he sabido qué conversación debieron de tener y qué pasó por la cabeza de ella para llegar a ese extremo. Fue terrible. Pasando la frontera, sin rumbo fijo y sin saber qué iba a hacer con mi vida me encontré con vuestro circo. «La Estrella». El nombre me gustó y pensé que quizás podría dedicarme a lo que siempre había hecho en las celebraciones de los mayores cuando era joven y volvía a casa en vacaciones o fiestas: entretener a los pequeños con mis trucos de magia. Era muy bueno, aunque nunca quisieron reconocerlo. En la universidad había tenido ocasión de conocer al que me enseñó algunos de los mejores trucos que jamás había visto. Lo demás lo he ido aprendiendo. «Et voilà», así nació el gran Thiago.

El silencio se adueñó de ambos. Eulalia no sabía qué decir. Él, emocionado con unos recuerdos que todavía dolían en su corazón, se acercó hasta ella y la besó con gran ternura, susurrando en su oído:

—Aquello ya pasó. Elena fue muy importante para mí, eso no podría negártelo y por ese motivo he querido ser sincero ahora que me lo has pedido. Te amo con todas mis fuerzas, desde el primer día que te vi me concentré en pensar que algún día serías mía. Ahora tengo algo por lo que luchar, y lo haré, te lo aseguro —afirmó colocando la palma de la mano en su barriga.

—Tengo tantas ganas de ver su cara… y tanto miedo por lo que pueda pasarnos. Nos vamos a convertir en dos prófugos. ¿Sabes que podrían denunciarnos?

—No lo creo. Yo no he cometido ningún delito, tú eres una mujer libre ante la ley y sabes que me casaré contigo en cuanto lleguemos a España. No estamos cometiendo ninguna falta. Te amo, y también a nuestro hijo. Además, cuando ya seamos una familia se lo haré saber a la mía. Quiero que te conozcan, que nos conozcan a ti y a nuestro bebé. Y nos instalaremos en Barcelona cerca de la tuya para que no te separes de ellos nunca más.

—¿Hijo? —preguntó frunciendo el ceño—, ¿y si es una niña?

—Pues será la niña más guapa del mundo. Como su madre —añadió adulándola.

—Creo que debería irme. Desde mi embarazo todos me miran un tanto extrañados y siempre que desaparezco más de lo que ellos creen que es lo habitual, empieza el interrogatorio. Lo hacen porque se preocupan, pero qué pesados que son.

—Recuerda, tenemos que tomar la decisión cuanto antes. Tu ciudad natal nos espera.

Eulalia permaneció todavía unos minutos para no levantar sospechas, aunque en el fondo de su alma hubiera preferido ser descubierta y acabar con aquella farsa que la estaba consumiendo por dentro. La traición era lo peor de todo. Incluso sintiéndose tan culpable como se sentía, el mero hecho de imaginar aquel encuentro provocaba que se erizara todo el vello de su cuerpo. Llevaba tres años fuera de casa. Su hermana ya había cumplido los dieciocho y sus padres... pensar en ellos le causaba un llanto irremediable que a duras penas lograba controlar. Eran las hormonas, se decía con cada nuevo hipido mientras enjugaba sus lágrimas.

Era una extraña lucha interna la que libraba desde su escapada con Lucas y su familia. La vergüenza de haber huido frenaba sus intentos de llamarlos o escribirles unas letras para que supieran de su paradero y era más fuerte que su deseo de volver a verlos, aunque desde su estado de buena esperanza se había desarrollado en ella un instinto que la atraía hacia el lugar al que quería volver. En alguna ocasión se había preguntado si ellos habrían estado buscándola y pocos minutos después, al no obtener más que tristeza como respuesta, dejaba de pensar en ello. Junto a Thiago se veía capaz de intentarlo.

Los últimos días antes de la partida habían estado a punto de cambiar de decisión y postergar su marcha, ya que su estado físico se iba deteriorando muy deprisa. Temían por sus piernas, que se hinchaban con el transcurso del día, y por las varices que habían hecho su aparición en el inicio del segundo trimestre de gestación. El peso, en franco aumento desde las últimas semanas, le impedía caminar con naturalidad. Una mañana, saliendo de su «roulotte» se cruzó con una de las malabaristas. Esta la observó y dijo:

—¿Tú estás segura de que llevas solo una criatura?

Ante la pregunta inesperada, Eulalia no supo qué decir. La mujer, la mayor de su grupo y en edad de jubilarse, se acercó hasta ella y con una sonrisa y la mano pegada a su barriga volvió a hablar:

—Esto crece muchísimo. ¿De cuánto estás, hija?

—Todavía no llega a cinco meses. He ido al médico,

aunque no hemos hablado de eso —se aventuró a decir sin haber sospechado nunca acerca del número.

Se daba por hecho que lo que había dentro de ella era una criatura, aunque en realidad nadie lo había comprobado.

—No sé, pero creo que sería mejor que te aseguraras —siguió insistiendo—, hazme caso. Si es que estás que no puedes ya ni con tu alma.

La mujer se fue por donde había venido y ella la observó hasta verla desaparecer.

El enorme silbido que se había colado en sus sueños la despertó de repente. ¿Dónde estaba? ¿Qué hora era? ¿Quién la zarandeaba? Completamente aturdida y agotada, a pesar de las cabezadas que había podido ir dando de rato en rato, logró poner en orden su cabeza e intentó incorporarse sin éxito de aquel incómodo sillón en el que había pasado las últimas horas. Sonrió casi de forma refleja a Thiago, al que desde que había conocido su nombre había decidido llamarlo como su partida de nacimiento y su pasaporte decían.

—Acabamos de llegar, cariño. Como no nos espera nadie nos quedaremos en nuestro sitio hasta que la mayoría de los pasajeros se hayan apeado.

—Diego, tengo que ir al baño urgentemente —apremió ella notando en su interior que la circunstancia requería de medidas inmediatas.

—Está bien, te acompaño hasta el pasillo y me quedo aquí con las maletas. A ver si a última hora nos las van a robar. Por suerte el poco dinero que nos queda lo llevo encima.

—Sí, sí, no te preocupes. Voy yo sola. No creo que a estas alturas vaya a perderme. Serán unos segundos.

Los minutos transcurrieron y el tren había desalojado a casi todos su pasajeros. Viendo que no llegaba decidió acercarse hasta la puerta de los aseos, cargado con todo el equipaje. Prestó atención y no le pareció escuchar ningún ruido proveniente de los lavabos. Segundos más tarde golpeó con suavidad la puerta del servicio de señoras, al que no se atrevía a entrar por precaución y para no llamar la atención. En ese momento pasó una mujer y sin pensárselo dos veces la abordó.

—Disculpe, ¿podría hacerme un favor? Mi esposa ha entrado al baño y querría saber si se encuentra bien —afirmó ante la cara de extrañeza de la señora—, está embarazada —añadió para más señas comprobando que esto último había causado mayor convicción en ella.

Después de unos segundos, la mujer salió con la cara pálida y Diego reculó de inmediato al verla.

—Hay que llamar a una ambulancia. Vaya usted mientras yo me quedo al cuidado de su esposa. Está perdiendo sangre. Y en su estado no es buena señal. ¿De cuánto está?

—De… cinco meses.

—Pues debe usted darse prisa porque…

Sin hacer caso de sus palabras y casi empujándola, Diego entró inmediatamente y buscó donde se encontraba Eulalia. Ésta, pálida como la cera, permanecía sentada en el inodoro sujetándose al grifo del diminuto lavamanos que había junto a ella.

—Mi amor, no te preocupes. No es nada. Estoy aquí contigo y ahora mismo llamaremos a una ambulancia para que nos lleve al hospital más cercano.

—Ella, apenas sin fuerzas, sonrió antes de caer desplomada en sus brazos. Se había desmayado.

CAPÍTULO 25
Barcelona 2014

Llevaba observando aquellas fotos más de cinco minutos sin decir nada. Era asombroso, algo que no paraba de repetirse una y otra vez como si haciéndolo fuera a encontrar la respuesta a lo que intentaba retener en sus retinas. Los mismos ojos, el mismo color de pelo, de igual complexión, la misma sonrisa, todo idéntico, como dos gotas de agua.

Mientras ella se había aislado en un gran paréntesis desde el que no veía ni oía nada que no fuera su reciente descubrimiento y su corazón, Guillem observaba al detalle todo lo que los rodeaba. En la cafetería dos mesas más, además de la suya, permanecían ocupadas. En una tomaban café con leche, zumos y pastas una mujer con sus dos hijos. Hablaban con mucha calma y parecían entretenidos con la explicación que les daba su madre, algo que extrañó al comisario acostumbrado a escuchar de algunos de sus compañeros de trabajo que con niños no se podía ir a ningún lugar. En la otra había un hombre de mediana edad, con gafas, vestido con un traje que parecía no haber visto la plancha en los últimos meses, con el cabello revuelto, taciturno y concentrado en la lectura del diario, que ni siquiera levantaba la vista para llevarse a la boca un café tan concentrado que había teñido sus labios y posiblemente sus dientes. El policía lo observó con detalle durante unos instantes esperando alguna reacción. Dio un pequeño codazo, a lo que Alma se sobresaltó y lo miró con cara de malas pulgas. Sin perder la vista del frente y apenas moviendo la boca, pronunció:

—¿Es él? Disimula cuando lo mires y solo afirma o niega

con la cabeza.

Alma se tensó y observó al extraño. A simple vista, su complexión le hizo pensar que podía tratarse del hombre que la había estado siguiendo. De repente, y como si supiera que alguien lo estaba observando, el hombre levantó la vista y la clavó los ojos en la pareja que lo miraba descaradamente. Hojeó el resto de páginas del periódico que restaban para llegar a la contraportada, lo dobló con rapidez y se levantó dispuesto a pagar y a salir de allí. Alma giró la cara hacia Guillem y gesticuló una negación antes de que fuera a salir tras él. El hombre que la había perseguido en tres ocasiones no era aquel.

Durante los minutos siguientes, en los que volvió a pasar varias veces las mismas instantáneas casi sin pestañear, Guillem no quiso interrumpirla. La observaba con detenimiento y veía en ella la emoción contenida de muchos años en los que, sin ni siquiera haber sido consciente, había echado de menos el eslabón perdido que ahora parecía dar sentido a algunas partes de su vida.

—Tan cerca… hemos estado tan cerca, y al final no han podido volver a verse —pronunció elevando la mirada hacia el comisario, dejando resbalar las lágrimas que brotaban de sus ojos—. Oh Dios, cuánto lo siento por ellas —añadió apretando los dientes con toda la rabia y la pena juntas—, me pregunto por qué y no logro una respuesta.

—Lo siento mucho, de verdad. Es todo cuanto puedo decirte. Todavía no hemos contactado personalmente con ella. Mis hombres están averiguando qué sabe de su familia, de la verdadera, me refiero, pero intuyo que poco.

—Entiendo. Pero… ¿Nadie le habrá explicado alguna cosa acerca de nosotros, de su hermana al menos? ¿Qué hace trabajando ahí… tan mayor? —dejó caer sin poder reprimirse.

—Pensamos que no, pero no puedo darte la información exacta. Trabaja para una empresa informática multinacional y esta se encuentra desde hace algún tiempo en la plataforma de

«MareNostrum» realizando tareas de análisis para la mejora del software de los ordenadores. Es curioso, es la única mujer de su equipo. Supervisa el trabajo de más de una veintena de hombres. Y por su edad y su aspecto nadie sospecharía en qué consiste su trabajo, ¿verdad? Si me permites el atrevimiento más bien parece un ama de casa, digamos, elegante. Aunque todo tiene su explicación.

—¿Y cuál es si puede saberse? —formuló Alma impaciente por conocer la respuesta y algo molesta por los prejuicios que había mostrado Osma. No le gustaba, pero así era. El sector de la informática no estaba capitaneado por mujeres. Eso era una evidencia innegable por más rabia que pudiera darle.

Osma la observó un instante y tentado de besarla refrenó su deseo para contestar a su pregunta:

—Es superdotada. ¿Te suena? —sonrió tomando una de sus manos entre las suyas.

No, no le sonaba de nada porque no tenía ni idea acerca de su vida, pensó. Lo más curioso es que de alguna manera sabía que la conexión entre su madre y ella, a pesar de la distancia y de las pocas veces en que realmente se habían sincerado, era distinta a la que tenía con sus hermanos. Durante las confesiones que se habían ido produciendo, primero supo que se llamaba igual que su tía carnal. Ahora resultaba que compartían algo que en el fondo había aborrecido en la intimidad de su ser, en más de una ocasión. Odiaba saber más que los demás. Odiaba necesitar aprender sin cesar en un mundo en el que, en ocasiones, todo sucedía al ralentí. Odiaba no ser una persona corriente en la que nadie se fijara a simple vista después de haber opinado sobre cualquier tema. Siempre había procurado, fuera del seminario, disimular sus habilidades, aunque algunas veces resultaba difícil.

—¿Cuándo podemos conocernos? ¿Tiene familia? ¿Está casada? ¿Tiene hijos? ¿Dónde vive?

Guillem no pudo disimular su sonrisa frente a la batería de preguntas que había logrado frenar tapando la boca de Alma con sus labios. Era la única manera en que había logrado acallar la que se temía que sería una lista de interrogantes que todavía no podía contestar.

—Todo a su debido tiempo, no creo que tardemos mucho en poder hablar con ella personalmente y prepararla para una noticia como la que tenemos que darle. Entiende que lo más adecuado no es abordar y asumir, de repente, una historia que crees que nunca ha existido.

—Pero... ¿Cómo puedes decir eso? ¿Acaso ella no sabe que tuvo una hermana y que fueron separadas cuando ya tenían uso de razón?

—Sí, por supuesto —contestó Osma intentando calmarla—, pero no sabemos qué le han explicado durante todo este tiempo. ¿Y si pensara que su hermana había muerto aún siendo una niña? Estamos hablando de hace mucho. Suficiente para que un niño trate de borrar de su memoria algunos traumas con los que no podría haber sobrevivido de no haberlo hecho. Hay que tener toda la información antes de dar un paso en falso, créeme.

—Entiendo, pero no sé cómo voy a esperar a que ocurra todo esto.

—Aún hay más —dijo Guillem adoptando un semblante serio—, se trata de Esther —se avanzó a la pregunta.

—La envenenaron —afirmó ella antes de ver en los ojos del comisario la confirmación a sus sospechas—, ¿se les puede acusar? Porque han sido ellos, ¿verdad?

Sin corroborar su declaración y después de haber ignorado todas las normas que recordaba que podían saltarse suspiró y se dirigió de nuevo a ella:

—Al parecer tu compañera estaba destinada a trabajar en la planta de «MareNostrum», y su traslado se iba a realizar en muy poco tiempo. Al principio estuvo de acuerdo. Tengo que decirte que hemos tomado declaración de algunos compañeros vuestros sin que estos sepan que tú estás tras la pista de su desaparición.

Para la mayoría, por no decir todos, tanto Esther como tú habíais iniciado una nueva etapa laboral, tal y como se espera que ocurra con la mayoría de ellos en un momento determinado de sus estudios. Estaban contentos hasta que hubo que aclararles lo que había ocurrido en realidad. Sobre ti no se ha especificado nada, aunque saben que estás bien.

—¿Y bien? —lo apremió para que siguiera con su relato.

—La pista sobre el que iba a ser su nuevo destino estaba en el diario. No había nombres concretos de personas pero sí de la empresa a la que la querían enviar. Se trata de la misma multinacional en la que trabaja tu tía. A ella le gustaba la idea, al menos eso parecía en lo que pudimos ver escrito. La investigación se centró tanto en la congregación en la que habéis permanecido como en la empresa que la iba a contratar.

—No entiendo nada, y cada vez menos, te lo aseguro.

—¿Ella conocía a tus padres?

—No —se apresuró a decir—, bueno, me refiero que no en persona. Alguna vez le había enseñado alguna foto hecha con el móvil. Sus padres también vivían en Barcelona pero no habíamos coincidido en nuestros periodos de vacaciones. Hasta en eso creo que nos tenían controlados. Pero, ¿por qué me lo preguntas? —se impacientó irguiéndose en la silla.

—Debió de ser esa la razón, entonces. Tenía que preguntártelo antes de cerciorarme.

—Explícate, te lo pido por favor.

—En uno de sus últimos días Esther escribió que había visto algo extraordinario en la sala de la gran computadora. Se refería a alguien igual a otra persona que ya conocía. Cuando tengas ocasión de comprobar esa parte lo verás. Decía algo así como «Cuando se lo explique a Alma no se lo va a creer, parecen dos gotas de agua, en nuestro próximo encuentro tengo que asegurarme de que es cierto, pero estoy segura de que es así. No puede haber dos personas en el mundo tan iguales, a no ser que sean gemelas». Imagino que tuvo que andar haciendo algunas otras preguntas acerca de la desconocida por la que se había interesado. Todas ellas, me refiero a las preguntas, debieron llegar a oídos de alguno de los responsables de vuestra organización y supongo que también a la empresa donde trabaja. Entendemos, aunque hay que terminar de comprobarlo, que hubo algún comentario que nunca debió hacer y quizás incluso alguna amenaza con respecto a contarlo todo. Hemos interceptado algunos correos dirigidos a un tal «FCR».

—¡Fernando de Castro Ramírez! —exclamó llevándose la mano a la boca.

—Eso es. Era el coordinador o jefe de estudios de vuestra sección en Alemania. Él nos llevó hasta la siguiente prueba. Rastreamos su teléfono y pudimos comprobar que en las últimas semanas, además de otras que ya habíamos verificado y descartado por su naturaleza, había realizado una serie de llamadas a un número registrado aquí en Barcelona. Llegamos hasta la persona a quien pertenecía. Era la misma que la noche en que asesinaron a Esther había entrado en el hotel sin estar registrado como cliente. Las cámaras de la entrada y de la planta en la que estaba alojada lo demostraron. Por suerte, una de ellas estaba situada por debajo de la altura habitual por lo que, a pesar de llevar la cabeza agachada, pudimos ver su rostro lo suficiente como para poder identificarlo sin problemas. El caso no está cerrado, pero pronto lo estará. El desgraciado que entró en su habitación y le inyectó toxina botulínica en uno de los músculos pericraneales, en el cuero cabelludo concretamente, fue el asesino. Eso fue lo que la mató y también lo que nos llevó hasta la organización religiosa de la que habéis sido parte hasta ahora. Todavía no podemos desmantelarla, pero ya se ha ejecutado una orden de registro y en breve los cuerpos especiales de policía se pondrán manos a la obra.

—No puedo creerlo. Yo, formando parte de ellos desde hace años, como todos mis compañeros, con el consentimiento de nuestros padres, sin que conozcan sus verdaderos métodos y su verdadera esencia. Lo que todavía no comprendo es cómo sigo viva, después de lo que me has explicado.

—Por suerte para ti, hasta ahora, ellos no conocían qué sabías tú exactamente. Imagino que han pinchado los teléfonos de casa de tus padres. Y en realidad, la información que querían tener controlada era la que hemos descubierto nosotros. Si hubieran tenido el claro indicio de que tenías en tu poder el diario, no sé... —dejó sin finalizar la frase—. Que Esther averiguara todo eso y que quisiera compartirlo contigo, anunciándolo a través de un mensaje no seguro, le costó muy caro. Lo siento muchísimo, de verdad.

—¡¿Y por eso decidieron matarla, porque descubrió que había alguien igual que mi madre?! —exclamó nerviosa, agitando los brazos arriba y abajo. ¡Esto es increíble! Ahora entiendo algunas cosas que ella había empezado a explicarme. Ellos se la llevaron. No lo puedo saber pero estoy casi segura de ello. Imagino que poco después de que mi madre fuera adoptada. Todavía no he visitado el archivo histórico de la Maternidad de Barcelona, si es que allí conservan los expedientes de los niños. De verdad, no tienen perdón de Dios. Ni de Dios ni de la justicia. ¿Puede demostrarse? —preguntó viniéndose abajo al conocer la más que probable razón por la que habían acabado con la vida de su compañera. ¿Podrás demostrar que han sido ellos? —repitió.

—Cálmate —dijo—, o nos van a tomar por dos locos —comentó observando cómo la mujer que había con sus hijos los miraban—. Si ha sido así se podrá, te lo aseguro. Hemos comprobado la rutina de trabajo de tu tía. Normalmente su equipo es enviado una vez cada mes a revisar instalaciones y actualizaciones, si es que no se requiere su presencia por algún otro motivo. Y no siempre va ella. Envía a sus hombres. Las dos veces anteriores que Esther había ido a conocer su nuevo destino no habían coincidido pero la tercera sí. De manera que, según puede comprobarse en el video que hemos visto, se cruzaron en uno de los pasillos superiores de la antigua capilla. Tu tía se disponía a bajar hasta la sala central mientras Esther esperaba en la parte de arriba del edificio. Es curioso. Investigando otros destinos a los que han ido diferentes compañeros tuyos, siempre acaba habiendo alguna relación, directa o indirecta, con la religión. «MareNostrum» está instalado, como casi estoy seguro que sabrás, en una antigua capilla desacralizada que fue construida a principios del siglo XX en el Campus de la Universidad Politécnica de Cataluña. Un lugar precioso y un entorno también muy agradable, desde luego. A saber si esconde algún pedazo de historia que nunca ha visto la luz.

—Sí —se avanzó ella—, sí que había oído hablar de la supercomputadora—. Creo que la primera versión había sido instalada en Madrid.

—Así es —confirmó Guillem.

—Pero lo que nos interesa es lo otro —¿verdad? —añadió para animar al comisario a continuar.

—Cierto, no es lo que más te interesa a ti, lo sé.

—Tengo que insistir en averiguar cómo llegaron mi madre y mi tía a la Casa de Maternidad. Ese el origen de este círculo inacabado que también me pertenece y forma parte de mi vida. No he tenido ocasión de averiguarlo todavía, pero lo haré. Juro que lo haré por su memoria. Y ahora necesito llamar a casa, preguntar cómo están todos y que sepan que estoy bien. También me iría de fábula tomar algo sólido porque estoy desfallecida.

—¿Nunca habló tu madre del apellido con el que estaba registrada antes de la adopción?

—Nunca. Mi madre no nos había hablado de nada de esto jamás. Es algo que imagino que no ha querido llevarse a la tumba, pero no ha llegado a tiempo.

—Entiendo. No te agobies más. Lo averiguaremos. Yo necesitaría acercarme de nuevo a comisaría y luego si quieres te invito a cenar donde tú propongas. Aquí en Cornellá no conozco muchos sitios.

—Yo tampoco. Te podría llevar a un estupendo «Cartoffelkeller» pero tendríamos que cruzar toda Francia y llegar hasta Alemania.

—Parece muy interesante —dijo poniendo cara de interrogante—, aunque no sé si me gustaría. Bien pensado y por la suma de palabras meterme en un sótano a comer patatas debe de tener su encanto.

—¿Sabes alemán? —preguntó sorprendida—. Ahora sí que me dejas patidifusa.

—¿Es que acaso sólo tú puedes ser una listilla? Retuve cuatro palabras contadas. No soy muy bueno con los idiomas. El inglés es casi una exigencia según con quien quieras comunicarte fuera de España, y me defiendo como puedo. Con el alemán lo intenté, pero tengo que reconocer que pudo conmigo. De manera que solo de pensar que sabes todos esos idiomas, incluido uno que no habla nadie desde ni se sabe cuánto tiempo, es de admirar. A sus pies señora políglota —finalizó haciendo una reverencia al puro estilo caballeresco mientras las mujer y los niños que permanecían en la cafetería se mondaban de la risa.

La risa de Alma lo contagió. Era la primera vez que la escuchaba reír en muchos días, y era cierto que no había tenido razones para ello.

—Es una cadena de restaurantes muy conocida en Alemania, tonto—. El producto estrella, como puedes imaginar, es la patata y sí, todos están ubicados en semisótanos muy pintorescos y adornados. Ahora que pienso, ¿no me habías dicho que algún familiar tuyo había vivido por aquí? —dijo refiriéndose al lugar donde se encontraban, Cornellá.

—No en esta zona exactamente. Creo recordar que cerca de donde está el parque del me has hablado en alguna ocasión.

—¿Can Mercader?

—Exacto, en esa zona.

—También podríamos ir a cenar a Barcelona, si te digo la verdad no conozco sitios y tampoco me apetece quedarme por aquí. Disculpa, voy a llamar a mi padre y si no te sabe mal me acerco a casa a cambiarme de ropa y a verlo. Me da mucha pena aunque Samuel, una vez más, se hará cargo de estar con él esta noche. Ana debe haber salido con su novio. ¿Sabes? Mi hermana tiene más de treinta y cinco años y tampoco ha tenido demasiada suerte en el amor. Al parecer, el chico con el que está saliendo ahora le ha propuesto ir a vivir juntos —finalizó—, y estaba muy contenta. Tengo que arreglar las cosas con ella, no quiero que permanezcamos enfadadas.

Mientras ella hacía las llamadas correspondientes y se aseguraba de que su padre no iba a estar solo, el comisario dejó volar sus deseos como si se tratara de una idea original.

—Ya sé dónde vamos a ir.

—¿Ah sí? —se alegró ella acercándose a él para darle un beso en los labios—, sorpréndeme.

—A mi casa —propuso observando expectante su reacción—, he pensado que podemos pedir comida china o de la que a ti más te guste. Luego, si te apetece, podemos ver alguna película mientras nos atiborramos de palomitas.

La primera reacción de sorpresa dio lugar a una sonrisa con la que Osma pudo respirar tranquilo. No estaba seguro de que su propuesta fuera a triunfar y no quería herir la sensibilidad de ella sabiendo que pocas horas antes había dado el último adiós a su madre.

—Me parece bien. Es más, pensaba que no me lo ibas a pedir nunca —confesó con cierto aire de timidez—, creo que estaremos bien.

CAPÍTULO 26
Barcelona 1950

La luz que entraba por las ventanas, a través de sus párpados cerrados, la obligaron a abrir los ojos. Al principio, su visión borrosa y su postura horizontal no le permitieron definir qué era aquello que se veía en el techo. Se asemejaba a una viga de hierro, de color rojo, le pareció, aunque no estaba segura. Intentó girarse hacia un lado y al hacerlo algo se chocó contra la litera en la que permanecía tumbada. Era su barriga. De repente, empezó a ponerse nerviosa. Estaba embarazada, ahora lo recordaba. Pero... ¿Dónde se encontraba? ¿Dónde estaba él?

Su boca estaba pastosa y tenía sed. Su cuerpo se sentía pesado, sin fuerzas para efectuar apenas ningún movimiento más que el de balancearse levemente de derecha a izquierda. Miró a su alrededor y pudo observar, tras enfocar con no poco esfuerzo, que no estaba sola. Junto a ella, a ambos lados, había una hilera de camas, todas iguales, blancas, que llegaban hasta el final de un largo pasillo que finalizaba en una puerta del mismo color que el resto de las paredes y el mobiliario. En algunas de ellas, pudo observar, a otras mujeres que también, igual que ella, permanecían en silencio. Se incorporó como pudo, doblando la almohada sobre su espalda con la dificultad que suponía moverse sin desprender la vía que había visto que tenía en la mano derecha. No podía moverse más de lo que lo había hecho o la arrancaría. De repente, las imágenes llegaban a ella recordando desordenadamente qué había ocurrido mientras el lejano sonido del llanto de un bebé llegó hasta sus oídos. ¡Diego! —gritó sin poder evitar decirlo en voz alta. Dónde estaba él. Tenía que averiguarlo. ¿Y por qué la habían dejado allí? Todo parecía estar bien, excepto sus piernas, que estaban hinchadas como no las había visto nunca.

Presa de la angustia y sin saber qué hacer miró a ambos lados y vio que dos camas más allá de la suya había otra mujer que, igual que ella, parecía estar encinta. Se incorporó un poco más para verle la cara antes de dirigirse a ella:

—¿Hola? —preguntó sin obtener respuesta.

Su compañera de sala no parecía haberla escuchado. Carraspeó e insistió de nuevo:

—¿Estás despierta? —preguntó apurada por la molestia que fuera a ocasionarle.

—Ahora sí —dijo de un modo que a Eulalia no le pareció nada amigable.

—Perdona si te he despertado. ¿Podrías decirme cómo puedo llamar al médico?

—No creo que tarden en pasar, aunque si no hay ninguna urgencia el doctor no vendrá hasta por la mañana.

—¿Y quién lo hará entonces? —quiso saber—, es que necesito preguntar algo urgente —aclaró ante la mirada indiferente de la mujer.

—Alguna de las hermanas, ¿quién si no? —contestó fastidiada—, ¡ah bueno!, que llevas varios días aquí y ni siquiera te has despertado desde que ingresaste.

—¡¿Varios días?! —exclamó Eulalia sintiendo cómo un escalofrío empezaba a recorrer todo su cuerpo.

El silencio dio paso a la angustia y esta al llanto. Estaba sola en algún hospital de la ciudad, no podía moverse y la persona que más le importaba del mundo en aquellos momentos no se encontraba junto a ella. De repente, sintió ganas de orinar. Levantó la ropa, miró debajo de las sábanas y vio que de entre sus piernas salía un tubo delgado y transparente que acababa en uno de los lados de la cama. Se giró como pudo, siguiéndole el rastro y entonces descubrió la bolsa. No podía moverse de allí sin que le quitaran aquello, pensó maldiciendo su suerte.

—¿Y no podemos llamarlas? —insistió en preguntar sin ni siquiera mirar a la otra embarazada.

—Esto no es un hotel de lujo, ¿sabes? Estamos en la Casa de Maternidad de Barcelona. Eso sí te lo deben de haber dicho, ¿verdad? —preguntó, ahora sí, intrigada por la aparente amnesia de la mujer —. Llevas aquí unos días y hasta la fecha no has recibido ninguna visita, al menos que yo haya visto. El día que llegaste fue movidito, la verdad. Primero las carreras que dieron saliendo de aquí creo que para socorrerte. Después el atropello que hubo de un muchacho en la misma puerta del recinto. Para tu tranquilidad te diré que estamos en el mejor sitio que podemos estar. En serio —afirmó convencida la compañera—. Nos encontramos en una de las alas del pabellón de lactantes. Cuando tengas a tu hijo, igual que yo, ya no estaremos aquí.

Las explicaciones que de pronto se había animado a darle la mujer no le importaban demasiado si nadie sabía responderle a la pregunta más importante. Sin prestar atención a su estado de salud, lo único que quería saber era dónde estaba él y cuándo podría salir de allí. No había prestado atención a nada excepto a la noticia de ese joven del que había hablado, atropellado el mismo día que ella había ingresado allí.

Ensimismada en sus pensamientos y dejando volar la imaginación, ni siquiera se percató de la aparición de una de las monjas que amablemente estaba atendiendo a otra de las pacientes. Esta, al ver movimiento en la dirección en la que se encontraba Eulalia, sonrió. Después, a paso lento, casi como si estuviera dando un paseo, se fue acercando hasta donde se encontraba ella.

—¿Cómo te encuentras? Me alegro de que por fin podamos hablar. Nos has tenido preocupadas, de verdad.

Eulalia se había asustado pero el rostro de la mujer, que a pesar de su hábito, le pareció bello, la tranquilizó.

—Creo que bien, aunque no recuerdo cómo llegué hasta aquí.

—Traías una hemorragia importante, y en tu estado eso es muy delicado en estos momentos. Padeces una fuerte anemia. También hemos detectado albuminuria en tu orina. De ahí la hinchazón que padecen tus tobillos y el pequeño desequilibrio en tu presión arterial. Debemos cuidarte y vigilarte para que todo eso no persista. Durante estos días has permanecido sedada, algo suave, pero era lo mejor y para ellos no supondrá ningún perjuicio. Llamaré al doctor para que venga a examinarte en cuanto pueda.

—Hermana —imploró sujetando a la religiosa por la muñeca cuando vio que volvía a marcharse—, tengo una pregunta ¿Diego, mi... —no sabía cómo llamarlo cuando recordó que en su pasaporte no constaba como una mujer casada—, ¿mi primo no ha venido a verme durante este tiempo? Era lo primero que se le había pasado por la cabeza.

La monja, mirándola con cara de misericordia, se giró hacia ella dándole unas palmaditas en el antebrazo.

—Sí, ahora lo recuerdo. Tienes un primo muy guapo. Estuvo aquí cuando te trajeron —confirmó elevando su mirada—. Pero que yo sepa no ha vuelto —dijo sintiendo una pena tremenda por la muchacha al ver cómo estaba esperando aquella noticia—, de todos modos y en tus circunstancias, yo no me haría demasiadas ilusiones.

—Ella —señaló a la mujer con la que había estado hablando —me habló de un accidente el mismo día que llegué. Un hombre —añadió para más señas—. ¿Saben quien fue? La persona atropellada me refiero.

—No lo sé, nosotras nos preocupamos de lo que ocurre aquí, detrás de nuestras paredes, que no es poco. Sí, oí hablar del trágico accidente, pero no sé de quién pueda tratarse.

—Comprendo —dijo bajando la mirada dejándose llevar por el desconsuelo más profundo—. Es posible que no fuera él. ¿Verdad, hermana?

—Si su primo decide volver créame que lo recibiremos con los brazos abiertos, y quizás tengamos una charla con él. En ocasiones afrontan su responsabilidad y deciden, lo que cualquier hombre, en estas circunstancias, debería hacer.

—¿Qué quiere decirme? —preguntó molesta por aquellas palabras que denotaban cierta ironía.

—Que en muchas ocasiones, los «primos» no vuelven. Por cierto, Isabel —dijo con toda naturalidad y cambiando de tema—, si quieres podemos intentar contactar con alguno de tus familiares. Piénsatelo y me contestas después.

¿Isabel? Su cabeza buscó deprisa algún motivo por el que aquella monja la había llamado por un nombre que no era el suyo. Fue entonces cuando cayó en la cuenta de que su pasaporte, que por otro lado indicaba que era soltera, llevaba un nombre falso, algo que no podía decir en aquel momento. Lo había visto cuando Diego se lo había entregado, antes de llegar a la estación en la que tomaron el tren en dirección a Barcelona, pero no le había dado mayor importancia. Nunca pensó en las consecuencias de aquello podía llegar a acarrearle.

—Solo una cosa más, hermana —dijo a punto de echarse a llorar.

—Dime —animó la monja girándose hacia ella sin volver a acercarse.

—¿Ha dicho usted antes que la sedación a la que me han sometido era mejor para ¿«ellos»? No sé si la he entendido bien.

—Efectivamente. Quizás no lo supieras, y por lo que estoy viendo así parece, pero llevas en tu vientre la vida de dos pequeños que si nada lo remedia nacerán antes de los nueve meses de gestación. Es habitual en estos casos y estás en muy buenas manos. Ahora descansa y en un rato vendrá a verte el médico.

Después de la noticia, un sudor frío y unas repentinas náuseas en la boca del estómago le provocaron grandes arcadas que no pudo evitar. ¿Gemelos? Se dijo para sí mientras recordaba las palabras de una de las mujeres del circo. La monja, que casi había llegado al otro extremo de la extensa sala, volvió sobre sus pasos y se acercó hasta Eulalia, que permanecía boca abajo, inclinada sobre un lado de su cama, vomitando:

—No te preocupes, Isabel, aquí cuidaremos de ti hasta que tus pequeños vean la luz de este mundo, si Dios quiere, claro. Luego hablaremos. Ahora descansa —repitió palmeando con suavidad su espalda.

—No me llamo Isabel —afirmó, antes de arrojar los últimos restos de bilis y perder el conocimiento.

Tras una inspiración profunda en la que llenó sus pulmones de aire y su corazón de pena, desde el fondo de su alma y su desesperación gritó su nombre en silencio, sabiendo que después de casi tres meses en los que no había vuelto a visitarla, ya no volvería a verlo.

Habían nacido apenas hacía un mes y medio. Tal y como se previó, el parto se adelantó unas semanas y eso las mantuvo, por seguridad y porque sus pequeños pulmones todavía no se habían terminado de desarrollar, durante unos días en la sala de prematuros. En otro lugar seguramente no habrían corrido la misma suerte, pero allí contaban con los equipos médicos y los aparatos más modernos de toda España. A pesar de su tamaño, sus ganas de vivir se reflejaban en el llanto y el hambre que parecían tener a todas horas. Pese a la abundante leche con la que la naturaleza había dotado a la recién estrenada madre, una de las nodrizas tuvo que hacerse cargo, al fin, de una de las pequeñas. Eulalia todavía se encontraba débil, continuaba con anemia y las niñas reclamaban comida con más frecuencia de la que su cuerpo la fabricaba. Las hermanas les habían tomado un cariño especial a las gemelas y entre ellas comentaban lo maravilloso de la vida mientras las observaban moviéndose, tan pequeñas y tan idénticas. Eran como dos gotas de agua y resultaba casi imposible distinguirlas si no estaban juntas. Para hacerlo, la monja encargada del pabellón de lactantes había cosido unos lacitos de colores, verde esperanza y rosa pálido, que iba ribeteando en cada prenda de las pequeñas. Algo que pudiera descoserse con facilidad ya que aquella ropa volvería a servir a otros bebés que nacieran en el recinto.

—Madre, —¿nunca ha venido a verme nadie? —preguntó mientras acunaba a una de sus hijas frente a uno de los ventanales del pabellón, con la mirada perdida en un horizonte y un pasado que solo su recuerdo podía ver.

La monja, que ya le había dado aquella misma respuesta en varias ocasiones, la miró con lástima y volvió a contestarle:

—No, Isabel, al menos que yo sepa. ¿De verdad no quieres que avisemos a tu familia del feliz nacimiento de tus preciosas hijas? —insistió una vez más—. Aquí ya hay muchos niños. Me he fijado en tus maneras, en tu comportamiento y en tu forma de hablar. Se nota que te has criado en una buena casa. Estoy segura que ellos te acogerían perdonando tus pecados al ver las caras de sus nietas. Son tan bonitas…

Eulalia no contestó. Incluso se había convencido de que su nuevo nombre iba a ser para siempre el que decía su pasaporte. No, no y mil veces no. Algo la frenaba a dar ese paso que para la monja parecía tan fácil. Era posible que sus padres ni siquiera pudieran imaginar dónde estaba ella y cuáles eran sus circunstancias. Y ella no podía perdonarse la suma de equivocaciones y fracasos en los que se había convertido su vida desde que partiera de su hogar. No se sentía digna de ellos.

—No tengo a nadie a quién acudir —mintió Eulalia girando la cara a la religiosa.

—Aquí tenemos muchas bocas que alimentar, y desde la guerra todavía más. No solo cuidamos de expósitos, lo sabes. Creo que podrías empezar a ayudar en el pabellón rosa, el de madres solteras, con la costura. ¿Se te da bien coser?

—Pues la verdad que no lo sé. Se me da mejor enseñar lengua y matemáticas. La costura no es algo que me haya llamado la atención, hermana. Los bordados en casa de la condesa se me daban muy bien, eso sí, pero eso no es costura —se le escapó decir arrepintiéndose de inmediato del desliz que acababa de tener.

La monja, que disimuló su sorpresa, continuó doblando las sábanas que tenía entre sus manos. En silencio, esperó que Eulalia continuara hablando de su pasado, algo que no llegó a suceder porque la joven se había percatado del mal encubierto interés que habían despertado sus palabras.

—Quizás podría ayudar a las hermanas en el colegio. ¿Qué le parece? —preguntó la joven sabiendo que sus comentarios anteriores no habían pasado desapercibidos—, hermana —rogó a la religiosa—, no me tenga en cuenta algunas cosas. Desearía servir de alguna cosa aquí. Algo de provecho que consideren ustedes que puedo hacer. No he robado, no he cometido ningún delito, se lo juro, solo soy una pecadora que querría que la vida volviera a sonreírle como lo hizo alguna vez. Solo eso. No dé aviso a nadie de que estoy aquí, se lo suplico.

No era un discurso premeditado, pero pareció convencer a la monja, que afirmó en silencio, respetando sus palabras. Después de unos segundos en los que Eulalia contuvo la respiración, esperando su respuesta, la mujer le respondió con calma:

—Está bien, supongo que tus razones tienes, aunque no niego que me gustaría conocerlas. Haré lo que me pides, por lo menos por ahora. Sobre lo que propones, acerca de la escuela, hablaré con la madre superiora y durante la mañana te digo alguna cosa. Mira, ahí viene una de tus pequeñas en manos de Angustias. ¿No te parece que va siendo hora de ponerles nombre? Sus vidas se han aferrado al aire que respiran y a la leche que maman con tantas ganas. ¿Cómo querrías llamarlas?

Durante unos segundos Eulalia pensó sin que se le ocurriera ninguno. La oculta intención que albergaba en sus pensamientos no había tenido en cuenta ese detalle. Su única meta era una y tenía nombre de hombre. Sus caras, su sonrisa, aquellos pequeños cuerpos que se movían buscando el cobijo de una caricia empezaban a pesarle en el alma. No podía seguir allí durante mucho tiempo o sería incapaz de hacerlo y quedaría atrapada en aquel lugar para siempre.

—Alma. Quiero que una de ellas se llame alma. Confío que su nombre haga los honores de algo que me falta a mí desde hace tiempo, hermana.

—¿Alma? —repitió la monja haciendo un mohín—, hablaré con don Evaristo, a ver qué le parece. Alma, volvió a pronunciar pareciendo que le gustara.

—¿Te parece bonito María? Así es como podría llamarse la segunda. De algún modo encadenamos sus nombres: Alma y María.

—Es muy buena idea —afirmó Eulalia sin demostrar excesivo entusiasmo.

—Pues no se hable más. Así las bautizaremos en cuanto haya ocasión. Dios no quisiera que ocurriendo cualquier desgracia —pronunció santiguándose varias veces seguidas—, estas criaturas no tuvieran la bendición del santo sacramento de los fieles.

Y tal y como había organizado principalmente la monja, que se había hecho cargo de un modo especial de aquellas niñas, una semana más tarde, en la capilla del recinto, recibían las aguas bendecidas para el bautismo las bebés que llevarían por nombre Alma y María Miras, adoptando así el apellido falso de su madre, que ante la ley era una mujer soltera aunque su vida hubiera estado marcada por dos hombres que lo habían sido todo para ella.

En una ceremonia sencilla en la que solo estaban presentes tres de las religiosas, una compañera de Eulalia, el párroco y los dos monaguillos que sostenían sendos velones mientras se llevaba a cabo la celebración, ambas niñas fueron bendecidas y bautizadas y todos volvieron a sus lugares de trabajo. Desde la capilla hasta la habitación que ocupaban la madre y sus hijas, Eulalia fue fraguando la que se convertiría en unos días, en un nuevo adiós sin despedida. Prefería no pensar en ese momento. Su corazón se había hecho duro aunque, en esta ocasión, iba a renunciar a lo que una mujer que ha sido madre nunca debiera hacer: a sus propios hijos. No había logrado olvidarlo y por el contrario, con el paso de los días, su deseo de encontrarlo se hacía más grande. No concebía que aquel hombre, con el que apenas unos meses antes había hecho planes para formar una familia, la hubiera abandonado.

CAPÍTULO 27
Barcelona 2014

Despertar junto a él era maravilloso, pensó cuando abrió los ojos y lo encontró de espaldas, a pocos centímetros de ella. Acariciar su cuerpo suave, perfilando a cámara lenta cada uno de sus músculos con sus manos mientras él dormía plácidamente, era excitante. Algo de lo que no había disfrutado nunca antes, a pesar de no ser el primer hombre en su vida. No era el primero pero sí se había convertido en el más importante. Cuando vio que se removía entre las sábanas para girarse hacia ella se hizo la dormida. Él, siguiéndole la corriente, imitó las mismas caricias que le había regalado apenas hacía unos instantes. Desde el hombro, que quedaba al descubierto, hizo un recorrido hasta el codo, luego al antebrazo saltando por último hasta su abdomen en dirección a su vientre. El escalofrío que experimentó Alma hizo que encogiera la musculatura de forma refleja. Guillem se sobresaltó y ella abrió los ojos, mirándolo muy fijamente. Unos segundos más tarde ambos explotaron en una risa que dio lugar a enzarzarse en una nueva contienda amorosa que no tenía otro fin que volver a entregarse el uno al otro. Bajo las sábanas y el calor que sus cuerpos iban desprendiendo, al son del baile más hermoso, se amaron nuevamente sin prisas, deleitándose con cada nuevo roce, con cada nuevo envite, con cada beso que no hacía otra cosa que afianzar una relación que se fraguaba irremediable entre ellos.

—¿Sabes? —susurró en su oído.

—Dime.

—Hoy he soñado con mi madre —se animó a explicar queriendo compartir con él aquello tan especial mientras reposaban después del recién acabado combate.

Él la besó en la frente sabiendo que, a pesar del esfuerzo y la valentía de enfrentar la pérdida de uno de los seres más queridos que una persona puede tener, la emoción estaba a flor de piel y lo ocurrido estaba demasiado reciente.

—Cuéntame —la animó acariciando sus mejillas con las manos.

—Estábamos en el campo, era un día muy claro y los árboles estaban llenos de flores de colores. ¿Qué curioso no? Eran flores iguales de distinto tono en el mismo árbol. No sabría decirte de qué árboles se trataba. Incluso creo que no existen, pero recuerdo perfectamente los colores. Nos íbamos acercando la una a la otra muy despacio, dando pasos cortos, sonriendo para fundirnos en un abrazo tan profundo y envolvente —se paró presa de la emoción que la había atrapado—, que parecía traspasar nuestros cuerpos. He sentido su fuerza, su cariño y todo su amor. Ha sido real, lo más real que nunca he tenido nunca de ella ni de nadie, te lo aseguro. Antes de desaparecer en mi sueño ha acercado su boca hasta mi oído para susurrarme, con una claridad tan nítida como lo que estás oyendo de mis labios, un «te quiero». Y se echó a llorar recogida en los brazos de él.

—Voy a acelerar todo lo que pueda vuestro encuentro. Si es posible mañana podremos hablar con Alma. No sé si querrás comentar alguna cosa con tu familia primero y exponerles la situación. Creo que la vida os debe una explicación y estamos a punto de unir los extremos de ese círculo del que me has hablado algunas veces. Y estaré orgulloso de ayudarte a conocer el origen de lo que se os ha vedado en vuestro linaje. Todos tenemos derecho a conocer de dónde venimos.

—Si Manolita y Antón levantaran la cabeza… creo que los pobres volverían a morir del susto. Ellos lo hicieron lo mejor que supieron, aunque no llegara a ser suficiente. Me pregunto si conocerían a mis abuelos biológicos. Qué pena que eso también forme parte de lo imposible.

El interrogante se dibujó en el semblante del comisario.

—Mis abuelos maternos. Los que he conocido sin saber que no eran los, vamos a decir, verdaderos. Dos buenas personas, algo cascarrabias, pero con un buen corazón. Y no quiero juzgarles por no haber adoptado a las dos hermanas. Todo el mundo sabe que los hermanos gemelos siguen unidos de por vida por un cordón invisible que les hace conectarse aunque estén lejos. No sé...

—Pues sí, ellos seguramente solo hicieron realidad un sueño incumplido como matrimonio. Y el miedo a que tu madre tuviese la curiosidad de conocer a sus verdaderos padres los debe haber atenazado durante toda la vida. Es el caso de muchas más familias, te lo aseguro. Muchas más de las que nos llegaríamos a imaginar, sin tenernos que remontar muchas décadas atrás.

—Tendremos que ponernos en marcha, ¿no te parece? Hoy mismo hablaré con ellos y solo esperamos instrucciones para que nos digas dónde y a qué hora nos encontramos mañana.

—De acuerdo. Aprovecharé en comisaría para ordenar algunos asuntos y hablaré con mis hombres para que organicen la reunión. Nosotros no estaremos presentes, desde luego. Será un encuentro completamente privado.

—Te amo —se escuchó decir sin ni siquiera haberlo pensado antes.

Él la miró, la besó y la abrazó como nunca tampoco había envuelto a ninguna otra mujer.

CAPÍTULO 28
Barcelona 1951

Los días pasaban sin pena ni gloria. Las semanas y también los meses. Eulalia había convertido su vida en una rutina. Tareas que realizaba sin pensar más que en el momento presente, sin demasiada pereza y sin demasiado entusiasmo. Para todos era Isabel, y ya casi no recordaba cuando todo el mundo la había llamado por su verdadero nombre.

Las pequeñas crecían deprisa. Ya habían cumplido un año y se mostraban curiosas con todo lo que había a su alrededor. María era la más tranquila y observadora. Siempre esperaba que su hermana hiciera las primeras prospecciones mientras ella la miraba valorando si era conveniente seguir o no sus pasos. Alma, por el contrario, tenía que inspeccionarlo todo continuamente, mostrando un carácter inquieto y travieso al mismo tiempo que le costaba, en más de una ocasión, alguna reprimenda.

En el pabellón de madres solteras, instalado en un antiguo almacén que la necesidad de espacio había robado a lo que en otro momento se había destinado al acopio de mantas y enseres varios, se encontraba un parque infantil lleno de juegos en el que, bajo la supervisión y supuesta vigilancia de las religiosas, las criaturas de entre uno y dos años campaban a sus anchas durante las horas en las que las mujeres cosían, concentradas y a toda prisa, en la sala contigua. Mientras, los bebés de más corta edad que así lo requerían, o que no entretenían demasiado a sus atareadas madres, permanecían en las cunas junto a sus progenitoras. Cuando empezaban a dar signos de querer conocer el mundo por ellos mismos, gateando y reclamando la atención de sus mayores, eran trasladados a la sala donde pocos meses antes ya habían instalado a las gemelas. Alegres y ajenas a las circunstancias que habían rodeado su llegada al mundo, aquella proyección de sus caracteres era de las pocas cosas que las distinguía. El resto de sus cuerpos, a excepción de un pequeño lunar que Alma tenía bajo la axila derecha, todo era idéntico en ellas.

Eulalia, como así se continuaba sintiendo aunque nadie la nombrara ya por ese nombre, había empezado a dar clases a los niños de cinco años. Eran los más traviesos y, al mismo tiempo que la agotaban, la ayudaban a mantener su cabeza ocupada con algo más que cambiar pañales y dar papillas. Lo había intentado con la costura, pero su recuerdo viajaba demasiado deprisa y demasiado lejos, algo que le había costado más de un disgusto frente a las agujas de las máquinas. Las monjas, a pesar de su carácter arisco y las pocas ganas de colaborar que tuvo durante los primeros meses tras el parto gemelar, le habían tomado un cierto cariño y a ninguna le escapaban sus múltiples habilidades con las matemáticas, la lengua y la historia de España. La aportación educativa de Eulalia era más que bienvenida aplicando en la enseñanza de los niños, como llevaba años haciéndose en la institución y a pesar de los cambios políticos e institucionales que esta había experimentado, el método [7]Montessori. En aquellos primeros años de vida de las pequeñas, los lemas que habían convertido aquella institución en una de las más modernas de todo el Estado Español, habían tornado su camino hacia el resurgir del nacionalcatolicismo que las hermanas de la Caridad de Sant Vicente de Paül llevaban a rajatabla, junto al régimen franquista de la época.

A pesar de todas las escaseces la vida en el recinto no era mala, se repetía cada vez que le sobrevenían las ganas de dejarlo todo atrás y aventurarse a vivir la vida que evolucionaba a grandes

---

[7] Sistema ideado por la educadora italiana María Montessori, a finales del siglo XIX y principios del XX, se caracteriza por poner énfasis en la actividad dirigida por el niño y observación clínica por parte del profesor para liberar el potencial de cada alumno promoviendo su autodesarrollo.

pasos y mucho más deprisa fuera de allí que entre aquellas cuatro paredes. Lo sabía por las escasas salidas que había realizado desde que llegara a Barcelona en aquel fatídico tren al que nunca debió subir. Ni ella ni él. Su recuerdo todavía escocía, penetrando en el más recóndito rincón de su corazón hasta que este parecía no poder soportarlo más. Y lo lograba. Lograba sobrevivir a pesar de no querer hacerlo, ni siquiera por sus hijas. No había conseguido olvidarlo y, aunque nadie se lo había confirmado nunca, estaba segura de que había sido la víctima del atropello que había tenido lugar en los días en los que había permanecido inconsciente.

Allí disponía de un techo y comida cada día, además del pequeño sueldo que las monjas habían comenzado a pagarle por su trabajo. Allí se había acostumbrado a la seguridad que la orden religiosa le proporcionaba. Sin embargo, y desde hacía unos meses, la angustia se apoderaba de ella cada noche, cuando la oscuridad daba paso a la más absoluta soledad y al paso de los años. No quería vivir la vida que le había tocado, se decía asolada, buscando sin resultado la salida a una situación de la que no sabía cómo salir.

Una mañana, la hermana que ejercía como jefa de estudios la hizo llamar, a través de otra de las religiosas, para que se presentara en su despacho cuando terminara las clases. Este se encontraba en uno de los pabellones menos concurridos, debido a su deteriorado estado de conservación, y de los pocos que se disponían en dos plantas a través de unas amplias escaleras de madera que chirriaban temblorosas pidiendo a gritos una reforma. Eulalia, entre sorprendida y preocupada, asistió algo nerviosa al encuentro. No solían llamar a las residentes por cualquier motivo aunque ella, iba pensando mientras atravesaba el jardín, no era una residente cualquiera. Había que ver de qué se trataba antes de adelantarse a cualquier conjetura. Llamó a la puerta con los nudillos. A la voz de Sor Angustias, entró. La esperaba sentada tras la vieja mesa de escritorio que decoraba su dependencia.

—Pasa, pasa —insistió la monja al verla aparecer—, cierra la puerta y siéntate aquí.

Nunca se había visto en aquella situación y, sin poder evitarlo, se le hizo un nudo en el estómago. A pesar de la intranquilidad que le producía aquel encuentro quiso tomar la palabra:

—¿Pasa algo hermana? —interrogó adelantándose con determinación aunque no era así como sentía sus piernas ni el latido de su corazón.

—¿Por qué lo preguntas... Eulalia? —respondió la religiosa mirándola por encima de sus gafas.

En aquel momento, un tremendo escalofrío recorrió su cuerpo, dejándola paralizada. Era la primera vez que alguien pronunciaba su nombre en aquel recinto. Ante el silencio, que se cernía sobre ambas, la hermana se levantó dirigiéndose hacia donde se encontraba, mientras ella era incapaz de pronunciar ni una sola palabra.

—¿Han sido tiempos difíciles para ti verdad? —continuó Sor Angustias poniendo la mano sobre su hombro con afecto—. Puedo imaginármelo aunque lo que no me explico es por qué no has dicho la verdad desde el principio. Ellos no las quieren reconocer, es lógico viniendo de una familia tan importante e influyente, pero al menos podrías haberlo intentado. Los bastardos nunca son bienvenidos en las clases altas.

—¿Ellos? —preguntó evadiendo el hecho de que por primera vez la habían llamado por su nombre—, no sé de qué me habla —lanzó casi con desprecio.

—Por tus hijas corre sangre de una de las familias más importantes de este país, aunque no sé ni siquiera si lo sabías. Durante estos años he logrado, y con los pocos recursos que ya sabes que tenemos tiene más mérito, averiguar algunas cosas. Y no creas, me llevé una buena sorpresa al conocer la identidad del joven Diego. Tanto porvenir y tan mala cabeza. Una pena al fin y al cabo.

—¡Basta! —gritó Eulalia fuera de sí—, si tantas cosas sabían por qué no han contestado a mis preguntas en todo este tiempo, eh…por qué —increpó levantándose de la silla—. No importa, quizás sea mejor no saberlo. Mañana mismo cojo a mis hijas y me marcho de aquí. No soporto ni una mentira más.

—No tan deprisa niña —la advirtió la monja dirigiéndose hacia ella con paso tranquilo para que volviera a tomar asiento—, no he acabado. Y tampoco tienes que irte a ninguna parte, de verdad. Aquí hemos respetado tu decisión de no decirnos quién eras y qué te había traído hasta esta ciudad desde el país vecino, así que lo menos que puedes hacer ahora es escuchar mi propuesta, ¿no te parece? Quizás pueda interesarte. Anda, tranquilízate y siéntate otra vez. Por cierto —quiso saber esbozando una ligera sonrisa—, ¿por qué nunca nos dijiste que no te llamabas Isabel?

—Qué importancia tiene eso ahora —se lamentó Eulalia bajando la vista hasta el suelo mientras volvía a tomar asiento, derrotada y superada por las circunstancias—, tampoco me dijeron ustedes la verdad. El padre de mis hijas perdió la vida a pocos metros de aquí, sé que era él aunque no haya podido comprobarlo, y nadie se ha dignado en todo este tiempo a responder a las preguntas que tantas veces hice sin obtener más que evasivas.

—Lo siento de veras, y créeme que es así. En cualquier caso no creo que tengas nada que objetar a los cuidados que tanto tú como tus pequeñas habéis recibido desde que estuviste a punto de perderlas. Y míralas ahora. Están preciosas y son muy despiertas. Las más listas del hospicio diría yo. En especial la pequeña. Alma.

—Si me ha llamado para darme a conocer que sabía mi nombre y el de mi marido, ahora que ya nos ha quedado claro, le rogaría que me dejara marchar. Tengo una clase en pocos minutos y los niños se alborotan en cuanto ven que tienen vía libre —dejó dicho Eulalia sin la menor empatía por las palabras amables que la religiosa acababa de regalar sobre sus hijas.

—Ya he dejado dicho a la hermana Mercedes que te sustituya si llegaba la hora y tú no estabas. Por eso no te preocupes. Diego no era tu marido. De haber sido así otro gallo te hubiera cantado muchacha. Esas criaturas ahora estarían viviendo entre algodones y tendrían un futuro asegurado. Pero no es de eso de lo que yo quería hablarte.

A pesar del tono tranquilizador con el que la mujer se dirigía a ella, el efecto que causaban sus palabras se iba tornando en preocupación y desconcierto. No alcanzaba a adivinar cuál era el verdadero motivo de aquella charla. Permanecía a la defensiva, luchando con las emociones encontradas que su cuerpo quería expresar llorando, chillando, pataleando, y que seguían dentro de ella a la espera del interrogante que se había dibujado en su cabeza y cada vez se hacía más grande.

—Usted dirá —se dejó caer finalmente, viendo que de la otra parte no parecía haber señales de seguir hablando a pesar de haberla invitado a continuar allí.

—Como te he dicho antes, observamos a tus pequeñas y creemos que podrían crecer y formarse mejor en algún otro lugar en el que se les pudiera ofrecer más posibilidades. Aquí vamos siempre muy escasos de todo, qué te voy a explicar que no sepas de sobras. El otro día —comentó cambiando de tercio—, recibimos la visita de un importante religioso de la ciudad, permíteme que no desvele su identidad —aclaró agitando suavemente la mano, restándole importancia a la supuesta confidencia que acababa de hacerle—, y se fijó en las pequeñas. Especialmente en Alma. No es algo que vaya a suceder de inmediato, y nos gustaría conocer tu opinión por supuesto, pero pienso que sería muy bueno para ellas.

Eulalia no daba crédito a lo que estaba oyendo. De repente, rebotando en su cabeza las palabras que acababa de pronunciar la monja, empezó a percibir un sudor frío en todo el cuerpo, acompañado de unas náuseas que crecían en su garganta. La sola idea de que un extraño reparara en sus hijas y pudiera causarles algún perjuicio era superior a ella. Sabía que no había sido la madre más cariñosa del mundo y que, en muchas ocasiones, había declarado cierto fastidio por la situación en la que se encontraba, pero de ningún modo iba a consentir que nadie decidiera, ni para bien ni para mal, acerca del futuro de sus niñas.

—No sé si lo he entendido bien. ¿Me está usted diciendo que…?

—No es necesario que emplees ese tono conmigo, querida. Si no te hubiéramos prestado auxilio ni ellas ni tú estaríais en este mundo, ¿verdad? —le preguntó la monja en aquel tono sumiso, acompañado de una sonrisa hipócrita que tanto odiaba de las religiosas como ella.

—No pienso abandonar a mis hijas, si es eso lo que me está proponiendo. Porque o no he entendido bien o es eso mismo lo que me está insinuando, ¿verdad? —entonó con sarcasmo interrogando del mismo modo que lo había hecho Sor Angustias.

—Nadie habla de abandonar a nadie. Tus hijas, si no recuerdo mal y no es que yo quiera recordártelo, son huérfanas de padre. Si es cierto que el joven que te acompañó aquí hace dos años era su progenitor, ya no podrá decirlo.

—Hay formas de averiguarlo. ¿Se cree que soy igual de tonta que la mayoría de las mujeres que hay aquí?

—Hum… —expresó con disgusto la religiosa—, esa soberbia no te llevará por buen camino. Contra soberbia, humildad. Recuérdalo —asintió en una diminuta reverencia—. Y agradece todo el tiempo que llevas aquí afortunadamente bien atendida. A nadie se le escapa que tu educación es mayor que la media de la que tienen la mayoría de las madres solteras. Y por eso sigues con nosotros. Como puedes comprobar, hay más almas de las que tendrían que haber en este lugar. Cada día son más las criaturas que se alojan en nuestros pabellones.

—Me está usted poniendo nerviosa y lo único que quiero saber es para qué demonios me ha hecho llamar. Si se trata de separarme de Alma y María no cuente con ello —zanjó levantándose de golpe.

—¿Y no quieres saber cómo hemos averiguado tu verdadera identidad?

La pregunta la frenó en seco cuando estaba a punto de abrir la puerta del despacho. El motivo principal del encuentro había relegado aquel detalle a un segundo plano. Ahora, temerosa de las razones que fuera a darle, giró sobre sí misma y esperó una respuesta que estaba segura que iba a recibir aunque no quisiera. De repente, sin saber ni siquiera la razón, respiró hondo y, ante la sorpresa de la mujer, se adelantó a contestar:

—¿Sabe qué le digo? Que no me interesa. Yo sé quién soy, y el tiempo pone a cada quien en su sitio. No se preocupe hermana. No creo que tarde en abandonar esta bendita institución que efectivamente sí que me ha dado la oportunidad de ver nacer a mis hijas. Por eso, y porque aunque me he equivocado demasiadas veces la vida siempre nos da nuevas oportunidades, así que no tardaré en marcharme de aquí.

La hermana, satisfecha de aquellas palabras, sonrió al verla salir de su despacho.

—¡Ah! —dijo antes de dar un portazo—, me iré con mis hijas, por si no le había quedado claro.

Sor Angustias salió detrás de ella y, justo en el momento que se disponía a bajar los primeros peldaños la sujetó por la blusa. Eulalia, removiéndose para zafarse de las manos de la hermana, trastabilló con el pie, dedicando unos segundos a la inútil tarea de mantener el equilibrio. Luego, todo sucedió muy rápido. Ante la mirada atónita de la hermana, el traspié del primer momento dio lugar al estrepitoso ruido de un cuerpo rodando por las escaleras. Sor Angustias, que en ningún momento se había imaginado aquel fatal desenlace, se levantó el hábito con las manos y corrió escalones abajo a socorrerla. Eulalia, que permanecía inmóvil, hecha un ovillo en el rellano de la planta baja, no reaccionaba a la llamada de la monja, que inmediatamente salió a buscar auxilio aterrada por la culpa. Había forzado una situación de la que esperaba no tuviera que arrepentirse jamás, iba pensando mientras corría hacia la dependencias de enfermería. Mientras tanto, en la soledad de un túnel en el que acababa de adentrarse sin saber si habría retorno, un fino hilo de sangre que salía de detrás de su cabeza resbalaba en dirección a la salida del viejo pabellón.

La paciente fue trasladada a la Unidad de Cuidados Intensivos del Hospital Clínico de Barcelona. Su diagnóstico era grave. Había sufrido un traumatismo craneoencefálico severo y las garantías de recuperación eran inciertas, tanto como el hecho de no saber si volvería a despertar del estado de coma que el fatal accidente había provocado.

Los meses fueron pasando y todo seguía igual. Viendo que no despertaba y que las perspectivas de que fuera a hacerlo cada vez eran más pequeñas, finalmente las religiosas tuvieron a bien contactar con la familia de Eulalia. No era tanto caridad cristiana como el coste que les estaba suponiendo la enferma y que apenas podían afrontar, dadas las condiciones en las que se encontraba el centro y las bocas que parecían multiplicarse a diario.

Una mañana de domingo, mientras Elisabeth y Víctor se preparaban para salir a tomar un vermut al centro del pueblo, sonó el teléfono. Había sido instalado en la vivienda de la familia Bernal Guzmán hacia poco tiempo y todavía sorprendía su sonido. Elisabeth, que todavía no se había repuesto de la desaparición de su hija mayor y de la falta de noticias que la traicionaban en sus sueños con el peor de los desenlaces, cogió el teléfono, complacida, imaginando que finalmente Marta y Basilio se habrían animado a acompañarlos en aquella soleada mañana de primavera. Tras el consabido «¿Dígame?» que se sucedía al descolgar pasaron unos segundos en los que la mujer apenas pronunció un par de afirmaciones mientras con la cabeza iba gesticulando y con la mano trataba de palpar el respaldo de la silla para acercarla hasta ella. De repente su garganta se había secado y sus piernas parecían doblarse como si fueran de goma. Ante el mutismo de la conversación Laura, que pasaba en aquel momento por delante de su madre, la observó, reparando en la palidez de su rostro. Se acercó hasta ella y, con un gesto de interrogación y sin moverse de su lado, quiso saber quien había en el otro lado. Elisabeth, incapaz de reaccionar, parecía seguir prestando toda su atención a lo que quisiera que fuera el motivo de aquella extraña llamada. Finalmente, y como si el teléfono se hubiera convertido en una gran mole casi imposible de sujetar, Elisabeth dejó caer el auricular sobre el aparato, sin pronunciar ni una palabra.

—¿Se puede saber quién es mamá? —preguntó Laura mirándola muy fijamente—, me estás preocupando.

Pasaron unos segundos antes de que mirara a su hija pequeña y, con los ojos llenos de lágrimas, contestara:

—Está aquí. Dios me ha escuchado, por fin.

—¿Quién está aquí? —repitió Laura sin reparar en lo que su madre estaba a punto de anunciarle.

Ella había sufrido, igual que todos en la familia, la ausencia de su hermana mayor y la tristeza que había dejado su desaparición en sus padres. La echaba de menos pero también seguía muy enfadada con la que los había abandonado sin dar una sola explicación y ninguna noticia en todo aquel tiempo. Tras la culpabilidad que sintió al principio, por no haber sabido decir lo que estaba ocurriendo a tiempo, la rabia se había hecho un cómodo lugar en su corazón.

—Eulalia está viva, al menos de momento. Me lo acaban de comunicar las hermanas de la Casa de Maternidad de Barcelona.

Víctor, que venía de la habitación solicitando ayuda para encontrar la camisa que Elisabeth le había dicho que se pusiera, solo había escuchado la última frase. Un repentino escalofrío recorrió todo su cuerpo. Se llevó la mano derecha a la frente y, temblando, se atrevió a preguntar:

—¿Qué ocurre? ¿Acaso la niña…? —se atrevió a decir sin terminar la frase.

—Está aquí en la ciudad papá —corrió a buscar a su padre. Los abrazó a ambos y los tres se echaron a llorar, dejando escapar todas las lágrimas que habían quedado guardadas esperando un momento que, en silencio, todos habían confiado que llegara.

Tras el emotivo y al mismo tiempo amargo encuentro, al que también asistieron las hermanas que habían cuidado de la hija pródiga desde su llegada al hospicio, el médico anunció que estaba previsto que pudiera ser trasladada en breve a casa. A todos extrañó su repentina aparición, aunque no hicieron muchas preguntas, y tras las escuetas explicaciones que habían recibido al llegar Víctor, más entero que Elisabeth, se atrevió a interrogar a la monja:

—Perdone, ¿comentaban que ha llegado hace unos meses y venía desorientada y sola?

—Así es —mintió la religiosa asintiendo con la cabeza—. Lo único que hemos podido hacer por ella es cuidarla tanto como ha estado en nuestra mano.

—¿Y dice usted que llegó sola? —insistió Basilio, observando con todo detalle a la mujer, que procuraba no mirarlo a los ojos.

—Así es —afirmó nuevamente afirmando con cara de circunstancias—, sola y desorientada. Nos costó mucho que nos dijera su nombre. De otro modo habríamos podido contactar con ustedes algún tiempo antes. Y luego… el fatal accidente por las escaleras —se condolió la mujer santiguándose varias veces ante la mirada de Laura, Elisabeth y Víctor que, siendo prudentes, no querían seguir haciendo preguntas—. Si me disculpan, tendré que dejarles. Los quehaceres diarios absorben todo nuestro tiempo. En el pabellón de la entrada encontrarán la documentación de su hija. La ambulancia que la trasladará hasta su domicilio está a punto de llegar. Y me alegro mucho de haber podido encontrarlos. Dios sabe que cada día rezamos para que Eulalia se recupere —finalizó la religiosa dirigiéndose a ellos a modo de despedida—, ahora, si me disculpan...

—Desde luego, muchas gracias por todo. De verdad. Díganos de qué manera podemos agradecerles todos sus cuidados —se adelantó a decir Víctor antes de que la monja desapareciera.

—Solo les pido que si vuelve en sí, nuestro señor así lo quiera, nos lo hagan saber. Le habíamos tomado mucho cariño aquí, y los niños a los que les daba clase también la aprecian. Fue una suerte que diera a parar con nosotras. Solo eso —repitió la mujer sonriendo—. No se olviden de hacerlo en cuanto despierte. Es muy importante para nosotras.

—Descuide hermana, que así lo haremos. Muchísimas gracias por todo. De verdad —volvió a repetir Elisabeth antes de que la monja desapareciera definitivamente de su alcance.

La vida de la familia había vuelto a dar un giro. Después de tanto tiempo volvían a estar juntos, aunque de manera extraña. Tras las obligaciones diarias Víctor acudía al hospital a diario a visitar a su hija y a buscar a su mujer que, desde su aparición, día tras días se sentaba junto a ella con la esperanza de verla despertar. Los médicos habían advertido que era muy difícil que volviera en sí después de tanto tiempo y que la única esperanza era rezar para que el milagro se sucediera. Las visitas que recibía eran la de sus padres, hermanas y, por supuesto, Marta y Basilio que, a pesar de los muchos años que ya contaban en sus espaldas, insistían en acudir al hospital al menos una vez por semana. La única que se encontraba calladamente molesta era Laura. La vuelta de su querida hermana, aunque fuera en las condiciones en las que se encontraba, había alterado de nuevo la paz que había llegado por fin a la familia. Y ella, que hasta la fecha no había dado ni un solo disgusto a sus padres, había vuelto a quedar en segundo plano. Los celos la hacían sentir culpable y aún así no podía evitarlo.

Mientras tanto, las gemelas crecían ajenas a todo lo que había acontecido en su familia biológica. Ellas no lo sabían, pero nunca conocerían a su padre. La realidad que ahora las envolvía era otra muy distinta y su futuro, en manos de personas ajenas que las iban viendo crecer, se fraguaba a espaldas de la que había sido su madre hasta entonces y de la familia que no conocía de su existencia. En común acuerdo y con el beneplácito de todas las hermanas, Alma y María, a las que nunca pensaban explicar cómo habían llegado allí en realidad, serían adoptadas cuando llegara el momento, como si nadie se hubiera preocupado nunca de ellas ni tuvieran familia que las pudiera reclamar. El interés que habían despertado las gemelas era demasiado alto.

CAPÍTULO 29
Barcelona 2014

La visita que estaba prevista para el día siguiente se había retrasado más de lo esperado. Guillem había dado las razones técnicas que no habían permitido que esta fuera antes pero lo cierto era que Alma Ballet, como así figuraba en la identificación de la tía carnal de Alma Fuentes, había sufrido un shock emocional. Después de muchos años en los que los únicos retazos de la infancia que recordaba la llevaban una y otra vez al momento en el que había tenido que separarse de su hermana y empezar una nueva vida junto a los que a partir de su adopción consideró sus padres, ahora no estaba preparada para conocer a su verdadera familia.

Por fin había llegado el día. Alma había decidido no explicar nada ni a su padre ni a sus hermanos. Sabía que no era una decisión justa y que ellos también tenían derecho a conocerla, pero algo le impedía compartir aquel primer encuentro en el que quería y tenía la necesidad de formular muchas preguntas. Estaba a punto de descubrir uno de los eslabones más importantes y enigmáticos de su existencia. El extremo de una vida llena de secretos no desvelados estaba a punto de encontrarse con el otro polo, el que daría lugar a cerrar el círculo y el sentido de muchos de los interrogantes que nunca antes habían tenido respuesta.

CAPÍTULO 30

Barcelona 1958, Recinto de Maternidad

Las personas que se habían hecho cargo de su educación en las mejores instituciones Europeas de mediados del siglo XX, y de su crecimiento como persona, a los que ella había considerado sus otros padres, también le habían ocultado la verdad. Para ella, al poco tiempo de su adopción, su hermana había sido víctima de una enfermedad incurable que la había llevado hasta el peor de los desenlaces. Atrás quedaba cualquier posibilidad de recuperarla.

Sumida en una gran tristeza tras conocer una noticia que en el fondo se negaba a aceptar, se había entregado de lleno a los libros que había en la biblioteca de la Maternidad. Ejemplares de cualquier disciplina que devoraba con verdadera devoción. Las hermanas, que antes de la separación de María habían observado las aptitudes de la chiquilla, asistían satisfechas a la evolución que la pequeña iba haciendo a medida que crecía.

Una mañana soleada en la que el resto de sus compañeras se balanceaban al son de las canciones y de una larga cuerda con la que saltaban en los jardines exteriores del recinto, una de las hermanas se acercó hasta las habitaciones sabiendo que la encontraría allí, como casi siempre que disponía de tiempo libre. Sonriendo ante la total concentración que mostraba, ignorando su presencia, le preguntó:

—¿De verdad te gustan tanto todos estos libros? ¿Qué materias prefieres? ¿Te gustaría poder estudiar en un lugar en el que hay muchos más libros que aquí e incluso en otros idiomas?

Demasiadas preguntas, se dijo para sí misma. Observó a la religiosa y con aquella cara que no expresaba ni disgusto ni alegría, se encogió de hombros dando a entender que necesitaba más información. Después, fijando la vista en los ojos de la mujer, no pudo reprimir una pregunta que rondaba en su cabeza desde hacía muchos meses, ignorando la que acababan de formularle:

—He leído en alguno de estos libros que los hermanos gemelos tienen una conexión especial entre ellos que hace que sientan cosas iguales aunque no estén juntos.

La hermana la escuchaba atentamente buscando entre sus frases de monja alguna que fuera adecuada, aunque no tenía muy clara cuál iba a ser la pregunta que Alma terminaría formulándole. La niña continuó con su disertación:

—Verá, aunque sé, por lo que me han dicho, que mi hermana ha muerto yo siento aquí —señaló en su pecho—, algo. No sabría decirle. Algo que me dice que ella sigue con nosotros. Sé que puede ser normal y que seguramente se deberá al duelo que todavía no he superado, pero quería comentárselo. ¿Cabría alguna posibilidad de que María continuara con vida? ¿Han hablado con la familia más veces? Últimamente tengo algunas pesadillas por las noches. Siento como… si me llamara pidiéndome ayuda. No sé…

—Qué cosas tienes, chiquilla —abordó la mujer restándole importancia a unas declaraciones que la habían dejado un tanto preocupada—, desde luego que imaginación no te falta —remató intentando ser convincente—. Ha sido una desgracia y entiendo tu pena. Eres una niña muy especial, igual que lo fue tu hermana. Llegasteis muy pequeñas y enseguida os tomamos muchísimo cariño, lo sabes. La vida es como es y así hay que aceptarla. Estoy segura de que la familia que adoptó a María estaba dispuesta a hacer lo propio contigo pero dadas las trágicas circunstancias y lo ocurrido dudo que quieran volver a intentarlo. De todos modos —añadió acercándose a ella con gesto cómplice—, tengo una noticia para ti. Todavía no es seguro pero creo que te hará mucha ilusión saberlo.

—¿Se trata de lo que me acaba de decir? ¿Lo de estudiar en otros idiomas?

—Se trata de una familia que creo que está interesada en

adoptarte —le dijo en voz baja dando a entender que se trataba de una información confidencial y ni siquiera contrastada—, son muy instruidos, como tú lo serás algún día, y estoy segura de que estarías muy bien con ellos.

—¿Y qué tiene eso que ver con lo de los idiomas? —insistió ella.

—Es un matrimonio sin hijos que, aunque vive una parte del año aquí en Barcelona, tiene su residencia en Alemania. La familia Ballet Schröder. Muy buenas personas. Religiosos, intachables en su proceder, con posibles y sin hijos. Han conocido tu caso y creo que vendrán a verte en los próximos días.

La noticia sorprendió a Alma. No sabía que «su caso», como la hermana lo había llamado, fuera del interés de nadie en concreto. A pesar de las circunstancias que la rodeaban y después de saber que nunca más podría reunirse con su gemela, no había llegado a plantearse salir de allí. En el fondo tenía miedo de correr la misma suerte que María. No tenía por qué suceder, lo sabía, pero tampoco podía evitar pensar que aquel recinto le había proporcionado la seguridad con la que había vivido hasta el momento. Conocía el caso de otras niñas, mayores que ella, que habían permanecido en la Maternidad bastantes años. Allí se formaban, aprendían algún oficio y se preparaban para trabajar, primero como aprendices, para independizarse más tarde. A ella no le seducía la idea de pasar su vida adulta en un taller de costura o como chica de los recados en alguna oficina administrativa en la que podía aspirar, en el mejor de los casos, a una categoría media. A ella le gustaba ser maestra. Se le daba bien explicar, las matemáticas, la historia, la literatura, las leyes de la física, la química y se le daba mucho mejor aprender. Era una esponja y todo lo que caía en sus manos era procesado y almacenado dentro de su cabeza en la que, poco a poco y, a pesar de su corta edad, construía su puzle, aunque le faltaran las piezas principales.

El hecho de que ese matrimonio medio español, medio alemán, tuviera interés en ella, era como abrir en su mundo reducido la posibilidad de tener la familia que nunca habían tenido ni ella ni su hermana. Ese pensamiento la llevaba directamente a pensar en los que habían sido sus verdaderos padres. Habían intentado averiguarlo utilizando su ingenua curiosidad dosificando sus preguntas a una y otra de las monjas, sin levantar la sospecha de una necesidad de saber que se hacía cada vez más grande dentro de ella. Conocía la versión que tantas veces había repetido en su cabeza: su madre, enferma tras el alumbramiento gemelar, se había acercado hasta el recinto pidiendo ayuda. Venía sola, con las niñas, y nunca había dado explicaciones de su vida anterior. Siempre se habían dirigido a ella como «la pobre Isabel», de manera que ese era el nombre de su madre según constaba en su expediente, aunque nunca había llegado a verlo.

En su afán por conocer y saber había pedido varias veces que la dejaran ir hasta el archivo histórico del recinto, en el que sabía que se guardaban más ejemplares de lectura y consulta imposibles de almacenar en la pequeña biblioteca que el centro había habilitado para los niños que residían allí. Las mismas veces que había solicitado tal cosa se lo habían denegado. Allí se conservaban, además de muchos libros, el registro de las entradas y salidas de las personas que, a lo largo de varios años, habían quedado registradas. Alma lo sabía y, a pesar de no ser ese el principal motivo de su petición, no descartaba la posibilidad de acercarse hasta la habitación que custodiaba una información que desde hacía unos meses le llamaba la atención conocer. Un interés que se había despertado desde la noticia de la muerte de su hermana. Siempre estaba atenta, aunque no lo pareciera, a las conversaciones ajenas en los pasillos y en los corrillos que puntualmente hacían las hermanas para comentar sus cosas. Sabía que en aquel lugar podría saber más de sus orígenes.

—¿Y de qué depende que esas personas me adopten o no, hermana? —preguntó después de unos segundos.

—No lo sé. Supongo que de que vean en ti lo que ellos buscan.

—¿Y qué buscan? —volvió a preguntar Alma.

—¿Y cómo quieres que lo sepa, niña? No soy adivina y además —pronunció molesta porque sabía que aquellos interrogantes eran el preludio de una batería de cuestiones a las que tendría que contestar echando mano de su enorme paciencia—, haces demasiadas preguntas. Todo a su tiempo —añadió dando por zanjado el tema, al menos de momento—. Aún no sabemos cuándo vendrán ni qué es lo que decidirán.

—¿Y si no me gustan a mí? —quiso saber Alma no dándose por vencida—, ¿tendría que irme con ellos igualmente? —inquirió sabiendo que estaba llegando al límite de la paciencia de la mujer.

—¡Habrase visto la mocosa! —exclamó medio en broma medio en serio—. Tú harás lo que más convenga. Y lo que más te conviene lo sabemos mucho mejor nosotras que tú, que todavía eres una niña y no tienes ni voz ni criterio propio. Es de bien nacido ser agradecido, ¿no te parece? —afirmó con las palabras y con su gesto —ni es oro todo lo que reluce, ni todo el monte es orégano pero te diré una cosa, el que a buen árbol se arriba buena sombra le cobija. Eso que te quede claro. Y esa familia es muy buena sombra, te lo puedo asegurar, no como otras…

De ese modo, recitando el refranero y dejándola con las dudas de a qué se estaba refiriendo con su última disertación, finalizaba la conversación acerca de la misteriosa y próxima visita que al parecer iba a recibir para quedársela. Así es como se sentían los niños cuando llegaban a cierta edad y eran conscientes de que las familias los preferían más pequeños. En su jerga habitual hablaban de «quedarse» cuando se hacía referencia a la posibilidad de ser adoptados. Los que ya con uso de razón habían llegado allí a causa de la miseria y los estragos de la guerra siendo unos bebés, en aquellos años y, abierta la veda para la adopción no habiendo sido reclamados por sus progenitores, habían perdido todas las esperanzas de volver a ver a los suyos. En vista de las escaseces y las pocas opciones que se les brindaba en la institución para forjarse un futuro próspero, en un país que a duras penas empezaba a salir del agujero negro en que los había metido la nueva dictadura, la mejor de sus suertes pasaba por negar otro de los refranes que a aquellas monjas tanto les gustaba. Para casi todos ellos, los huérfanos, era preferible bueno por conocer que malo conocido.

Alma no estaba segura de sentirse así, al menos por el momento. A ella la mimaban, o por lo menos eso parecía si se comparaba con otras compañeras de clase. Por eso, porque parecían estar a gusto con su presencia, le extrañaba el empeño en deshacerse de ella con una familia que además pasaba mucho tiempo fuera de España. Lo único que le llamaba la atención de todo aquello era lo del idioma. Aprender otras lenguas y poderse entender con personas de otros países le parecía algo casi mágico. Era pequeña pero no se le escapaban muchos detalles que a otros de su edad ni siquiera se le habrían ocurrido. Si las personas que iban a verla se mostraban amables con ella, y le ofrecían la posibilidad de explorar todo lo que había leído en los libros que había en el recinto, estaría de acuerdo en irse con ellos. De otro modo, pensaría en la manera de mostrarse lo más torpe y antipática posible. Tanto que no les quedarían ganas de adoptarla.

Tras la conversación de semanas anteriores y el momento que Alma sabía que acabaría llegando un sábado por la mañana mientras ella, como casi todos los días libres, ocupaba su litera sumergida en alguna lectura, la hermana encargada de los horarios en fin de semana fue a buscarla. Alma, obediente, se acercó hasta la sala central del pabellón en el que habitualmente se recibían las visitas, curiosa por saber el aspecto que tenían los que quizás podrían llegar a ser sus nuevos padres. Nadie le había anunciado que eran ellos pero lo sabía. Tanto nerviosismo y tanto interés con que se arreglara con el vestido de ir a misa los domingos no daba lugar a dudas: había llegado el día.

Estaban sentados en uno de los extremos de la sala. Juntos, muy juntos, fijando su mirada en la puerta por la que ella acababa de entrar. No había nadie más en el recinto y el silencio era absoluto. Se acercó hasta ellos junto a la monja que la acompañaba y la presionaba para que fuera a su mismo paso. A simple vista parecía que no, pero las monjas corrían mucho más de lo que la gente se imaginaba, dando aquellos pequeños pasos con los que siempre disimulaban sus carreras por los pasillos.

—Buenos días —pronunció la religiosa ofreciendo a la pareja su mejor sonrisa y azuzando desde atrás a Alma para que la imitara.

—Buenos días —repitió la pequeña sin dejar de observar ni un segundo los rasgos de aquella mujer y aquel hombre a los que, sin saber por qué, había imaginado distintos al resto de los matrimonios que se habían acercado hasta el hospicio en busca de hijos. Viéndolos se tranquilizó. No se había equivocado. Sus sonrisas resultaban agradables y su aspecto era muy elegante, eso pensó Alma cuando al fin se levantaron y la saludaron alargándole la mano como hacían los mayores. Era una presentación formal y eso le gustó, agradeciendo en silencio que no quisieran besarla. Nadie lo había hecho en los últimos meses, desde que su hermana se había separado de ella. Desde entonces odiaba los besos aunque no sabía por qué. Quizás porque en el fondo añoraba los que también un día su madre, sin que ella fuera consciente, le había regalado, aunque eso también formaba parte de su imaginación. ¿Qué había sido de su madre? –Se preguntó justo en aquel momento en el que quizás su vida estaba a punto de cambiar. A pesar de las preguntas y los múltiples intentos de averiguar algo de su pasado, las monjas nunca se habían mostrado demasiado explícitas con respecto a aquel tema y siempre encontraban la forma de esquivarlo.

El matrimonio recién llegado del norte de Europa estaba formado por Miguel Ballet, un empresario catalán que, en busca de nuevos horizontes comerciales, se habían aventurado a exportar en los años en los que el viejo Continente comenzaba a ver los primeros resultados positivos tras la segunda guerra mundial y por Susanne Schröder, hija de una acaudalada familia germana que había hecho su fortuna con el próspero negocio de la construcción. Ambos eran muy altos y vestían elegantemente, como los actores de las películas, pensó observándolos atentamente mientras terminaban los preliminares del saludo. No es que hubiera visto muchas de aquellas historias de celuloide, ninguna para ser exactos, pero había escuchado a algunas de las niñas mayores y según las referencias eso le parecían: actores de cine. Tras los primeros minutos, la hermana acompañó a los tres hasta un pequeño despacho anexo al pabellón y los invitó a entrar. Era la hora de la verdad, había pensado Alma, que experimentaba desde que tuviera uso de razón, lo que debía de ser estar nerviosa. Nunca le había pasado. Aquellos señores le parecían un pasaporte a la aventura de una vida que, por primera vez desde que había llegado a aquel lugar de la mano de su hermana y de una madre a la que creía desnaturalizada y falta de instinto, se le brindaba vivir el acontecimiento más grande que había experimentado nunca.

Tras las primeras impresiones, y atentos a las respuestas de una niña que parecía mucho más madura de lo que habían imaginado, se despidieron de ella y se adentraron en otro despacho, acompañados de la hermana Sara.

Alma sabía que había causado buena impresión, y por primera vez desde que le habían anunciado la muerte de su hermana, había experimentado lo más parecido a la paz interior. Marchar con aquellas personas podía proporcionarle aquello que ella más anhelaba: aprender. Dejar el que había sido su hogar, el único conocido hasta la fecha, resultaba una liberación. Estaba preparada para marchar, allí donde aquel matrimonio decidiera llevarla, pero quedaba algo pendiente que no podía dejar de hacer antes de su partida. Aquella noche se coló en el sótano del pabellón donde sabía que se encontraba el archivo de entradas y salidas del recinto. Su madre y, quizás incluso su padre, debían de haber dejado alguna huella de su existencia. Y esa huella permanecía allí. Algo le decía que sí.

Aquella noche en la que apenas había pegado ojo, alcanzó a conocer que Isabel Miras, como así se había llamado tras su vuelta de Francia y así constaba en un expediente varias veces tachado y vuelto a reescribir, había dado a luz dos hembras mellizas el diecisiete de septiembre de mil novecientos cincuenta y que las niñas habían sido traídas al mundo en el recinto de Maternidad, en el que residían desde su nacimiento. En el apartado en el que se indicaba la dirección o alguna otra información acerca de la madre de las neonatas, no aparecía información alguna, después de que ésta había sido tachada expresamente.

Allí descubrió la primera mentira.

CAPÍTULO 31
Barcelona 2014

—Estoy muy nerviosa. Desde que he vuelto a Barcelona me pasa más a menudo, no lo entiendo.

—Me preocuparía si no fuera así. Han pasado muchos días desde que creímos que ibas a conocerla.

—¿Por qué lo dices? ¿Te parezco tan...?

—Me pareces preciosa, inteligente, autosuficiente, guapa...

—Deja de adularme, no conseguirás que te haga más caso por eso. Nunca habría imaginado cómo iban a ser estos últimos meses. Además —añadió hurgando dentro de su bolso—, cómo va a ir bien un país en el que quedes a la hora que quedes la gente siempre llega tarde. No me extraña que...

—Es verdad, la puntualidad no es nuestro fuerte —afirmó el comisario sujetando una de las manos que volvía a la boca de Alma—. Y si dejas de morderte las uñas quizás logres tranquilizarte un poco. Tu tía está a punto de llegar. ¿Quieres que me vaya? Creo que este es un momento que deberías vivir a solas con ella.

—Quizás sí, no estoy muy segura —añadió sujetando su mano con todas las fuerzas—, cuando la vea aparecer no sé si me desmayaré. Mi madre ha muerto hace pocas semanas y ella... imaginar a alguien igual que ella frente a mí... Creo que no estoy preparada para tantas emociones.

Sus últimas palabras coincidieron con el movimiento de una de las hojas de la puerta principal de la sala de «MareNostrum» en la que permanecían esperando. Al escuchar los primeros pasos, Alma ahogó la respiración y dirigió la mirada hacia el lugar desde el que provenían los pasos. Dos hombres. Solo había dos hombres. Ninguna mujer acompañaba el pequeño séquito que se dirigía hasta ella con una leve y extraña sonrisa, como si la conocieran. Sorprendida, se giró hacia Guillem interrogando con la mirada la necesidad de una explicación. Él, que por su parte tampoco tenía más noticias que las que le habían comunicado, respondió con el mismo gesto dándole a entender que la situación también le resultaba novedosa.

Ante la cercanía de los dos hombres tanto Alma como el comisario se levantaron. Un encaje de manos, el intercambio de nombres y un saludo de cortesía precedieron las palabras de uno de ellos.

—Siento la espera —pronunció dirigiéndose hacia Alma—, su tía nos ha dejado escrito, al parecer, un cambio de planes. Tenga —concretó el hombre alargando la mano para darle un sobre—, esto es lo que nos ha hecho imprimir para que se lo hagamos llegar. Siento haberles hecho esperar —finalizó con cara de circunstancias.

—No es lo que habíamos acordado —se quejó Osma ante la impertérrita mirada de los mensajeros.

—Lo siento —repitió uno de ellos—, nosotros solo…

—Entiendo —se adelantó a decir Guillem excusándolos—. Está bien, gracias. Supongo que ya podemos irnos —preguntó a los desconocidos dando por finalizada la visita.

Alma tomó el sobre y, ajena a la conversación que estaba teniendo lugar, extrajo de su interior una hoja impresa. Leyó su contenido varias veces y muy lentamente. Después, miró al comisario señalándole que allí ya no tenían nada que hacer.

—Vámonos de aquí de una vez, por favor.

Salieron de las instalaciones precedidos por la pareja que los había atendido. En silencio. Sobraban las palabras. El tan esperado encuentro no había tenido lugar y Alma, a pesar de la enorme decepción que había experimentado tras el plantón, tenía nuevas instrucciones que seguir. Aquella nota la emplazaba a acudir a una cita, esa misma tarde, en una dirección del centro de la ciudad de Barcelona. A pesar de lo extraño de las circunstancias, en todo su conjunto, ya no existía vuelta atrás. Se le ocurrió pensar que todo podría llegar a ser una trampa de la organización a la que estaba dispuesta a denunciar pero, ni siquiera en ese caso, iba a renunciar a llegar hasta el final, pensó abarcando en sus pulmones el oxígeno de una profunda inspiración. No había pasado toda su vida ajena al origen de su familia, ni había sido conocedora de la verdad para dejarlo en ese punto, determinó leyendo nuevamente la hoja en la que había escritas apenas unas palabras de saludo y un lugar al que se dirigiría en unas horas.

El trayecto hasta casa de Osma transcurría en silencio. Guillem no había querido perturbar su mutismo y ella había dejado volar su imaginación llevándola a recrear historias que solo en su cabeza eran ciertas.

—Han vuelto a llamarme de la Universidad de Eichstadtt—Ingolstadt.

—¿Y eso? —se interesó el comisario, extrañado por la noticia que nada tenía que ver con el caso que les ocupaba.

—No pueden seguir esperándome eternamente. O estoy allí la próxima semana o tendré que renunciar al trabajo que me ofrecían. He adelantado muy poco, incluso desde casa, y tienen que tener acabadas las traducciones en el plazo de dos meses.

—Dos meses es mucho tiempo —dijo él con el ánimo de alentarla a no tomar una decisión precipitada.

—Dos meses no son nada teniendo en cuenta que las traducciones del hebreo antiguo son muy complicadas. El ritmo es muy lento por lo general y tienes que estar muy concentrada en la labor. Creo que lo mejor será avisarlos y disculparme. No puedo demorar más la decisión.

—No quiero ser entrometido, pero…

—Lo sé, y también sé que lo eres, cómo diría yo, por defecto profesional. A ti te importa muy poco lo que ocurra con la universidad, ¿verdad?

—No es cierto —se mostró un tanto ofendido—, a mí me preocupa todo lo que te concierne a ti. Creo que he dado muestras de ello sobradamente, al menos esa es mi percepción.

—Mira que te pones enfático cuando quieres eh…

—La que fue a hablar, mi repipi favorita.

—¡¿Repipi yo?! —exclamó girándose en su asiento mientras él continuaba conduciendo sin mirarla—, vamos hombre, y lo dice el que vive en un lujoso piso de uno de los barrios más prestigiosos de Barcelona y conduce un coche que cada vez que llevas a revisar seguro que te cuesta un riñón. Eso por no hablar de lo que debe de costar cada pieza de recambio… repipi yo —repitió con afectación.

—Eso no tiene nada que ver, y ya te he explicado el origen de algunas cosas. Además, eres la repipi más encantadora que he conocido nunca. Eso también tengo que reconocerlo, aunque cuando te vi por primera vez pensé que eras una de esas estiradas que miran a las personas por encima del hombro y que creen estar a otro nivel porque se saben observadas por los demás. Con esa formalidad y esa cara de pocos amigos…

Las carcajadas de Alma retumbaron por todo el coche. El giro que había tomado la conversación era de lo más absurdo, justo lo que necesitaba en aquel momento en el que su vida laboral se tambaleaba, su vida personal era una gran incógnita suspendida en una base de mentiras y su vida amorosa parecía ser lo único que la hacía reír.

—Gracias por los piropos —se animó a continuar depositando su mano sobre la pierna de Guillem mientras él seguía conduciendo—, me has dejado a la altura del betún pero me has hecho reír y en estos momentos es bastante difícil, créeme. Y sí, que te señalen como la principal sospechosa de la muerte de tu mejor compañera y poner cara de pocos amigos es lo mínimo que se le ocurre a una cuando, abandonando la comisaría tras una declaración a la que solo le faltaba la lámpara de infrarrojos en los ojos, te advierten que debes estar localizable las veinticuatro horas del día. Por cierto, esa comisaría necesita algunas reformas, y la sala de interrogatorios una regulación urgente de la temperatura o un radiador nuevo.

—Lo sé. Era una manera de romper el hielo. Estamos llegando a mi casa. ¿Te apetece comer fuera o encargamos comida para que nos la traigan?

—Mejor lo segundo. Necesito descansar un rato. Estoy agotada y he pasado muchos nervios para nada. Parece que me ha pasado un tractor por encima.

—Eso tiene fácil arreglo. Sé hacer unos masajes milagrosos —sonrió de medio lado.

De nuevo se oyeron sus risas y Guillem, haciéndose el ofendido, la miró por encima de las gafas de sol.

—¿No me crees?

—Claro que te creo, tonto. Eres mi comisario masajista, además de un buen partido y muy guapo —añadió acercándose hasta sus labios con una sonrisa—, tendré que probar uno de esos masajes —susurró en su oído—, aunque tengo una cita a la que debo acudir esta tarde, a las seis en punto —añadió adoptando un tono más serio—. Mi tía ha querido que nos viéramos en la que me imagino que debe de ser su casa. Tengo ganas de acabar de una vez por todas con esto.

—Pensé que no ibas a decírmelo nunca —asintió Guillem esperando que ella diera algunas explicaciones más sobre la visita que acababa de anunciarle.

—Claro que te lo iba a decir, pero lo inesperado de la situación me ha contrariado mucho, la verdad. No sé qué pensar.

—¿A qué te refieres?

—A nada en concreto, tonterías mías. Debo ir sola, te lo avanzo por si tienes alguna intención al respecto. Ya te he enviado a tu teléfono la dirección, no me importa, pero no quiero ir acompañada. No debes preocuparte por mí, te lo ruego.

—No era así como habíamos quedado esta mañana y, la verdad, sí que me preocupo. No iré hasta el portal si eso es lo que deseas pero, dadas las circunstancias y todo lo que las envuelve esta historia, déjame estar cerca de allí. No quiero engañarte y decirte que no estaré pendiente y muy próximo por si necesitas algo. Debes comprenderlo. Además… —dejó suspendido en el aire.

Alma frunció el ceño y retrocedió unos centímetros para tener más ángulo y poder observar al comisario. Odiaba cuando alguien comenzaba una frase y no la terminaba.

—Además qué —inquirió con tono urgente.

—No he querido contártelo todo desde el principio, porque esa cita era muy importante para ti y no era el momento, pero ahora que las cosas se escapan un poco de mi control creo que es justo que lo sepas.

—Esto no va por buen camino. ¡¿Qué es lo que tienes que contarme?! No me esperaba esto de ti —añadió cruzando los brazos—, no soy ninguna niña a la que hay que ocultarle las cosas, ¡¿sabes?! —continuó cada vez más enfadada.

De repente, la conversación había tomado un nuevo giro y la tensión entre ellos empezó a crecer.

—Tu tía ha pertenecido muchos años a la misma organización que tú. Al seminario del que me has hablado. Bueno, sus padres adoptivos antes que ella.

Aquello cayó sobre Alma como una losa. Lo último que podía esperarse de un encuentro que ni siquiera se había llegado a producir era una noticia como la que Guillem acababa de darle. Tragó saliva varias veces, trató de deshacer el nudo que se le estaba formando en la garganta, y buscó en su cabeza las conexiones de una historia familiar mal hilada que apenas se sostenía con pedazos desordenados de las torcidas puntadas que estaba dispuesta a enderezar. No podía ser, se decía en silencio justificando razones y rememorando algunos diálogos con su madre, en sus últimos días de vida, en los que no recordaba haber sospechado de algo así. Ató algunos cabos antes de pararse a preguntar lo que rondaba en su cabeza, algo que tampoco tenía la certeza que el comisario pudiera contestarle:

—Lo han sabido siempre. Esos desgraciados hijos de puta lo han sabido siempre —repitió apretando los dientes con fuerza—, ellos las separaron, estoy casi segura, y ellos las han mantenido alejadas todo este tiempo. Y mis padres engañados completamente. ¡Qué ciegos! —se lamentó ahogando las ganas de llorar—. Me pregunto si ella también lo sabía y no dio un paso adelante antes de que fuera demasiado tarde.

—No te puedo contestar a eso, y créeme que querría hacerlo para evitarte este sufrimiento que imagino que estás pasando. Es algo que deberás preguntarle a ella esta tarde. Lo siento.

—No importa, quizás no valga la pena —se apresuró a decir clavándole la mirada—, quizás ya no quiera saber más cosas. Los denunciaré. Juro que los denunciaré y acabaré con toda esa gentuza aunque tenga que gastar todas mis energías en ello. ¡Cabrones! —exclamó reteniendo en su boca todos los insultos que luchaban por salir disparados.

—No quiero parecer frívolo, pero creo que lo mejor que podemos hacer es comer alguna cosa y regarlo con una copa de vino… o dos. Y descansar para intentar poner las cosas en orden. Pensar cuando la rabia te puede nunca es bueno, créeme. Y sí, respecto a tu intención para con los miembros de la congregación me parece muy buena idea, aunque tendrías que conocer si cuentas con aliados allí dentro y si habría más compañeros dispuestos a apoyarte cuando hicieras firme tu decisión de denunciarlos.

—Los tengo. Estos días, por alguna razón, estoy recibiendo mensajes de «whatsapp» y aquello parece que se convertirá en una deserción en masa. Han sido demasiados años tirando de la cuerda y ya se ha roto. Esther, me acuerdo de ella y me puede la rabia y la pena. ¿Cómo han sido capaces de arrebatarle la vida de esa manera? ¡Qué hijos de puta! Sus mentiras no se sostendrán por mucho más tiempo. Con respecto a mi tía —

pronunció algo más tranquila—, tienes razón, lo mejor será pensar con la cabeza más fría y al menos darle la oportunidad de explicarse. Lo que me pregunto una y otra vez es por qué ella no ha hecho nada por buscarnos. Si estoy en lo cierto cerraré de una vez por todas el capítulo más importante de mi vida y de la de mi familia. Si no es así continuaré buscando. El pasado decidirá mi destino. Llamo a casa para que sepan que no comeré con ellos y encargo comida para dentro de media hora. ¿Te parece? —buscó la conformidad de Guillem.

—Claro, pide lo que más te apetezca.

—Será lo que más nos apetezca. Todavía no sé qué comidas te gustan más y a ver si luego no acierto.

Acababan de llegar al recinto donde vivía Guillem. Su flamante vehículo bajó la rampa hacia el garaje, cuya puerta ya se había encargado de abrir. Tras dejarlo en la plaza que ocupaba echó el freno de mano y permaneció agarrado al volante como si se hubiera quedado pegado a él. Después, moviéndose muy despacio, giró su torso hacia el lado en el que se encontraba Alma y, muy solemnemente, le hizo saber:

—A mí me parece bien todo lo que a ti te parezca bien, eso que te quede claro —afirmó pronunciando cada palabra muy despacio—, y lo único que verdaderamente me gusta eres tú. Me gustaría que fueras mi comida y mi postre.

Las palabras fueron el preludio de un juego amoroso que comenzó en los asientos delanteros del deportivo. Casi sin despegarse el uno del otro, subieron en el ascensor, apresurando disimuladamente tras la mirada de las cámaras, los besos que se regalaban anunciando un deseo que crecía sin freno. La excitación iba en aumento y, tras cerrar la puerta de la vivienda, se enzarzaron en una cadena de caricias tras las que iban desprendiéndose de su ropa, dejando un reguero de prendas que llegaron hasta la habitación. Cayeron sobre la cama, mirándose a los ojos, ya desnudos, sin que las palabras fueran necesarias.

Aquel día, antes de uno de los momentos más importantes a los que iba a enfrentarse Alma aunque todavía no lo supiera, se amaron como nunca. Aquel día en el que quizás podían desvelarse los secretos mejor guardados de una historia inacabada, se amaron con vehemencia, como si fuera la última vez.

CAPÍTULO 32
Barcelona 1958

Alma, la nueva Alma Ballet Schröder gustaba de repetir sus nuevos apellidos muy a menudo. Era una niña fuerte y positiva que gozaba de un gran mundo interior, a la que le costaba expresar abiertamente sus sentimientos. Recordaba que, a pesar de su curiosidad, siempre se había mantenido en un segundo plano frente a la capacidad de conversación de María. Ella, su hermana, tenía el don de la palabra mientras que Alma era el cerebro pensante. Discurriendo acerca de la suerte que le había tocado y sintiéndose un tanto culpable por ello, se convenció que la tímida alegría que sentía en aquellos momentos no atendía a la negación de sus orígenes, escasos y prácticamente desconocidos, y que aquella nueva identidad que se le había proporcionado le ofrecía un estatus que nunca había imaginado ni en sus mejores sueños y que debía aprovechar porque la vida podía ser muy corta. Bonitos vestidos; una habitación preciosa a la que no faltaba ni un solo detalle; su propio tocador con un gran espejo ovalado, lleno de peines de diferentes tipos que ni siquiera sabía cómo debían usarse y al que acompañaba un taburete en el que podía sentarse para contemplar su rostro; jabones de diferentes colores que olían de maravilla, tallados con figuritas de mar; un baño que parecía traído de un cuento de hadas y, lo mejor, una sala anexa a su dormitorio, por la que se entraba a través de una puerta interior, llena de libros dispuestos en enormes estanterías que llegaban hasta el techo. Aquello era lo que verdaderamente le fascinaba. La sala también contaba con una enorme mesa oscura y un regio sillón en el que se sentaba deleitándose en la lectura casi todas las tardes, a la luz de la lámpara. Cada día desde entonces había un instante en el que se preguntaba por qué la habrían elegido a ella, y las lágrimas resbalaban por sus mejillas, maldiciendo el momento en el que la habían separado de su otro yo, de esa parte de su corazón que desde entonces le faltaba. Acerca de lo primero, tenía una ligera idea, pero aún así no dejaba de sorprenderse. Su capacidad de absorber conocimientos apenas sin esfuerzo había contribuido a su elección, algo que añadido a la educación y las ocupaciones de sus recién estrenados padres, la podían convertir en toda una señorita.

Estaba sola en la vida, tenía que aceptarlo aunque la persistencia de la negación se hiciera dueña del pálpito que sentía a menudo y que mitigaba diciéndose a sí misma que no tenía ningún sentido. Había perdido lo que más quería en el mundo y, frente a la posibilidad de convertirse en una [8]«Expósito» más en pocos años, aquella era una buena oportunidad que le brindaba la vida. Y pensaba aprovecharla.

Durante los primeros meses su nueva familia continuó viviendo en Barcelona. Los planes, según le habían expuesto muy formalmente Miguel y Susanne, tratándola como si fuera una persona adulta, consistían en permanecer en la ciudad durante el curso escolar y pasar todo el verano en Alemania. En función de los avances en la escuela valorarían la posibilidad de escolarizarla en su otro domicilio cuando tuviera edad de ingresar en el «Gymnasium», etapa en la que en el país germano se cursaban estudios de formación secundaria que precedían al ingreso en la Universidad. Sabían que Alma contaba con altas capacidades y confiaban que el primer periodo en el que iba a estar en contacto con la cultura, la lengua y los estudios dirigidos desde la escuela alemana en Barcelona, facilitaría su adaptación a este sistema ya en la residencia de verano.

Ella aceptó, como no podía ser de otra manera. Al principio, el cambio no le gustó y aunque la integración entre sus

---

[8] Que ha sido abandonado por sus padres de recién nacido y ha sido criado en un hospicio

nuevos compañeros fue sencilla, el conjunto de maestros, sus posturas y sus gestos hieráticos, los hacían parecer tallados por el mismo patrón, hombres y mujeres. Y todos eran «Herr» y «Frau», algo que enseguida relacionó con su significado cuando observó a quienes se dirigían cuando las nombraban. Venía de una institución en la que la mayoría de religiosas vendían caras sus sonrisas, pero siempre había alguna a la que se le escapaban las risas en los escasos momentos de complicidad que había vivido en el recinto de la Maternidad. Allí, sin embargo, las buenas formas y la educación lo eran todo y Alma echaba en falta algún esporádico gesto de proximidad, las tardes libres de patio y los juegos de los que disfrutaba en su antiguo hogar.

Casi de repente había dejado atrás su pasado, aunque un pedacito de él se había venido con ella. La vieja y diminuta maleta que le permitieron llevarse las monjas, cuyo contenido ni siquiera se molestaron en comprobar por suerte para ella, la acompañarían para siempre. Para nada importaban ya ni los deslucidos vestidos de los que, de buen grado, aceptó desprenderse, ni las sandalias de verano por las que ya empezaban a asomar los dedos gordos de los pies. Lo único que conservaba, y que guardaba a buen recaudo en el fondo del armario de su nueva habitación, era el humedecido expediente que logró sustraer del archivo del hospicio una de las últimas noches que había dormido allí. Después de tantos días todavía no se había atrevido a abrirlo. Tenía miedo de conocer su contenido y al mismo tiempo sentía una curiosidad creciente por averiguar si allí estaría la clave de sus orígenes, el nombre de alguno de sus progenitores o cualquier pequeño dato que la ayudara a bucear en el fondo de su pasado.

Una noche, sabiendo que Susanne y Miguel habían salido a cenar como solían hacer en ocasiones, comprobando que su cuidadora, Frau Hinz, ya la hacía durmiendo se levantó y, armándose de valor, se dirigió hasta el armario donde guardaba su más preciado tesoro. Respiró varias veces mientras alargaba la mano por encima de la ropa que cuidadosamente se disponía ordenada en cada uno de niveles del mueble. Se asustó al no palpar donde ella había calculado que lo encontraría y, tras varias intentonas en las que su respiración comenzaba a volverse agitada, por fin enganchó con los dedos índice y corazón el documento. Se apresuró a volver a la cama, asegurándose previamente de que la señora Hinz estuviera también dormida y, casi temblando, se dispuso a abrirlo. No sabía lo que iba a encontrarse pero, mientras extraía una de las hojas de papel amarillento de su interior, iba alimentando la esperanza de que quizás sus nuevos tutores querrían ayudarla si llegara el caso.

Leyó detenidamente todas y cada una de las palabras que allí habían sido escritas apenas nueve años atrás cuando, según se indicaba, el nueve de julio de mil novecientos cincuenta había sido ingresada de urgencias una mujer de veinticinco años de edad, de nombre Isabel Miras según constaba en su documento de identidad, soltera, acusada de una fuerte hemorragia y cuyo estado de embarazo era muy avanzado. En un apartado de aquella instancia de ingreso en Maternidad de Barcelona, se había añadido que la mujer había sido acompañada hasta la institución por un joven de identidad desconocida que no se había identificado en primera instancia y del que no se había vuelto a tener noticia. No se hacía referencia añadida acerca de aquel desconocido en ningún otro lugar de aquella primera lectura.

En otro de los documentos pudo leer la información referente al nacimiento de las hermanas gemelas, Alma y María, en la fecha que siempre les habían indicado las monjas. Buscó con impaciencia más datos, nombres, o indicaciones que pudieran arrojar alguna claridad a lo que la atormentaba y que tenía que ver con sus presentimientos: la dirección de la familia adoptiva de María. Necesitaba saber con la máxima certeza si su alma gemela continuaba viva como sentía en el fondo de su ser. Su frustración llegó a culminar cuando, en otra de las hojas del mismo color que las anteriores, pudo leer que María Miras había sido adoptada por la familia… a lo que se sucedía un sello que decía: «Confidencial».

Maldijo su suerte. ¿Cómo podía averiguar el paradero de aquellos señores que habían adoptado a su hermana? ¿Cómo podía saber dónde residía o si incluso seguía viva su verdadera madre? Eran cuestiones que no podía resolver una niña de apenas nueve años. Las preguntas sobrevolaron su cabeza mientras, apretando el gurruño en el que se habían convertido unos papeles que, como ella, aquella noche en la que lloró desconsoladamente, durmieron durante muchos años desconociendo la verdad de una historia que permanecería abierta en un círculo que no había podido llegarse a cerrar hasta ese momento.

CAPÍTULO 33
Barcelona 2014

Eran las cinco de la tarde y no había podido pegar ojo desde que se volvieran a tumbar en la cama después de comer. Aunque tenía una elevada capacidad de controlarlos, y estaba entrenada para hacerlo desde hacía muchos años, los nervios se habían apoderado de ella y tuvo que calmarse con una valeriana que le había facilitado Guillem.

—Voy a darme una ducha rápida —dijo dándole un beso.

—No tardes, yo voy después. No me he traído ropa de recambio —añadió fastidiada —aunque en realidad no importa, no voy a ninguna boda.

Un rato después se dirigían a la calle Minerva, cerca de la Diagonal, en el distrito de Gracia. Habían mirado en internet y tenían ubicada la dirección y las calles adyacentes. El trayecto hasta el lugar transcurrió en silencio. Guillem, a petición de ella, la dejó próxima a su destino. Solo tendría que caminar unos metros hasta llegar al lugar.

—Ten mucho…

—Sí, lo sé, mucho cuidado. A ver, estamos hablando de una mujer mayor que, por más fuerza que conserve, tendrá que trabajárselo mucho si quiere estrangularme. Recuerda que mis habilidades en artes marciales no son cualquier cosa —sonrió quitándole hierro al asunto.

—Y tú…

—Te lo prometo. No me presentaré en la puerta ni apareceré como un soldado mercenario, atravesando la ventana, si no es requerida mi presencia —sonrió devolviendo la broma a

Alma.

Ella cerró la puerta del coche y esperó hasta que lo vio desaparecer. Fue el momento en el que de repente sintió un vértigo interior que hasta ese instante había permanecido controlado. Todo iba a salir bien, pensó dando los primero pasos hacia el portal que, por las indicaciones que había visto, se encontraba cerca de una plaza que ya podía divisar al fondo.

Tenía muchas preguntas, temía una reacción adversa por parte de cualquiera de ellas pero lo que verdaderamente la sobrecogía era enfrentarse a ver de nuevo a su madre en el cuerpo de otra mujer. No estaba preparada para aquel trance y, a pesar de eso, estaba a punto de apretar el timbre del piso que indicaba la nota que su tía había dejado escrita para ella. Cerró los ojos, tomó aire y acercó su dedo índice, como quién está a punto de accionar el contador de una bomba programada, hasta el botón del panel que se encontraba en uno de los laterales del portal.

No contestó nadie, solo se activó el sonido que indicaba que ya podía empujar el portal. Entró, comprobó en los buzones que el piso estaba registrado a nombre de Alma Ballet y emprendió el camino escaleras arriba. Tenía una excelente forma física pero, a medida que sus pies se desplazaban avanzando en cada uno de los peldaños, se ahogaba. No recordaba ni siquiera en sus años de infancia haber padecido semejante estado de ansiedad.

Llegó al rellano y localizó el número de la puerta. Antes de pulsar el timbre se abrió la puerta. Frente a frente, por primera vez en la vida, Alma en el espejo de Alma. Sobrina y tía, casi treinta años de diferencia. Ambas quedaron mudas durante unos segundos en los que ninguna parecía atreverse a respirar. Por fin, Alma Ballet sonrió y se apartó unos centímetros de la puerta, invitándola a entrar con un gesto amable. Alma Domenech dio un primer paso, sin estar segura de que sus pies fueran a coordinar los siguientes. Al llegar junto a su tía, esta se acercó a darle dos besos sin que ella pudiera ni siquiera reaccionar. El llanto se hizo presente sin que ninguna pudiera evitarlo. Unas lágrimas tranquilas que caían incesantes mientras cuatro ojos examinaban todas y cada una de las facciones que tanto tiempo habían esperado para conocerse.

CAPÍTULO 34
Barcelona 1962

En los años que se sucedieron tras su adopción, Alma entendió que no se podría hacer nada y que, por lo menos hasta que su mayoría de edad se lo permitiera, no podría seguir investigando por su cuenta acerca de sus verdaderos orígenes y del paradero de la familia adoptiva de su hermana. Susanne y Miguel nunca le habían negado la posibilidad de seguir haciéndolo pero ella notaba en su actitud un resquicio de pena y recelo que la hacía sentir desagradecida. Unos años más tarde, y a petición de su hija, habían vuelto al centro de Maternidad junto a ella para solicitar algún dato al respecto. La única información que habían podido recabar era que, tras unas lluvias que inundaron el sótano de algunas dependencias del recinto, un buen número de expedientes habían quedado dañados por completo. Alma sabía que, al menos, el suyo no había corrido esa suerte pero calló. Sin poder afirmar de forma categórica lo que su sexto sentido le decía, intuía que en la conversación que se llevó a cabo aquel día había algún tipo de acuerdo tácito en aquel juego de preguntas y respuestas. Todo parecía estar resuelto y las explicaciones contaban con la lógica correcta que daba por zanjado un asunto que ya empezaba a molestar a la hermana supervisora del archivo, pero Alma sabía o, al menos presentía, que aquella puesta en escena era lo más parecido a una tapadera, aunque no pudiera demostrarlo. Ante la imposibilidad de seguir por aquel camino decidió darse un tiempo de margen y esperar la mejor ocasión para volver a intentarlo.

Continuaba con sus estudios, adelantados en dos años con respecto a sus compañeros de clase, y había elegido disciplinas científicas. Su proyección universitaria se enfocaba a combinar una carrera de filosofía en una de las instituciones tradicionales, con su ingreso en la «Fachhochschule», Universidad de Ciencias Aplicadas en la que tendría ocasión de cursar matemáticas y física orientadas a la técnica. Además, la formación le permitiría estudiar un semestre en otro país y profesionalizarse haciendo prácticas en empresas. Sabía que no era una trayectoria en la que las mujeres pusieran un especial interés y que estaría rodeada de chicos, pero era algo que le importaba bien poco.

A sus doce años ya hablaba perfectamente, además de su lengua natal, el alemán. Su habilidad con los idiomas era casi prodigiosa, algo a lo que ella no le daba demasiada importancia. Su vida era, a vista de los demás, perfecta aunque Alma siempre se caracterizó por un halo de tristeza que la persiguió durante toda su infancia y prácticamente toda su vida.

Poco después de la última visita a la que había sido su residencia hasta los ocho años, Alma conoció a algunos de los miembros de la cúpula de una congregación religiosa a la que, al parecer y ante la sorpresa por haberlos imaginado más bien agnósticos, pertenecían sus padres. Poco a poco y siendo consciente del empeño que ellos iban poniendo en las cada vez más numerosas reuniones a las que asistía, la filosofía de aquel grupo católico, Alma se incorporó a las filas de un sistema que, aún pareciendo inofensivo y respetuoso, encubría una organización pseudoreligiosa más parecida a una secta, en la que los objetivos para todos sus miembros se basaban en los principios jerárquicos de sumisión, fe y obediencia. Eran poderosos y empezaban a extender sus tentáculos en las más altas esferas de poder social y económico de algunas de las ciudades europeas. Las aptitudes que demostraba Alma con cada uno de sus avances la catapultarían en pocos años, los necesarios para inocular en ella la esencia de aquella organización que contaba en sus filas con grandes promesas de la política, la educación, la cultura y la religión, a cubrir alguno de los eslabones más altos a los que podía aspirar la institución. Estaban muy seguros de ello, aunque no contaban con la decisión que tomaría ella unos años más tarde.

CAPÍTULO 35
Barcelona 2014

—No puedo creerlo. Me lo cuentas y debo pensar que es cierto todo lo que me explicas. Nunca creí en la fe y el buen proceder que con tanto empeño predicaban los fundadores del seminario, pero de ahí a lo que me acabas de relatar...

Alma afirmó gesticulando, todavía sobrecogida por el increíble parecido que había entre su madre y su tía. Eran iguales, exactamente iguales a excepción del corte y el color del pelo. Mientras María, su madre, siempre había renegado de las canas y las había tapado con esmero optando desde joven por un cabello corto, Alma había dejado los suyos de color plateado, acordes al paso del tiempo. Lucía una media melena ligeramente escalada y por encima de los hombros que imprimían en su cara un matiz bohemio y despreocupado. Iba maquillada, tan elegante y discreta que podría parecer que solo se había lavado la cara, pero no era así. Su aspecto era muy cuidado y, al igual que su madre, el paso de los años no había dañado su grácil figura. Se preguntaba si su tía habría tenido hijos, pero prefería entrar en esos detalles un poco más tarde, incluso en otra ocasión si se daba el caso.

Tras los primeros instantes y habiendo llegado la calma, Alma la había invitado a sentarse en uno de los sillones del salón. Un rincón muy acogedor de un piso que se intuía bastante grande y que le había comentado que le enseñaría más tarde. Pese a la amabilidad y el aprecio que la gemela de su madre mostraba por ella, todavía se sentía aturdida y de su boca apenas habían salido las palabras justas para explicarle, a grandes rasgos, cómo había llegado hasta el punto en el que se encontraba. Receló imaginando la posibilidad de que todavía perteneciera al grupo religioso que había arruinado sus vidas y, sorprendentemente, su tía pareció adivinarle el pensamiento.

—Por suerte los abandoné a tiempo. Tú también, ¿no es cierto?

—No diría tanto. En mi caso llegó demasiado tarde.

La intriga se dibujó en la cara de su tía, que al parecer se había documentado al respecto. Inmediatamente después asintió sabiendo a quién se estaba refiriendo.

—Esther, mi mejor amiga. Ella no tuvo tanta suerte y bueno… no querría que pensaras que por… en fin, ya no hay nada que hacer, aunque pienso denunciarlos —no sabía cómo continuar.

—¿Qué iba yo a pensar? —quiso saber animándola a hablar.

—Ella guardaba un diario y había querido darme aviso de que… había una mujer en un lugar al que la iban a destinar que era igual que mi madre. Esa mujer eres tú. Conocía a mis padres por las fotos que yo le había enseñado y se sorprendió, como es lógico, al ver el gran parecido que guardaba ella contigo. No tuvo tiempo de hacérmelo saber, aunque en su diario estaba escrito. Una historia muy triste de la que me siento, en parte, culpable. Ellos han sido todo lo que significa desgracia y mentira en mi vida.

—Todo no, Alma. Ellos nos han facilitado el acceso a lugares y conocimientos que, de otro modo, no hubieran sido posibles. Mis padres también pertenecieron a esa organización de la que estamos hablando, pero nunca me obligaron a ir. Siempre me dejaron escoger mis opciones. Bueno, eso había creído hasta que conocí que yo ya había sido seleccionada, por decirlo de alguna manera, cuando las monjas decidieron qué hermana iba a ser adoptada por cada familia.

—¿Y eso justifica todas las mentiras a las que han sometido a los nuestros? Separarte de tu hermana, separarme de mis padres, mantener oculto todos estos años que nos manejaban a su antojo con el único fin de formarnos y comprar nuestra vida a cambio de más conocimiento y de prometernos un poder que, en muchos casos, ¿ni siquiera ha sido cierto?

—Desde luego que no. No pienses ni por un momento que los estoy justificando. Lo que me martiriza, una y otra vez, es la pérdida de años en los que renuncié a buscar mis orígenes. La razón y las evidencias me llevaban a olvidar mi pasado porque este ya no existía. En mi corazón, y a través de esa conexión de la que hablan que existe entre los gemelos, nunca abandoné la esperanza del todo por encontrarla o, al menos, de saber qué había pasado con ella. Y también he llegado tarde. Supe por mi equipo que estaban buscando a alguien de mi empresa y ese alguien era yo. Y me adelanté a ellos. Quise saber por qué y fue entonces cuando me enteré de que mi hermana había muerto, casi sesenta años más tarde. Qué ironía, ¿verdad? —preguntó con semblante triste, sin esperar una respuesta a una cuestión que solo estaba en su cabeza—, viviendo en la misma ciudad tantos años y no haber coincidido en ninguna parte ni una sola vez. Tener tan cerca el origen y no haberlo podido disfrutar.

—Una vez más, ellos se habrán encargado de que no fuera así. Además, mis padres siempre han sido una familia muy sencilla. Antón y Manolita, mis abuelos, quiero decir… bueno, mis abuelos porque son los únicos que he conocido, educaron a mi madre en unos valores bastantes arcaicos en general. No sé si ella también era… tenía las mismas capacidades que tú o que yo. Lo único que sé es que nunca las habría podido ilustrar.

Alma se levantó a buscar su bolso para sacar de él una fotografía que conservaba de sus abuelos fotografiados con su madre. Al verla, su tía se llevó las manos a la boca y esta empezó a temblar, frenando las lágrimas que empezaban a derramarse, pausadas y silenciosamente. Después, pidiendo permiso con la mirada, tomó la instantánea entre sus manos y la acarició durante unos segundos.

—Son ellos, recuerdo sus caras perfectamente. Tengo

clavada la imagen del día que vinieron a buscar a María. Las monjas no habían dejado que nos despidiéramos en el momento en que se iba con sus nuevos padres. Lo hicimos en la habitación, jurándonos volver a encontrarnos en poco tiempo. Nunca sucedió. Maldita sea —sorbió tomando aliento—. Seguro que ella también podía haber estudiado lo que se hubiera propuesto. Era más espabilada que yo. Qué pena más grande. Mi hermana… María —pronunció con voz quebrada—. Nos queríamos tanto, no te lo puedes ni imaginar. Éramos uña y carne, como se suele decir. Y nos prometimos que nunca nos dejaríamos separar aunque nos adoptaran familias distintas. ¿Tienes hermanos? —preguntó posando la mano sobre la rodilla de su sobrina, abandonando la tirantez que había precedido aquella declaración de amor para con su hermana.

—Sí —sonrió ella—. Dos hermanos. Ana, mayor que yo, y Samuel, el pequeño terremoto de la casa.

—¿Pequeño? —se extrañó arqueando las cejas.

—Bueno, en realidad tiene veintidós años, pero es el pequeño, y lo hemos mimado mucho. Demasiado, diría a veces. Es muy activo y muy curioso. Estudia arte dramático, con eso te lo digo todo. La alegría de muchos momentos en los que mi madre no nos tenía cerca ni a mí ni a mi hermana, que es nueve años mayor que yo y quince mayor que Samuel. ¿Tú tienes hijos? —se aventuró a preguntar Alma, ya metidas en materia.

De repente, estropeando el momento, sonó el teléfono. Era Guillem. Atendió su llamada para tranquilizarlo y habló sin reparos delante de su tía. Luego, volvió a sentarse junto a ella de nuevo.

—Perdona, era Guillem, el…

—El comisario, lo sé. ¿O debo decir… tu comisario? —preguntó de nuevo sonriendo ante el azoramiento de la joven, que sin hablar delató la opción que le gustaba más.

—No, y tampoco me he casado nunca —continuó por donde lo habían dejado—. La vida no me ha puesto fácil esto del amor, o quizás yo he pedido demasiado, no lo sé. Sí que he convivido con varias personas, hombres —aclaró riendo de nuevo—, pero finalmente la cosa no llegó al término de formar una familia. Yo también he sido inquieta toda la vida y siempre he necesitado marcarme nuevos retos. Eso era incompatible con la estabilidad y el sedentarismo. No me quejo de mi suerte, eso sería de ingratos, pero estoy convencida de que esa parte de mi otro yo que he sentido que me faltó siempre no ha ayudado a que yo quisiera formar mi propia familia. No sé. Ahora ya es tarde para averiguarlo.

—Ahora nos tienes a nosotros —aclaró Alma devolviéndole el gesto a una mujer a la que no se acostumbraba a mirar sin ver en ella a su madre—, tenemos que preparar sobre todo a papá. Él está también algo delicado de los nervios y desde la muerte de mamá hay que estar más tiempo por él. No le he dicho que venía a verte, ni siquiera conocen que existes. Esto es muy fuerte.

Sus miradas se cruzaron y se congelaron durante unos segundos en los que ambas alargaron sus manos y las enlazaron. Ambas también esbozaron una sonrisa. No necesitaban palabras para entender que querían lo mismo y, a partir de ese mismo momento, iban a luchar por recuperar lo que el destino les debía: su propia historia. Habían conectado, y no solo porque se llamaran igual.

—¿Quiénes somos? ¿Quienes fueron ellos y ellas? ¿Dónde están?

—Hoy es el comienzo de muchos momentos que compartiremos a partir de ahora. Juntas lo averiguaremos.

CAPÍTULO 36
Barcelona 2015

La reunión familiar se celebró en torno al pastel de cumpleaños de Alma. Nata con trufas, como a ella le gustaba, y dos grandes velas de chocolate que mostraban sus veintisiete años. Pidió un deseo y sopló las velas junto a su padre, al que tenía sujeto de la mano para animarlo a soplar con ella, junto a sus hermanos, su tía y Guillem, con el que ya había formalizado su relación. Para Samuel ya se había convertido, le gustara o no le gustara, en la comisaria. Luchar contra sus bromas no servía de nada cuando se empeñaba en algo. En pocos meses debutaría con su primer papel profesional en una conocida compañía de teatro de la ciudad. Estaba pletórico. Ana por fin había podido iniciar su vida con Hugo, su novio, aunque esa tarde le había sido imposible acompañarlos a la celebración.

Roberto había sido el más esquivo al conocer la noticia. No estaba preparado, como no lo estaba ninguno de ellos, para ver aparecer por la puerta alguien que podía ser la mujer y la madre de una familia que recientemente había sufrido tantos cambios y alteraciones. Alma procuró tranquilidad para su padre y pidió la ayuda de sus hermanos. Los primeros encuentros habían sido muy difíciles pero ahora, poco a poco, se habían acostumbrado a su presencia. No se visitaban mucho, pero Alma Ballet solía acercarse a casa de los Domenech a comer al menos un domingo de cada mes.

Aquel viernes era especial. Había mucho que celebrar, y no era solo la onomástica de su sobrina.

Habían dejado en sus manos la ardua tarea de averiguar

dónde había empezado una saga familiar que se perdía en las gemelas, aparentemente abandonadas a su suerte, en el que había sido su hogar durante sus primeros años. Tras las consultas en el Registro Civil de la ciudad, en el que habían solicitado sus partidas de nacimiento y toda la documentación respecto de su aparición en la Maternidad, no hubo muchos resultados. Alma Ballet tuvo que hacer uso de sus contactos, que eran muchos e incluso algunos muy importantes, para poder acceder a los archivos completos de la institución que las tuvo acogidas y también a la averiguación de la identidad de algunas de sus compañeras. La información que podían proporcionarles algunas de las niñas que habían convivido con ellas era crucial, además de fidedigna.

En el antiguo pabellón para lavaderos, lavandería y estufas de desinfección se hallaba desde finales de los años ochenta el archivo histórico de la ciudad. Allí, en los documentos catalogados y conservados en su fondo documental, ubicados en los apartados de beneficencia y asistencia social lograron identificar un expediente que había pasado desapercibido para Alma, quien jamás había confesado la sustracción de parte de esa información. En el documento rescatado pudieron leer las notas manuscritas por la hermana responsable de la administración, las entradas y salidas en aquellos años, y averiguaron con mucha tristeza que la verdadera identidad de Isabel Miras, su madre, era otra: Eulalia Bernal. Y que lejos de abandonarlas, como habían explicado las religiosas, había permanecido junto a ellas hasta el día de un fatal accidente que la había postrado en una cama por tiempo desconocido. Un nuevo mazazo, en esta ocasión para Alma Ballet, quien siempre había guardado en su interior la esperanza de haber sido una niña querida, como así parecía ser según los encuentros que habían tenido lugar con algunas compañeras de hospicio.

El trabajo en equipo de ambas era pura energía. Las dos, sin marcar un itinerario y una ruta fija que seguir, se compenetraban a la perfección. Como si el cordón umbilical del que hablan para referirse a los hermanos gemelos hubiera crecido invisible entre ellas. Nunca antes se habían sentido tan vivas y tan dispuestas a llegar hasta el fondo de aquella triste y maravillosa historia al mismo tiempo. Los descubrimientos no paraban de sucederse. En pocos meses habían logrado dibujar un árbol genealógico lleno de nombres de mujer. Mujeres con fuerza, padres con determinación y hermanos aventureros. Varias generaciones. Algo impensable tan solo un año atrás.

Eulalia había vuelto a su domicilio, según constaban los informes del Hospital Clínico de Barcelona. Contaba con noventa años de edad, y no tenían ninguna garantía de que siguiera con vida, pero pensaban descubrirlo muy pronto. Y así lo hicieron. Por desgracia Eulalia, que había vivido los últimos años con un estado de salud muy delicado después de despertar milagrosamente de un estado de coma que duró más de dos décadas, había fallecido hacía dos años. Se reveló la existencia de Laura Bernal Guzmán, hermana pequeña de su madre y por tanto tía de Alma Ballet y tía abuela de Alma Domenech. Ella tenía en la actualidad ochenta y tres años y gozaba de una excelente salud. Había tenido tres hijos a los que, inmediatamente después de conocer la existencia de una sobrina, a la que nunca ni siquiera había imaginado, y tras la tremenda emoción de conocer una circunstancia que daba por imposible desde hacía muchísimos años, emplazó a una reunión para que se conocieran. Era la matriarca de un clan de mujeres que habían llegado de muy lejos. Ella se encargó de relatar a ambas Almas la historia que tantas veces había escuchado de su madre y de su abuela: Elisabeth y Marta, que habían llegado solas, desde la otra punta del mundo, y se habían instalado en Barcelona buscando también sus orígenes.

Se sorprendieron una y otra vez conociendo a todos y cada uno de los nuevos miembros de una extensa familia que la vida les regalaba. Hubo muchos más encuentros. Rieron, lloraron, trabajaron incansables en poner en orden nombres, fechas, datos que les proporcionaran más y más información. Rindieron honor con su recuerdo a todos aquellos, hombres y mujeres, que formaban parte de su ADN, a los que nunca habían podido llorar. Habían visitado todos y cada uno de los emplazamientos en los que habían vivido sus familiares. Habían conocido anécdotas, alegrías y tristezas de varias generaciones. Habían empezado a vivir una nueva vida, encajando las piezas de un puzle que nunca había estado completo. Habían empezado a cerrar el círculo que durante varias generaciones había permanecido inconexo.

Aquella tarde Guillem llegaba más tarde que de costumbre. Alma lo esperaba preparando la cena mientras se deleitaba con una copa de vino y tatareaba el estribillo de una canción de moda. Se había trasladado al piso del comisario con la promesa, hecha por él, de buscar algún lugar en Barcelona menos pomposo. Ella no se acostumbraba a aquel barrio. Él accedió de buen grado. Alquilarían el piso y buscarían otro. Alma había logrado retomar su relación laboral con la Universidad alemana y estaba enfrascada en la traducción de unos textos que pocas personas se veían capaces de realizar. La falta de diccionarios tenía buena parte de culpa, pero para ella era un reto, y eso le gustaba más que nada. También había aceptado algunas propuestas para dar clases de alemán y tenía la firme intención de escribir una novela explicando la historia de su familia. Las cosas marchaban bien, y lo harían mejor cuando por fin pudiera ir a declarar. Después de la denuncia colectiva realizada por muchos de los miembros de la organización pseudo—religiosa, sobre la que recaía también una acusación de asesinato y extorsión, en pocos días debía personarse en el Palacio Episcopal de Barcelona, ante el fiscal del Tribunal Eclesiástico. Solo hacía falta un poco de suerte para declarar ilegal una actividad que ya había hecho bastante daño y olvidarse por fin de esa parte de su pasado.

No lo vio llegar y cuando Guillem la abrazó por detrás, por la cintura, casi le da con el cazo en la cabeza.

—¿Tú no sabes que esto puede ser un arma homicida y siempre podría pasar por un accidente doméstico?

No le dio tiempo a decir más nada. La besó con la pasión

con la que la besaba cada día, dando gracias al destino por haberla encontrado. Tenía muy mal genio cuando las cosas se le torcían, pero era la mujer más inteligente, divertida y guapa que había conocido en la vida, y no la iba a dejar escapar por nada el mundo.

—No vayas por ahí. La adulación no es motivo para que te escabullas de preparar la cena. Recuerda que hoy te tocaba a ti y yo tengo muchísimo trabajo, además de mucha hambre. Y sabes que con hambre soy un pequeño gran monstruo.

—Doy fe de ello —contestó sonriéndole—, pero creo que tengo una buena razón para haberme saltado mi obligación de hoy, y no dudes que te lo compensaré.

—No lo dudo. Lo llevo bien apuntado —dijo señalándose a la cabeza. ¿Qué es esto? —preguntó cuando él le mostró lo que a primera vista le parecían dos billetes de avión.

—Míralo tú misma —contestó entregándoselos.

Alma los tomó en sus manos, los ojeó y leyó el contenido varias veces. Arqueó las cejas y abrió la boca, tapándosela después con la mano que le quedaba libre. Miró a Guillem y sus ojos se llenaron de lágrimas. Quería hablar pero no podía. La emoción y la sorpresa eran más grandes que ella. Afirmó varias veces con la cabeza y se abrazó al hombre que había estado a su lado durante todos aquellos meses y con el que quería compartir muchos más.

—Cariño, he pensado que ahora es el mejor momento para hacer esto. Estamos enamorados, no tenemos obligaciones más que las del trabajo. En fin, ideal.

—¿Australia? Pero… esto deber de haberte costado…

—Algunos favores y un par de enchufes, pero nada más —dijo haciendo mohines mientras ella palmeaba su pecho en señal de disconformidad.

—Nos vamos en menos de dos semanas. Así que ve preparando las maletas. Creo que conocer donde vivieron tus tatarabuelos es lo menos que puedo ofrecerte, y lo mereces.

—Eres un amor.

—Lo sé.

—Creído.

—Te amo.

—Y yo.

Con un beso sellaron todas las promesas que se habían intercambiado de hacerse felices, para siempre, cerrando el círculo de tantas vidas desconocidas a las que por fin podía poner nombre y rostro.

FIN

Otras obras de la autora:
Las siete verdades de Elena (Amazon)
El secreto de Amalia (Amazon)
El nombre oculto de Casandra (Amazon)

www.ingramcontent.com/pod-product-compliance
Lightning Source LLC
Chambersburg PA
CBHW022240020726
47496CB00004B/1001